中国古典文学名著丛书

三侠五义

下

［清］石玉昆 著

華夏出版社
HUAXIA PUBLISHING HOUSE

第五十八回

锦毛鼠龙楼封护卫　邓九如饭店遇恩星

且说白玉堂听蒋平之言，猛然省悟，道："是呀！亏得四哥提拔，不然我白玉堂岂不成了叛逆了么？展兄快拿刑具来。"展爷道："暂且屈尊五弟。"吩咐伴当："快拿刑具来。"不多时，不但刑具拿来，连罪衣罪裙俱有。立刻将白玉堂打扮起来。此时卢方同着众人，连王、马、张、赵俱随在后面。展爷先到书房，掀起帘栊，进内回禀。

不多时，李才打起帘子，口中说道："相爷请白义士。"只一句弄得白玉堂欲前不前，要退难退，心中反倒不得主意。只见卢方在那边打手式，叫他屈膝。他便来到帘前，屈膝肘进，口内低低说道："罪民白玉堂有犯天条，恳祈相爷笔下超生。"说罢，匍匐在地。包公笑容满面，道："五义士不要如此，本阁自有保本。"回头吩咐展爷去了刑具，换了衣服，看座。白玉堂哪里肯坐。包相把白玉堂仔细一看，不由的满心欢喜。白玉堂看了包相，不觉的凛然敬畏。包相却将梗概略为盘诘。白玉堂再无推诿，满口应承。包相点了点头，道："圣上屡屡问本阁要五义士者，并非有意加罪，却是求贤若渴之意。五义士只管放心。明日本阁保奏，必有好处。"外面卢方等听了，连忙进来，一齐跪倒。白玉堂早已的跪下。卢方道："卑职等仰赖相爷的鸿慈。明日圣上倘不见怪，实属万幸；如若加罪时，卢方等情愿纳还职衔以赎弟罪，从此作个安善良民，再也不敢妄为了。"包公笑道："卢校尉不要如此，全在本阁身上，包管五义士无事。你等不知圣上此时励精图治，惟恐野有遗贤，时常的训示本阁，叫细细访查贤豪俊义，焉有见怪之理。只要你等以后与国家出力报效，不负圣恩就是了。"说罢，吩咐众人起来。又对展爷道："展护卫与公孙主簿，你二人替本阁好好看待五义士。"展爷与公孙先生一一领命，同定众人，退了出来。

到了公厅之内，大家就座。只听蒋爷说道："五爷，你看相爷如何？"白玉堂道："好一位为国为民的恩相！"蒋爷笑道："你也知是恩相了。可见大哥堪称是我的兄长，眼力不差，说个'知遇之恩'，诚不愧也。"几句话说的个白玉堂脸红过耳，瞅了蒋平一眼，再也不言语了。旁边公孙先生知道蒋爷打趣白玉堂，惟恐白玉堂年幼脸急，连忙说道："今日我等虽奉相谕款待五弟，又算是我与五弟预为贺喜。候明日保奏下来，我们还要吃五弟喜酒呢。"白玉堂道："只恐小弟命小福薄，无福消受皇恩。倘能无事，弟也当备酒与众位兄长酬劳。"徐庆道："不必套话，大家也该喝一杯了。"赵虎道："我刚要说，三哥说了。还是三哥爽快。"回头叫伴当，快快摆桌子端酒席。

登时进来几个伴当，调开桌椅，安放杯箸。展爷与公孙先生还要让白玉堂上坐，却是马汉、王朝二人拦住，说："住了，卢大哥在此，五弟焉肯上坐。依弟等愚见，莫若还是卢大哥的首座，其下挨次而坐，倒觉爽快。"徐庆道："好！还是王、马二兄吩咐的是。我是挨着赵四弟一处坐。"赵虎道："三哥，咱两个就在这边坐，不要管他们。来，来，来，且喝一杯。"说罢，一个提壶，一个执盏，二人就对喝起来。众人见他二人如此，不觉大笑，也不谦让了，彼此就座，饮酒畅谈，无不倾心。

及至酒饭已毕，公孙策便回至自己屋内写保奏摺底，开首先叙展护卫一人前往陷空岛，拿获白玉堂，皆是展昭之功；次说白玉堂所作之事虽暗昧小巧之行，却是光明正大之事，仰恳天恩，赦宥封职，广开进贤之门等语。请示包相看了，缮写清楚，预备明日五鼓，谨呈御览。

至次日，包公派展爷、卢大爷、王爷、马爷随同白玉堂入朝。白五爷依然是罪衣罪裙，预备召见。到了朝房，包相进内递折。仁宗看了，龙心大悦，立刻召见包相。包相又密密保奏一番。天子即传旨，派老伴伴陈林晓示白玉堂，不必罪衣罪裙，只要平人服色带领引见。陈公公念他杀害郭安，有暗救自己之恩，见了白玉堂，又致谢了一番；然后明发上谕，叫白玉堂换了一身簇新的衣服，更显得少年英俊。乃至天子临朝，陈公公将白玉堂领至丹墀之上。仁宗见白玉堂一表人物，再想起他所作之事，真有人所不能的本领、人所不能的胆量，圣心欢喜非常，就依着包卿的密奏，立刻传旨："加封展昭实受四品护卫之职。其所遗四品护卫之衔，即着白玉堂补授，与展昭同在开封府供职，以为辅弼①。"白玉堂到了此时，心平气和，惟有俯首谢恩。下了丹墀，见了众人，大家道喜，惟卢方更觉欢喜。

---

① 辅弼（bì）——辅佐。

至散朝之后，随到开封府。此时早有报录之人报到，大家俱知白五爷得了护卫，无不快乐。白玉堂换了服色，展爷带到书房，与相爷行参。包公又勉励了多少言语，仍叫公孙先生替白护卫具谢恩折子，预备明早入朝代奏谢恩。一切事宜完毕。

白玉堂果然设了丰盛酒席，酬谢知己。这一日群雄豪聚：上面是卢方，左有公孙先生，右有展爷，这壁厢王、马、张，那壁厢赵、徐、蒋，白玉堂却在下面相陪。大家开怀畅饮，独有卢爷有些愀然①不乐之状。王朝道："卢大哥，今日兄弟相聚，而且五弟封职，理当快乐，为何大哥郁郁不乐呢？"蒋平道："大哥不乐，小弟知道。"马汉道："四弟，大哥端的为着何事？"蒋平道："二哥，你不晓得。我弟兄原是五人，如今四个人俱各受职，惟有我二哥不在座中，大哥焉有不想念的呢？"蒋平这里说着，谁知卢爷那里早已落下泪来，白玉堂便低下头去了。众人见此光景，登时的都默默无言。半晌，只听蒋平叹道："大哥不用为难，此事原是小弟作的，我明日便找二哥去如何？"白玉堂忙插言道："小弟与四哥同去。"卢方道："这倒不消。你乃新受皇恩，不可远出。况且找你二哥，又不是私访缉捕，要去多人何用？只你四哥一人足矣。"白玉堂说："就依大哥吩咐。"公孙先生与展爷又用言语劝慰了一番，卢方才把愁眉展放。大家豁拳行令，快乐非常。

到了次日，蒋平回明相爷去找韩彰，自己却扮了个道士行装，仍奔丹凤岭翠云峰而来。

且说韩彰自扫墓之后，打听得蒋平等由平县已然起身，他便离了灵佑寺竟奔杭州而来，意欲游赏西湖。一日，来到仁和县，天气已晚，便在镇店找了客寓住了。吃毕晚饭后，刚要歇息，忽听隔壁房中有小孩啼哭之声，又有个山西人唠哩唠叨，不知说什么，心中委决不下。只得出房来到这边，悄悄张望，见那山西人左一掌、右一掌，打那小孩子，叫那小孩子叫他父亲，偏偏的那小孩子却又不肯。韩二爷看了，心中纳闷，又见那小孩子捱打可怜，不由的迈步上前，劝道："朋友，这是为何？他一个小孩子家，如何禁得住你打呢？那山西人道："克（客）官，你不晓得。这怀（坏）小娃娃是哦（我）前途花了五两银子买来作干儿的。一炉（路）上哄着他迟（吃），哄着他哈（喝），他总叫哦大收（叔）。哦就说他：'你不要叫哦大

① 愀（qiáo）然——形容神色变得严肃或不愉快。

收,你叫哦乐子。大收与乐子没有什么坟(分)别。'可奈这娃娃到了店里,他不但不叫哦乐子,连大收也不叫了。"韩爷听了,不由的要笑。又见那小孩子眉目清秀,瞅着韩爷,颇有望救之意。韩爷更觉不忍,连忙说道:"人生各有缘分。我看这小孩子,很爱惜他。你要将他转卖于我,我便将原价奉还。"那山西人道:"既如此,微赠些利息,哦便卖给克官。"韩二爷道:"这也有限之事。"即向兜肚内摸出五六两一锭,额外又有一块不足二两,托于掌上,道:"这是五两一锭,添上这块算作利息,你道如何?"那山西人看着银子眼中出火,道:"求(就)是折(这)样罢!哦没有娃娃赘累,哦还要赶炉(路)呢。咱们仍蝇(人银)两交,各无反悔。"说罢,他将小孩子领过来交与韩爷,韩爷却将银子递过。这山西人接银在手,头也不回,扬长出店去了。

韩爷反生疑忌。只听小孩子道:"真便宜他,也难为他。"韩爷问道:"此话怎讲?"小孩子道:"请问伯伯,住于何处?"韩爷道:"就在隔壁房内。"小孩子道:"既如此,请到那边再为细述。"韩爷见小孩子说话灵变,满心欢喜,携着手来到自己屋内,先问他吃什么。小孩子道:"前途已然用过,不吃什么了。"韩爷又给他斟了半盏茶,叫他喝了,方慢慢问道:"你姓甚名谁?家住哪里?因何卖与山西人为子?"小孩子未语先流泪,道:"伯伯听禀,我姓邓名叫九如,在平县邓家洼居住。只因父亲丧后,我与母亲娘儿两个度日。我有一个二舅名叫武平安,为人甚属不端。一日,背负一人寄居我们家中,说是他的仇人,要与我大舅活活祭灵。不想此人是开封府包相爷的侄儿,我母亲私行将他释放,叫我找我二舅去,趁空儿母亲就悬梁自尽了。"说至此,痛哭起来。韩爷闻听,亦觉惨然,将他劝慰多时,又问以后的情节。邓九如道:"只因我二舅所作之事无法无天,况我们又在山环居住,也不报官,便用棺材盛殓,于次日烦了几个无赖之人帮着,抬在山洼掩埋。是我一时思念母亲死的苦情,向我二舅啼哭。谁知我二舅不加怜悯,反生怨恨,将我踢打一顿。我就气闷在地,不知魂归何处。不料后来苏醒过来,觉得在人身上,就是方才那个山西人。一路上多亏他照应吃喝,来到此店,这是难为他。所便宜他的缘故,他何尝花费五两银子,他不过在山洼将我捡来,折磨我叫他父亲,也不过是转卖之意。幸亏伯伯搭救,白白的叫他诈去银两。"韩爷听了,方知此子就是邓九如,见他伶俐非常,不由的满心欢喜,又是叹息。当初在灵佑寺居住时,听的不甚的确；如今听九如一说，心内方才明白。

只见九如问道："请问伯伯贵姓？因何到旅店之中？却要往何处去？"韩爷道："我姓韩名彰，要往杭州，有些公干。只是道路上带你不便，待我明日将你安置个妥当地方，候我回来，再带你上东京便了。"九如道："但凭韩伯伯处置。使小侄不至漂泊，那便是伯伯再生之德了。"说罢，流下泪来。韩爷听了，好生不忍，道："贤侄放心，休要忧虑。"又安慰了好些言语，哄着他睡了，自己也便和衣而卧。

到次日天明，算还了饭钱，出了店门。惟恐九如小孩子家吃惯点心，便向街头看了看，见路西有个汤圆铺，携了九如，来到铺内，拣了个座头坐了，道："盛一碗汤圆来。"只见有个老者端了一碗汤圆，外有四碟点心，无非是糖耳朵、蜜麻花、蜂糕等类，放在桌上，手持空盘，却不动身，两只眼睛直勾勾地瞅着九如，半晌，叹了一口气，眼中几乎落下泪来。韩二爷见此光景，不由的问道："你这老儿为何瞅着我侄儿？难道你认得他么？"那老者道："小老儿认却不认得，只是这位相公有些厮像……"韩爷道："他像谁？"那老儿却不言语，眼泪早已滴下。韩爷更觉犯疑，连忙道："他到底像谁？何不说来？"那老者拭了泪，道："军官爷若不怪时，小老儿便说了。只因小老儿半生乏嗣，好容易生了一子，活到六岁上。不幸老伴死了，撂下此子，因思娘也就呜呼哀哉了。今日看见小相公的面庞儿颇颇的像我那……"说到这里，却又咽住不言语了。韩爷听了，暗暗忖度道："我看此老颇觉诚实，而且老来思子；若九如留在此间，他必加倍疼爱小孩子，断不至于受苦。"想罢，便道："老丈，你贵姓？"那老者道："小老儿姓张，乃嘉兴府人氏，在此开汤圆铺多年。铺中也无多人，只有个伙计看火，所有座头俱是小老儿自己张罗。"韩爷道："原来如此。我告诉你，他姓邓名叫九如，乃是我侄儿。只因目下我到杭州有些公干，带着他行路甚属不便，我意欲将这侄儿寄居在此，老丈你可愿意么？"张老儿听了，眉开目笑，道："军官爷既有公事，请将小相公留居在此。只管放心，小老儿是会看承的。"韩爷又问九如道："侄儿，你的意下如何？我到了杭州，完了公事，即便前来接你。"九如道："伯伯既有此意，就是这样罢，又何必问我呢？"韩爷听了，知他愿意，又见老者欢喜无限。真是两下情愿，事最好办。韩爷也想不到如此的爽快，回手在兜肚内掏出五两一锭银子来，递与老者："老丈，这是些须薄礼，聊算我侄儿的茶饭之资，请收了罢。"张老者哪里肯受。

不知说些什么话来，且听下回分解。

第五十九回

倪生偿银包兴进县　金令赠马九如来京

且说张老见韩爷给了一锭银子，连忙道："军官爷，太多心了。就是小相公每日所费无几，何用许多银两呢。如怕小相公受屈，留下些须银两也就够了。"韩爷道："老丈不要推辞，推辞便是嫌轻了。"张老道："既如此说，小老儿从命。"连忙将银接过。韩爷又说道："我这侄儿烦老丈务要分心的。"又对九如道："侄儿耐性在此，我完了公事即便回来。"九如道："伯父只管放心料理公事，我在此与张老伯盘桓，是不妨事的。"韩爷见九如居然大方，全无小孩子情态。不但韩二爷放心，而且张老者听见邓九如称他为张老伯，乐得他心花俱开，连称："不敢，不敢！军官爷只管放心，小相公交付小老儿，理当分心，不劳吩咐的。"韩二爷执了执手，邓九如又打了一恭。韩爷便出了汤圆铺，回头屡屡，颇有不舍之意。从此韩二爷直奔杭州，邓九如便在汤圆铺安身，不表。

且说包兴自奉相谕送方善与玉芝小姐到合肥县小包村，诸事已毕，在太老爷太夫人前请安叩辞，赏银五十两；又在大老爷大夫人前请安禀辞，也赏了三十两；然后又替二老爷二夫人请安禀辞，无奈何，赏了五两银子。又到宁老先生处禀了辞，便吩咐伴当，扣备鞍马，牢拴行李，出了合肥县，迤逦行来。

一日，路过一庄，但见树木丛杂，房屋高大，极其凶险，包兴暗暗想道："此是何等样人家，竟有如此的楼阁大厦？又非世胄，又非乡宦，到底是个什么人呢？正在思索，不提防咕咚的响了一枪。坐下马是极怕响的，嗯的一声往前一窜。包兴也未防备，身不由己，掉下马来。那马咆哮着，跑入庄中去了。幸喜包兴却未跌着，伴当连忙下马搀扶。包兴道："不妨事，并未跌着。你快进庄去将马追来，我在此看守行李。"伴当领命，进庄去了。

不多时，喘吁吁跑了回来，道："了不得，了不得！好厉害！世间竟有如此不讲理的。"包兴问道："怎么样了？"伴当道："小人追入庄中，见一人肩上捏着一杆枪,拉着咱的马。小人上前讨取,他将眼一瞪,道:‘你这厮如此的可恶!俺打的好好树头鸟,被你的马来,将俺的树头鸟俱各惊飞了,你还敢来要马!如若要马时,须要还俺满树的鸟儿,让俺打的尽了,那时方还你的马。’小人打量他取笑儿,向前赔礼央告,道:‘此马乃我主人所乘,只因闻枪怕响,所以惊窜起来,将我主人闪落,跑入贵庄。爷上休要取笑,尚乞赐还,是恳!’谁知那人道:‘什么恳不恳,俺全不管。你打听打听,俺太岁庄有空过的么?你去回复你主人,如要此马,叫他拿五十两银子来此取赎。’说罢,他将马就拉进去了。想世间哪有如此不说理的呢?”包兴听了,也觉可气,便问:“此处系何处所辖?”伴当道:“小人不知。”包兴道:“打听明白了,再作道理。”说罢,伴当牵了行李马匹先行,包兴慢慢在后步行。走不多路,伴当复道:“小人才已问明,此处乃仁和县地面,离衙有四里之遥。县官姓金名必正。”

你道县官是谁?他便是颜查散的好友,自服阕之后归部铨选,选了此处的知县。他已曾查访此处有此等恶霸,屡屡要剪除他,无奈吏役舞弊欺瞒,尚未发觉。不想包兴今日为失马,特特的要拜会他。

且说包兴暂时骑了伴当所乘之马,叫伴当牵着马垛子,随后慢慢来到县衙相见。果然走了三里来路,便到市镇之上,虽不繁华,却也热闹。只见路东巷内路南,便是县衙。包兴一伸马进了巷口,到了衙前下马。早有该值的差役,见有人在县前下马,迎将上去,说了几句。只听那差役唤号里接马,恭恭敬敬将包兴让进,暂在科房略坐,急速进内回禀。不多时,请至书房相见。

只见那位县官有三旬年纪,见了包兴,先述未得迎接之罪,然后彼此就座。献茶已毕,包兴便将路过太岁庄将马遗失、本庄勒掯不还的话,说了一遍。金令听了,先赔罪道:“本县接任未久,地方竟有如此恶霸,欺侮上差,实乃下官之罪。”说罢,一揖。包兴还礼。金令急忙唤书吏,派马快前去要马。书吏答应,下来。金公却与包兴提起颜查散是他好友。包兴道:“原来如此。颜相公乃是相爷得意门生,此时虽居翰苑,大约不久就要提升。”金相公又要托包兴寄信一封,包兴一一应允。

正说话间,只见书吏去不多时,复又转来,悄悄的请老爷说话。金公只得暂且告罪失陪。不多时,金爷回来,不等包兴再问,便开口道:“我已派人去了。诚恐到了那里,有些耽搁,贻误①公事,下官实实吃罪不起。如今已吩咐,将下官自己乘用之马备来,上差暂骑了去。俟将尊骑要来,下官再派人送去。"说罢,只见差役已将马拉进来,请包兴看视。包兴见此马比自己骑的马胜强百倍,而且鞍粘鲜明,便道:"既承贵县美意,实不敢辞。只是太岁庄在贵县地面容留恶霸,恐于太爷官声是不相宜的。"金令听了,连连称"是",道:"多承指教,下官必设法处治。恳求上差到了开封,在相爷跟前代下官善为说辞。"包兴满口应承。又见差役进来,回道:"跟老爷的伴当牵着行李垛子,现在衙外。"包兴立起身来,辞了金公。差役将马牵至二堂之上。金令送至仪门,包兴拦住,不许外送。

到了二堂之上,包兴伴当接过马来,出了县衙,便乘上马。后面伴当拉着垛子。刚出巷口,伴当赶上一步,回道:"此处极热闹的镇店。从清早直到此时,爷还不饿么?"包兴道:"我也有些心里发空,咱们就在此找个饭铺打尖罢。"伴当道:"往北去路西里,会仙楼是好的。"包兴道:"既如此,咱们就到那里去。"

不一时,到了酒楼门前。包兴下马,伴当接过去拴好。伴当却不上楼,就在门前走桌上吃饭。包兴独步登楼,一看见当门一张桌空闲,便坐在那里。抬头看时,见那边靠窗,有二人坐在那里,另具一番英雄气概,一个是碧睛紫髯,一个是少年英俊,真是气度不凡,令人好生的羡慕。

你道此二人是谁?那碧睛紫髯的,便是北侠,复姓欧阳名春,因是紫巍巍一部长须,人人皆称他为"紫髯伯"。那少年英俊的,便是双侠的大官人丁兆兰,奉母命与南侠展爷修理房屋,以为来春毕婚。丁大官人与北侠原是素来闻名,未曾见面的朋友,不期途中相遇,今约在酒楼吃酒。

包兴看了。堂官过来问了酒菜,传下去了。又见上来了主仆二人,相公有二十年纪,老仆却有五旬上下,与那二人对面坐了。因行路难以拘礼,也就叫老仆打横儿②坐了。不多时,堂官端上酒来,包兴慢慢的消饮。

忽听楼梯声响,上来一人,携着一个小儿。却见小儿眼泪汪汪,那汉子怒气昂昂,就在包兴坐的座头斜对面坐了。小儿也不坐下,在那里拭泪。包兴看了,又是不忍,又觉纳闷。早已听见楼梯响处,上来了一个老

① 贻(yí)误——错误遗留下去,使受到坏的影响。

② 打横儿——围着方桌坐时,坐在末座叫打横儿。

头儿，眼似銮铃，一眼看见那汉子，连忙上前跪倒，哭诉道："求大叔千万不要动怒。小老儿虽然短欠银两，慢慢的必要还清，分文不敢少的。只是这孩子，大叔带他去不得的。他小小年纪又不晓事，又不能干，大叔带去怎么样呢？"那汉子端坐，昂然不理，半晌，说道："俺将此子带去作个当头，俟你将账目还清，方许你将他领回。"那老头儿着急，道："此子非是小老儿亲故，乃是一个客人的侄儿，寄在小老儿铺中的。倘若此人回来，小老儿拿什么还他的侄儿？望大叔开一线之恩，容小老儿将此子领回。缓至三日，小老儿将铺内折变，归还大叔的银子就是了。"说罢，连连叩头。只见那汉子将眼一瞪，道："谁耐烦这些！你只管折变你的去，等三日后，到庄取赎此子。"

忽见那边老仆过来，对着那汉子道："尊客，我家相公要来领教。"那汉子将眼皮儿一撩，道："你家相公是谁？素不相识，见我则甚？"说至此，早有位相公来到面前，道："尊公请了。学生姓倪名叫继祖。你与老丈为着何事？请道其详。"那汉子道："他拖欠我的银两，总未归还。我今要将此子带去，见我们庄主，作个当头。相公，你不要管这闲事。"倪继祖道："如此说来，主管是替主索账了。但不知老丈欠你庄主多少银两？"那汉子道："他原借过银子五两，三年未还，每年应加利息银五两，共欠纹银二十两。"那老者道："小老儿曾归还过二两银，如何欠的了许多？"那汉子道："你总然归还过二两银，利息是照旧的。岂不闻'归本不抽利'么？"只这一句话，早惹起那边两个英雄豪侠，连忙过来道："他除归还过的，还欠你多少？"那汉子道："尚欠十八两。"

倪继祖见他二人满面怒气，惟恐生出事来，急忙拦道："些须小事，二兄不要计较于他。"回头向老仆道："倪忠，取纹银十八两来。"只见老仆向那边桌上打开包袱，拿出银来，连整带碎约有十八两之数，递与相公。倪继祖接来，才待要递给恶奴，却是丁兆兰问道："且慢！当初借银两时，可有借券？"恶奴道："有，在这里。"回手掏出，递给相公。相公将银两付给，那人接了银两，下楼去了。

此时包兴见相公代还银两，料着恶奴不能带去小儿，忙过来将小儿带到自己桌上，哄着吃点心去了。

这边老者起来，又给倪继祖叩头。倪继祖连忙搀起，问道："老丈贵姓？"老者道："小老儿姓张，在这镇市之上开个汤圆铺生理。三年前曾借到太岁庄马二员外银五两，是托此人的说合。他名叫马禄。当初不多几月就归还他二两，谁知他仍按五两算了利息，生生的诈去许多，反累的相公妄费去银两，小老儿何以答报？请问相公意欲何往？”倪相公道：“些须小事，何足挂齿。学生原是欲上东京预备明年科考，路过此处打尖，不想遇见此事。这也是事之偶然耳。”

又见丁兆兰道：“老丈，你不吃酒么？相公既已耗去银两，难道我二人连个东道也不能么？”说罢，大家执手，道了个“请”字，各自归座。张老儿已瞧见邓九如在包兴那边吃点心呢，他也放了心了，就在这边同定欧阳春三人坐了。丁大爷一壁吃酒，一壁盘问太岁庄。张老儿便将马刚如何倚仗总管马朝贤的威势，强梁霸道，无所不为，每每竟有造反之心。丁大爷只管盘诘，北侠却毫不介意，置若罔闻。此时倪继祖主仆业已用毕酒饭，会了钱钞，又过来谦让北侠二人，各不相扰。彼此执手，主仆下楼去了。

这里张老儿也就辞了二人，向包兴这张桌上而来。谁知包兴早已问明了邓九如的原委，只乐得心花俱开，暗道：“我临起身时，三公子谆谆嘱咐于我，叫我在邓家洼访查邓九如，务必带到京师，偏偏的再也访不着。不想却在此处相逢。若非失马，焉能到了这里。可见凡事自有一定的。”正思想时，见张老过来道谢。包兴连忙让坐，一同吃毕饭，会钞下楼，随到汤圆铺内。包兴悄悄将来历说明：“如今要把邓九如带往开封，意欲叫老人家同去，不知你意下如何？”

要知张老儿说些什么，且听下回分解。

第六十回

紫髯伯有意除马刚　丁兆兰无心遇莽汉

且说包兴在汤圆铺内问张老儿："你这买卖一年有多大的来头？"张老道："除火食人工，遇见好年头，一年不过剩上四五十吊钱。"包兴道："莫若跟随邓九如上东京，见了三公子。那时邓九如必是我家公子的义儿，你就照看他，吃碗现成的饭如何？"张老儿听了，满心欢喜，又将韩爷将此子寄居于此的原因说了。"因他留下五两银子，小老儿一时宽裕，卸了一口袋面，被恶奴马禄看在眼里，立刻追索欠债。再也想不到有如此的奇遇。"包兴连连称"是"，又暗想道："原来韩爷也来到此处了。"一转想道："莫若仍找县令叫他把邓九如打扮打扮，岂不省事么？"因对张老道："你收拾起身的行李，我到县里去去就来。"说罢，出了汤圆铺上马，带着伴当，竟奔县衙去了。

这里张老儿与伙计合计，作为两股生理，年齐算账。一个本钱，一个人工，却很公道。自己将积蓄打点起来。不多时，只见包兴带领衙役四名赶来的车辆，从车上拿下包袱一个。打开看时，却是簇新的小衣服、大衫、衬衫，无不全备。是金公子的小衣服，因说是三公子的义儿，焉有不尽心的呢？何况又有太岁庄留马一事，借此更要求包兴在相爷前遮盖遮盖。登时将九如打扮起来，真是人仗衣帽，更显他粉妆玉琢，齿白唇红，把张老儿乐得手舞足蹈。伙计帮着把行李装好，然后叫九如坐好，张老儿却在车边。临别又谆嘱了伙计一番："倘若韩二爷到来，就说在开封府恭候。"包兴乘马，伴当跟随，外有衙役护送，好不威势热闹，一直往开封去了。

且说欧阳爷与丁大爷在会仙楼上吃酒，自张老儿去后，丁大爷便向北侠道："方才眼看恶奴的形景，又耳听豪霸的强梁，兄台心下以为何如？"北侠道："贤弟，咱们且吃酒，莫管他人的闲事。"丁大爷听了，暗道："闻得北侠武艺超群，豪侠无比。如今听他的口气，竟是置而不论了。或者他不知我的心迹，今日初遇，未免的含糊其词，也是有的。待我索性说明了，看是如何。"想罢，又道："似你我行侠尚义，理当济困扶危，剪恶除奸。若要依小弟主意，莫若将他除却，方是正理。”北侠听了，连忙摆手，道：“贤弟休得如此。岂不闻窗外有耳？倘漏风声，不大稳便。难道贤弟醉了么？”丁大爷听了，便暗笑道：“好一个北侠！何胆小到如此田地？真是‘闻名不如见面’！惜乎我身边未带利刃；如有利刃，今晚马到成功，也叫他知道知道我双侠的本领、人物。”又转念道：“有了，今晚何不与他一同住宿，我暗暗盗了他的刀且去行事。俟成功后，回来奚落他一场，岂不是件快事么？”主意已定，便道：“果然小弟力不胜酒，有些儿醉了。兄台还不用饭么？”北侠道：“劣兄早就饿了，特为陪着贤弟。”丁大爷暗道：“我何用你陪呢。”便回头唤堂官，要了饭菜点心来。不多时，堂官端来，二人用毕，会钞下楼，天刚正午。

丁大爷便假装醉态，道：“小弟今日懒怠行路，意欲在此住宿一宵，不知兄台意下如何？”北侠道：“久仰贤弟，未获一见。今日幸会，焉有骤然就别之理。理当多盘桓几日为是，劣兄惟命是听。”丁大爷听了，暗合心意道：“我岂愿意与你同住，不过要借你的刀一用耳。”正走间，来到一座庙宇门前。二人进内，见有个跛足道人，说明暂住一宵，明日多谢香资。道人连声答应，即引到一小院，三间小房，极其僻静。二人俱道：“甚好，甚好。”放下行李，北侠将宝刀带着皮鞘子挂在小墙之上，丁大爷用目注视了一番，便彼此坐下，对面闲谈。

丁大爷暗想道：“方才在酒楼上，惟恐耳目众多，或者他不肯吐实。这如今在庙内，又极僻静，待我再试探他一回，看是如何？”因又提起马刚的过恶，并怀造反之心。“你若举此义，不但与民除害，而且也算与国除害，岂不是件美事？”北侠笑道：“贤弟虽如此说，马刚既有此心，他岂不加意防备呢？俗言‘知己知彼，百战百胜’，岂可唐突？倘机不密，反为不美。”丁大爷听了，更不耐烦，暗道：“这明是他胆怯，反说这些以败吾兴。不要管他，俟夜间人静，叫他瞧瞧俺的手段。”

到了晚饭时，那瘸道人端了几碗素菜，馒首米饭，二人灯下囫囵①吃完。道人撤去。彼此也不谦让。丁大爷因瞧不起北侠，有些怠慢，所谓“话不投机半句多”了。谁知北侠更有讨厌处，他闹了个吃饱了食困，刚然喝了点茶，他就张牙咧嘴的哈气起来。丁大爷看了，更不如意，暗道：

① 囫囵（húlún）——完整；整个儿。

“这样的酒囊饭袋①之人，也敢称个‘侠’字，真真令人可笑！”却顺口儿道：“兄台既有些困倦，何不请先安歇呢？”北侠道：“贤弟若不见怪，劣兄就告罪了。”说罢，枕了包裹，不多时，便呼声振耳。丁大爷不觉暗笑，自己也就盘膝打坐，闭目养神。

及至交了二鼓，丁大爷悄悄束缚，将大衫脱下来。未出屋子，先显了个手段，偷了宝刀，背在背后。只听北侠的呼声益发大了，却暗笑道：“无用之人，只好给我看衣服。少时事完成功，看他如何见我？”连忙出了屋门，越过墙头，竟奔太岁庄而来。一二里路，少刻就到。看了看墙垣极高，也不用软梯，便飞身跃上墙头。看时原来此墙是外围墙，里面才是院墙。落下大墙，又上里面院墙。这院墙却是用瓦摆就的古老钱，丁大爷窜步而行。到了耳房，贴墙甚近。意欲由房上进去，岂不省事。两手扳住耳房的边砖，刚要纵身，觉得脚下砖一跐。低头看时，见登的砖已离位。若一抬脚，此砖必落，心中暗道：“此砖一落，其声必响，那时惊动了人反为不美。”若要松手，却又赶不及了，只得用脚尖轻轻的碾力，慢慢的转动，好容易将那块砖稳住了。这才两手用力，身体一长，便上了耳房。又到大房，在后坡里略为喘息。只见仆妇丫鬟往来行走，要酒要菜，彼此传唤。丁大爷趁空儿到了前坡，爬伏在房檐窃听。

只听众姬妾卖俏争宠，道：“千岁爷，为何喝了捏捏红的酒，不喝我们挨挨酥的酒呢？奴婢是不依的。”又听有男子哈哈笑道：“你放心！你们八个人的酒，孤家挨次儿都要喝一杯。只是慢着些儿饮，孤家是喝不惯急酒的。”丁大爷听了，暗道：“怨得张老儿说他有造反之心；果然，他竟敢称孤道寡起来。这不除却，如何使得！”即用倒垂势，把住椽头，将身体贴在前檐之下，却用两手捏住椽头，倒把两脚撑住凌空，换步到了檐柱，用脚登定。将手一撒，身子向下一顺，便抱住大柱，两腿一抽，盘在柱上。头朝下，脚向上，哧、哧、哧顺流而下，手已扶地。转身站起，瞧了瞧此时无人，隔帘往里偷看。见上面坐着一个人，年纪不过三旬向外，众姬妾围绕着，胡言乱语。丁大爷一见，不由“怒从心上起，恶向胆边生”，回手抽刀。罢咧！竟不知宝刀于何时失去，只剩下皮鞘。猛然想起要上耳房之时，脚下一跐，身体往前一栽，想是将刀甩出去了。自己在廊下手无寸铁，难以站立。又见

① 酒囊饭袋——讥讽无能的人。

灯光照耀，只得退下。见迎面有块太湖石，暂且藏于后面，往这边偷看。

只见厅上一时寂静。见众姬妾从帘下一个一个爬出来，方嚷道："了不得了！千岁爷的头被妖精取了去了！"一时间，鼎沸起来。丁大爷在石后听的明白，暗道："这个妖精有趣。我也不必在此了，且自回庙再作道理。"想罢，从石后绕出，临墙将身一纵，出了院墙。又纵身上了外围墙，轻轻落下。脚刚着地，只见有个大汉奔过来，嗖的就是一棍。丁大爷忙闪身躲过。谁知大汉一连就是几棍。亏得丁大爷眼快，虽然躲过，然而也就吃力得很。正在危急，只见墙头坐着一人，掷下一物，将大汉打倒。丁大爷赶上一步按住。只见墙上那人飞身下来，将刀往大汉面前一晃，道："你是何人？快说！"

丁大爷细瞧飞下这人，不是别个，却是那胆小无能的北侠欧阳春，手内刀就是他的宝刀，心中早已明白，又是欢喜，又是佩服。只听大汉道："罢了，罢了！花蝶呀，咱们是对头，不想俺弟兄皆丧于你手！"丁大爷道："这大汉好生无礼，哪个是什么花蝶？"大汉道："难道你不是花冲么？"丁大爷道："我叫兆兰，却不姓花。"大汉道："如此说来，是俺错认了。"丁大爷也就将他放起。大汉立起，掸了尘土，见衣裳上一片血迹，道："这是哪里的血呀？"丁大爷一眼瞧见那边一颗首级，便知是北侠取的马刚之首，方才打倒大汉，就是此物，连忙道："咱们且离此处，在那边说去。"

三人一壁走着，大爷丁兆兰问大汉道："足下何人？"大汉道："俺姓龙名涛。只因花蝴蝶花冲将俺哥哥龙渊杀害，是俺怀仇在心，时刻要替兄报仇。无奈这花冲形踪诡秘，谲诈多端，再也拿他不着。方才是我们伙计夜星子冯七告诉于我，说有人进马刚家内。俺想马刚家中姬妾众多，必是花冲又相中了哪一个，因此持棍前来，不想遇见二位。方才尊驾提'兆兰'二字，莫非是茉花村丁大员外么？"兆兰道："我便是丁兆兰。"龙涛道："俺久要拜访，未得其便，不想今日相遇。又险些儿误伤了好人。"又问："此位是谁？"丁大爷道："此位复姓欧阳名春。"龙涛道："哎呀！莫非是北侠紫髯伯么？"丁大爷道："正是。"龙涛道："妙极！俺要报杀兄之仇，屡欲拜访，恳求帮助，不期今日幸遇二位。没什么说的，求恳二位帮助小人则个。"说罢，纳头便拜。丁大爷连忙扶起，道："何必如此。"龙涛道："大官人不知，小人在本县当个捕快差使。昨日奉县尊之命，要捉捕马刚。小人昨奉此差，一来查访马刚的破绽；二来暗寻花蝶的形踪，与兄报仇。无奈自己本领不济，恐不是他的对手，故此求二位官人帮助帮助。”北侠道：“既是这等，马刚已死，你也不必管了。只是这花冲，我们不认得他，怎么样呢?”龙涛道：“若论花冲的形景，也是少年公子模样，却是武艺高强。因他最爱采花，每逢夜间出入，鬓边必簪一枝蝴蝶，因此人皆唤他是“花蝴蝶”。每逢热闹场中，必要去游玩，若见了美貌妇女，他必要下工夫，到了人家采花。这厮造孽多端，作恶无数，前日还闻得他要上灶君祠去呢。小人还要上那里去访他。”北侠道：“灶君祠在哪里?”龙涛道：“在此县的东南三十里，也是个热闹去处。”丁大爷道：“既如此，这时离开庙的日期尚有半个月的光景，我们还要到家中去。倘到临期，咱们俱在灶君祠会齐。如若他要往别处去，你可派人到茉花村给我们送个信，我们好帮助于你。”龙涛道：“大官人说的极是。小人就此告别，冯七还在那里等我听信呢。”

龙涛去后，二人离庙不远，仍然从后面越墙而入，来到屋中，宽了衣服。丁大爷将皮鞘交付北侠，道：“原物奉还。仁兄何时将刀抽去?”北侠笑道：“就是贤弟用脚稳砖之时，此刀已归吾手。”丁大爷笑道：“仁兄真乃英雄，弟弗如也!”北侠道：“岂敢，岂敢。”丁大爷又问道：“姬妾何以声言妖精取了千岁之头？此是何故？小弟不解。”北侠道：“凡你我侠义作事，不要声张，总要机密，能够隐讳①，宁可不露本来面目。只要剪恶除强，扶危济困就是了，又何必谆谆叫人知道呢。就是昨夕酒楼所谈及庙内说的那些话，以后劝贤弟再不可如此，所谓‘临事而惧，好谋而成’，方于事有裨益②。”丁兆兰听了，深为有理，连声道：“仁兄所言最是。”又见北侠从怀中掏出三个软搭搭的东西，递给丁大爷道：“贤弟请看妖怪。”兆兰接来一看，原是三个皮套做成皮脸儿，不觉笑道：“小弟从今方知仁兄是两面人了。”北侠亦笑道：“劣兄虽有两面，也不过逢场作戏，幸喜不失本来面目。”丁大爷道：“嗳哟！仁兄虽是作戏呀，然而逢着的也不是当要的呢。”北侠听罢，笑了一笑，又将刀归鞘搁起，开言道：“贤弟有所不知，劣兄虽逢场作戏，杀了马刚，其中还有一个好处。”丁大爷道：“其中还有什么好处呢？小弟请教，望乞说明，以开茅塞。”

未知北侠说出什么话来，下回分晓。

---

① 隐讳（huì）——有所顾忌而隐瞒不说。

② 裨（bì）益——益处。

第六十一回

大夫居饮酒逢土棍　卞家疃偷银惊恶徒

且说欧阳爷、丁大爷在庙中彼此闲谈。北侠说:“逢场作戏,其中还有好处。”丁大爷问道:“其中有何好处?请教。”北侠道:“那马刚既称孤道寡,不是没有权势之人。你若明明把他杀了,他若报官说他家员外被盗寇持械戕命①,这地方官怎样办法?何况又有他叔叔马朝贤在朝,再连催几套文书,这不是要地方官纱帽么?如今改了面目,将他除却。这些姬妾妇人之见,他岂不又有枝添叶儿,必说这妖怪青脸红发,来去无踪,将马刚之头取去。况还有个胖妾吓倒,她的痰向上来,十胖九虚,必也丧命。人家不说她是痰,必说是被妖怪吸了魂魄去了。他纵然报官,你家出了妖怪,叫地方官也是没法的事。贤弟想想,这不是好处么?”丁大爷听了,越想越是,不由的赞不绝口。二人闲谈多时,略为歇息,天已大亮,与了瘸道香资,二人出庙。

丁大爷务必请北侠同上茉花村暂住几日,俟临期再同上灶君祠会齐,访拿花冲。北侠原是无牵无挂之人,不能推辞,同上茉花村去了。这且不言。

单说二员外韩彰,自离了汤圆铺,竟奔杭州而来。沿路行去,闻的往来行人尽皆笑说,以“花蝶设誓”当做骂话。韩二爷听不明白,又不知花蝶为谁。一时腹中饥饿,见前面松林内酒幌儿,高悬一个小小红葫芦。因此步入林中,见周围芦苇的花障,满架的扁豆秧儿勤娘子。正当秋令,豆花盛开,地下又种着些儿草花,颇颇有趣。来到门前上悬一匾,写着“大夫居”三字。韩爷进了门前,院中有两张高桌,却又铺着几领芦席,设着矮座。那边草房三间,有个老者在那里打盹。韩爷看了一番光景,正惬②心怀,便咳嗽一声。那老者猛然惊醒,拿了手巾,前来问道:“客官吃酒

---

① 戕(qiāng)命——伤人性命。

② 惬(qiè)——满足。

么?”韩爷道:“你这里有什么酒?”老者笑道:“乡居野况,无甚好酒,不过是白干烧酒。”韩爷道:“且暖一壶来。”老者去不多时,暖了一壶酒,外有四碟:一碟盐水豆儿,一碟豆腐干,一碟麻花,一碟薄脆。韩爷道:“还有什么吃食?”老者道:“没有别的,还有卤煮斜尖豆腐合热鸡蛋。”韩爷吩咐:“再暖一角酒来。一碟热鸡蛋,带点盐水儿来。”

老者答应,刚要转身,见外面进来一人,年纪不过三旬,口中道:“豆老丈,快暖一角酒来,还有事呢。”老者道:“呀! 庄大爷往哪里去,这等忙?”那人叹道:“嗳! 从哪里说起! 我的外甥女巧姐不见了,我姐姐哭哭啼啼,叫我给姐夫送信去。”韩爷听了,便立起身来让坐。那人也让了。三言两语,韩爷便把那人让到一处。那人甚是直爽,见老儿拿了酒来,他却道:“豆老丈,我有一事。适才见屋外有几只雏鸡,在那里刨食吃。我与你同量,你肯卖一只与我们下酒么?”豆老笑道:“那有什么呢? 只要大爷多给几钱银子就是了。”那人道:“只管弄去,做成了,我给你二钱银子如何?”老者听说“二钱银子”,好生欢喜的去了。韩爷却拦道:“兄台又何必宰鸡呢。”那人道:“彼此有缘相遇,实是三生有幸,况我也当尽地主之谊。”说毕,彼此就座,各展姓字。原来此人姓庄名致和,就在村前居住。韩爷道:“方才庄兄说还有要紧事,不是要给令亲送信呢么? 不可因在下耽搁了工夫。”庄致和道:“韩兄放心,我还要在就近处访查访查呢。就是今日赶急送信与舍亲,他也是没法子,莫若我先细细访访。”

正说至此,只见外面进来了一人,口中嚷道:“老豆呀! 咱弄一壶热热的。”

他却一溜歪斜坐在那边桌上,脚登板凳,立愣着眼,瞅着这边。韩爷见他这样形景,也不理他。

豆老儿拧着眉毛,端过酒去。那人摸了一摸,道:“不热呀,我要热热的。”豆老儿道:“很热了,吃不到嘴里,又该抱怨小老儿了。”那人道:“没事,没事,你只管烫去。”豆老儿只得重新烫了来,道:“这可热的很了。”那人道:“热热的很好,你给我斟上晾着。”豆老儿道:“这是图什么呢?”那人道:“别管! 大爷是这末个脾气儿。我且问你,有什么荤腥儿拿一点我吃?”豆老儿道:“我这里是大爷知道的,乡村铺儿,那里讨荤腥来。无奈何,大爷将就些儿罢。”那人把醉眼一瞪,道:“大爷花钱,为什么将就呢?”说着话,就举起手来。豆老儿见势头不好,便躲开了。

那人却趔趄趔趄的来至草房门前,一嗅,觉得一股香味扑鼻,便进了屋内一看,见柴锅内煮着一只小鸡儿,又肥又嫩。他却说道:“好呀!现放着荤菜,你说没有。老豆,你可是猴儿拉稀,坏了肠子咧。”豆老忙道:“这是那二位客官花了二钱银两,煮着自用的。大爷若要吃时,也花二钱银子,小老儿再与你煮一只就是了。”那人道:“什么二钱银子!大爷先吃了,你再给他们煮去。”说罢,拿过方盘来,将鸡从锅内捞出,端着往外就走。豆老儿在后面说道:“大爷不要如此,凡事有个先来后到,这如何使得。”那人道:“大爷是嘴急的,等不得,叫他们等着去罢。”

他在这里说,韩爷在外面已听明白,登时怒气填胸,立起身来,走到那人跟前,抬腿将木盘一踢,连鸡带盘全合在那人脸上。鸡是刚出锅的,又搭着一肚子滚汤,只听那人哎呀一声,撒了手,栽倒在地,登时满脸上犹如尿泡里串气儿,立刻开了一个果子铺,满脸鼓起来了。韩爷还要上前,庄致和连忙拦住。韩爷气忿忿的坐下。那人却也知趣,这一烫酒也醒了,自己想了一想也不是理;又见韩爷的形景,估量着他不是个儿,站起身来就走,连说:“结咧,结咧!咱们再说再议。等着,等着!”搭讪着走了。这里庄致和将酒并鸡的银子会过,饶没吃成,反多与了豆老儿几分银子,劝着韩爷,一同出了大夫居。

这里豆老儿将鸡捡起来,用清水将泥土洗了去,从新放在锅里煮了一个开,用水盘捞出,端在桌上,自己暖了一角酒,自言自语:“一饮一啄,各有分定。好好一只肥嫩小鸡儿,那二位不吃,却便宜老汉开斋。这是从哪里说起。”

才待要吃,只见韩爷从外面又进来。豆老儿一见,连忙说道:“客官,鸡已熟了,酒已热了,好好放在这里。小老儿却没敢动,请客官自用罢。”韩爷笑道:“俺不吃了。俺且问你,方才那厮,他叫什么名字?在哪里居住?”豆老儿道:“客官问他则甚?好鞋不粘臭狗屎,何必与他呕气呢。”韩爷道:“我不过知道他罢了,谁有工夫与他呕气呢。”豆老道:“客官不知,他父子家道殷实,极其悭吝,最是强梁。离此五里之遥,有一个卞家疃,就是他家。他爹爹名叫卞龙,自称是‘铁公鸡’,乃刻薄成家,真是一毛儿不拔。若非怕自己饿死,连饭也是不吃的。谁知他养的儿子更狠,就是方才那人,名叫卞虎,他自称外号‘癞皮象’。他为什么起这个外号儿呢?一来是无毛可拔;二来他说当初他爹没来由,起手立起家业来,故此外号止于

‘鸡’。他是生成的胎里红,外号儿必得大大的壮门面,故此称‘象’。又恐人家看不起,因此又加上‘癞皮’二字,说明他是家传的啬吝,也不是好惹的。自从他父子如此,人人把个卞家疃改成‘扁家团’了。就是他来此吃酒,也是白吃白喝,尽赊账,从来不知还钱。老汉又惹他不起,只好白填嗓他罢了。”韩爷又问道:“他那疃里可有店房么?”豆老儿道:“他那里也不过是个村庄,哪有店房。离他那里不足三里之遥,有个桑花镇,却有客寓。”

韩爷问明底细,执手别了豆老,竟奔桑花镇而来,找了寓所。到了晚间,夜阑人静,悄悄离了店房,来到卞家疃。到了卞龙门前,跃墙而入,施展他飞檐走壁之能,爬伏在大房之上,偷睛往下观看。见个尖嘴缩腮的老头子,手托天平在那里平银子,左平右平,却不嫌费事,必要银子比砝码微低些方罢。共平了二百两,然后用纸包了四封,用绳子结好,又在上面打了花押;方命小童抱定,提着灯笼,往后面送去。

他在那里收拾天平,韩爷趁此机会,却溜下房来,在卡子门垛子边隐藏。小童刚迈门槛,韩爷将腿一伸,小童往前一扑,唧哩咕咚,栽倒在地,灯笼也灭了。老头子在屋内声言道:“怎么了?栽倒咧!”只见小童提着灭灯笼来对着了,说道:“刚迈门槛,不防就一交倒了。”老头子道:“小孩子家,你到底留神呀!这一栽,管保把包儿栽破,洒了银渣儿,如何找寻呢?我不管,拿回来再平,倘若短少分两,我是要扣你的工钱的。”说着话,同小童来至卡子门,用灯一照,罢咧!连个纸包儿的影儿也不见了。老头子急的两眼冒火,小童儿吓的二目如灯,泪流满面。老头子暴躁道:“你将我的银子藏于何处了?快快拿出来。如不然,就活活要了你的命。”

正说着,只见卞虎从后面出来,问明此事。小童哭诉一番。卞虎哪里肯信,将眼一瞪,道:“好囚攮的!人小鬼大,你竟敢弄这样的戏法。咱们且向前面说来。”说罢,拉了小童,卞龙反打灯笼在前引路,来到大房屋内。早见桌上用砝码押着个字帖儿,上面字有核桃大小,写道:“爷爷今夕路过汝家,知道你刻薄成家,广有金银,又兼俺盘费短少,暂借银四封,改日再还。不可误赖好人。如不遵命,爷爷时常夜行此路,请自试爷爷的宝刀。免生后悔!”卞龙见了此帖,登时浑身乱抖。卞虎将小童放了,也就发起愣来。父子二人无可如何,只得忍着肚子疼,还是性命要紧,不敢声张,惟有小心而已。

要知后文如何,下回分晓。

第六十二回

遇拐带松林救巧姐　寻奸淫铁岭战花冲

且说韩二爷揣了四封银子回归旧路，远远听见江西小车，吱吱扭扭的奔了松林而来。韩爷急中生智，拣了一株大树，爬将上去，隐住身形。不意小车子到了树下，咯噔的歇住，听见一人说道："白昼将货物闷了一天，此时趁着无人，何不将他过过风呢？"又听有人说道："我也是如此想。不然闷坏了，岂不白费了工夫呢！"答言的却是妇人声音。只见他二人从小车上开开箱子，搭出一个小小人来，叫他靠在树木之上。

韩爷见了，知他等不是好人，暗暗的把银两放在槎丫之上，将朴刀拿在手中，从树上一跃而下。那男子猛见树上跳下一人，撒腿往东就跑。韩爷哪里肯舍，赶上一步，从后将刀一搠。那人嗳哟了一声，早已着了利刃，栽倒在地。韩爷撤步回身，看那妇人时，见她哆嗦在一堆儿，自己打的牙山响，犹如寒战一般。韩爷用刀一指，道："你等所做何事？快快实说！倘有虚言，立追狗命。讲！"那妇人道："爷爷不必动怒，待小妇人实说。我们是拐带儿女的。"韩爷问道："拐来男女置于何地？"妇人道："爷爷有所不知，只因襄阳王爷那里要讲演优伶歌妓，收录幼童弱女，凡有姿色的总要赏五六百两。我夫妻因穷所迫，无奈做此暗昧之事。不想今日遇见爷爷识破，只求爷爷饶命。"

韩爷又细看那孩儿，原来是个女孩儿，见她愣愣呵呵的，便知道其中有诈，又问道："你等用何物迷了她的本性？讲！"妇人道："她那泥丸宫有个药饼儿，揭下来，少刻就可苏醒。"韩爷听罢，伸手向女子头上一摸，果有药饼，连忙揭下，抛在道旁，又对妇人道："你这恶妇，快将裙绦解下来。"妇人不敢不依，连忙解下，递给韩爷。韩爷将妇人发髻一提，拣了一棵小小的树木，把妇人捆了个结实。翻身窜上树去，揣了银子，一跃而下。才待举步，只听那女孩儿哎呀了一声，哭出来了。韩爷上前问道："你此时可明白了？你叫什么？"女子道："我叫巧姐。"韩爷听了惊骇，道："你母舅可是庄致和么？"女子道："正是，伯伯如何知道？"韩爷听了，想道："无心中救了巧姐，省我一番事。”又见天光闪亮，惟恐有些不便，连忙说道：“我姓韩，与你母舅认识。少时若有人来，你就喊‘救人’，叫本处地方送你回家就完了。拐你的男女，我俱已拿住了。”说罢，竟奔桑花镇去了。

果然，不多时路上已有行人，见了如此光景，问了备细，知是拐带，立刻找着地方保甲，放下妇人，用铁锁锁了，带领女子同赴县衙。县官升堂，一讯即服。男子已死，着地方掩埋，妇人定案寄监。此信早已传开了。庄致和闻知，急急赴县，当堂将巧姐领回。路过大夫居，见了豆老，便将巧姐已有的话说了。又道：“是姓韩的救的。难道就是昨日的韩客官么？”豆老听见，好生欢喜，又给庄爷暖酒作贺，因又提起：“韩爷昨日复又回来，问卞家的底里。谁知今早闻听人说，卞家丢了许多的银两。庄大爷，你想这事诧异不诧异？老汉再也猜摸不出这位韩爷是个什么人来。”

他两个只顾高谈阔论，讲究此事。不想那边坐着一个道人，立起身来，打个稽首①，问道：“请问庄施主，这位韩客官可是高大身躯，金黄面皮，微微的有点黄须么？”庄致和见那道人骨瘦如柴，仿佛才病起来的模样，却又目光如电，炯炯有神，声音洪亮，另有一番别样的精神，不由地起敬道：“正是，道爷何以知之？”那道人道：“小道素识此人，极其侠义，正要访他。但不知他向何方去了？”豆老儿听到此，有些不耐烦，暗道：“这道人从早晨要了一角酒，直耐到此时，占了我一张座儿，仿佛等主顾的一般。如今听我二人说话，他便插言，想是个安心哄嘴吃的。”便没有好气的答道：“我这里过往客人极多，谁耐烦打听他往哪里去呢。你既认得他，你就趁早儿找他去。”那道人见豆老儿说的话倔强，也不理他，索性就棍打腿，便对庄致和道：“小道与施主相遇，也是缘分，不知施主可肯布施小道两角酒么？”庄致和道：“这有什么。道爷请过来，只管用，俱在小可身上。”那道人便凑过来。庄致和又叫豆老暖了两角酒来。豆老无可奈何，瞅了道人一眼，道：“明明是个骗酒吃的，这可等着主顾了。”嘟嘟囔囔的温酒去了。

原来这道人就是四爷蒋平。只因回明包相访查韩彰，扮做云游道人模样，由丹凤岭慢慢访查至此。好容易听见此事，焉肯轻易放过。一壁吃酒，一壁细问昨日之事，越听越是韩爷无疑。吃毕酒，蒋平道了叨扰。庄

---

① 稽（qǐ）首——古时一种跪拜礼。叩头到地，是九拜中最恭敬者。

致和会了钱钞,领着巧姐去了。

蒋平也就出了大夫居,逢村遇店,细细访查,毫无下落。看看天晚,日色西斜,来到一座庙宇前,匾上写着“铁岭观”三字,知是道士庙宇,便上前。才待击门,只见山门放开,出来一个老道,手内提定酒葫芦;再往脸上看时,已然喝的红扑扑的似有醉态。蒋平上前稽首,道:“小道行路天晚,意欲在仙观借宿一宵,不知仙长肯容纳否?”那老道乜斜①着眼,看了看蒋平,道:“我看你人小瘦弱,倒是个不生事的。也罢,你在此略等一等,我到前面沽了酒回来,自有道理。”蒋平接口道:“不瞒仙长说,小道也爱杯中之物。这酒原是咱们玄门中当用的。乞将酒器付与小道,待我沽来,奉敬仙长如何?”那老道听了,满面堆下笑来,道:“道友初来,如何倒要叨扰?”说着话,却将一个酒葫芦递给四爷。四爷接过葫芦,又把自己的渔鼓简板以及算命招子交付老道。老道又告诉他卖酒之家。蒋平答应,回身去不多时,提了满满的一葫芦酒,额外又买了许多的酒菜。老道见了,好生欢喜,道:“道兄初来,却破许多钱钞,使我不安。”蒋平道:“这有甚要紧。你我皆是同门,小弟特敬老兄。”

那老道更觉欢喜,回身在前引路,将蒋平让进,关了山门,转过影壁,便看见三间东厢房。二人来到屋内,进门却是悬龛供着吕祖,也有桌椅等物。蒋爷倚了招子,放下渔鼓简板,向上行了礼。老道掀起布帘,让蒋平北间屋内坐。蒋平见有个炕桌上面放着杯壶,还有两色残肴。老道开柜拿了家伙,把蒋爷新买的酒菜摆了。然后暖酒添杯,彼此对面而坐。蒋爷自称姓张,又问老道名姓,原来姓胡名和。观内当家的叫做吴道成,生的黑面大腹,自称绰号铁罗汉,一身好武艺,惯会趋炎附势②。这胡和见了酒如命的一般,连饮了数杯,却是酒上加酒,已然醺醺。他却顺口开河,道:“张道兄,我有一句话告诉你,少时当家的来时,你可不要言语,让他们到后面去,别管他们做什么。咱们俩就在前边给他个痛喝,喝醉了,就给他个闷睡,什么全不管他。你道如何?”蒋爷道:“多承胡大哥指示。但不知当家的所做何事?何不对我说说呢?”胡和道:“其实告诉你也不妨事。我们这当家的,他乃响马出身,畏罪出家,新近有他个朋友找他来,名

---

① 乜(miē)斜——眼睛略眯而斜着看,多表示瞧不起或不满意。

② 趋炎附势——比喻奉承依附有权有势的人。

叫花蝶，更是个不尴不尬之人，鬼鬼祟祟不知干些什么。昨晚有人追下来，竟被他们拿住，锁在后院塔内，至今没放。你说，他们的事管得么?”蒋爷听了，心中一动，问道:“他们拿住是什么人呢?”胡和道:“昨晚不到三更，他们拿住人了。是如此如彼，这般这样。”蒋爷闻听，吓了个魂不附体，不由惊骇非常。

你道胡和说什么“如此如彼，这般这样”？原来韩二爷于前日夜救了巧姐之后，来到桑花镇，到了寓所，便听见有人谈论花蝶。细细打听，方才知道是个最爱采花的恶贼，是从东京脱案逃走的大案贼，怨不得人人以花蝶起誓。暗暗的忖度了一番，到了晚间，托言玩月，离了店房，夜行打扮，悄悄的访查。

偶步到一处有座小小的庙宇，借着月光初上，见匾上金字，乃“观音庵”三字，便知是尼庵。刚然转到那边，只见墙头一股黑烟落将下去。韩爷将身一伏，暗道:“这事奇怪！一个尼庵，我们夜行人到此做什么？必非好事，待我跟进去。”一飞身跃上墙头，往里一望，却无动静。便落下平地，过了大殿，见角门以外路西，单有个门儿虚掩，挨身而入，却是三间茅屋，惟有东间明亮。早见窗上影儿是个男子，巧在鬓边插的蝴蝶，颤巍巍的在窗上摇舞。韩爷看在眼里，暗道:“竟有如此的巧事！要找寻他，就遇见他。且听听动静，再做道理。”稳定脚尖，悄悄蹲伏窗外。只听花蝶道:“仙姑，我如此哀恳，你竟不从。休要惹恼我的性儿，还是依了好。”又听有一女子声音道:“不依你，便怎样?”又听花蝶道:“凡妇女入了花蝶之眼，再也逃不出去，何况你这女尼。我不过是爱你的容颜，不忍加害于你。再若不识抬举，你可怨我不得了。”又听女尼道:“我也是好人家的女儿，只因自幼多灾多病，父母无奈，将我舍入空门。不想今日遇到你这恶魔，好，好，好！惟有求其速死而已。”说着，说着，就哭起来了。忽听花蝶道:“你这贱人竟敢以死吓我，我就杀了你！”韩爷听到此，见灯光一晃，花蝶立起身来，起手一晃，想是抽刀。韩爷一声高叫道:“花蝶！休得无礼，俺来擒你！”

屋内花冲猛听外面有人叫他，吃惊不小，噗的一声，将灯吹灭，掀软帘奔到堂屋，刀挑帘栊，身体往斜刺里一纵。只听拍，早有一枝弩箭钉在窗棂之上。花蝶暗道:“幸喜不曾中了暗器。”二人动起手来。因院子窄小，不能十分施展，只是彼此招架。正在支持，忽见从墙头跳下一人，咕咚一声，其声甚重。又见他身形一长,是条大汉,举朴刀照花蝶劈来。花蝶立住脚,望大汉虚捌一刀。大汉将身一闪,险些儿栽倒。花蝶抽空跃上墙头,韩爷一飞身跟将出去。花蝶已落墙外,往北飞跑。韩爷落下墙头,追将下去。这里大汉出角门,绕大殿,自己开了山门,也就顺着墙往北追下去了。

韩爷追花蝶有三里之遥。又见有座庙宇,花蝶跃身跳进,韩爷也就飞过墙去。见花蝶又飞过里墙,韩爷紧紧跟随。追到后院一看,见有香炉角三座小塔,惟独当中的大些。花蝶便往塔后隐藏,韩爷步步跟随。花蝶左旋右转,韩爷前赶后拦。二人绕塔多时,方见那大汉由东边角门赶将进来,一声喊叫:"花蝶!你往哪里走?"花蝶扭头一看,故意脚下一跐,身体往前一栽。韩爷急赶一步,刚然伸出一手,只见花蝶将身一翻,手一撒。韩爷肩头已然着了一下,虽不甚疼,觉得有些麻木,暗说:"不好!必是药标。"急转身跃出墙外,竟奔回桑花镇去了。

这里花蝶闪身计打了韩彰,精神倍长,迎了大汉,才待举手,又见那壁厢来了个雄伟胖大之人,却是吴道成。因听见有人喊叫,连忙赶来,帮着花蝶,将大汉拿住,锁在后院塔内。

胡和不知详细,他将大概略述一番,已然把个蒋爷惊的目瞪痴呆。

未知如何,下回分晓。

第六十三回

救莽汉暗刺吴道成　寻盟兄巧逢桑花镇

且说蒋四爷听胡和之言，暗暗说道：“怨不得我找不着我二哥呢，原来被他们擒住了。”正在思索，忽听外面叫门。胡和答应着，却向蒋平摆手，随后将灯吹灭，方趔趄趔趄出来开放山门。只听有人问道：“今日可有什么事么？”胡和道：“什么事也没有。横竖也没有人找，我也没有吃酒。”又听一人道：“他已醉了，还说没有吃酒呢。你将山门好好的关了罢。”说着，二人向后边去了。

胡和关了山门，从新点上灯来，道：“兄弟，这可没了事咧。咱们喝罢，喝醉了给他个睡，什么事全不管他。”蒋爷道：“很好。”却暗暗算计胡和。不多时，将老道灌了个烂醉，人事不知。蒋爷脱了道袍，扎缚停当，来到外间，将招子拿起，抽出三棱鹅眉刺，熄灭了灯，悄悄出了东厢房，竟奔后院而来。果见有三座砖塔，见中间的极大。刚然走到跟前，忽听嚷道：“好呀！你们将老爷捆缚在此，不言不语，到底是怎样呀？快快给老爷一个爽利呀！”蒋爷听了不是韩爷的声音，悄悄道：“你是谁？不要嚷！我来救你。”说罢，走到跟前，把绳索挑去，轻轻将他二臂舒回。那大汉定了定神，方说道：“你是什么人？”蒋爷道：“我姓蒋名平。”大汉失声道：“嗳哟！莫不是翻江鼠蒋四爷么？”蒋平道：“正是，你不要高声。”大汉道：“幸会，幸会。小人龙涛，自仁和县灶君祠跟下花蝶来到此处，原要与家兄报仇，不想反被他们拿住。以为再无生理，谁知又蒙四爷知道搭救。”蒋爷听了，便问道：“我二哥在哪里？”龙涛道：“并不曾遇见什么二爷。就是昨晚也是夜星子冯七给小人送的信，因此得信到观音庵访拿花蝶，爬进墙去，却见个细条身子的与花蝶动手。是我跳下墙去帮助。后来花蝶跳墙，那人比我高多了，也就飞身跃墙，把花蝶追至此处。及至我爬进墙来帮助，不知那人为什么反倒越墙走了。我本不是花蝶对手，又搭上个黑胖老道，如何敌得住，因此就被他们擒住了。”蒋爷听罢，暗想道：“据他说来，这细条身子的倒像我二哥。只是因何又越墙走了呢？走了又往何处去呢？”

又问龙涛道:“你方才可见二人进来么? 往哪里去了?”龙涛道:“往西一面竹林之后,有一段粉墙(想来有门),他们往那里去了。”蒋爷道:“你在此略等一等,我去去就来。”

转身形来到林边一望,但见粉壁光华,乱筛竹影,借着月光浅淡,翠荫萧森,碧沉沉竟无门可入。蒋爷暗忖道:“看此光景,似乎是板墙。里面必是个幽僻之所,且到临近看看。”绕过竹林,来到墙根,仔细留神,踱来踱去。结构斗榫处,果然有些活动。伸手一摸,似乎活的。摸了多时,可巧手指一按,只听咯噔一声,将消息滑开,却是个转身门儿。蒋爷暗暗欢喜,挨身而入,早见三间正房,对面三间敞厅,两旁有抄手游廊。院内安设着白玉石盆,并有几色上样的新菊花,甚觉清雅。正房西间内灯烛明亮,有人对谈。泽长蹑足潜踪,悄立窗外。只听有人嗐声叹气。旁有一人劝慰,道:“贤弟,你好生想不开,一个尼姑有什么要紧? 你再要如此,未免叫愚兄笑话你了。”这说话的却是吴道成。又听花蝶道:“大哥,你不晓得,自从我见了她之后,神魂不定,废寝忘餐。偏偏的她那古怪性儿,决不依从。若是别人,我花冲也不知杀却了多少。惟独她,小弟不但舍不得杀她,竟会不忍逼她。这却如何是好呢?”说罢,复又长叹。吴道成听了,哈哈笑道:“我看你竟自着了迷了。兄弟,既如此,你请我一请,包管此事必成。”花蝶道:“大哥果有妙计,成全此事,慢说请你,就是叫我给你磕头,我都甘心情愿的。”说着话,咕咚一声,就跪下了。蒋爷在外听了,暗笑道:“人家为媳妇拜丈母,这小子为尼姑拜老道。真是无耻,也就可笑呢。”只听吴道成说:“贤弟请起。不要太急,我早已想下一计了。”花蝶问道:“有何妙计?”吴道成道:“我明日叫我们那个主儿假做游庙,到她那里烧香。我将蒙汗药叫她带上些。到了那里,无论饮食之间下上些,须将她迷倒,那时任凭贤弟所为。你道如何?”花冲失声大笑,道:“好妙计,好妙计! 大哥,你真要如此,方不愧你我是生死之交。”又听吴道成道:“可有一宗,到了临期,你要留些情分,千万不可连我们那个主儿清浊不分,那就不成事体了。”花冲也笑道:“大哥放心。小弟不但不敢,从今后,小弟竟把她当嫂子看待。”说罢,二人大笑。

蒋爷在外听了,暗暗切齿咬牙,道:“这两个无耻无羞、无伦无礼的贼徒,又在这里设谋定计,陷害好人。”就要进去,心中一转想:“不可,须要用计。”想罢,转身躯来到门前,高声叫道:“无量寿佛!”他便抽身出来,往南赶行了几步，在竹林转身形隐在密处。此时屋内早已听见。吴道成便立起身来，到了院中，问道："是哪个？"并无人应。却见转身门已开，便知有人，连忙出了板墙，左右一看，何尝有个人影，心中转省道："是了，这是胡和醉了，不知来此做些什么。看见此门已开，故此知会我们，也未见得。"心中如此想，脚下不因不由的往南走去。可巧正在蒋爷隐藏之处，撩开衣服，腆着大肚，在那里小解。蒋爷在暗处看的真切，暗道："活该小子前来送死。"右手攥定钢刺，复用左手按住手腕。说时迟，那时快，只听噗哧一声，吴道成腹上已着了钢刺，小水淋淋漓漓。蒋爷也不管他，却将手腕一翻，钢刺在肚子里转了一个身。吴道成哪里受得，嗳哟一声，翻筋斗栽倒在地。蒋爷趁势赶步，把钢刺一阵乱捣，吴道成这才成了道了。蒋爷抽出钢刺，就在恶道身上搽抹血渍，交付左手，别在背上，仍奔板墙门而来。

到了院内，只听花蝶问道："大哥，是什么人？"蒋爷一言不发，好大胆！竟奔正屋。到了屋内软帘北首，右手二指轻轻掀起一缝，往里偷看。却见花蝶立起身来，走到软帘前一掀。蒋爷就势儿接着，左手腕一翻，明晃晃的钢刺，竟奔花蝶后心刺下来。只听哧的一声响，把背后衣服划开，从腰间至背，便着了钢刺。花蝶负痛难禁，往前一挣，登时跳到院内。也是这厮不该命尽，是蒋爷把钢刺别在背后，又是左手，且是翻起手腕，虽然刺着，却不甚重，只是划伤皮肉。蒋爷蹑步跟将出来。花蝶已出板墙，蒋爷紧紧追赶。花蝶却绕竹林，穿入深密之处。蒋爷有心要赶上，猛见花蝶跳出竹林，将手一扬。蒋四爷暗说"不好"，把头一扭，觉的冷嗖嗖从耳边过去，板墙上拍的一声响。蒋爷便不肯追赶，眼见花蝶飞过墙去了。

蒋爷转身来到中间，往前见龙涛血脉已周，伸腰舒背，身上已觉如常，便将方才之事，说了一遍。龙涛不胜称羡。蒋爷道："咱们此时往何处去方好？"龙涛道："我与冯七约定在桑花镇相见。四爷何不一同前往呢？"蒋爷道："也罢，我就同你前去，且到前面，取了我的东西，再走不迟。"二人来到东厢房内，见胡和横躺在炕上，人事不知。蒋爷穿上道袍，在外边桌上拿了渔鼓简板，旁边拿起算命招子，装了钢刺。也不管胡和明日如何报官，如何结案，二人离了铁岭观，一直竟奔桑花镇而来。

及至到时，红日已经东升。龙涛道："四爷辛苦了一夜，此时也不觉饿吗？"蒋爷听了，知他这两日未曾吃饭，随答道："很好，正要吃些东西。"

说着话，正走到饭店门前，二人进去，拣了一个座头。刚然坐下，只见堂官从水盆中提了一尾欢跳的活鱼来。蒋爷见了，连兮道："好新鲜鱼！堂官，你给我们一尾。"走堂的摇手，道："这鱼不是卖的。"蒋爷道："却是为何？"堂官道："这是一位军官爷病在我们店里，昨日交付小人的银两，好容易寻了数尾，预备将养他病的，因此我不敢卖。"蒋爷听了，心内辗转道："此事有些蹊跷。鲤鱼乃极热之物，如何反用他将养病呢？再者我二哥与老五最爱吃鲤鱼，在陷空岛时往往心中不快，吃东西不香，就用鲤鱼氽汤，拿它开胃。难道这军官就是我二哥不成？但只是我二哥如何扮做军官呢？又如何病了呢？"蒋爷只顾犯想。旁边的龙涛也不管三七二十一，他先要了点心来，一上口就是五六碟，然后才问："四爷，吃酒要什么菜？"蒋爷随便要了，毫不介意，总在得病的军官身上。

少时，见堂官端着一盘热腾腾、香喷喷的鲤鱼，往后面去了。蒋爷他却悄悄跟在后面，多时转身回来，不由笑容满面。龙涛问道："四爷酒也不喝，饭也不吃，如何这等发笑？"蒋爷道："少时你自然知道。"便把那堂官唤近前来，问道："这军官来了几日了？"堂官道："连今日四天了。"蒋爷道："他来时可曾有病么？"堂官道："来时却是好好的。只因前日晚上出店赏月，于四鼓方才回来，便得了病。立刻叫我们伙计三两个到三处打药，惟恐一个药铺赶办不来。我们想着军官爷必是紧要的症候，因此挡槽儿的、更夫，连小人分为三下里，把药抓了来。小人要与军官爷煎，他不用。小人见他把那三包药中拣了几味，先噙在口内，说道：'你们去罢。有了药，我就无妨碍了。明早再来，我还有话说呢。'到了次日早起，小人过去一看，见那军官爷病就好了，赏了小人二两银子买酒吃。外又交付小人一个锞子，叫小人务必的多找几尾鲤鱼来，说：'我这病非吃活鲤鱼不可。'因此昨日出去了二十多里路，方找了几尾鱼来。军官爷说：'每日早饭只用一尾，过了七天后，便隔两三天再吃，也就无妨了。'也不知这军官爷得的什么病。"

蒋爷听了，点了点头，叫堂官且温酒去，自己暗暗踌躇道："据堂官说来，我二哥前日夜间得病。不消说了，这是在铁岭观受了暗器，赶紧跑回来了。怨得龙涛他说：'刚赶到，那人不知如何越墙走了。'只是叫人两三处打药，难道这暗器也是毒药喂的么？不然，如何叫人两三处打药。这明是秘不传方之意。二哥呀，二哥！你过于多心了，一个方儿什么要紧，自已性命也是当要的。当初大哥劝了多少言语,说:‘为人不可过毒了。似乎这些小家伙称为暗器,已然有个“暗”字,又用毒药喂饱,岂不是狠上加狠呢? 如何使得!’谁知二哥再也不听,连解药儿也不传人。不想今日临到自己头上,还要细心,不肯露全方儿。如此看来,二哥也太深心了。”又一转想,暗说:“不好! 当初在文光楼上我诓药之时,原是两丸全被我盗去。如今二哥想起来,叫他这般费事,未尝不恨我、骂我,也就未必肯认我罢。”想到此,只急得汗流满面。

龙涛在旁,见四爷先前欢喜,到后来沉吟纳闷,,此时竟自手足失措,便问道:“四爷,不吃不喝,到底为着何事? 何不对我说说呢?”蒋爷叹气,道:“不为别的,就只为我二哥。”龙涛道:“二爷在哪里?”蒋爷道:“就在这店里后面呢。”龙涛忙道:“四爷,大喜! 这一见了二爷,又完官差,又全朋友义气,还犹豫什么呢?”说着话,堂官又过来。蒋爷唤住,道:“伙计,这得病的军官可容人见么?”堂官开言说道:“爷若不问,小人也不说。这位军官爷一进门,就嘱咐了,他说:‘如有人来找,须问姓名。独有个姓蒋的,他若找来,就回复他说我不在这店里。’”四爷听了,便对龙涛道:“如何?”龙涛闻听,便不言语了。蒋爷又对堂官道:“此时军官的鲤鱼大约也吃完了。你作为取家伙去,我悄悄的跟了你去。到了那里,你合军官说话儿,我做个不期而遇①。倘若见了,你便溜去,我自有道理。”堂官不能不应。蒋爷别了龙涛,跟着堂官,来到后面院子之内。

不知二人见了如何,下回分晓。

---

① 不期而遇——没有约定而意外地遇见。

第六十四回

论前情感化彻地鼠　观古迹游赏诛龙桥

且说蒋爷跟了堂官来到院子之内，只听堂官说道："爷上吃着这鱼可配口么？如若短什么调和，只管吩咐，明早叫灶上的多精点心。"韩爷道："很好，不用吩咐了，调和的甚好。等我好了，再谢你们罢。"堂官道："小人们理应伺候，如何担的起'谢'字呢。"

刚说到此，只听院内说道："哎哟！二哥呀！你想死小弟了。"堂官听罢，端起盘子，往外说走。蒋四爷便进了屋内，双膝跪倒。韩爷一见翻转身，面向里而卧，理也不理。蒋爷哭道："二哥，你恼小弟，小弟深知。只是小弟委屈也要诉说明白了，就死也甘心的。当初五弟所做之事，自己逞强逞能，不顾国家法纪，急得大哥无地自容。若非小弟看破，大哥早已缢死在庞府墙外了。二哥，你老知道么？就是小弟离间二哥，也有一番深心。凡事皆是老五作成，人人皆知是锦毛鼠的能为，并不知有姓韩的在内。到了归结，二哥却跟在里头打这不明不白的官司，岂不弱了彻地鼠之名呢？再者小弟附和着大哥，务必要拿获五弟，并非忘了结义之情，这正是救护五弟之意。二哥难道不知他做的事么？若非遇见包恩相与诸相好，焉能保的住他毫无伤损，并且得官授职？又何尝委屈了他呢。你我弟兄五人自陷空岛结义以来，朝夕聚首，原想不到有今日。既有今日，我四人都受皇恩，相爷提拔，难道就忘却了二哥么？我兄弟四人在一处已经哭了好几场。大哥尤为伤怀，想会二哥。实对二哥说罢，小弟此番前来，一来奉旨钦命，二来包相钧谕，三来大哥的分派。故此装模作样，扮成这番光景，遍处找寻二哥。小弟原有一番存心，若是找着了二哥固好；若是寻不着时，小弟从此也就出家，做个负屈含冤的老道罢了。"说到此，抽抽噎噎地哭了起来。他却偷着眼看韩彰，见韩爷用巾帕抹脸，知是伤了心了，暗道："有点活动了。"复又说道："不想今日在此遇见二哥，二哥反恼小弟，岂不把小弟一番好心倒埋没了？总而言之，好人难作。小弟既见了二哥，把曲折衷肠诉明，小弟也不想活着了，隐迹山林，找个无人之处，自己痛哭一场，寻个自尽罢了。"说到此，声咽音哑，就要放声。

韩爷哪里受得，由不得转过身来，道："你的心，我都知道了。你言我行事太毒，你想想，你做的事未尝不狠。"蒋爷见韩爷转过身来，知他心意已回，听他说"做事太狠"，便急忙问道："不知小弟做什么狠事了？求二哥说明。"韩爷道："你诓我药，为何将两丸俱各拿去？致令我昨日险些儿丧了性命。这不是做事太狠么？"蒋爷听了，噗哧一声笑了，道："二哥若为此事恼我恨我，这可错怪小弟了。你老自想想，一个小荷包儿有多大地方，当初若不将二丸药掏出，如何装的下那封字柬呢？再者小弟又不是未卜先知，能够知道于某年某月某日某时，我二哥受药标，必要用此解药；若早知道，小弟偷时也要留个后手儿，预备给二哥救急儿，也省得你老恨我咧！"韩爷听了也笑了，伸手将蒋爷拉起来，问道："大哥、三弟、五弟可好？"蒋爷道："都好。"说毕，就在炕边上坐了。彼此提起前情，又伤感了一回。韩爷便说："与花蝶比较，他用闪身计，是我一时忽略，故此受了他的毒标，幸喜不重。赶回店来，急忙配药，方能保得无事。"蒋爷听了，方才放心，也将铁岭观遇见胡道泄机，小弟只当是二哥被擒，谁知解救的却是龙涛；如何刺死吴道成，又如何反手刺伤了花蝶，他在钢刺下逃脱的话，说了一遍。韩爷听了，欢喜无限，道："你这一刺，虽未伤他的性命，然而多少划他一下，一来惊他一惊，二来也算报了一标之仇了。"

二人正在谈论，忽听外面进来一人，扑翻身就给韩爷叩头，倒把韩爷吓了一跳。蒋爷连忙扶起，道："二哥，此位便是捕快头目龙涛龙二哥。"韩二爷道："久仰，久仰。恕我有贱恙，不能还礼。"龙涛道："小人今日得遇二员外，实小人之万幸。务恳你老人家早早养好贵体，与小人报了杀兄之仇，这便是爱惜龙涛了。"说罢，泪如雨下。蒋爷道："龙二哥，你只管放心，等我二哥好了，身体强健，必拿花贼与令兄报仇。我蒋平也是要助拿此贼的。"龙涛感谢不已。

从此蒋爷服侍韩爷，又有龙涛帮着，更觉周到。闹了不多几日，韩爷伤痕已愈，精神复原。

一日，三人正在吃饭之时，却见夜星子冯七满头是汗，进来说道："方才打二十里堡赶到此间，已然打听明白，姓花的因吃了大亏，又兼本县出票捕缉甚紧，到处有线，难以住居，他竟逃往信阳，投奔邓家堡去了。"龙涛道："既然如此，只好赶到信阳，再作道理。"便叫冯七参见了二员外，也就打横儿坐了,一同吃毕饭。韩爷问蒋爷道:“四弟,此事如何区处?”蒋爷道:“花蝶这厮万恶已极,断难容留。莫若二哥与小弟同上信阳将花蝶拿获,一来除了恶患,二来与龙兄报了大仇,三来二哥到开封也觉有些光彩。不知二哥意下如何?”韩爷点头,道:“你说的有理。只是如何去法呢?”蒋泽长道:“二哥仍是军官打扮,小弟照常道士形容。”龙涛道:“我与冯七做个小生意,临期看势作事。还有一事,我与欧阳爷、丁大官人原有旧约,如今既上信阳,须叫冯七到茉花村送信才是,省得他们二位徒往灶君祠奔驰。夜星子听了,满口应承,定准在诛龙桥西河神庙相见。龙涛又对韩、蒋二人道:“冯七这一去尚有几天工夫,明日我先赶赴信阳,容二员外多将养几日。就是你们二位去时,一位军官,一位道者,也不便同行,只好俱在河神庙会齐便了。”蒋爷深以为是。计议已定,夜星子收拾收拾,立刻起身,竟奔茉花村而来。

且言北侠与丁大爷来到茉花村,盘桓了几日,真是义气相投,言语投机。一日,提及花蝶,三人便要赴灶君祠之约。兆兰、兆蕙进内禀明了老母。丁母关碍着北侠,不好推托。老太太便立了一个主意,连忙吩咐厨房预备送行的酒席,明日好打发他等起身。北侠与丁氏弟兄欢天喜地,收拾行李,分派人跟随,忙乱了一天。到了掌灯时,饮酒吃饭。直到二鼓,刚然用完了饭,忽见丫鬟报来,道:“老太太方才说身体不爽,此时已然歇下了。”丁氏弟兄闻听,连忙跑到里面看视,见老太太在帐子内,面向里和衣而卧。问之不应,半晌,方说:“我这是无妨的,你们干你们的去。”丁氏弟兄那里敢挪寸步。伺候到四鼓之半,老太太方解衣安寝。二人才暗暗出来,来到待客厅。谁知北侠听说丁母欠安,也不敢就睡,独自在那里呆等音信,见了丁家弟兄出来,便问:“老伯母因何欠安?”大爷道:“家母有年岁之人,往往如此,反累吾兄挂心,不得安眠。”北侠道:“你我知己兄弟,非比外人家,这有什么呢。”丁二爷道:“此时家母业已安歇,吾兄可以安置罢。明日还要走路呢。”北侠道:“劣兄方才细想,此事也没甚要紧,二位贤弟原可以不必去。何况老伯母今日身体不爽呢。就是再迟两三日,也不为晚。总是老人家要紧。”丁氏昆仲连连称:“是,且到明日再看。”彼此问了安置,弟兄二人仍上老太太那里去了。

到了次日,丁大爷先来到厅上,见北侠刚然梳洗。欧阳爷先问道:“伯母后半夜可安眠否?”兆兰道:“托赖兄长庇荫,老母后半夜颇好。”正说话间,兆蕙亦到,便问北侠:“今日可起身么?”北侠道:“尚在未定。等伯母醒时,看老人家的光景,再做道理。”忽见门上庄丁进来,禀道:“外面有个姓冯的,要求见欧阳爷、丁大爷。”北侠道:“他来的很好,将他叫进来。”庄丁回身,不多时,见一人跟庄丁进来,自说道:“小人夜星子冯七参见。”丁大爷问道:“你从何处而来?”冯七便将龙涛追下花蝶,观中遭擒;如何遇蒋爷搭救,刺死吴道成,惊走花蝶;又如何遇见韩二爷,现今打听明白,花冲逃往信阳,大家俱定准在诛龙桥西河神庙相见的话,述说了一回。北侠道:“你几时回去?”冯七道:“小人特别前来送信,还要即刻赶到信阳,同龙二爷探听花蝶的下落呢。”丁大爷道:“既如此,也不便留你。”回头吩咐庄丁,取二两银子来赏与冯七。冯七叩谢道:“小人还有盘费,大官人如何又赏许多。如若没有什么吩咐,小人也就要走了。”又对北侠道:“爷们去时,就在诛龙桥西河神庙相见。”北侠道:“是了,我知道了。那庙里方丈慧海我是认得的,手谈是极高明的。”冯七听了,笑了一笑,告别去了。

谁知他们这里说话,兆蕙已然进内看视老太太出来。北侠问道:“二弟,今日伯母如何?”丁二爷道:“方才也替吾兄请了安了。家母说:‘多承挂念。’老人家虽比昨日好些,只是精神稍减。”北侠道:“莫怪劣兄说,老人家既然欠安,二位贤弟断断不可远离。况此事也没甚要紧。依我的主意,竟是我一人去到信阳,一来不至失约,二来我会同韩、蒋二人,再加上龙涛帮助,也可以敌得住姓花的了。二位贤弟以为何如?”兆兰、兆蕙原因老母欠安,不敢远离,今听北侠如此说来,连忙答道:“多承仁兄指教,我二人惟命是从。待老母大愈后,我二人再赶赴信阳就是。”北侠道:“那也不必。即便去时,也不过去一人足矣,总要一位在家伺候伯母要紧。”丁家弟兄点头称“是”。早见伴当搭抹桌椅,调开座位,安放杯箸,摆上丰盛的酒席。这便是丁母吩咐预备饯行的。酒饭已毕,北侠提了包裹,彼此珍重了一番,送出庄外,执手分别。

不言丁氏昆仲回庄,在家奉母。单说北侠出了茉花村,上了大路,竟奔信阳而来。沿途观览山水。一日,来到信阳境界,猛然想起人人都说诛龙桥下有诛龙剑。“我虽然来过,并未赏玩。今日何不顺便看看,也不枉再游此地一番。”想罢,来到河边泊船之处雇船。船家迎将上来,道:“客官要上诛龙桥看古迹的么?待小子伺候爷上赏玩一番何如?”北侠道:

“很好,但不知要多少船价?须要说明。”船家道:“有甚要紧。只要客官畅快喜欢了,多赏些就是了。请问爷上是独游,还是要会客呢?可要火食不要呢?”北侠道:“也不会客,也不要火食,独自一人要游玩游玩,把我渡过桥西,河神庙下船,便完事了。”船家听了,没有什么想头,登时怠儿慢儿的道:“如此说来,是要单座儿了。我们从早晨到此时,并没开张,爷上一人,说不得走这一遭儿罢。多了也不敢说,破费爷上四两银子罢。”俗语说的“车船店脚牙”,极是难缠的。他以为拿大价儿把欧阳爷难住,就拉倒了。

不知北侠如何,下回分解。

第六十五回

北侠探奇毫无情趣　花蝶隐迹别有心机

且说北侠他乃挥金似土之人,既要遣兴赏奇,慢说是四两,就是四十两也是肯花的。想不到这个船家要价儿,竟会要在圈儿里头了。

北侠道:“四两银子有甚要紧。只要俺看了诛龙剑,俺便照数赏你。”船家听了,又立刻精神百倍,满面堆下笑来,奉承道:“小人看爷上是个慷慨怜下的,只要看看古迹儿,哪在我们穷小子身上打算盘呢。伙计快搭跳板,搀爷上船。到底灵便着些儿呀,吃饱了就发呆。”北侠道:“不用忙,也不用搀,俺自己会上船。”看跳板搭平稳了,略一垫步,轻轻来到船上。船家又嘱咐道:“爷上坐稳了,小人就要开船了。”北侠道:“俺晓得。只是纤绳要拉的慢着些儿,俺还要沿路观看江景呢。”船家道:“爷上放心。原为的是游玩,忙什么呢。”说罢,一篙撑开,顺流而下,奔到北岸。纤夫套上纤板,慢慢牵曳。船家掌舵,北侠坐在舟中。清波荡漾,芦花飘扬,衬着远山耸翠,古木撑青。一处处野店乡村,炊烟直上;一行行白鸥秋雁,掠水频翻。北侠对此三秋之景,虽则心旷神怡,难免几番浩叹,想人生光阴迅速,几辈英雄,而今何在?

正在观览叹惜之际,忽听船家说道:“爷上请看,那边影影绰绰便是河神庙的旗杆,此处离诛龙桥不远了。”北侠听了,便要看古人的遗迹。“不知此剑是何宝物?不料我今日又得瞻仰瞻仰。”早见船家将篙一撑荡开,悠悠扬扬,竟奔诛龙桥而来。到此水势急溜,毫不费力,已从桥孔过去。北侠两眼左顾右盼,竟不见宝剑悬于何处。刚然要问,只见船已拢住,便要拉纤上河神庙去。北侠道:“你等且慢!俺原为游赏诛龙剑而来,如今并没看见剑在哪里,如何就上河神庙呢?”船家道:“爷上才从桥下过,宝剑就在桥的下面,如何不玩赏呢?”北侠道:“方才左瞧右瞧,两旁并没有悬挂宝剑,你叫我玩赏什么呢?”船家听了,不觉笑道:“原来客官不知古迹所在之处。难道也没听见人说过么?”北侠道:“实实没有听见过。到了此时,倒要请教。”船家道:“人人皆知:‘诛龙桥,诛龙剑。若要看，须仰面。’爷上为何不往上看呢？”北侠猛省，也笑道：“俺倒忘了，竟没仰面观看。没奈何，你等还将船拨转。俺既到此，再没有不看看之理。”船家便有些作难道：“此处水急溜，而且回去是逆水，我二人又得出一身汗，岂不费工夫呢？”北侠心下明白，便道：“没甚要紧，俺回来加倍赏你们就是了。”船家听了，好生欢喜，便叫：“伙计，多费些气力罢，爷上有加倍赏呢。”二人踊跃非常，用篙将船往回撑起。

果然逆水难行，多大工夫，方到了桥下。北侠也不左右顾盼，惟有仰面细细观瞧。不看则可，看了时未免大扫其兴。你道什么诛龙剑？原来就在桥下石头上面刻的一把宝剑，上面有模模糊糊几个蝌蚪篆字，真是耳闻不如眼见。往往以讹传讹，说的奇特而又奇神，再遇个探奇好古的人，恨不得登时就要看看。及至身临其境，只落得“原来如此”四个大字，毫无一点的情趣。

就是北侠，他乃行侠作义之人，南北奔驰，什么美景没有看过。今日为个诛龙剑，白白的花了八两头，他算开了眼了，可瞧见石头上刻的暗八仙了。你说可笑不可笑？

又遇船家纤夫不懂眼，使着劲儿撑住了船，动也不动。北侠问道：“为何不走？”船家道：“爷上赏玩尽兴，小人听吩咐方好开船。”北侠道：“此剑不过一目了然，俺已尽兴了。快开船罢！咱们上河神庙去罢。”他二人复又拨转船头，一直来到河神庙下船。北侠在兜肚内掏出一个锞子，又加上多半个，合了八两之数，赏给船家去了。

北侠来到庙内，见有几个人围绕着一个大汉。这大汉地下放着一个笸箩，口中说道：“俺这煎饼，是真正黄米面的，又有葱，又有酱，咬一口，喷鼻香。赶热呀，赶热！”旁边也有买着吃的。再细看大汉时，却是龙涛。北侠暗道：“他敢则早来了。”便上前故意地问道：“伙计，借光问一声。”龙涛抬头见是北侠，他却笑嘻嘻地说道：“客官，你问什么？”北侠道：“这庙内可有闲房？俺要等一个相知的朋友。”龙涛道：“巧咧，对劲儿。俺也是等乡亲的，就在这庙内落脚儿。俺是知道的，这庙内闲房多着咧。好体面屋子，雪洞儿似的，俺就是住不起。俺合庙内的老道在厨房里打通腿儿。没有什么营生，就在柴锅里摊上了几张煎饼，作个小买卖。你老趁热，也闹一张尝尝，包管喷鼻香。”北侠笑道：“不用。少时你在庙内，摊几张新鲜的我吃。”龙涛道：“是咧！俺卖完了这个，再给你老摊几张去。你老要找这庙内当家的，他叫慧海，是个一等一的人儿，好多着咧。”北侠道：“承指教了。”转身进庙，见了慧海，彼此叙了阔情。本来素识，就在东厢房住下。到了下晚，北侠却暗暗与龙涛相会，言“花蝶并未见来，就是韩、蒋二位也该来了，等他们到来再做道理。”

这日北侠与和尚在方丈里下棋，忽见外面进来一位贵公子，衣服华美，品貌风流，手内提定马鞭，向和尚执手。慧海连忙问讯。小和尚献茶，说起话来。原是个武生，姓胡，特来暂租寓所，访探相知的。北侠在旁细看，此人面上一团英气，只是二目光芒甚是不佳，暗道：“可惜这样人物，被这一双眼带累坏了。而且印堂带煞，必是不良之辈。”正在思索，忽听外面嚷道：“王弟二的，王弟二的。”说着话，扒着门，往里瞧了瞧北侠，看了看公子。北侠早已看见是夜星子冯七。小和尚迎出来，道：“你找谁？”冯七道：“俺姓张行三，找俺乡亲王弟二的。”小和尚说：“你找卖煎饼的王二呀？他在后面厨房里呢。你从东角门进去，就瞧见厨房了。”冯七道：“没狗呀？”小和尚道：“有狗，也不怕，锁着呢。”冯七抽身往后去了。

这里贵公子已然说明，就在西厢房暂住，留下五两定银，回身走了，说：“迟会儿再来。”慧海送了公子回来，仍与北侠终局。北侠因记念着冯七，要问他花蝶的下落，胡乱下完。那盘棋却输与慧海七子。站起身来，回转东厢房，却见龙涛与冯七说着话，出庙去了。

北侠连忙做散步的形景，慢慢的来到庙外，见他二人在那边大树下说话。北侠一见，暗暗送目，便往东走，二人紧紧跟随。到了无人之处，方问冯七道：“你为何此时才来？”冯七道：“小人自离了茉花村，第三日就遇见了花蝶。谁知这厮并不按站走路，二十里也是一天，三十里也是一天。他到处拉拢，所以迟到今日。他也上这庙里来了。”北侠道：“难道方才那公子，就是他么？”冯七道：“正是。”北侠道：“怨不的！我说那样一个人，怎么会有那样的眼光呢？原来就是他呀！怨不的说姓胡，其中暗指着蝴蝶呢。只是他到此何事？”冯七道：“这却不知。就是昨晚在店内，他合店小二打听小丹村来着，不知他是什么意思？”北侠又问韩、蒋二位。冯七道：“路上却未遇见，想来也就该到了。”龙涛道：“今日这厮既来到此，欧阳爷想着如何呢？”北侠道：“不知他是什么意思，大家防备着就是了。”说罢，三人分散，仍然归到庙中。

到了晚间，北侠屋内却不点灯，从暗处见西厢房内灯光明亮。后来忽见灯影一晃,仿佛蝴蝶儿一般。又见噗的一声,把灯吹灭了。北侠暗道:“这厮又要闹鬼了,倒要留神。”迟不多会,见槅扇略起一缝,一条黑线相似,出了门,背立片时。原来是带门呢。见他脚尖滑地,好门道,好伶便,突、突往后面去了。北侠暗暗夸奖:“可惜这样好本事!为何不学好?”连忙出了东厢房,由东角门轻轻来到后面。见花蝶已上墙头,略一转身,落下去了。北侠赶到,飞身上墙,往下一望,却不见人。连忙纵下墙来,四下留神,毫无踪迹,暗道:“这厮好快腿!果然本领不错。”见那边树上落下一人,奔向前来,北侠一见,却是冯七。又见龙涛来道:“小子好快腿,好快腿!”三人聚在一处,再也测度不出花蝶往哪里去了。北侠道:“莫若你我仍然埋伏在此,等他回来。就怕他回来不从此走。”冯七道:“此乃必由之地,白昼已瞧明白了。不然,我与龙二爷怎会专在此处等他呢?”北侠道:“既如此,你仍然上树。龙头领,你就在桥根之下,我在墙内等他。里外夹攻,再无不成功之理。”冯七听了,说:“很好,就是如此。我在树上了高,如他来时,抛砖为号。”三人计议已定,内外埋伏。

谁知等了一夜,却不见花冲回来。天已发晓,北侠来到前面,开了山门,见龙涛与冯七来了。彼此相见,道:“这厮哪里去了?”于是同到西厢房,见槅扇虚掩。到了屋内一看,见北间床上有个小小包裹,打开看时,里面只一件花氅官靴与公子巾。北侠叫冯七拿着奔方丈①而来。

早见慧海出来,迎面问道:“你们三位如何起的这般早?”北侠道:“你丢了人了。你还不晓得吗?”和尚笑道:“我出家人吃斋念佛,恪守清规,如何会丢人?别是你们三位有了什么故典了罢?”龙涛道:“真是师傅丢了人咧。我三人都替师傅找了一夜。”慧海道:“王二,你的口音如何会改了呢?”冯七道:“他也不姓王,我也不姓张。”和尚听了,好生诧异。北侠道:“师傅不要惊疑,且到方丈细谈。”大家来到屋内,彼此就座。北侠方将龙涛冯七名姓说出。“昨日租西厢房那人,也不姓胡,他乃作孽的恶贼花冲,外号花蝴蝶。我们俱是为访拿此人,到你这里。”就将夜间如何埋伏,他自从二更去后至今并未回来的话,说了一遍。慧海闻听,吃了一惊,连忙接过包裹,打开一看,内有花氅一件、官靴、公子巾,别无他物。又到西厢房内一看,床边有马鞭子一把,心中惊异非常,道:“似此如之奈何?”

未知后文,下回分晓。

---

① 方丈——寺院的住持。此处指佛寺或道观中住持的房间。

第六十六回

盗珠灯花蝶遭擒获　救恶贼张华窃负逃

且说紫髯伯听和尚之言，答道："这却无妨。他决不肯回来了，只管收起来罢。我且问你，闻得此处有个小丹村，离此多远？"慧海道："不过三四里之遥。"北侠道："那里有乡绅富户以及庵观娼妓无有呢？"和尚道："有庵观，并无娼妓。那里不过是个庄村，并无镇店。若论乡绅，却有个勾乡宦。因告终养在家，极其孝母，家道殷实。因为老母吃斋念佛，他便盖造了一座佛楼，画栋雕梁，壮观之甚。慢说别的，就只他那宝珠海灯，便是无价之宝。上面用珍珠攒成缨络，排穗俱有宝石镶嵌。不用说点起来照彻明亮，就是平空看去也是金碧交辉，耀人二目。那勾员外只要讨老母的喜欢，自已好善乐施，连我们庙里一年四季皆是有香资布施①的。"北侠听了，便对龙涛道："听师傅之言却有可疑。莫若冯七你到小丹村暗暗探听一番，看是如何？"冯七领命，飞也似的去了。龙涛便到厨房收拾饭食。北侠与和尚闲谈。

忽见外面进来一人，军官打扮，金黄面皮，细条身子，另有一番英雄气概，别具一番豪杰精神。和尚连忙站起来相迎。那军官一眼看见北侠，道："足下莫非欧阳兄么？"北侠道："小弟欧阳春，尊兄贵姓？"那军官道："小弟韩彰，久仰仁兄，恨不一见，今日幸会。仁兄几时到此？"北侠道："弟来三日了。"韩爷道："如此说来，龙头领与冯七他二人也早到了。"北侠道："龙头领来在小弟之先，冯七是昨日才来。"韩爷道："弟因有小恙②，多将养了几日，故尔来迟，叫吾兄在此耐等，多多有罪。"说着话，彼此就座。却见龙涛从后面出来，见了韩爷，便问："四爷如何不来？"韩爷道："随后也就到了。因他道士打扮，故在后走，不便同行。"

正说之间，只见夜星子笑吟吟回来，见了韩彰，道："二员外来了么？

---

① 布施——把财物等施舍给人。

② 小恙(yàng)——小病。

来的正好，此事必须大家商议。”北侠问道：“你打听的如何?”冯七道：“欧阳爷料事如见。小人到了那里细细探听，原来这小子昨晚真个到小丹村去了。不知如何被人拿住，又不知因何连伤二命，他又逃脱走了。早间勾乡宦业已呈报到官，还未出签缉捕呢。”大家听了，测摸不出，只得等蒋爷来再做道理。

你道花蝶因何上小丹村?只因他要投奔神手大圣邓车，猛然想起邓车生辰已近，素手①前去，难以相见。早已闻得小丹村勾乡宦家有宝珠灯，价值连城。“莫若盗了此灯，献与邓车，一来祝寿，二来自觉有些光彩。”这全是以小人待小人的形景。他哪里知道此灯有许多的蹊跷。二更离了河神庙，一直奔到小丹村，以为马到成功，伸手就可拿来。谁知到了佛楼之上，见宝灯高悬，内注清油，明晃晃明如白昼。却有一根锁链，上边檩上有环，穿过去，将这一头儿压在鼎炉的腿下。细细端详，须将香炉挪开，方能提住锁链，系下宝灯。他便挽袖掖衣，来至供桌之前，舒开双手，攥住炉耳，运动气力往上一举。只听吱的一声，这鼎炉竟跑进佛龛去了。炉下桌子上却露出一个窟窿。系宝灯的链子也跑上房柁去了。花蝶暗说：“奇怪!”正在发呆，从桌上窟窿之内探出两把挠钩，周周正正将两膀扣住。花蝶一见，不由地着急，两膀才待挣扎。又听下面吱、吱、吱、吱连声响亮，觉的挠钩约有千斤沉重，往下一勒。花贼再也不能支持，两手一松，把两膀扣了个结实。他此时是手儿扶着，脖儿伸着，嘴儿拱着，身儿探着，腰儿哈着，臀儿蹶着，头上蝴蝶儿颤着，腿儿躬着，脚后跟儿跷着，膝盖儿合着，眼子是撅着，真是福相样儿!

谁知花蝶心中正在着急，只听下面哗啷、哗啷铃铛乱响，早有人嚷道：“佛楼上有了贼了!”从扶梯上来了五六个人，手提绳索，先把花蝶拢住。然后主管拿着钥匙，从佛桌旁边入了簧，吱噔、吱噔一拧，随拧随松，将挠钩解下。七手八脚，把花蝶捆住了，推拥下楼。主管吩咐道：“夜已深了，明早再回员外罢。你等拿贼有功，俱各有赏。方才是谁的更班儿?”却见二人说道：“是我们俩的。”主管一看，是汪明、吴升，便道：“很好。就把此贼押在你们更楼之上，好好看守。明早我单回员外，加倍赏你们两个。”又吩咐帮拿之人道：“你们一同送到更楼，仍按次序走更巡逻，务要小

① 素手——空手；不拿东西。

心。”众人答应,俱奔东北更楼上安置妥当,各自按拨走更去了。

原来勾乡宦庄院极大,四角俱有更楼。每楼上更夫四名,轮流巡更,周而复始。如今汪明、吴升拿贼有功,免其坐更,叫他二人看贼。他二人兴兴头头,喜欢无限,看着花蝶道:“看他年轻轻的,什么干不得,偏要做贼,还要偷宝灯。那个灯也是你偷的? 为那个灯,我们员外费了多少心机,好容易安上消息,你就想偷去咧!”正在说话,忽听下面叫道:“主管叫你们去一个人呢。”吴升道:“这必是先赏咱们点酒儿吃食。好兄弟,你辛苦辛苦去一趟罢。”汪明道:“我去,你好生看着。”他回身便下楼去了。吴升在上面,忽听噗咚一声,便问道:“怎么咧? 栽倒咧。没喝就醉,……”话未说完,却见上来一人,凹面金腮,穿着一身皂衣,手持钢刀。吴升才要嚷,只听咔嚓,头已落地。那人忽的一声,跳上炕来,道:“朋友,俺乃病太岁张华,奉了邓大哥之命,原为珠灯而来。不想你已入圈套,待俺来救你。”说罢,挑开绳索,将花蝶背在身上,逃往邓家堡邓车那里去了。

及至走更人巡逻至此,见更楼下面躺着一人,执灯一照,却是汪明被人杀死。这一惊非小,连忙报与主管,前来看视,便问:“吴升呢?”更夫说:“想是在更楼上面呢。”一叠连声唤道:“吴升! 吴升!”哪里有人答应。大家说:“且上去看看。”一看——罢咧! 见吴升真是无生了,头在一处,尸在一处。炕上挑的绳索不少,贼已不知去向。主管看了这番光景,才着了慌,也顾不得夜深了,连忙报与员外去了。员外闻听,急起来看,又细问了一番,方知道已先在佛楼上拿住一贼,因夜深未敢禀报。员外痛加申饬,言:“此事焉得不报? 纵然不报,也该派人四下搜寻一回,更楼上多添人看守,不当如此粗心误事。”主管后悔无及,惟有伏首认罪而已。勾乡宦无奈,只得据实禀报:如何拿获鬓边有蝴蝶的大盗,如何派人看守,如何更夫被杀大盗逃脱的情节,一一写明,报到县内。

此事一吵嚷,谁人不知,哪个不晓。因此冯七来到小丹村,容容易易把此事打听回来。大家听了,说:“等四爷蒋平来时,再做道理。”果然是日晚间,蒋爷赶到。大家彼此相见了,就把花蝶之事,述说一番。蒋泽长道:“水从源流树从根。这厮既然有投邓车之说,还须上邓家堡去找寻。谁叫小弟来迟,明日小弟就到邓家堡探访一番。可有一层,如若掌灯时小弟不回来,说不得众位哥哥们辛苦辛苦,赶到邓家堡方妥。”众人俱各应允,饮酒叙话,吃毕晚饭,大家安息,一宿不提。

到了次日，蒋平仍是道家打扮，提了算命招子，拿上渔鼓简板，竟奔邓家堡而来。谁知这日正是邓车生日。蒋爷来到门前，踱来踱去，恰好邓车送出一人来，却是病太岁张华。因昨夜救了花蝶，听花蝶说，近来霸王庄马强与襄阳王交好，极其亲密，意欲邀同邓车前去。邓车听了，满心欢喜，就叫花冲写了一封书信，特差张华前去投递。不想花蝶也送出来，一眼瞧见蒋平，兜的心内一动，便道："邓大哥，把那唱道情的叫进来，我有话说。"邓车即吩咐家人，把那道者带进来。蒋四爷便跟定家丁进了门，见厅上邓车、花冲二人上坐。花冲不等邓车吩咐，便叫家人快把那老道带来。邓车不知何意。

少时，蒋四爷步上台阶，进入屋内，放下招子渔鼓板儿，从从容容的稽首，道："小道有礼了。不知施主唤进小道，有何吩咐？"花冲说："我且问你，你姓什么？"蒋平道："小道姓张。"花冲说："你是自小儿出家？还是半路儿呢？还是故意儿假扮出道家的样子，要访什么事呢？要实实说来。快讲！快讲！"邓车在旁听了，甚不明白，便道："贤弟，你此问却是为何？"花冲道："大哥有所不知，只因在铁岭观小弟被人暗算，险些儿丧了性命。后来在月光之下，虽然看不真切，见他身材瘦小，脚步伶便，与这道士颇颇相仿，故此小弟倒要盘问盘问他。"说毕，回头对蒋平道："你到底说呀，为何迟疑呢？"

蒋爷见花蝶说出真病，暗道："小子真好眼力，果然不错，倒要留神。"方说道："二位施主攀说，小道如何敢插言说话呢。小道原因家寒，毫无养赡，实实半路出家，仗着算命弄几个钱吃饭。"花蝶道："你可认得我么？"蒋爷假意笑道："小道刚到宝庄，如何认得施主？"花冲冷笑，道："俺的性命险些儿被你暗算，你还说不认得呢。大约束手问你，你也不应。"站起身走进屋内，不多时，手内提着一把枯藤鞭子来，凑到蒋平身边，道："你敢不说实话么？"

蒋爷知他必要拷打，暗道："小子，你这皮鞭，谅也打不动四太爷。瞧不的你四爷一身干肉，你觌面来试，够你小子啃个酒儿的。"这正是艺高人胆大，蒋爷竟不慌不忙的，答道："实是半路出家的，何必施主追问呢？"花冲听了，不由气往上冲，将手一扬，刷、刷、刷、刷就是几下子。蒋四爷故意的嗳哟道："施主，这是为何？平空把小道叫进宅来，不分青红皂白，就把小道乱打起来。我乃出家之人，这是什么道理？嗳哟！嗳哟！这是从哪里说起？"邓车在旁看不过眼，向前拦住，道："贤弟，不可，不可！"

不知邓车说出什么话来，下回分解。

第六十七回

紫髯伯庭前敌邓车　蒋泽长桥下擒花蝶

且说邓车拦住花冲，道："贤弟不可。天下人面貌相同的极多，你知他就是那刺你之人吗？且看为兄分上，不可误赖好人。"花蝶气冲冲的坐在那里。邓车便叫家人带道士出去。蒋平道："无缘无故，将我抽打一顿，这是哪里晦气。"花蝶听说"晦气"二字，站起身来又要打他，多亏了邓车拦住。旁边家人也向蒋平劝道："道爷，你少说一句罢，随我快走罢。"蒋爷说："叫我走，到底拿我东西来，难道硬留下不成？"家人道："你有什么东西？"蒋爷道："我的鼓板招子。"家人回身，刚要拿起渔鼓简板，只听花冲道："不用给他，看他怎么样！"邓车站起，笑道："贤弟既叫他去，又何必留他的东西，倒叫他出去说混话，闹的好说不好听的做什么！"一壁说着，一壁将招子拿起。

邓车原想不到招子有分两的，刚一拿，手一脱落，将招子摔在地下，心下转想道："呀！他这招子如何恁般沉重？"又拿起仔细一看，谁知摔在地下时，就把钢刺露出一寸有余。邓车看了，顺手往外一抽，原来是一把极锋芒的三棱鹅眉钢刺，一声哎呀道："好恶道呀！快与我绑了。"花蝶早已看见邓车手内擎着钢刺，连忙过来，道："大哥，我说如何？明明刺我之人，就是这个家伙。且不要性急，须慢慢的拷打他，问他到底是谁？何人主使，为何与我等作对。"邓车听了，吩咐家人拿皮鞭来。

蒋爷到了此时，只得横了心，预备挨打。花冲把椅子挪出，先叫家人乱抽一顿，只不要打他致命之处，慢慢地拷打他。打了多时，蒋爷浑身伤痕已然不少。花蝶问道："你还不实说么？"蒋爷道："出家人没有什么说的。"邓车道："我且问你，你既出家，要这钢刺何用？"蒋爷道："出家人随遇而安，并无庵观寺院，随方居住。若是行路迟了，或起身早了，难道就无个防身的家伙么？我这钢刺是防范歹人的，为何施主就迟疑了呢？"邓车暗道："是呀！自古吕祖尚有宝剑防身，他是个云游道人，毫无定止，难道就不准他带个防身的家伙么？此事我未免莽撞了。"

花蝶见邓车沉吟，惟恐又有反悔，连忙上前，道："大哥请歇息去，待小弟慢慢的拷他。"回头吩咐家人，将他抬到前面空房内，高高吊起，自己打了，又叫家人打。蒋爷先前还折辩，后来知道不免，索性不言语了。花蝶见他不言语，暗自想道："我与家人打的工夫也不小了，他却毫不承认。若非有本领的，如何禁得起这一顿打？"他只顾思索，谁知早有人悄悄的告诉邓车，说那道士打的不言语了。邓车听了，心中好生难安，想道："花冲也太不留情了。这又不是他家，何苦把个道士活活的治死。虽为出气，难道我也不嫌个忌讳①么？我若十分拦他，又恐他笑我，说我不担事，胆特小了。也罢，我须如此，他大约再也没有说的。"想罢，来到前面，只见花冲还在那里打呢。再看道士时，浑身抽的衣服狼藉不堪，身无完肤。邓车笑吟吟上前，道："贤弟，你该歇息歇息了。自早晨吃了些寿面，到了此时，可也饿了。酒筵已然摆妥。非是劣兄给他讨情，今日原是贱辰，难道为他耽误咱们的寿酒吗？"一番话把个花冲提醒，忙放下皮鞭，道："望大哥恕小弟忘神。皆因一时气忿，就把大哥的千秋②忘了。"转身随邓车出来，却又吩咐家人："好好看守，不许躲懒贪酒，候明日再细细的拷问。若有差错，我可不依你们，惟你们几个人是问。"二人一同往后面去了。

这里家人也有抱怨花蝶的，说他无缘无故，不知哪里的邪气；也有说给他们添差使，还要充二号主子，尽装蒜；又有可怜道士的，自午间揉搓到这时，浑身打了个稀烂，也不知是哪葫芦药。便有人上前，悄悄地问道："道爷，你喝点儿罢。"蒋爷哼了一声。旁边又有人道："别给他凉水喝，不是玩的。与其给他水喝，现放着酒热热的给他温一碗，不比水强么？"那个说："真个的。你看着他，我就给他温酒去。"不多时，端了一碗热腾腾的酒。二人偷偷的把蒋爷系下来，却不敢松去了绳绑，一个在后面轻轻的扶起，一个在前面端着酒喂他。蒋爷一连呷了几口，觉得心神已定，略喘息喘息，便把余酒一气饮干。

此时天已渐渐的黑上来了。蒋爷暗想道："大约欧阳兄与我二哥差不多的也该来了。"忽听家人说道："二兄弟，你我从早晨闹到这咱晚了，我饿得受不得了。"那人答道："大哥，我早就饿了。怎么他们也不来替换

---

① 忌讳(huì)——对某些可能产生不利后果的事力求避免。

② 千秋——敬辞，旧称人寿辰。

替换呢?”这人道:“老二,你想想,咱们共总多少人?如今他们在上头打发饭,还有空儿替换咱们吗?”蒋爷听了便插言,道:“你们二位只管吃饭。我四肢捆绑,又是一身伤痕,还跑的了么?”两个家人听了,道:“慢说你跑不了,你就是真跑了,这也不是我们正宗差使,也没甚要紧。你且养养精神,咱们回来再见。说罢,二人出了空房,将门倒扣,往后面去了。

谁知欧阳春与韩彰早已来了。二人在房上了望,不知蒋爷在于何处。欧阳春便递了暗号,叫韩彰在房上了望,自己却找寻蒋平。找到前面空房之处,正听见二人嚷饿。后来听他二人往后面去了,北侠便进屋内。蒋爷知道救兵到了。北侠将绳绑挑开,蒋爷悄悄道:“我这浑身伤痕却没要紧,只是四肢捆的麻了,一时血脉不能周流,须把我夹着,安置个去处方好。”北侠道:“放心,随我来。”一伸臂膀,将四爷夹起,往东就走。过了夹道,出了角门,却是花园。四下一望,并无可以安身的去处。走了几步,见那边有一葡萄架,幸喜不甚过高。北侠悄悄道:“且屈四弟在这架上罢。”说罢,左手一顺,将蒋爷双手托起,如举小孩子一般,轻轻放在架上,转身从背后皮鞘内将七宝刀抽出,竟奔前厅而来。

谁知看守蒋爷的二人吃饭回来,见空房子门已开了,道士也不见了,一时惊慌无措,忙跑到厅上,报与花蝶、邓车。他二人听了,就知不好,也无暇细问。花蝶提了利刃;邓车摘下铁靶弓,跨上铁弹子袋,手内拿了三个弹子。刚出厅房,早见北侠持刀已到。邓车扣上弹子,把手一扬,嗖的就是一弹。北侠知他弹子有工夫,早已防备,见他把手一扬,却把宝刀扁着一迎,只听当的一声,弹子落地。邓车见打不着来人,一连就是三弹,只听当、当、当响了三声,俱各打落在地。邓车暗暗吃惊说:“这人技艺超群。”便顺手在袋内掏出数枚,连珠发出,只听叮当、叮当犹如打铁一般。

旁边花蝶看的明白,见对面只一个人并不介意。他却脚下使劲,一个健步,以为帮虎吃食,可以成功。不想忽然脑后生风,觉着有人。一回头,见明晃晃的钢刀劈将下来,说声“不好”,将身一闪,翻手往上一迎。哪里知道韩爷势猛刀沉,他是翻腕迎的不得力。刀对刀只听咯当一声,他的刀早已飞起数步,当啷啷落在尘埃。花蝶哪里还有魂咧,一伏身奔了角门,往后花园去了。慌不择路,无处藏身,他便到葡萄架根下将身一蹲,以为他算是葡萄老根儿。他如何想得到架上头还有个人呢!

蒋爷在架上四肢刚然活动,猛听脚步声响,定眼细看,见一人奔到此处不动，隐隐头上有黑影儿乱晃，正是花蝶。蒋爷暗道："我的钢刺被他们拿去，手无寸铁。难道眼瞅着小子藏在此处，就罢了不成？有了，我何不砸他一下子，也出一出拷打的恶气。"想罢，轻拳两腿，紧抱双肩，往下一翻身，噗哧的一声，正砸在花蝶的身上，把花蝶砸的往前一扑，险些儿嘴按地。幸亏两手扶住，只觉两耳嘤的一声，双睛金星乱迸，说声："不好！此处有了埋伏了。"一挺身，踉里踉跄，奔那边墙根去了。

此时韩彰赶到，蒋爷爬起来道："二哥，那厮往北跑了。"韩彰嚷道："好贼！往哪里走？"紧紧赶来，看看追上。花蝶将身一纵，上了墙头。韩爷将刀一搠，花蝶业已跃下，咕嘟、咕嘟往东飞跑。跑过墙角，忽见有人嚷道："哪里走？龙涛在此！"嗖的就是一棍。好花蝶！身体灵便，转身复往西跑。谁知早有韩爷拦住。南面是墙，北面是护庄河，花蝶往来奔驰许久，心神已乱，眼光迷离，只得奔板桥而来。刚刚到了桥的中间，却被一人劈胸抱住，道："小子！你不洗澡吗？"二人便滚下桥去。花蝶不识水性，哪里还能挣扎。原来抱花蝶的就是蒋平，他同韩彰跃出墙来，便在此桥埋伏。到了水中，虽然不深，他却掐住花蝶的脖项，往水中一浸，连浸了几口水，花蝶已然人事不知了。

此时韩爷与龙涛、冯七俱各赶上。蒋爷托起花蝶，龙涛提上木桥，与冯七将他绑好。蒋爷窜将上来，道："好冷！"韩爷道："你等绕到前面，我接应欧阳兄去。"说罢，一跃身跳入墙内。

且说北侠刀磕铁弹。邓车心慌，已将三十二子打完，敌人不退，正在着急。韩爷赶到，嚷道："花蝶已然被擒，谅你有多大本领。俺来也！"邓车闻听，不敢抵敌，将身一纵，从房上逃走去了。北侠也不追赶，见了韩彰，言花蝶已擒，现在庄外。说话间，龙涛背着花蝶，蒋爷与冯七在后，来到厅前，放下花蝶。蒋爷道："好冷，好冷！"韩爷道："我有道理。"持着刀往后面去了。不多时，提了一包衣服来，道："原来姓邓的并无家小，家人们也藏躲了。四弟来换衣服。"蒋平更换衣服之时，谁知冯七听韩爷说后面无人，便去到厨房将柴炭抱了许多，登时点着烘起来。蒋平换了衣服出来，道："趁着这厮昏迷之际，且松了绑。那里还有衣服，也与他换了。天气寒冷，若把他噤①死了，反为不美。"龙涛、冯七听说有理，急忙与花蝶换妥，仍然绑缚。一壁

---

① 噤（jìn）——因寒冷而打哆嗦。

控他的水，一壁向着火，小子闹了个“水火既济”。

韩爷又见厅上摆着盛筵，大家也都饿了，彼此就座，快吃痛饮。蒋爷一眼瞧见钢刺，急忙佩在身边。只听花蝶呻吟道：“淹死我也！”冯七出来，将他搀进屋内。花蝶在灯光之下一看，见上面一人碧睛紫髯；左首一人金黄面皮；右首一人形容枯瘦，正是那个道士；下面还有个黑脸大汉，就是铁岭观被擒之人。看了半日，不解是何缘故。只见蒋爷斟了一杯热酒，来到花蝶面前，道：“姓花的，事已如此，不必迟疑。你且喝杯热酒暖暖寒。”花蝶问道：“你到底是谁？为何与俺作对？”蒋爷道：“你做的事，你还不知道么？玷污妇女，造孽多端，人人切齿，个个含冤，因此我等抱不平之气，才特别前来拿你。若问我，我便是陷空岛四鼠蒋平。”花蝶道：“你莫非称翻江鼠的蒋泽长么？”蒋爷道：“正是。”花蝶道：“好，好！名不虚传。俺花冲被你拿住，也不凌辱于我。快拿酒来！”蒋爷端到他唇边，花冲一饮而尽，又问道：“那上边的又是何人？”蒋爷道：“那是北侠欧阳春，那边是我二哥韩彰，这边是捕快头目龙涛。”花蝶道：“罢了，罢了！也是我花冲所行不正，所以惹起你等的义愤。今日被擒，正是我自作自受。你们意欲将我置于何地？”蒋爷道：“大丈夫敢作敢当，方是男子。明早将你解到县内，完结了勾乡宦家杀死更夫一案，便将你解赴东京，任凭开封府发落。”花冲听了，便低头不语。

此时天已微明，先叫冯七到县内呈报去了。北侠道：“劣兄有言奉告，如今此事完结，我还要回茉花村去，一来你们官事，我不便混在里面；二来因双侠之令妹于冬季还要与展南侠毕姻，面恳至再，是以我必须回去。”韩、蒋二人难以强留，只得应允。

不多时，县内派了差役，跟随冯七前来，起解花冲到县。北侠与韩、蒋二人出了邓家堡，彼此执手分别。北侠仍回茉花村。韩、蒋二人同到县衙。惟有邓车悄悄回家，听说花冲被擒，他恐官司连累，忙忙收拾收拾，竟奔霸王庄去了。后文再表。

不知花冲到县如何，且听下回分解。

第六十八回

花蝶正法展昭完姻　双侠饯行静修测字

且说蒋、韩二位来到县前，蒋爷先将开封的印票拿出，投递进去。县官看了，连忙请到书房款待，问明底细，立刻升堂。花冲并无推诿，甘心承认。县官急速办了详文，派差跟随韩、蒋、龙涛等，押解花冲起身。一路上小心防范，逢州过县，皆是添役护送。

一日，来到东京，蒋爷先到公厅，见了众位英雄，彼此问了寒暄。卢方先问："我的二弟如何？"蒋平便将始末，述说了一遍。"现今押解着花冲，随后就到。"大家欢喜无限。卢方、徐庆、白玉堂、展昭相陪，迎接韩彰。蒋爷连忙换了服色，来到书房，回禀包公。包公甚喜，即命包兴传出话来："如若韩义士到来，请到书房相见。"

此时卢方等已迎着韩彰，结义弟兄彼此相见了，自是悲喜交集。南侠见了韩爷，更觉亲热。暂将花冲押在班房。大家同定韩爷来到公所，各道姓名相见。独到了马汉，徐庆道："二哥，你老弩箭误伤的，就是此人。"韩爷听了，不好意思，连连谢罪。马汉道："三弟，如今俱是一家人了，你何必又提此事。"赵虎道："不知者不作罪，不打不成相与。以后谁要忌妒谁，他就不是好汉，就是个小人了。"大众俱各大笑。公孙先生道："方才相爷传出话来，如若韩兄到来，即请书房相见。韩兄就同小弟，先到书房要紧。"韩彰便随公孙先生去了。

这里南侠吩咐备办酒席，与韩、蒋二位接风。不多时，公孙策等出来，刚到茶房门前，见张老儿带定邓九如在那里恭候。九如见了韩爷，向前深深一揖，口称："韩伯伯在上，小侄有礼。"韩爷见是个宦家公子，连忙还礼，一时忘怀，再也想不起是谁来。张老儿道："军官爷，难道把汤圆铺的张老儿忘了么？"韩爷猛然想起，道："你二人为何在此？"包兴便将在酒楼相遇，带到开封，他家三公子奉相谕将公子认为义子的话，说了一遍。韩爷听了欢喜，道："真是福随貌转，我如何认得。如此说，公子请了。"大家笑着，来到公所之内，见酒筵业已齐备。大家谦逊，彼此就座。卢方便问：

"见了相爷如何?"公孙策道:"相爷见了韩兄,甚是欢喜,说了好些渴想之言。已吩咐小弟速办折子,就以拿获花冲,韩兄押解到京为题,明早启奏。大约此折一上,韩兄必有好处。"卢方道:"全仗贤弟扶持。"韩爷又叫伴当,将龙涛请进来,大家见了。韩爷道:"多承龙兄一路勤劳,方才已回禀相爷,待事毕之后,回去不迟。所有护送差役,俱各有赏。"龙涛道:"小人仰赖二爷、四爷拿获花冲,只要报仇雪恨,龙涛生平之愿足矣。"话刚到此,只见包兴传出话来,道:"相爷吩咐,立刻带花冲二堂听审。"公孙先生、王、马、张、赵等听了,连忙到二堂伺候去了。

这里无执事的,暂且饮酒叙话。南侠便问花蝶事体。韩爷便述说一番,又深赞他人物本领。"惜乎一宗大毛病,把个人带累坏了。"正说之间,王、马、张、赵等俱各出来。赵虎连声夸道:"好人物!好胆量!就是他所做之事不端,可惜了。"众人便问:"相爷审的如何?"王朝、马汉道:"何用审问,他自己俱各通说了,实实罪在不赦。招已画了。此时相爷与公孙先生拟他的罪名,明日启奏。"不多时,公孙策出来,道:"若论他杀害人命实在不少,惟独玷污妇女一节较重,理应凌迟处死。相爷从轻,改了个斩立决。"龙涛听了,心内畅快。大家重新饮酒,喜悦非常。饮毕,各自安歇。

到了次日,包公上朝递折,圣心大悦,立刻召见韩彰,也封了校尉之职。花冲罪名依议。包相就派祥符县监斩,仍是龙涛、冯七带领衙役押赴市曹①行刑。回来到了开封,见众英雄正与韩彰贺喜。龙涛又谢了韩、蒋二人,他要回去。韩爷、蒋爷二位赠了龙涛百金,所有差役俱各赏赐。各回本县。龙涛从此也不在县内当差了。

这里众英雄欢喜,聚在一处,快乐非常。除了料理官事之外,便是饮酒作乐。卢方等又在衙门就近处置了寓所,仍是五人同居。自闹东京,弟兄分手,至此方能团聚。除了卢方一年回家几次,收取地租,其余四人就在此处居住,当差供职,甚是方便。

南侠原是丁大爷给盖的房屋,预备毕姻。因日期近了,也就张罗起来。不多几日,丁大爷同老母妹子来京,南侠早已预备了下处。众朋友俱各前来看望,都要会会北侠。谁知欧阳春再也不肯上东京,同丁二爷在家

① 市曹——商店集中的地方。

看家，众人也只得罢了。到了临期，所有迎妆嫁娶之事，也不必细说。南侠毕姻之后，就将丁母请来同居，每日与丁大爷会同众朋友欢聚。刚然过了新年，丁母便要回去。众英雄与丁大爷义气相投，恋恋难舍，今日你请，明日我邀，这个送行，那个饯别，聚了多少日期，好容易方才起身。

丁兆兰随着丁母回到家中，见了北侠说起："开封府的朋友人人羡慕大哥，恨不得见面，抱怨小弟不了。"北侠道："多承众位朋友的爱惜，实是劣兄不惯应酬。如今贤弟回来，诸事已毕，劣兄也就要告辞了。"丁大爷听了诧异，道："仁兄却是为何？难道小弟不在家时，舍弟有什么不到之处么？"北侠笑道："你我岂是那样的朋友？贤弟不要多心。劣兄有个贱恙，若要闲的日子多了便要生病。所谓劳人不可多逸，逸则便不消受[①]了。这些日见贤弟不来，已觉焦心烦躁。如今既来了，必须放我前行，庶免灾缠病绕。"兆兰道："既如此，小弟与仁兄同去。"北侠道："那如何使得。你非劣兄可比，现在老伯母在堂，而且妹子新嫁，更要二位贤弟不时的在膝下承欢，省得老人家寂寞。再者劣兄出去闲游，毫无定所，难道贤弟就忘了'游必有方'吗？"兆兰、兆蕙听见北侠之言是决意的要去，只得说道："既如此，再屈留仁兄两日，候后日起身如何？"北侠只得应允。这两日的欢聚，自不必说。到了第三日，兆兰、兆蕙备了酒席，与北侠饯行，并问："现欲何往？"北侠道："还是上杭州一游。"饮酒后提了包裹，双侠送到庄外，各道珍重，彼此分手。

北侠上了大路，散步逍遥，逢山玩山，遇水赏水，凡有古人遗迹，再没有不游览的。一日，来到仁和县境内，见一带松树稠密，远远见旗杆高出青霄。北侠想道："这必是个大寺院，何不瞻仰瞻仰。"来到庙前一看，见匾额上镌着"盘古寺"三字，殿宇墙垣，极其齐整。北侠放下包裹，拂去尘垢，端正衣襟，方携了包裹步入庙中。上了大殿，瞻仰圣像，却是"三皇"。才礼拜毕，只见出来一个和尚，年纪不足三旬，见了北侠问讯。北侠连忙还礼，问道："令师可在庙中么？"和尚道："在后面。施主敢是找师父么？"北侠道："我因路过宝刹，一来拜访令师，二来讨杯茶吃。"和尚道："请到客堂待茶。"说罢，在前引路。来到客堂，真是窗明几净，朴而不俗。和尚张罗煮茶。不多一会儿，茶已烹到。早见出来个老和尚，年纪约有七旬，

---

① 消受——忍受；禁(jīn)受。

面如童颜,精神百倍。见了北侠,问了姓名。北侠一一答对,又问:"吾师上下?"和尚答道:"上静下修。"二人一问一答,谈了多时,彼此敬爱。看看天已晚了,和尚献斋,北侠也不推辞,随喜吃了。和尚更觉欢喜,便留北侠多盘桓几日。北侠甚合心意,便住了。晚间无事,因提起手谈。谁知静修更是酷好。二人就在灯下较了一局,不相上下。萍水相逢,遂成莫逆。北侠一连住了几日。

这日早晨,北侠拿出一锭银来,交与静修,作为房金。和尚哪里肯受,道:"我这庙内香火极多,客官就是住上一年半载,这点薪水之用足以供的起,千万莫要多心。"北侠道:"虽然如此,我心甚是不安。权作香资,莫要推辞。"静修只得收了。北侠道:"吾师无事,还要领一局,肯赐教否?"静修道:"争奈老僧力弱,恐非敌手。"北侠道:"不吝教足矣,何必太谦。"二人放下棋枰①,对弈多时,忽见外面进来一个儒者,衣衫褴褛,形容枯瘦,手内持定几幅对联,望着二人一揖。北侠连忙还礼,道:"有何见教?"儒者道:"学生贫困无资,写得几幅对联,望祈居士资助一二。"和尚听了,便立起身来,接过对联,打开一看,不由地失声叫"好"。

未知静修说出什么话来,且听下回分解。

---

① 棋枰(píng)——棋子和棋盘。枰,棋盘。

第六十九回

杜雍课读侍妾调奸　秦昌赔罪丫鬟丧命

且说静修和尚打开对联一看，见写的笔法雄健，字体遒媚①，不由的连声赞道："好书法，好书法！"又往儒者脸上一望，见他虽然穷苦，颇含秀气，而且气度不凡，不由的慈悲心一动，便叫儒者将字放下，吩咐小和尚带到后面梳洗净面，款待斋饭。儒者听了，深深一揖，随着和尚后面去了。北侠道："我见此人颇颇有些正气，决非假冒斯文。"静修道："正是，老僧方才看他骨格清奇，更非久居人下之客。"说罢，复又下棋。

刚然终局，只见进来一人，年约四旬以外。和尚却认得是秦家庄员外秦昌，连忙让坐，道："施主何来？这等高兴。"秦员外道："无事不敢擅造②宝刹，只因我这几日心神有些不安，特来恳求吾师测一个字。"静修起初不肯，后来推辞不掉，只得说道："既如此，这倒容易。员外就说一个字，待老僧测测看。说的是了，员外别喜欢；说的不是了，员外也别恼。"秦昌道："君子问祸不问福。方才吾师说'容易'，就是这个'容'字罢。"静修写出来，端详了多时，道："此字无偏无倚，却是个端正字体。按字意说来，'有容德乃大'，'无欺心自安'。员外作事光明，毫无欺心，这是好处。然则事须有涵容，不可急躁。未免急则生变，与事就不相宜了。员外以后总要涵容，遇事存在心里，管保转祸为福。老僧为何说这个话呢？只因此字拆开看，有些不妙。员外请看，此字若拆开看，是个穴下有人口。若要不涵容，惟恐人口不利。这也是老僧妄说，员外休要见怪。"员外道："多承吾师指教，焉有见怪之理。"

说话间，秦昌屡盼桌上的对联。见静修将字测完，方立起身来，把对联拉开一看，连声夸赞："好字，好字！这是吾师的大笔么？"静修道："老僧如何写的来，这是方才一儒者卖的。"秦昌道："此人姓甚名谁？现在何

---

① 遒(qiú)媚——雄健有力而又漂亮。

② 擅(shàn)造——擅自造访。

处?”静修道:“现在后面。他原是求资助的,并未问他姓名。”秦昌道:“如此说来,是个寒儒了。我为小儿屡欲延师训诲,未得其人。如今既有儒者,吾师何不代为聘请,岂不两便么?”静修笑道:“延师之道,理宜恭敬,不可因他是寒士,便藐视于他。似如此草率,非待读书人之礼。”秦昌立起身来,道:“吾师责备的甚是。但弟子惟恐错过机会,不得其人,故此觉得草率了。”连忙将外面家童唤进来,吩咐道:“你速速到家,将衣衫帽靴取来,并将马快快备两匹来。”静修见他延师心盛,只得将儒者请来,谁知儒者到了后面,用热水洗去尘垢,更觉满面光华,秀色可餐。秦昌一见,欢喜非常,连忙延至上座,自己在下面相陪。

原来此人姓杜名雍,是个饱学儒流,一生性气刚直,又是个落落寡合①之人。静修便将秦昌延请之意说了。杜雍却甚愿意,秦昌乐不可言。少时家童将衣衫帽靴取来,秦昌恭恭敬敬奉与杜雍。杜雍却不推辞,将通身换了,更觉落落大方。秦昌别了静修、北侠,便与杜雍同行。出了山门,秦昌便要坠镫,杜雍不肯,谦让多时,二人乘马,来到庄前下马。家童引路,来到书房,献茶已毕,即叫家人将学生唤出。

原来秦昌之子名叫国璧,年方十一岁。安人郑氏,三旬以外年纪。有一妾,名叫碧蟾。丫鬟仆妇不少,其中有个大丫鬟名叫彩凤,服侍郑氏的;小丫鬟名叫彩霞,服侍碧蟾的。外面有执事四人:进宝、进财、进禄、进喜。秦昌虽然四旬年纪,还有自小儿的乳母白氏,年已七旬。算来人丁也有三四十口。家道饶余。员外因一生未能读书,深以为憾,故此为国璧谆谆延师,也为改换门庭之意。

自拜了先生之后,一切肴馔甚是精美。秦昌虽未读过书,却深知敬先生,也就难为他。往往有那不读书的人,以为先生的饭食随便俱可,漫不经心的很多。哪似这秦员外拿着先生当天神敬的一般,每逢自己讨取账目之时,便嘱咐郑氏安人:“先生饭食要紧,不可草率,务要小心。”即或安人不得暇,就叫彩凤照料,习以为常。谁知早已惹起侍妾的疑忌来了。

一日,员外又去讨账,临行嘱咐安人与大丫头:“先生处务要留神,好好款待。”员外去后,彩凤照料了饭食,叫人送到书房。碧蟾也便悄悄随到书房,在窗外偷看,见先生眉清目秀,三旬年纪,儒雅之甚。不看则已,

① 落落寡合——形容跟别人合不来。

看了时邪心顿起。

也是活该有事。这日偏偏员外与国璧告了半天假,带他去探亲。碧蟾听了此信,暗道:“许他们给先生做菜,难道我就不许么?”便亲手做了几样菜,用个小盒盛了,叫小丫头彩霞送到书房。不多时回来了,她便问:“先生做什么呢?”彩霞道:“在那里看书呢。”碧蟾道:“说什么没有?”丫鬟道:“他说,‘往日俱是家童送饭,今日为何你来?快回去罢!’将盒放在那里,我就回来了。”碧蟾暗道:“奇怪!为何不吃呢?”便叫彩霞看了屋子,她就三步两步来到书房,撕破窗纸,往里窥看,见盒子依然未动。她便轻轻咳嗽。杜先生听了,抬头看时,见窗上撕了一个窟窿,有人往里偷看,却是年轻妇女,连忙问道:“什么人?”窗外答道:“你猜是谁?”杜先生听这声音有些不雅,忙说道:“这是书房,还不退了!”窗外答道:“谅你也猜不着。我告诉你,我比安人小,比丫鬟大。今日因员外出门,家下无人,特来相会。”先生听了,发话道:“不要唠叨,快回避了!”外面说道:“你为何如此不知趣?莫要辜负我一片好心。这里有表记送你。”杜雍听了,登时紫涨面皮,气往上冲,嚷道:“满口胡说!再不退,我就要喊叫起来。”一壁嚷,一壁拍案大叫。正在愤怒,忽见窗外影儿不见了。先生仍气忿忿的坐在椅子上面,暗想道:“这是何说!可惜秦公待我这番光景,竟被这贱人带累坏了。我须得便点醒他,庶不负他待我之知遇。”

你道碧蟾为何退了?原来她听见员外回来,故此急忙退去。且言秦昌进内更换衣服,便来到书房,见先生气忿忿坐在那里,也不为礼。回头见那边放着一个小小元盒,里面酒菜极精,纹丝儿没动。刚要坐下问话,见地下黄澄澄一物,连忙毛腰捡起,却是妇女戴的戒指。一声儿没言语,转身出了书房。仔细一看,却是安人之物,不由的气冲霄汉,直奔卧室去了。你道这戒指从何而来?正是碧蟾隔窗抛入的表记。杜雍正在气忿喊叫之时,不但没看见,连听见也没有。

秦昌来到卧室之内,见郑氏与乳母正在叙话,不容分说,开口大骂,道:“你这贱人,干的好事!”乳母不知为何,连忙上前解劝。彩凤也上来拦阻。郑氏安人看此光景,不知是哪一葫芦药。秦昌坐在椅上,半晌,方说道:“我叫你款待先生,不过是饮馔精心,谁叫你跑到书房,叫先生瞧不起我,连理也不理。这还有个闺范么?”安人道:“哪个上书房来?是谁说的?”秦昌道:“现有对证。”便把戒指一扔,郑氏看时果是自己之物,连忙说道："此物虽是我的，却是两个，一个留着自戴，一个赏了碧蟾了。"秦昌听毕，立刻叫彩凤去唤碧蟾。

不多时，只见碧蟾披头散发，彩凤哭哭啼啼，一同来见员外。一个说："彩凤偷了我的戒指，去到书房，陷害于我。"一个说："我何尝到姨娘屋内。这明是姨娘去到书房，如今反来讹我。"两个你言我语，分争不休。秦昌反倒不得主意，竟自分解不清。自己却后悔，不该不分青红皂白，把安人辱骂一顿，忒莽撞了。倒是郑氏有主意，将彩凤吓唬住了，叫乳母把碧蟾劝回屋内。

秦昌不能分析此事，坐在那里发呆，生暗气。少时，乳母过来，安人与乳母悄悄商议，此事须如此如此，方能明白。乳母道："此计甚妙。如此行来，也可试出先生心地如何了。"乳母便一一告诉秦昌。秦昌深以为是。到了晚间，天到二鼓之后，秦昌同了乳母来到书房，只见里面尚有灯光，杜雍业已安歇。乳母叩门，道："先生睡了么？"杜雍答道："睡了，做什么？"乳母道："我是姨娘房内的婆子。因员外已在上房安歇了，姨娘派我前来请先生到里面，有话说。"杜雍道："这是什么道理！白日在窗外聒絮①了多时，怪道她说比安人小，比丫鬟大，原来是个姨娘。你回去告诉她，若要如此的闹法，我是要辞馆的了。岂有此理呀，岂有此理！"外面秦昌听了，心下明白，便把白氏一拉，他二人抽身回到卧室。秦昌道："再也不消说了，也不用再往下问。只这'比安人小，比丫鬟大'一语，却是碧蟾贱人无疑了。我还留她何用！若不及早杀却她，难去心头之火。"乳母道："凡事不可急躁。你若将她杀死，一来人命关天，二来丑声传扬，反为不美。"员外道："似此如之奈何呢？"乳母道："莫若将她锁禁在花园空房之内，或将她饿死，或将她囚死，也就完事了。"秦昌深以为是。次日黎明，便吩咐进宝将后花园收拾出了三间空房，就把碧蟾锁禁，吩咐不准给她饭食，要将她活活饿死。

不知碧蟾性命如何，下回分解。

---

① 聒(guō)絮——絮絮叨叨说个不停，使人厌烦。

第七十回

秦员外无辞甘认罪　金琴堂有计立明冤

且说碧蟾素日原与家人进宝有染，今将她锁禁在后花园空房，不但不能挨饿，反倒遂了二人私欲。他二人却暗暗商量计策。碧蟾说："员外与安人虽则住在上房，却是分寝，员外在东间，安人在西间。莫若你夤夜持刀，将员外杀死，就说安人怀恨，将员外谋害。告到当官，那时安人与员外抵了命。我掌了家园，咱们二人一生快乐不尽，强如我为妾，你是奴呢。"说的进宝心活，半夜里持刀来杀秦昌。

且说员外自那日错骂了安人，至今静中一想，原是自己莽撞。如今既将碧蟾锁禁，安人前如何不赔罪呢。到了夜静更深，自己持灯来至西间，见郑氏刚然歇下，他便进去。彩凤见员外来了，不便在跟前，只得溜出来。她却进了东间，摸了摸卧具，铺设停当，暗自想道："姨奶奶碧蟾，她从前原与我一样是丫头。员外拣了她，收作二房，我曾拟陪一次。如今碧蟾既被员外锁禁，此缺已出，不消说了，理应是我坐补。"妄想得缺，不觉神魂迷乱，一歪身躺在员外枕上，竟自睡去。她却哪里知道进宝持刀前来，轻轻的撬门而入，黑暗之中，摸着脖项，狠命一刀。可怜，一个即要补缺的彩凤，竟被恶奴杀死。

进宝以为得意，回到本屋之中，见一身的血迹，刚然脱下要换，只听员外那里，一叠连声叫"进宝"。进宝听了，吃惊不小，方知员外未死，一壁答应，一壁穿衣，来到上房。只因员外由西间赔罪回来，见彩凤已被杀在卧具之上，故此连连呼唤。见了进宝，便告诉他彩凤被杀一节。进宝方知把彩凤误杀了。此时安人已知，连忙起来，大家商议。郑氏道："事已如此，莫若将彩凤之母马氏唤进告诉她，多多给她银两，将她女儿好好殡殓就是了。"秦昌并无主意，立刻叫进宝告诉马氏去。谁知进宝见了马氏就挑唆，说她女儿是秦昌因奸不遂愤怒杀死的，叫马氏连夜到仁和县报官。

金必正金大老爷因是人命重案，立刻前来相验。秦昌出其不意，只得迎接官府。就在住房廊下，设了公案。金令亲到东屋看了，问道："这铺盖是何人的?”秦昌道:“就是小民在此居住。”金令道:“这丫头她叫什么?”秦昌道:“叫彩凤。”金令道:“她在这屋里住么?”秦昌道:“她原是服侍小民妻子,在西屋居住的。”金令道:“如此说来,你妻子住在西间了。”秦昌答应:“是。”金令便叫仵作前来相验,果系刀伤。金令吩咐将秦昌带到衙中听审,暂将彩凤盛殓。

转到衙中,先将马氏细问了一番。马氏也供出秦昌与郑氏久已分寝,东西居住,她女儿原是服侍郑氏的。金令问明,才带上秦昌来,问他为何将彩凤杀死。谁知秦昌别的事没主意,他遇这件事倒有了主意,回道:“小民将彩凤诱至屋内,因奸不遂,一时忿恨,将她杀死。”你道他如何恁般承认?他想:“我因向与妻子东西分住,如何又说出与妻子赔罪呢?一来说不出口;二来惟恐官府追问‘因何赔罪’,又叨顿出碧蟾之事。那时闹得妻妾当堂出丑,其中再连累上一个先生,这个声名传扬出去,我还有个活头么?莫若我把此事应起,还有个辗转。大约为买的丫头因奸致死,也不至抵偿。总而言之,前次不该合安人急躁,这是我没有涵容处。彼时若有涵容,慢慢访查,也不必赔罪,就没有这些事了。可见静修和尚是个高僧,怨得他说人口不利,果应其言。”他虽如此想,不思索思索,若不赔罪,他如何还有命呢?金令见他满口应承,反倒疑心,便问他:“凶器藏在何处?”秦昌道:“因一时忙乱,忘却掷于何地。”其词更觉含浑。金令暗想道:“看他这光景,又无凶器,其中必有缘故,须要慢慢访查。”暂且悬案寄监。此时郑氏已派进喜暗里安置,秦昌在监不至受苦。他因家下无人,仆从难以靠托,仔细想来,惟有杜先生为人正直刚强,便暗暗写信托付杜雍,照管外边事体,一切内务全是郑氏料理。监中叫进宝四人,轮流值宿服侍。

一日,静修和尚到秦员外家取香火银两,顺便探访杜雍。刚然来到秦家庄,迎头遇见进宝。和尚见了,问道:“员外在家么?杜先生可好?”进宝正因外面事务如今是杜先生料理,比员外在家加倍严紧,一肚子的气无处发泄,听静修和尚问先生,他便进谗言道:“师傅还提杜先生呢!原来他不是好人,因与主母调奸,被员外知觉,大闹了一场。杜先生怀恨在心,不知何时暗暗与主母定计,将丫头彩凤杀死,反告了员外因奸致命,将员外下在南牢。我此时便上县内,瞧我们员外去。”说罢,扬长去了。

和尚听了,不胜惊骇诧异,大骂杜雍不止。回转寺中,见了北侠,道:

“世间竟有这样人面兽心之人，实实可恶！”北侠道：“吾师为何生嗔？”静修和尚便将听得进宝之言，一一叙明。北侠道：“我看杜雍决不是这样人，惟恐秦员外别有隐情。”静修听了，好生不乐，道：“秦员外为人，老僧素日所知，一生原无大过，何至被囚。可恨这姓杜的竟自如此不堪，实实可恶！”北侠道：“我师还要三思。既有今日，何必当初。难道不是吾师荐的么？”这一句话问得个静修和尚面红过耳。所谓“话不投机半句多”，一言不发，站起来向后面去了。

北侠暗想道：“据我看来，杜雍去了不多日期，何得骤与安人调奸？此事有些荒唐。今晚倒要去探听探听。”又想：“老和尚偌大年纪，还有如此火性，可见贪嗔痴爱的关头，是难跳的出的。他大约因我拿话堵塞于他，今晚决不肯出来。我正好行事。”想罢，暗暗装束，将灯吹灭，虚掩门户，仿佛是早已安眠，再也想不到他往秦家庄来。

到了门前，天已初鼓。先往书房探访，见有两个更夫要蜡，书童回道：“先生上后边去了。”北侠听了，又暗暗来到正室房上。忽听乳母白氏道：“你等莫要躲懒，好好烹下茶。少时奶奶回来，还要喝呢？”北侠听了，暗想：“事有可疑。为何两个人俱不在屋内？且到后面看看再作道理。”刚然来到后面，见有三间花厅，槅扇虚掩。忽听里面说道：“我好容易得此机会，千万莫误良宵。我这里跪下了。”又听妇人道：“真正便宜了你，你可莫要忘了我的好处呀！”北侠听到此，杀人心陡起，暗道：“果有此事！且自打发他二人上路。”背后抽出七宝刀。说时迟，那时快，推开槅扇，手起刀落。可怜男女二人刚得片时欢娱，双魂已归地府。北侠将二人之头挽在一处，挂在槅扇屈戌①之上，满腔恶气全消，仍回盘古寺。他以为是杜雍与郑氏无疑，哪里知道他也是误杀了呢。

你道方才书童答应更夫，说先生往后边去了，是哪个后边？就是书房的后边。原来是杜先生出恭呢。杜雍出恭回来，问道：“你方才合谁说话？”书童道：“更夫要蜡来了。”杜雍道：“他们如何这么早就要蜡？昨夜五更时拿去的蜡，算来不过点了半支，应当还有半支，难道还点不到二更么？员外

---

① 屈戌（qūqu）——铜制或铁制的带两个脚的小环，钉在门窗边上或箱、柜正面，用来挂上钌铞或锁。或者成对地钉在抽屉正面或箱子侧面，用来固定V字形的环。

不在家，我是不能叫他们赚。如要赚，等员外回来，爱怎么赚，我是全不管的。”正说时，只见更夫跑了来道：“师老爷，师老爷！不好了！”杜雍道：“不是蜡不够了？犯不上这等大惊小怪的。”更夫道：“不是，不是。方才我们上后院巡更，见花厅上有两个扒着槅扇往外瞧。我们怕是歹人，拿灯笼一照，谁知是两个人头。”杜先生道：“是活的？是死的？”更夫道：“师老爷可吓糊涂了。既是人头，如何会有活的呢？”杜雍道：“我不是害怕，我是心里有点发怯。我问的是男的？是女的？”更夫道：“我们没有细瞧。”杜先生道：“既如此，你们打着灯笼在前引路，待我看看去。”更夫道：“师老爷既要去看，须得与我换蜡了。这灯笼里剩了个蜡头儿了。”杜先生吩咐书童拿几支蜡交与更夫，换好了，方打着灯笼，往后面花厅而来。

到了花厅，更夫将灯笼高高举起。杜先生战战哆嗦看时，一个耳上有环，道：“喂呀！是个妇人。你们细看是谁？”更夫看了半晌，道：“好像姨奶奶。”杜雍便叫更夫：“你们把那个头往外转转，看是谁？”更夫仗着胆子，将头扭一扭，一看，这个说：“这不是进禄儿吗？”那个道：“是不错，是他，是他！”杜先生道：“你们要认明白了。”更夫道：“我认的不差。”杜先生道：“且不要动。”更夫道：“谁动他做什么呢。”杜先生道：“你们不晓得，这是要报官的。你们找找四个管家，今日是谁在家？”更夫道：“昨日是进宝在监该班，今日应当进财该班。因进财有事去了，才进禄给进宝送信去叫他连班。不知进禄如何被人杀了？此时就剩进喜在家。”杜先生道：“你们把他叫来，我在书房等他。”更夫答应。一个去叫进喜，一个引着先生来到书房。

不多时，进喜来到。杜先生将此事告诉明白，叫他进内启知主母。进喜急忙进去，禀明了郑氏。郑氏正从各处检点回来，吓的没了主意，叫问先生，此事当如何办理。杜先生道：“此事隐瞒不得的，须得报官。你们就找地方去。”进喜立刻派人找了地方来，到后园花厅看了，也不动，道：“这要即刻报官，耽延不得了。只好管家你随我同去。”进喜吓得半晌无言。还是杜先生有见识，知是地方勒索，只得叫进喜从内要出二两银子来，给了地方，他才一人去了。

至次日，地方回来，道：“少时太爷就来，你们好好预备了。”不多时，金令来到，进喜同至后园。金令先问了大概情形，然后相验，记了姓名，叫人将头摘下。又进屋内去，看见男女二尸下体赤露，知是私情。又见床榻上有一字柬,金令拿起细看,拢在袖中。又在床下搜出一件血衣裹着鞋袜,问进喜道:“你可认得,此衣与鞋袜是谁的?”进喜瞧了瞧,回道:“这是进宝的。”金令暗道:“如此看来,此案全在进宝身上。我须如此如此,方能了结此事。”吩咐暂将男女盛殓,即将进喜带入衙中,立刻升堂。且不问进喜,也不问秦昌,吩咐:“带进宝。”两旁衙役答应一声,去提进宝。

此时进宝正在监中服侍员外秦昌,忽然听见衙役来说:“太爷现在堂上,呼唤你上堂,有话吩咐。”进宝不知何事,连忙跟随衙役,上了大堂。只见金令坐在上面,和颜悦色,问道:“进宝,你家员外之事,本县现在业已访查明白。你既是他家的主管,你须要亲笔写上一张诉呈来。本县看了,方好从中设法,如何出脱你家员外的罪名。”进宝听了,有些不愿意,原打算将秦昌谋死。如今听县官如此说,想是受了贿赂,无奈何,说道:“既蒙太爷恩典,小人下去写诉呈就是了。”金令道:“就要递上来,本县立等。”回头吩咐书吏:“你同他去,给他立个稿儿,叫他亲笔誊写,速速拿来。”书吏领命下堂。不多时,进宝拿了诉呈,当堂呈递。金令问道:“可是你自己写的?”进宝道:“是,求先生打的底儿,小人誊写的。”金令接来,细细一看,果与那字柬笔迹相同,将惊堂木一拍,道:“好奴才!你与碧蟾通奸设计,将彩凤杀死,如何陷害你家员外,还不从实招上来!”进宝一闻此言,顶梁骨上嘤的一声,魂已离壳,惊慌失色,道:“此……此……此事小……小……小人不知。”金令吩咐:“掌嘴!”刚然一边打了十个,进宝便嚷道:“我说呀,我说!”两边衙役道:“快招!快招!”进宝便将碧蟾如何留表记被员外捡着,错疑在安人身上;又如何试探先生,方知是碧蟾,将她锁禁花园;原是小人素与婊娘有染,因此暗暗定计要杀员外,不想秦昌那日偏偏的上西间去了,这才误杀了彩凤,一五一十,述了一遍。金令道:“如此说来,碧蟾与进禄昨夜被人杀死,想是你愤奸不平,将他二人杀了。”进宝碰头,道:“此事小人实实不知。昨夜小人在监内服侍员外,并未回家,如何会杀人呢?老爷详情。”金令暗暗点头道:“他这话却与字柬相符。只是碧蟾、进禄却被何人所杀呢?”

你道是何字柬?原来进禄与进宝送信,叫他多连一夜。进宝恐其负了碧蟾之约,因此悄悄写了一柬,托进禄暗暗送与碧蟾。谁知进禄久有垂涎之意,不能得手,趁此机会,方才入港。恰被北侠听见,错疑在杜雍、郑氏身上,故此将二人杀死。至于床下搜出血衫鞋袜,金令如何知道就在床下呢？皆因进宝字柬上，前面写今日不能回来之故；后面又嘱咐千万，前次血污之物，恐床下露人眼目，须改别处隐藏方妥。有此一语，故而搜出。是进喜识认，说出进宝。金令已知是进宝所为，又恐进禄栽赃陷害别人，故叫进宝写诉呈，对了笔迹，然后方问此事。以为他必狡赖，再用字柬衣衫鞋袜质证。谁知小子不禁打，十个嘴巴，他就通说了，却倒省事。

不知金令如何定罪，且听下回分解。

第七十一回

杨芳怀忠彼此见礼　继祖尽孝母子相逢

且说金公审明进宝，将他立时收监，与彩凤抵命；把秦昌当堂释放；惟有杀奸之人，再行访查缉获另结，暂且悬案。论碧蟾早就该死；进禄因有淫邪之行，致有杀身之祸。他二人既死，也就不必深究了。

且说秦昌回家，感谢杜雍不尽，二人遂成莫逆①。又想起静修之言，杜雍也要探望，因此二人同来到盘古寺。静修与北侠见了，彼此惊骇。还是秦昌直爽，毫无隐讳，将此事叙明。静修、北侠方才释疑，始悟进宝之言尽是虚假。四人这一番亲爱快乐，自不必言。盘桓了几日，秦昌与杜雍仍然回庄。

北侠也就别了静修，上杭州去了。沿路上闻人传说道："好了！杭州太守可换了，我们的冤枉可该诉了。"仔细打听，北侠却晓得此人。

你道此人是谁？听我慢慢叙来。只因春闱考试，钦命包大人主考，到了三场已毕，见中卷内并无包公侄儿，天子便问："包卿，世荣为何不中？"包公奏道："臣因钦命点为主考，臣侄理应回避，因此并未入场。"天子道："朕原为拣选人才，明经取士，为国求贤。若要如此，岂不叫包世荣抱屈么？"即行传旨，着世荣一体殿试。此旨一下，包世荣好生快乐。到了殿试之期，钦点包世荣的传胪，用为翰林院庶吉士②。包公叔侄碰头谢恩。赴琼林宴之后，包公递了一本给包世荣告假，还乡毕姻，三个月后仍然回京供职。圣上准奏，赏赍了多少东西。包世荣别了叔父，带了九如，荣耀

---

① 莫逆——彼时情投意合，非常相好。

② 庶吉士——明初置，始分设于六科，练习办事，永乐以后专属翰林院。清代沿其制，翰林院设庶常馆，选新进士中文学书法优异的人入馆学习，称为翰林院庶吉士。三年后（也有提前举行的）举行考试，成绩优良者分别授以翰林院编修、检讨等官，其余分发各部任主事等职，或以知县优先委用，称为"散馆"。庶吉士通常称为"庶常"。

还乡。至于与玉芝毕姻一节,也不必细述。

只因杭州太守出缺,圣上钦派了新中榜眼、用为编修的倪继祖。倪继祖奉了圣旨,不敢迟延,先拜老师,包公勉励了多少言语,倪继祖一一谨记,然后告假还乡祭祖。奉旨:"着祭祖毕,即赴新任。"你道倪继祖可是倪太公之子么?就是仆人可是倪忠么?其中尚有许多的原委,直仿佛白罗衫的故事,此处不能不叙出。

且说扬州甘泉县有一饱学儒流,名唤倪仁,自幼定了同乡李太公之女为妻。什么聘礼呢?有祖传遗留的一枝并梗玉莲花,晶莹光润无比,拆开却是两枝,合起来便成一朵。倪仁视为珍宝,与妻子各佩一枝。只因要上泰州探亲,便雇了船只。这船户一名陶宗,一名贺豹,外有一个雇工帮闲的名叫杨芳。不料这陶宗、贺豹乃是水面上作生涯的,但凡客人行李辎重[①]露在他眼里,再没有放过去的。如今见倪仁雇了他的船,虽无沉重行李,却见李氏生的美貌,淫心陡起。贺豹暗暗的与陶宗商量,意欲劫掠了这宗买卖。他别的一概不要,全给陶宗,他单要李氏作个妻房。二人计议停当,又悄悄的知会了杨芳。杨芳原是雇工人,不敢多言。

一日,来到扬子江,到幽僻之处,将倪仁抛向水中淹死。贺豹便逼勒李氏。李氏哭诉道:"因怀孕临迩,待分娩后再行成亲。"多亏杨芳在旁解劝,道:"她丈夫已死,难道还怕她飞上天去不成?"贺豹只得罢了。杨芳暗暗想道:"他等作恶,将来事犯,难免扳拉于我。再者看这妇人哭的可怜,我何不如此如此呢?"想罢,他便沽酒买肉,庆贺他二人一个得妻,一个发财。二人见他殷勤,一齐说道:"何苦要叫你费心呢。你以后真要好时,我等按三七与你股分,你道好么?"杨芳暗暗道:"似你等这样行为,慢说三七股分,就是全给老杨,我也是不稀罕的。"他却故意答道:"如若二位肯提携[②]于我,敢则是好。"便殷勤劝酒。不多时,把二人灌的酩酊大醉,横卧在船头之上。杨芳便悄悄地告诉了李氏,叫她上岸,一直往东,过了树林,有个白衣庵,他姑母在这庙出家,那里可以安身。

此时天已五鼓,李氏上岸不顾高低,拼命往前奔驰。忽然一阵肚痛,暗说:"不好!我是临月身体,若要分娩,可怎么好?"正思索时,一阵疼如

① 辎(zī)重——泛指携带的东西。

② 提携(xié)——领着孩子走路,比喻提拔、扶植别人。

一阵，只得勉强奔到树林，存身树下。不多时，就分娩了。喜得是个男儿。连忙脱下内衫，将孩儿包好，胸前就别了那半枝莲花。不敢留恋，难免悲戚，急将小儿放在树木之下。自己恐贼人追来，忙忙往东奔逃，上庙中去了。

且说杨芳放了李氏，心下畅快，一歪身也就睡了。刚然睡下，觉得耳畔有人唤道："你还不走，等待何时？"杨芳从梦中醒来，看了看四下无人，但见残月西斜，疏星几点，自己想道："方才明明有人呼唤，为何竟自无人呢？"再看陶、贺二人酣睡如雷，又转念道："不好！他二人若是醒来，不见了妇人，难道就罢了不成？不是埋怨于我，就是四下搜寻。那时将妇人访查出来，反为不美。有了，莫若我与他个溜之乎也。及至他二人醒来，必说我拐了妇人远走高飞，也免得他等搜查。"主意已定，东西一概不动，只身上岸，一直竟往白衣庵而来。

到了庵前，天已微明，向前叩门，出来了个老尼，隔门问道："是哪个？"杨芳道："姑母请开门，是侄儿杨芳。"老尼开了山门。杨芳来到客堂，尚未就座，便悄悄问道："姑母，可有一个妇人投在庵中么？"老尼道："你如何知道？"杨芳便将灌醉二贼，私放李氏的话，说了一遍。老尼合掌念一声"阿弥陀佛"，道："救人一命，胜造七级浮屠。惜乎你为人不能为彻。错舛你也没什么错舛，只是她一点血脉失于路上，恐将来断绝了她祖上的香烟。"杨芳追问情由。老尼便道："那妇人已投在庵中，言于树林内分娩一子，若被人捡去，尚有生路；倘若遭害，便绝了香烟，深为痛惜。是我劝慰再三，应许与她找寻，她方止了悲啼，在后面小院内将息。杨芳道："既如此，我就找寻去。"老尼道："你要找寻，有个表记。他胸前有枝白玉莲花，那就是此子。"杨芳谨记在心，离了白衣庵，到了树林，看了一番，并无踪迹；暗暗访查了三日，方才得了实信。

离白衣庵有数里之遥，有一倪家庄。庄中有个倪太公。因五更赶集，骑着个小驴儿来到树林，那驴便不走了。倪太公诧异，忽听小儿啼哭，连忙下驴一看，见是个小儿放在树木之下，身上别有一枝白玉莲花。这老半生无儿，见了此子好生欢喜，连忙打开衣襟将小儿揣好，也顾不得赶集，连忙乘驴转回家中。安人梁氏见了此子，问了情由。夫妻二人欢喜非常，就起名叫倪继祖。他哪里知道小儿的本姓却也姓倪呢。这也是天缘凑巧，姓倪的根芽就被姓倪的捡去。

俗言："若要人不知，除非己莫为。"那日倪太公得了此子，早已就有人知道，道喜的不离门。又有荐乳母的。今日你来，明日我往，俱要给太公作贺。太公难以推辞，只得备了酒席请乡党父老。这些乡党父老也备了些须薄礼，前来作贺。正在应酬之际，只见又是两个乡亲领来一人，约有三旬年纪。倪太公却不认得，问道："此位是谁？"二乡老道："此人是我们素来熟识的。因他无处安身，闻得太公得了小相公，他情愿与太公作仆人。就是小相公大了，他也好照看。他为人最是朴实忠厚的。老乡亲看我二人分上，将他留下罢。"倪太公道："他一人所费无几，何况又有二位老乡亲美意，留下就是了。"二乡老道："还是老乡亲爽快。过来见了太公。太公就给他起个名儿。"倪太公道："仆从总要忠诚，就叫他倪忠罢。"

原来此人就是杨芳。因同他姑母商量，要照应此子，故要投到倪宅。因认识此庄上的二人，就托他们趁着贺喜，顺便举荐。杨芳听见倪太公不但留下，而且起名倪忠，便上前叩头，道："小人倪忠与太公爷叩头道喜。"倪太公甚是欢喜。倪忠便殷勤张罗诸事，不用吩咐，这日倪太公就省了好些心。从此倪忠就在倪太公庄上，更加小心留神。倪太公见他忠正朴实，诸事俱各托付于他，无有不尽心竭力的。倪太公倒得了个好帮手。

一日，倪忠对太公道："小人见小官人年纪七岁，资性聪明，何不叫他读书呢？"太公道："我正有此意。前次见东村有个老学究，学问颇好。你就拣个日期，我好带去入学。"于是定了日期，倪继祖入学读书。每日俱是倪忠护持接送。倪忠却时常到庵中看望，就只瞒过倪继祖。

刚念了有二三年光景，老学究便转荐了一个儒流秀士，却是济南人，姓程名建才。老学究对太公道："令郎乃国家大器，非是老汉可以造就的。若是从我敝友训导训导，将来必有可成。"倪太公尚有些犹疑，倒是倪忠撺掇，道："小官人颇能读书。既承老先生一番美意，荐了这位先生，何不叫小官人跟着学学呢？"太公听了，只得应允，便将程先生请来训诲继祖。继祖聪明绝顶，过目不忘，把个先生乐的了不得。

光阴荏苒，日月如梭，转眼间倪继祖已然十六岁。程先生对太公说，叫倪继祖科考。太公总是乡下人形景，不敢妄想成人。倒是先生着急，不知会太公，就叫倪继祖递名去赴考，高高的中了生员。太公甚喜，酬谢了先生。自然又是贺喜，应接不暇。

一日，先生出门。倪继祖也要出门闲游闲游，禀明了太公，就叫倪忠跟随。信步行来,路过白衣庵,倪忠道:“小官人,此庵有小人的姑母在此出家,请进去歇歇吃茶。小人顺便探望探望。”倪继祖道:“从不出门,今日走了许多的路,也觉乏了,正要歇息歇息。”倪忠向前叩门。老尼出来迎接,道:“不知小官人到来,未能迎接,多多有罪。”连忙让到客堂待茶。

原来倪忠当初访着时,已然与他姑母送信。老尼便告诉了李氏,李氏暗暗念佛。自弥月①后便拜了老尼为师,每日在大士前虔心忏悔,无事再也不出佛院之门。这一日正从大士前礼拜回来,忘记了关小院之门。恰好倪继祖歇息了片时,便到各处闲游,只见这院内甚是清雅,信步来到院中。李氏听得院内有脚步声响,连忙出来一看。不看时则已,看了时不由的一阵痛彻心髓,登时落下泪来,他因见了倪继祖的面貌举止,俨然与倪仁一般。谁知倪继祖见了李氏落泪,可煞作怪,他只觉的眼眶儿发酸,扑簌簌也就泪流满面,不能自解。正在拭泪,只见倪忠与他姑母到了。倪忠道:“官人你为何啼哭?”倪继祖道:“我何尝哭来?”嘴内虽如此说,声音尚带悲哽。倪忠又见李氏在那里呆呆落泪,看了这番光景,他也不言不语,拂袖拭起泪来。

只听老尼道:“善哉!善哉!此乃天性,岂是偶然。”倪继祖听了此言诧异,道:“此话怎讲?”只见倪忠跪倒道:“望乞小主人赦宥老奴隐瞒之罪,小人方敢诉说。”好倪继祖,见他如此,惊得目瞪痴呆。又听李氏悲切切道:“恩公快些请起,休要折受了他。不然,我也就跪了。”倪继祖好生纳闷,连忙将倪忠拉起,问道:“此事端的如何?快些讲来。”倪忠便把怎么长、怎么短,述说了一遍。他这里说,那里李氏已然哭了个声哽气噎。倪继祖听了,半晌,还过一口气来,道:“我倪继祖生了十六岁,不知生身父母受如此苦处!”连忙向前抱住李氏,放声大哭。老尼与倪忠劝慰多时,母子二人方才止住悲声。李氏道:“自蒙恩公搭救之后,在此庵中一十五载,不想孩儿今日长成。只是今日相见,为娘的如同睡里梦里,自己反倒不能深信。问吾儿,你可知当初表记是何物?”倪继祖听了此言,惟恐母亲生疑,连忙向那贴身里衣之中,掏出白玉莲花,双手奉上。李氏一见莲花,嗳哟了一声,身体往后一仰。

未知如何,且听下回分解。

---

① 弥月——指初生婴儿满月。

第七十二回

认明师学艺招贤馆　查恶棍私访霸王庄

且说李氏一见了莲花，睹物伤情，复又大哭起来。倪继祖与倪忠商议，就要接李氏一同上庄。李氏连忙止悲，说道："吾儿休生妄想！为娘的再也不染红尘了。原想着你爹爹的冤仇，今生再世也不能报了，不料倪氏门中有你这根芽。只要吾儿好好攻书，得了一官半职，能够与你爹爹报仇雪恨，为娘的平生之愿足矣。"倪继祖见李氏不肯上庄，便哭倒跪下，道："孩儿不知亲娘便罢，如今既已知道，也容孩儿略尽孝心。就是孩儿养身的父母不依时，自有孩儿恳求哀告。何况我那父母也是好善之家，如何不能容留亲娘呢?"李氏道："言虽如此，但我自知罪孽深重，一生忏悔不来。倘若再堕俗缘，惟恐不能消受，反要生出灾殃，那时吾儿岂不后悔?"倪继祖听李氏之言，心坚如石，毫无回转，便放声大哭道："母亲既然如此，孩儿也不回去了，就在此处侍奉母亲。"李氏道："你既然知道读书要明理，俗言'顺者为孝'，为娘的虽未抚养于你，难道你不念劬劳①之恩，竟敢违背么？再者你那父母哺乳三年，好容易养的你长大成人，你未能报答于万一，又肯作此负心之人么?"一席话说的倪继祖一言不发，惟有低头哭泣。

李氏心下为难，猛然想起一计来："须如此如此，这冤家方能回去。"想罢，说道："孩儿不要啼哭。我有三件事，你要依从，诸事办妥，为娘的必随你去如何?"倪继祖连忙问道："哪三件？请母亲说明。"李氏道："第一件，你从今后须要好好攻书，务须要得了一官半职；第二件，你须将仇家拿获，与你爹爹雪恨；第三件，这白玉莲花乃祖上遗留，原是两个合成一枝，如今你将此枝仍然带去，须把那一枝找寻回来。三事齐备，为娘必随儿去。三事之中倘缺一件，为娘的再也不能随你去的。"说罢，又嘱咐倪忠道："恩公一生全仗忠义，我也不用饶舌。全赖恩公始终如一，便是我

---

① 劬(qú)劳——劳累。

倪氏门中不幸之大幸了。你们速速回去罢！省得你那父母在家盼望。”李氏将话说完，一摔手回后去了。

这里倪继祖如何肯走，还是倪忠连搀带劝，真是一步几回头，好容易搀出院子门来。老尼后面相送。倪继祖又谆嘱了一番，方离了白衣庵，竟奔倪家庄而来。主仆在路途之中，一个是短叹长吁，一个是婉言相劝。倪继祖道：“方才听母亲吩咐三件事，仔细想来，作官不难，报仇容易，只是那白玉莲花却往何处找寻？”倪忠道：“据老奴看来，物之隐现，自有定数，却倒不难。还是作官难。总要官人以后好好攻书要紧。”倪继祖道：“我有海样深的仇，焉有自己不上进呢？老人家休要忧虑。”倪忠道：“官人如何这等呼唤？惟恐折了老奴的草料。”倪继祖道：“你甘屈人下，全是为我而起。你的恩重如山，我如何以仆从相待！”倪忠道：“言虽如此，官人若当着外人还要照常，不可露了形迹。”倪继祖道：“逢场作戏，我是晓得的。还有一宗，今日之事，你我回去千万莫要泄漏。待功成名就之后，大家再为言明，庶乎彼此有益。”倪忠道：“这不用官人嘱咐，老奴十五年光景皆未泄漏，难道此时倒隐瞒不住么？”二人说话之间，来到庄前。倪继祖见了太公、梁氏，俱各照常。

于是倪继祖一心想着报仇，奋志攻书。迟了二年，又举于乡，益发高兴，每日里讨论研求。看看的又过了二年。明春是大比①之年，倪继祖与先生商议，打点行装，一同上京考试。太公跟前俱已禀明。谁知到了临期，程先生病倒，竟自呜呼哀哉了。因此倪继祖带了倪忠，悄悄到白衣庵，别了亲娘，又与老尼留下银两，主仆一同进京。这才有会仙楼遇见了欧阳春、丁兆兰一节。

自接济了张老儿之后，在路行程非止一日，来到东京，租了寓所，静等明春赴考。及至考试已毕，倪继祖中了第九名进士；到了殿试，又钦点了榜眼，用为编修。可巧杭州太守出缺，奉旨又放了他。主仆二人好生欢喜。又拜别包公，包公又嘱咐了好些话。主仆衣锦还乡，拜了父母，禀明认母之事。太公、梁氏本是好善之家，听了甚喜，一同来到白衣庵，欲接李氏在庄中同住。李氏因孩儿即刻赴任，一来庄中住着不便；二来自己心愿不遂，决意不肯，因此仍在白衣庵与老尼同住。倪继祖无法，只得安置妥

① 大比——泛指科举考试。

协，且去上任。“等接任后，倘能二事如愿，那时再来迎接，大约母亲也就无可推托了。”即叫倪忠束装就道，来到杭州，刚一接任，就收了无数的词状，细细看来，全是告霸王庄马强的。

你道这马强是谁？原来就是太岁庄马刚的宗弟，倚仗朝中总管马朝贤是他叔父，他便无所不为。他霸田占产，抢掠妇女。家中盖了个招贤馆，接纳各处英雄豪杰，因此无赖光棍投奔他家的不少。其中也有一二豪杰，因无处可去，暂且栖身，看他的动静。现时有名的便是黑妖狐智化、小诸葛沈仲元、神手大圣邓车、病太岁张华、赛方朔方貂，其余的无名小辈不计其数。每日里舞剑抡枪，比刀对棒，鱼龙混杂，闹个不了。一来二去，声气大了，连襄阳王赵爵都与他交结往来。

独独有一个小英雄，心志高傲，气度不俗，年十四岁，姓艾名虎，就在招贤馆内作个馆童。他见众人之中，惟独智化是个豪杰，而且本领高出人上，便时刻小心，诸事留神，敬奉智化为师。真感得黑妖狐欢喜非常，便把他暗暗的收作徒弟，悄悄传他武艺。谁知他心机活变，一教便会，一点就醒，不上一年光景，学了一身武艺。他却时常悄悄的对智化道：“你老人家以后不要劝我们员外，不但白费唇舌，他不肯听；反倒招的那些人背地里抱怨，说你老人家忒胆小了。‘抢几个妇女什么要紧。要是这么害起怕来，将来还能干大事么？’你老人家自己想想，这一群人都不成了亡命之徒了么？”智化道：“你莫多言，我自有道理。”他师徒只顾背地里闲谈。谁知招贤馆早又生出事来。

原来马强打发恶奴马勇前去讨账回来，说债主翟九成家道艰难，分文皆无。马强将眼一瞪，道：“没有就罢了不成？急速将他送县官追。”马勇道：“员外不必生气，其中却有个极好的事情。方才小人去到他家，将小人让进去，苦苦的哀求。不想炕上坐着个如花似玉的女子，小人问他是何人，翟九成说是他外孙女，名叫锦娘。只因他女儿女婿亡故，留下女儿毫无倚靠，因此他自小儿抚养，今年已交十七岁。这翟九成全仗着他作些针线，将就度日。员外曾吩咐过小人，叫小人细细留神打听，如有美貌妇女立刻回禀。据小人今日看见这女子，真算是少一无二的了。”一句话说的马强心痒难搔，登时乐的两眼连个缝儿也没有了，立刻派恶奴八名，跟随马勇到翟九成家将锦娘抢来，抵销欠账。

这恶贼在招贤馆立等，便向众人夸耀道：“今日我又大喜了。你等只说前次那女子生的美貌,哪里知道比她还有强的呢。少时来时,叫你们众人开开眼咧。"众人听了,便有几个奉承道:"这都是员外福田造化,我们如何敢比。这喜酒是吃定了。"其中就有听不上的,用话打趣他:"好虽好,只怕叫后面知道了,那又不好了。"马强哈哈笑道:"你们吃酒时,作个雅趣,不要吵嚷了。"

说话间,马勇回来禀道:"锦娘已到。"马强吩咐:"快快带上来。"果见个袅袅婷婷女子,身穿朴素衣服,头上也无珠翠,哭哭啼啼来到厅前。马强见她虽然啼哭,那一番娇柔妩媚,真令人见了生怜,不由的笑逐颜开,道:"那女子不要啼哭。你要好好依从于我,享不尽荣华,受不尽富贵。你只管向前些,不要害羞。"忽听见锦娘娇呖呖道:"你这强贼,无故的抢掠良家女子,是何道理?奴今到此,惟有一死而已,还讲什么荣华富贵!我就向前些。"谁知锦娘暗暗携来剪子一把,将手一扬,竟奔恶贼而来。马强见势不好,把身子往旁一闪,刷的一声,把剪子扎在椅背上。马强嗳哟一声,"好不识抬举的贱人!"吩咐恶奴将她下在地牢。恶贼的一团高兴登时扫尽,无可释闷,且与众人饮酒作乐。

且说翟九成因护庇锦娘,被恶奴们拳打脚踢,乱打一顿,仍将锦娘抢去,只急得跺脚捶胸,嚎啕不止。哭够多时,检点了一下,独独不见了剪子,暗道:"不消说了,这是外孙女去到那里,一死相拼了。"忙到那里探望了一番,并无消息。又恐被人看见,自己倒要吃苦,只得垂头丧气的回来。见路旁有柳树,他便席地而坐,一壁歇息,一壁想道:"自我女儿女婿亡故,留下这条孽根。我原打算将她抚养大了,聘嫁出去,了却一生之愿。谁知平地生波,竟有这无法无天之事。再者锦娘一去,不是将恶贼一剪扎死,她也必自戕其生。她若死了,不消说了,我这抚养勤劳付于东流;她若将恶贼扎死,难道他等就饶了老汉不成?"越思越想,又是着急,又是害怕。忽然把心一横,道:"嗳!眼不见,心不烦,莫若死了干净!"站起身来,找了一株柳树,解下丝绦,就要自缢而死。

忽听有人说道:"老丈休要如此,有什么事何不对我说呢?"翟九成回头一看,见一条大汉碧眼紫髯,连忙上前哭诉情由,口口声声说自己无路可活,难以对去世的女儿女婿。北侠欧阳春听了,道:"他如此恶霸,你为何不告他去?"翟九成道:"我的爷!谈何容易。他有钱有势,而且声名在外,谁人不知,哪个不晓。纵有呈子,县里也是不准的。"北侠道:"不是这里告他，是叫你上东京开封府去告他。”翟九成道：“哎呀呀！更不容易了。我这里到开封府，路途遥远，如何有许多的盘费呢？”北侠道：“这倒不难。我这里有白银十两，相送如何？”翟九成道：“萍水相逢，如何敢受许多银两。”北侠道：“这有什么要紧呢。只要你拿定主意，若到开封，包管此恨必消。”说罢，从皮兜内摸出两个银锞，递与翟九成。翟九成便扑翻身拜倒，北侠搀起。

只见那边过来一人，手提马鞭，道：“你何必舍近而求远呢？新任太守极其清廉，你何不到那里去告呢？”北侠细看此人有些面善，一时想不起来。又听这人道：“你如若要告时，我家东人与衙中相熟，颇颇的可托。你不信，请看那边树林下坐的就是他。”北侠先挺身往那边一望，见一儒士坐在那里，旁边有马一匹。不看则可，看了时倒抽了口气，暗暗说：“这不好！他如何这般形景？霸王庄能人极多，倘然识破，那时连性命不保。我又不好劝阻，只好暗中助他一臂之力。”想罢，即对翟九成道：“既是新任太守清廉，你就托他东人便了。”说罢，回身往东去了。

你道那儒士与老仆是谁？原来就是倪继祖主仆。北侠因看见倪继祖，方想起老仆倪忠来。认明后，他却躲开。倪忠带了翟九成，见了倪继祖。太守细细地问了一番，并给他写了一张呈子。翟九成欢天喜地回家，五更天预备起身赴府告状。

谁知冤家路儿窄，马强因锦娘不从，下在地牢，饮酒之后，又带了恶奴出来，骑着高头大马，迎头便碰见了翟九成。翟九成一见，胆裂魂飞，回身就跑。马强一叠连声叫“拿”。恶贼抖起威风，追将下去。翟九成上了年纪之人，能跑多远，早被恶奴揪住，连拉带扯，来到马强的马前。马强问道：“我骂你这老狗！你叫你外孙女用剪子刺我，我已将她下在地牢，正要差人寻你。见了我，不知请罪，反倒要跑，你也就可恶的很呢！”恶贼原打算拿话威吓威吓翟九成，要他赔罪，好叫他劝他外孙女依从之意，不想翟九成喘吁吁道：“你这恶贼，硬抢良家之女，还要与你请罪。我恨不能立时青天报仇雪恨，方遂我心头之愿。”马强听了，圆瞪怪眼，一声呵叱：“嗳呀！好老狗！你既要青天，必有上告之心，想来必有冤状。”只听说了一声“搜”，恶奴等上前扯开衣襟，便露出一张纸来，连忙呈与马强。恶贼看了一遍，一言不发，暗道：“好利害状子！这是何人与他写的？倒要留神访查访查。”吩咐恶奴二名将翟九成送到县内，立刻严追欠债。正然吩咐，只见那边过来了一个也是乘马之人，后面跟定老仆。恶贼一见心内一动，眉一皱，计上心来。

未知如何，且听下回分解。

第七十三回

恶姚成识破旧伙计　美绛贞私放新黄堂

且说马强将翟九成送县，正要搜寻写状之人，只见那边来了个乘马的相公，后面跟定老仆。看他等形景，有些疑惑，便想出个计较来，将丝缰一抖，迎了上来，双手一拱，道："尊兄请了！可是上天竺进香的么？"原来乘马的就是倪继祖，顺着恶贼的口气答道："正是，请问足下何人？如何知道学生进香呢？"恶贼道："小弟姓马，在前面庄中居住。小弟有个心愿，但凡有进香的，必要请到庄中待茶，也是一片施舍好善之心。"说着话，目视恶奴。众家人会意，不管倪继祖依与不依，便上前牵住嚼环，拉着就走。倪忠见此光景，知道有些不妥，只得在后面紧紧跟随。不多时，来至庄前，过了护庄桥，便是庄门。马强下了马，也不谦让，回头吩咐道："把他们带进来。"恶奴答应一声，把主仆蜂拥而入。倪继祖暗道："我正要探访，不想就遇见他。看他这般权势，惟恐不怀好意。且进去看个端的怎样。"

马强此时坐在招贤馆，两旁罗列坐着许多豪杰光棍。马强便说："遇见翟九成搜出一张呈子，写的甚是利害，我立刻派人将他送县。正要搜查写状之人，可巧来了个斯文秀才公，我想此状必是他写的，因此把他诓来。"说罢，将状子拿出，递与沈仲元。沈仲元看了，道："果然写的好。但不知是这秀才不是？"马强道："管他是不是，把他吊起拷打就完了。"沈仲元道："员外不可如此。他既是读书之人，须要以礼相待，用言语套问他；如若不应，再行拷打不迟，所谓先礼而后兵①也。"马强道："贤弟所论甚是。"吩咐请那秀士。

此时恶奴等俱在外面候信，听见说请秀士，连忙对倪继祖道："我们员外请你呢，你见了要小心些。"倪继祖来到厅房，见中间廊下悬一匾额，写着"招贤馆"三字，暗暗道："他是何等样人，竟敢设立招贤馆，可见是不法之徒。"及至进了厅房，见马强坐在上位，傲不为礼。两旁坐着许多人

---

① 先礼而后兵——先讲礼貌，行不通时再使用强硬的手段。

物,看上去俱非善类。却有两个人站起,执手让道:“请坐。”倪继祖也只得执手,回答道:“恕坐。”便在下手坐了。

众人把倪继祖留神细看,见他面庞丰满,气度安详,身上虽不华美,却也整齐。背后立定一个年老仆人。只听东边一人问道:“请问尊姓大名?”继祖答道:“姓李名世清。”西边一人问道:“到此何事?”继祖答道:“奉母命前往天竺进香。”马强听了,哈哈笑道:“俺要不提进香,你如何肯说进香呢?我且问你,既要进香,所有香袋钱粮,为何不带呢?”继祖道:“已先派人挑往天竺去了,故此单带个老仆,赏玩途中风景。”马强听了,似乎有理。忽听沈仲元在东边问道:“赏玩风景,原是读书人所为;至于调词告状,岂是读书人干得的呢?”倪继祖道:“此话从何说起?学生几时与人调词告状来?”又听智化在西边问道:“翟九成,足下可认得么?”倪继祖道:“学生并不认得姓翟的。”智化道:“既不认得,且请到书房少坐。”便有恶奴带领主仆出厅房,要上书房。刚刚的下了大厅,只见迎头走来一人,头戴沿毡大帽,身穿青布箭袖,腰束皮带,足登薄底靴子,手提着马鞭,满脸灰尘。他将倪继祖略略的瞧了一瞧,却将倪忠狠狠的瞅了又瞅。谁知倪忠见了他,登时面目变色,暗说:“不好!这是对头来了。”

你道此人是谁?他姓姚名成,原来又不是姚成,却是陶宗。只因与贺豹醉后醒来,不见了杨芳与李氏,以为杨芳拐了李氏去了。过些时,方知杨芳在倪家庄作仆人,改名倪忠,却打听不出李氏的下落。后来他二人又劫掠一伙客商,被人告到甘泉县内,追捕甚急。他二人便收拾了一下,连夜逃到杭州,花费那无义之财,犹如粪土,不多几时精精光光。二人又干起旧营生来,劫了些资财。贺豹便娶了个再婚老婆度日。陶宗却认得病太岁张华,托他在马强跟前说了,改名姚成。他便趋炎附势的,不多几日,把个马强哄的心花俱开,便把他当作心腹之人,作了主管。因阅朝中邸报①,见有奉旨钦派杭州太守,乃是中榜眼用为编修的倪继祖,又是当朝首相的门生。马强心里就有些不得主意,特派姚成扮作行路之人,前往省城细细打听明白了回来,好作准备。因此姚成行路模样回来,偏偏的刚进门,迎头就撞见倪忠。

且说姚成到了厅上,参拜了马强,又与众人见了。马强便问:“打听

---

① 邸(dǐ)报——古代官府用以传知朝政的文书抄本。

的事体如何?”姚成道:“小人到了省城,细细打听,果是钦派榜眼倪继祖作了太守。自到任后,接了许多状子,皆与员外有些关碍。”马强听了,暗暗着慌,道:“既有许多状子,为何这些日并没有传我到案呢?”姚成道:“只因官府一路风霜,感冒风寒,现今病了,连各官禀见俱各不会。小人原要等个水落石出,谁知再也没有信息,因此小人就回来了。”马强道:“这就是了。我说呢,一天可以打两个来回儿,你如何去了四五天呢?敢则是你要等个水落石出。那如何等得呢?你且歇歇儿去罢。”姚成道:“方才那个斯文主仆是谁?”马强道:“那是我遇见诓了来的。”便把翟九成之事,说了一遍。“我原疑惑是他写的呈子。谁知我们大伙盘问了一回,并不是他。”姚成道:“虽不是他,却别放他。”马强道:“你有什么主意?”姚成道:“员外不知,那个仆人我认得,他本名叫做杨芳。只因投在倪家庄作了仆人,改名叫作倪忠。”

沈仲元在旁听了,忙问道:“他投在倪家庄有多年了?”姚成道:“算来也有二十多年了。”沈仲元道:“不好了!员外,你把太守诓了来了。”马强听罢此言,只吓得双睛直瞪,阔口一张,呵呵了半晌,方问道:“贤……贤……贤弟,你如何知……知……知道?”小诸葛道:“姚主管既认明老仆是倪忠,他主人焉有不是倪继祖的?再者问他姓名,说姓李名世清,这明明自己说我办理事情要清之意,这还有什么难解的?”马强听了,如梦方觉,毛骨悚然①。“这可怎么好?贤弟,你想个主意方好。”沈仲元道:“此事须要员外拿定主意。既已诓来,便难放出,暂将他等锁在空房之内。等到夜静更深,把他请至厅上,大家以礼相求,就说明知是府尊太守,故意的请府尊大老爷到庄,为分析案中情节。他若应了人情,说不得员外破些家私,将他买嘱,要张印信甘结,将他荣荣耀耀送到衙署。外人闻知,只道府尊接交员外,不但无人再敢告状,只怕以后还有些照应呢。他若不应时,说不得只好将他处死,暗暗知会襄阳王举事便了。”智化在旁听了,连忙夸道:“好计!好计!”马强听了,只好如此,便吩咐将他主仆锁在空房。

虽然锁了,他却踊踏不安,坐立不宁。出了大厅,来到卧室,见了郭氏安人,嗐声叹气。原来他的娘子,就是郭槐的侄女,见丈夫愁眉不展,便问:“又有什么事了?这等烦恼。”马强见问,便把已往情由,述说一遍。

---

① 毛骨悚(sǒng)然——形容很害怕的样子。

郭氏听了,道:“益发闹的好了,竟把钦命的黄堂太守弄在家内来了。我说你结交的全是狗朋狗友,你再不信。我还听见说,你又抢了个女孩儿来,名叫锦娘,险些儿没被人家扎一剪子。你把这女子下在地窖里了,这如今又把个知府关在家里,可怎么样呢?”口里虽如此说,心里却也着急。马强又将沈仲元之计说了,郭氏方不言语。此时天已初鼓,郭氏知丈夫忧心,未进饮食,便吩咐丫鬟摆饭,夫妻二人对面坐了饮酒。

谁知这些话竟被服侍郭氏的心腹丫头听了去了。此女名唤绛贞,年方一十九岁,乃举人朱焕章之女。他父女原籍扬州府仪征县人氏,只因朱先生妻亡之后,家业凋零,便带了女儿上杭州投亲。偏偏的投亲不遇,就在孤山西冷桥租了几间茅屋,一半与女儿居住,一半立塾课读。只因朱先生有端砚一方,爱如至宝,每逢惠风和畅之际、窗明几净之时,他必亲自捧出赏玩一番,习以为常。不料半年前有一个馆童,因先生养赡不起,将他辞出,他却投在马强家中,无心中将端砚说出。登时的萧墙祸起①,恶贼立刻派人前去拍门硬要,遇见先生迂阔性情,不但不卖,反倒大骂一场。恶奴等回来枝上添叶,激得马强气冲牛斗,立刻将先生交前任太守,说他欠银五百两,并有借券为证。这太守明知朱先生被屈,而且又是举人,不能因账目加刑,因受了恶贼重贿,只得交付县内管押。马强趁此时便到先生家内,不但搜出端砚,并将朱绛贞抢来,竟欲收纳为妾。谁知作事不密,被郭氏安人知觉,将陈醋发出,大闹了一阵,把朱绛贞要去,作为身边贴己的丫鬟。马强无可如何,不知暗暗赔了多少不是,方才讨得安人欢喜。自那日起,马强见了朱绛贞,慢说交口接谈,就是拿正眼瞅她一瞅,却也是不敢的。朱绛贞暗暗感激郭氏。她原是聪明不过的女子,便把郭氏哄的犹如母女一般,所有簪环首饰、衣服古玩并锁钥,全是交她掌管。今日因为马强到了,她便隐在一边,将此事俱各窃听去了,暗自思道:“我爹爹遭屈已及半年,何日是个出头之日。如今我何不悄悄将太守放了,叫他救我爹爹,他焉有不以恩报恩的!”

想罢,打了灯笼,一直来到空房门前,可巧竟自无人看守。原来恶奴等以为是斯文秀士与老仆,有甚本领,全不放在心上,因此无人看守。朱

① 萧墙祸起——祸乱发生在家里,比喻内部发生祸乱。也作祸起萧墙。萧墙,照壁。

绛贞见门儿倒锁,连忙将灯一照,认了锁门,向腰间掏出许多钥匙,拣了个恰恰投簧,锁已开落。倪太守正与倪忠毫无主意,看见开门,以为恶奴前来陷害,不由的惊慌失色。忽见进来个女子将灯一照,恰恰与倪太守对面,彼此觑视,各自惊讶。朱绛贞又将倪忠一照,悄悄道:"快随我来。"一伸手,便拉了倪继祖往外就走。倪忠后面紧紧跟随。不多时,过了角门,却是花园。往东走了多时,见个随墙门儿,上面有锁,并有横闩。朱绛贞放下灯笼,用钥匙开锁。谁知钥匙投进去,锁尚未开,钥匙再也拔不出来。倪太守在旁着急,叫倪忠寻了一块石头,猛然一砸,方才开了,忙忙去闩开门。朱绛贞方说道:"你们就此逃了去罢。奴有一言奉问,你们到底是进香的?还是真正太守呢?如若果是太守,奴有冤枉。"

好一个聪明女子!她不早问,到了此时方问,全是一片灵机。何以见得?若在空房之中问时,他主仆必以为恶贼用软局套问来了,焉肯说出实话呢?再者朱绛贞她又惟恐不能救出太守,幸喜一路奔至花园并未遇人。及至将门放开,这已救人彻了,她方才问此句。你道是聪明不聪明?是灵机不是?倪太守到了此时,不得不说了,忙忙答道:"小生便是新任的太守倪继祖。姐姐有何冤枉?快些说来。"朱绛贞连忙跪倒,口称:"大老爷在上,贱妾朱绛贞叩头。"倪继祖连忙还礼,道:"姐姐不要多礼,快说冤枉。"朱绛贞道:"我爹爹名唤朱焕章,被恶贼误赖欠他纹银五百两,现在本县看押,已然半载。将奴家抢来,幸而马强惧内,奴家现在随他的妻子郭氏,所以未遭他手。求大老爷到衙后,务必搭救我爹爹要紧。别不多言,你等快些去罢!"倪忠道:"姑娘放心,我主仆俱各记下了。"朱绛贞道:"你们出了此门直往西北,便是大路。"主仆二人才待举步,朱绛贞又唤道:"转来,转来。"

不知有何言语,且听下回分解。

第七十四回

淫方貂误救朱烈女　贪贺豹狭逢紫髯伯

且说倪继祖又听朱烈女唤转来，连忙说道："姐姐还有什么吩咐？"朱绛贞道："一时忙乱，忘了一事。奴有一个信物，是自幼佩戴不离身的。倘若救出我爹爹之时，就将此物交付我爹爹，如同见女儿一般。就说奴誓以贞洁自守，虽死不辱，千万叫我爹爹不必挂念。"说罢，递与倪继祖，又道："大老爷务要珍重。"倪继祖接来，就着灯笼一看，不由的失声道："嗳哟！这莲花……"刚说至此，只见倪忠忙跑回来，道："快些走罢！"将手往胳肢窝里一夹，拉着就走。倪继祖回头看来，后门已关，灯火已远。

且说朱绛贞从花园回来，芳心乱跳，猛然想起，暗暗道："一不作，二不休，趁此时我何不到地牢将锦娘也救了，岂不妙哉？"连忙到了地牢。恶贼因这是个女子，不用人看守。朱小姐也是佩了钥匙，开了牢门，便问锦娘有投靠之处没有。锦娘道："我有一姑母离此不远。"朱绛贞道："我如今将你放了，你可认得么？"锦娘道："我外祖时常带我往来，奴是认得的。"朱绛贞道："既如此，你随我来。"两个人仍然来至花园后门。锦娘感恩不尽，也就逃命去了。

朱小姐回来静静一想，暗说："不好！我这事闹的不小。"又转想："自己服侍郭氏，她虽然嫉妒，也是水性杨花。倘若她被恶贼哄转，要讨丈夫欢喜，那时我难保不受污辱。哎！人生百岁，终须一死。何况我爹爹冤枉已有太守搭救，心愿已完，莫若自尽了，省得耽惊受怕。但死于何地才好呢？有了！我索性缢死在地牢。他们以为是锦娘悬梁，及至细瞧，却晓得是我。也叫他们知道是我放的锦娘，由锦娘又可以知道那主仆也是我放的。我这一死，也就有了名了。"主意已定，来到地牢之中，将绢巾解下，拴好套儿，一伸脖颈，觉的香魂缥缈，悠悠荡荡，落在一人身上。渐渐苏醒，耳内只听说道："似你这毛贼，也敢打闷棍，岂不令人可笑。"

这话说的是谁？朱绛贞如何又在他身上？到底是上了吊了，不知是死了没死？说的好不明白，其中必有缘故，待我慢慢叙明。

朱绛贞原是自缢来着。只因马强白昼间在招贤馆将锦娘抢来，众目所观，早就引动了一人，暗自想道："看此女美貌非常，惜乎便宜了老马。不然时，我若得此女，一生快乐，岂不胜似神仙？"后来见锦娘要刺马强，马强一怒，将她下在地牢，却又暗暗欢喜道："活该这是我的姻缘。我何不如此如此呢？"

你道此人是谁？乃是赛方朔方貂。这个人且不问他出身行为，只他这个绰号儿，便知是个不通的了。他不知听谁说过东方朔偷桃，是个神贼，他便起了绰号叫赛方朔。他又何尝知道复姓东方名朔呢。如果知道，他必将"东"字添上，叫"赛东方朔"。不但念着不受听，而且拗口；莫若是赛方朔罢，管他通不通，不过是贼罢了。

这方貂因到二更之半，不见马强出来，他便悄悄离了招贤馆，暗暗到了地牢，黑影中正碰在吊死鬼身上，暗说："不好！"也不管是锦娘不是，他却右手揽定，听了听喉间尚然作响，忙用左手顺着身体摸到项下，把巾帕解开，轻轻放在床上。他却在对面将左手拉住右手，右手拉住左手，往上一扬，把头一低，自己一翻身，便把女子两胳膊搭在肩头上；然后一长身，回手把两腿一拢，往上一颠，把女子背负起来，迈开大步，往后就走。谁知他也是奔花园后门，皆因素来瞧在眼里的。及至来到门前，却是双扇虚掩，暗暗道："此门如何会开了呢？不要管他，且自走路要紧。"一气走了三四里之遥，刚然背到夹沟，不想遇见个打闷棍的，只道他背着包袱行李，冷不防就是一棍。方貂早已留神，见棍临近，一侧身把手一扬，夺住闷棍往怀里一带；又往外一耸，只见那打闷棍的将手一撒，咕咚一声，栽倒在地，爬起来就跑，因此方貂说道："似你这毛贼，也敢打闷棍，岂不令人可笑！"可巧朱绛贞就在此时苏醒，听见此话。

谁知那毛贼正然跑时，只见迎面来了一条大汉拦住，问道："你是作什么的？快讲！"真是贼起飞智，他就连忙跪倒，道："爷爷救命呵！后面有个打闷棍的，抢了小人的包袱去了。"原来此人却是北侠，一闻此言，便问道："贼在哪里？"贼说："贼在后面。"北侠回手抽出七宝钢刀，迎将上来。

这里方貂背着朱绛贞往前，正然走着，迎面来了个高大汉子，口中吆喝着："快将包袱留下！"方貂以为是方才那贼的伙计，便在树下将身体一蹲，往后一仰，将朱绛贞放下，就举起那贼的闷棍打来。北侠将刀只一磕，棍已削去半截。方貂道:“好家伙!”撒了那半截木棍,回手即抽出朴刀,斜刺里砍来。北侠一顺手,只听噌的一声,朴刀分为两段。方貂哎呀一声,不敢恋战,回身逃命去了。北侠也不追赶。

谁知这贼在旁边看热闹儿,见北侠把那贼战跑了,他早已看见树下黑黝黝一堆,他以为是包袱,便道:“多亏爷爷搭救。幸喜他包袱撂在树下。”北侠道:“既如此,随我来,你就拿去。”那贼满心欢喜,刚刚走到跟前,不防包袱活了,连北侠也吓了一跳,连忙问道:“你是什么人?”只听道:“奴家是遇难之人,被歹人背至此处。不想遇见此人,他也是个打闷棍的。”北侠听了,一伸手将贼人抓住,道:“好贼!你竟敢哄我不成?”贼人央告,道:“小人实实出于无奈。家中现有八旬老母,求爷爷饶命。”北侠道:“这女子从何而来?快说!”贼人道:“小人不知,你老问她。”

北侠揪着贼人,问女子道:“你因何遇难?”朱绛贞将已往情由,述了一遍。“原是自己上吊,不知如何被那人背出。如今无路可投,求老爷搭救搭救。”北侠听了,心中为难:“如何带着女子黑夜而行呢?”猛然省悟,道:“有了!何不如此如此。”回头对贼人道:“你果有老母么?”贼人道:“小人再不敢撒谎。”北侠道:“你家住在哪里?”贼人道:“离此不远,不过二里之遥,有一小村,北上坡就是。”北侠道:“我对你说,我放了你,你要依我一件事。”贼人道:“任凭爷爷吩咐。”北侠道:“你将此女背到你家中,我自有道理。”贼人听了,便不言语。北侠道:“你怎么不愿意?”将手一拢劲。贼人哎呀道:“我愿意,我愿意。我背,我背。”北侠道:“将她好好背起,不许回首。背的好了,我还要赏你。如若不好生背时,难道你这头颅,比方才那人朴刀还结实么?”贼人道:“爷爷放心,我管保背的好好的。”便背起来。北侠紧紧跟随,竟奔贼人家中而来。一时来在高坡之上,向前叩门。暂且不表。

再说太守被倪忠夹了胳膊,拉了就走。太守回头看时,门已关闭,灯光已远,只得没命的奔驰。一个懦弱书生,一个年老苍头①,又是黑夜之间,瞧的是忙,脚底下迈步却不能大。刚走一二里地,倪太守道:“容我歇息歇息。”倪忠道:“老奴也发了喘了。与其歇息,莫若款款而行②。”倪太

① 苍头——奴仆。

② 款款而行——慢慢走。

守道:“老人家说的真是。只是这莲花从何而来?为何到了这女子手内?”倪忠道:“老爷说什么莲花?”倪太守道:“方才那救命姐姐说,她父亲有冤枉,恐不凭信,她给了我这一枝白玉莲花,作为信物。彼时就着灯光一看,合我那枝一样颜色一样光润。我才待要问,就被你夹着胳膊跑了。我心中好生纳闷。”倪忠道:“这也没有甚么可闷的。物件相同的颇多,且自收好了,再作理会。只是这位小姐搭救我主仆,此乃莫大之恩。而且老奴在灯下看这小姐,生得十分端庄美貌。老爷呀!为人总要知恩报恩,莫要因门楣①,辜负了她这番好意。”倪太守听了此话,叹道:“嗐!你我性命尚且顾不来,还说什么门楣不门楣,报恩不报恩呢。”

谁知他主仆絮絮叨叨,奔奔波波,荒不择路,原是往西北,却忙忙误走了正西。忽听后面人马声嘶,猛回头见一片火光燎亮。倪忠着急,道:“不好了!有人追了来了。老爷且自逃生,待老奴迎上前去,以死相拼便了。”说罢,他也不顾太守,一直往东,竟奔火光而来。刚刚的迎了有半里之遥,见火光往西北去了。原来这火光走的是正路,可见他主仆方才走的岔了。

倪忠喘息了喘息,道:“敢则不是追我们的。”(何尝不是追你们的。若是走大路,也追上了。)他定了定神,仍然往西,来寻太守。又不好明明呼唤,他也会想法子,口呼:“同人!同人!同人在哪里?同人在哪里?”只见迎面来了一人,答道:“哪个唤同人?”却也是个老者声音。倪忠来至切近,道:“我因有个同行之人失散,故此呼唤。”那老者道:“既是同人失散,待我帮你呼唤。”于是也就“同人、同人”呼唤多时,并无人影。倪忠道:“请问老丈,是往何方去的?”那老者叹道:“嗐,只因我老伴儿有个侄女被人陷害,是我前去探听并无消息,因此回来晚了。又听人说前面有夹沟子有打闷棍的,这怎么处呢?”倪忠道:“我与同人也是受了颠险的,偏偏的到此失散。如今我这两腿酸疼,再也不能走了,如何是好?我还没问老丈贵姓。”那老者道:“小老儿姓王名凤山。动问老兄贵姓?”倪忠道:“我姓李。咱们找个地方,歇息歇息方好。”凤山道:“你看那边有个灯光,咱们且到那里。”

二人来到高坡之上,向前叩门,只听里面有妇人问道:“什么人叩

① 门楣——指门第。

门?”外面答道:“我们是遇见打闷棍的了,望乞方便方便。”里头答道:“等一等。”不多时,门已开放,却是一个妇人,将二人让进,仍然把门闭好。来至屋中,却是三间草屋,两明一暗。将二人让到床上坐了。倪忠道:“有热水讨杯吃。”妇人道:“水却没有,倒有村醪酒。”王凤山道:“有酒更妙了。求大嫂温的热热的,我们全是受了惊恐的了。”不一时,妇人暖了酒来,拿两个茶碗斟上。二人端起就喝。每人三口两气,就是一碗。还要喝时,只见王凤山说:“不好了!我为何天旋地转?”倪忠说:“我也有些头迷眼昏。”说话时,二人栽倒床上,口内流涎。妇人笑道:“老娘也是服侍你们的!这等受用,还叫老娘温的热热的。你们下床去罢,让老娘歇息歇息。”说罢,拉拉拽拽,拉下床来。她便坐在床上,暗想道:“好天杀忘八!看他回来如何见我?”她这样害人的妇人,比那救人的女子真有天渊之别。

妇人正自暗想,忽听外面叫道:“快开门来!快开门来!”妇人在屋内答道:“你将就着,等等儿罢。来了就是这时候。要忙,早些儿来呀。不要脸的忘八!”北侠在外听了,问道:“这是你母亲么?”贼人道:“不是,不是,这是小人的女人。”忽又听妇人来到院内,埋怨道:“这是你出去打杠子呢!好么,把行路的赶到家里来。若不亏老娘用药将他二人迷倒,孩儿呀,明日打不了的官司呢。”北侠外面听了有气,道:“明是你母亲,怎么说是你女人呢?”贼人听了着急,恨道:“快开开门罢!爷爷来了。”

北侠已听见药倒二人,就知这妇人也是个不良之辈。开开门时,妇人将灯一照,只见丈夫背了个女子。妇人大怒道:“好呀!你敢则闹这个儿呢,还说爷爷来了。”刚说到此,忽然瞧见北侠身量高大,手内拿着明晃晃的钢刀,便不敢言语了。北侠进了门,顺手将门关好,叫妇人前面引路。妇人战战兢兢引到屋内,早见地下躺着二人。北侠叫贼人将朱绛贞放在床上。只见贼夫贼妇俱各跪下,说道:“只求爷爷开一线之路,饶我二人性命。”北侠道:“我且问你,此二人何药迷倒?”妇人道:“有解法,只用凉水灌下,立刻苏醒。”北侠道:“既如此,凉水在哪里?”贼人道:“那边坛子里就是。”北侠伸手拿过碗来,舀了一碗,递与贼人道:“快将他二人救醒。”贼人接过去灌了。

北侠见他夫妇俱不是善类,已定了主意,道:“这蒙汗酒只可迷倒他二人,若是我喝了决不能迷倒。不信,你等就对一碗来试试看如何?”妇人听了,先自欢喜,连忙取出酒与药来,加料的合了一碗,温了个热。北侠对贼妇说道:"与人方便,自己方便。你等既可药人,自己也当尝尝。"贼人听了慌张,道:"别人吃了,用凉水解。我们吃了,谁给凉水呢?"北侠道:"不妨事,有我呢。纵然不用凉水,难道药性走了,便不能苏醒么?"贼人道:"虽则苏醒,是迟的。须等药性发散尽了,总不如凉水醒的快。"

正说间,只见地下二人苏醒过来,一个道:"李兄,喝得一碗酒就醉了。"一个道:"王兄,这酒别有些不妥当罢?"说罢,俱各坐起来揉眼。北侠一眼望去,忙问道:"你不是倪忠么?"倪忠道:"我正是倪忠。"一回头看见了贼人,忙问道:"你不是贺豹么?"贼人道:"我正是贺豹。杨伙计,你因何至此?"王凤山便问倪忠道:"李兄,你到底姓什么?如何又姓杨呢?"北侠听了,且不追问,立刻催逼他夫妇将药酒喝了。二人登时迷倒在地。方问倪忠:"太守哪里去了?"倪忠就把诓到霸王庄,被陶宗识破,多亏一个被抢的女子名唤朱绛贞这位小姐搭救他主仆逃生。不想见了火光只道是有人追来,却又失散的话,说了一遍。北侠尚未答言,只听床上的朱绛贞说道:"如此说来,奴是枉用了心机了。"倪忠听此话,往床上一看,道:"嗳哟!小姐如何也到这里?"朱绛贞便把地牢又释放了锦娘,自己自缢的话,也说了一遍。王凤山道:"这锦娘可是翟九成的外孙女么?"倪忠道:"正是。"王凤山道:"这锦娘就是小老儿的侄女儿。小老儿方才说打听遇难之女,正是锦娘,不料已被这位小姐搭救。此恩此德,何以报答!"北侠在旁听明此事,便道:"为今之计,太守要紧。事不宜迟,我还要上霸王庄上去呢。等候天明,务必雇一乘小轿,将朱小姐就送在王老丈家中。倪主管,你须要安置妥协了,即刻赶到本府,那时自有太守的下落。"倪忠与王凤山一一答应。

北侠又将贺豹夫妇提到里间屋内。惟恐他们苏醒过来,他二人又要难为倪忠等,那边有现成的绳子,将他二人捆绑了结实。倪忠等更觉放心。北侠临别,又谆谆嘱咐了一番,竟奔了霸王庄而来。

要知后文如何,且听下回分解。

第七十五回

倪太守途中重遇难　黑妖狐牢内暗杀奸

且说北侠与倪忠等分别之后，竟奔霸王庄而来。

更表前文。倪太守因见火光，倪忠情愿以死相拼，已然迎将上去，自己只得找路逃生。谁知黑暗之中，见有白亮亮一条蚰蜒小路儿，他便顺路行去。出了小路，却正是大路。见道旁地中有一窝棚，内有灯光，他却慌忙奔到跟前，竟欲借宿。谁知看窝棚之人不敢存留，道："我们是有家主，天天要来稽查的。似你黉夜至此，知道是什么人呢？你且歇息歇息，另投别处去罢，省得叫我们跟着担不是。"倪太守无可如何，只得出了窝棚，另寻去处。刚刚才走了几步，只见那边一片火光，有许多人直奔前来。倪太守心中一急，不分高低，却被道埂绊倒，再也挣扎不起来了。此时火光业已临近，原来正是马强。

只因恶贼等到三鼓之时，从内出来到了招贤馆，意欲请太守过来，只见恶奴慌慌张张走来，报道："空房之中门已开了，那主仆二人竟自不知何处去了。"马强闻听，这一惊不小。独有黑妖狐智化与小诸葛沈仲元暗暗欢喜，却又纳闷："不知何人所为，竟将他二人就放走了。"马强呆了半晌，问道："似如此之奈何？"其中就有些光棍各逞能为，说道："大约他主仆二人也逃走不远，莫若大家骑马分头去赶；赶上拿回，再作道理。"马强听了，立刻吩咐备马，一面打着灯笼火把，从家内搜查一番。却见花园后门已开，方知道由内逃走。连忙带了恶奴光棍等，打着灯笼火把，乘马追赶，竟奔西北大路去了。追了多时，不见踪影，只得勒马回来。不想在道旁土坡之上有人躺卧，连忙用灯笼一照，恶奴道："有了，有了！在这里呢！"伸手轻轻慢慢提在马强的马前。马强问道："你如何竟敢开了花园后门，私自逃脱了？"倪太守听了，心中暗想："若说出朱绛贞来，岂不又害了难女，恩将仇报么？"只得厉声答道："你问我如何脱逃么？皆因是你家娘子怜我，放了我的。"恶贼听了，不由的暗暗切齿，骂道："好个无知贱人！险些儿误了大事。"吩咐带到庄上去。众恶奴拥护而行。

不多时，到了庄中，即将太守下在地牢，吩咐众恶奴："你们好好看着，不可再有失误。不是当要的。"且不到招贤馆去，气忿忿的一直来到后面，见了郭氏，暴躁如雷地道："好呀！你这贱人，不管事情轻重，竟敢擅放太守！是何道理？"只见郭氏坐在床上，肘打磕膝，手内拿着耳挖剔着牙儿，连理也不理，半晌，方问道："什么太守？你合我嚷！"马道道："就是那斯文秀士与那老苍头。"郭氏啐道："瞎扯臊！满嘴里喷屁！方才不是我合你一同吃饭么，谁又动了一动儿？你见我离了这个窝儿了么？"马强听了，猛然省悟，道："是呀，自初鼓吃饭直到三更，她何尝出去了呢。"只得回嗔作喜，道："是我错怪你了。"回身就走。郭氏道："你回来。你就这样胡吹乱嚷的闹了一阵就走呀，还说点子什么？"马强笑道："是我暴躁了。等我们商量妥当，回来再给你赔不是。"郭氏道："你不用合我闹米汤。我且问你，你方才说放了太守，难道他们跑了么？"马强拍拍手道："何尝不是呢。是我们骑马四下追寻，好容易单单的把太守拿回来了。"郭氏听了冷笑，道："好吗！哥哥儿，你提防着官司罢。"马强问道："什么官司？"郭氏道："你要拿，就该把主仆同拿回来呀。你为什么把苍头放跑了？他这一去不是上告，就是调兵。那些巡检、守备、千把总听说太守被咱们拿了，他们不合咱们要人呀？这个乱子才不小呢！"马强听了，急的搓搓手，道："不好，不好！我须合他们商量去。"说罢，竟奔招贤馆去了。

郭氏这里叫朱绛贞拿东西，竟不见了朱绛贞，连所有箱柜上钥匙都不见了，方知是朱绛贞把太守放走。她还不知连锦娘都放了。

且说马强到了招贤馆，便将郭氏的话对众人说了。沈仲元听了，并不答言。智化佯为不理，仿佛惊呆了的样子。只听众光棍道："兵来将挡。事到头来，说不得了。莫若将太守杀掉，以灭其口。明日纵有兵来，只说并无此事，只要牙关咬的紧紧的，毫不应承，也是没有法儿的。太守怎的？员外，你老要把这场官司滚出来，那才是一条英雄好汉！既不然，还有我等众人齐心努力，将你老救出来，咱们一同上襄阳举事，岂不妙哉？"马强听了，登时豪气冲空，威风叠起，立刻唤马勇，付与钢刀一把，前到地牢将太守杀死，把尸骸撂于后园井内。黑妖狐听了，道："我帮着马勇前去。"马强道："贤弟若去更好。"

二人离了招贤馆，来到地牢。智化见有人看守，对着众恶奴道："你们只管歇息去罢。我们奉员外之命来此看守，再有失闪，有我二人一面承管。”众人听了,乐得歇息,一哄而散。马勇道:“智爷为何叫他们散了?”智化道:“杀太守这是机密事,如何叫众人知得的呢?”马勇道:“倒是你老想的到。”进了地牢,智化在前,马勇在后。智化回身道:“刀来。”马勇将刀递过。智化接刀,一顺手先将马勇杀了,回头对倪太守道:“略等一等,我来救你。”说罢,提了马勇尸首,来到后园,撂入井内。急忙忙转到地牢一看,罢咧!太守不见了。智化这一急非小,猛然省悟,道:“是了,这是沈仲元见我随了马勇前来,暗暗猜破,他必救出太守去了。”后又一转想道:“不好!人心难测,焉知他不又献功去了?且去看个端的。”

即跃身上房,犹如猿猴一般,轻巧非常,来到招贤馆房上,偷偷儿看了,并无动静,而且沈仲元正与马强说话呢。黑妖狐道:“这太守往哪里去了?且去庄外看看。”抽身离了招贤馆。窜身越墙来到庄外,留神细看,却见有一个影儿,奔入树林中去了。智化一伏身追入树林之中,只听有人叫道:“智贤弟,劣兄在此。”黑妖狐仔细一看,欢喜道:“原来是欧阳兄么?”北侠道:“正是。”黑妖狐道:“好了,有了帮手了。太守在哪里?”北侠道:“那树木之下就是。”智化见了。三人计议,于明日二更拿马强,叫智化作为内应。倪太守道:“多承二位义士搭救。只是学生昨日起直到五更,昼夜辛勤,实实的骨软筋酥,而且不知道路,这可怎么好?”

正说时,只听得嗒嗒马蹄声响,来到林前,窜下一个人来,悄悄说道:“师父,弟子将太守马盗得来在此。”智化听了是艾虎的声音,说道:“你来的正好,快将马拉过来。”北侠问道:“这小孩子是何人?如何有此本领?”智化道:“是小弟的徒弟,胆量颇好。过来见过欧阳伯父。”艾虎唱了一个喏。北侠道:“你师徒急速回去,省得别人犯疑。我将太守送到衙署便了。”说罢,执手分别。

智化与小爷艾虎回庄,便问艾虎道:“你如何盗了马来?”艾虎道:“我因暗地里跟你老到地牢前,见你老把马勇杀了,就知要救太守。弟子惟恐太守胆怯力软,逃脱不了,故此偷偷的备了马来。原打算在树林等候,不想太守与师父来的这般快。”智化道:“你还不知道呢,太守还是你欧阳伯父救的呢。”艾虎道:“这欧阳伯父,不是师父常提的紫髯伯么?”智化道:“正是。”艾虎跌足,道:“可惜黑暗之中,未能瞧见他老的模样儿。”智化悄悄道:“你别忙。明晚二更,他还来呢。”艾虎听了,心下明白,也不往下追问。说话间,已到庄前。智化道:“自寻门路,不要同行。”艾虎道:“我还打那边进去。”说罢，飕的一声，上了高墙，一转眼就不见了。智化暗暗欢喜，也就越墙来到地牢，从新往招贤馆而来，说马勇送尸骸往后花园井内去了。

且说北侠护送倪太守，在路上已将朱绛贞、倪忠遇见了的话，说了一遍。一个马上，一个步下，走个均平。看看天亮，已离府衙不远，北侠道：“大老爷面前就是贵衙了，我不便前去。”倪继祖连忙下马，道：“多承恩公搭救。为何不到敝衙，略申酬谢？”北侠道：“我若随到衙门，恐生别议。大老爷只想着派人，切莫误了大事。”倪太守道：“定于何地相会？”北侠道：“离霸王庄南二里有个瘟神庙，我在那里专等。至迟，掌灯总要会齐。”倪太守紧记在心。北侠转身，就不见了。

太守复又扳鞍上马，迤逦行来，已到衙前。门上等连忙接了马匹，引到书房，有书房小童余庆参见。倪太守问：“倪忠来了不曾？”余庆禀道：“尚未回来。”伺候太守净面更衣吃茶时，余庆请示老爷，在那里摆饭。太守道：“饭略等等，候倪忠回来再吃。”余庆道：“老爷先用些点心，喝点汤儿罢。”倪太守点了点头。余庆去不多时，捧了大红漆盒，摆上小菜，极热的点心，美味的羹汤。太守吃毕，在书房歇息，盼望倪忠，见他不回来，心内有些焦躁。

好容易到了午刻，倪忠方才回来，已知主人先自到署，心中欢喜。及至见面时，虽则别离不久，然而皆从难中脱逃出来，未免彼此伤心，各诉失散之后的情由。倪忠便说：“送朱绛贞到王凤山家中，谁知锦娘先已到他姑母那里。娘儿两个见了朱绛贞，千恩万谢，就叫朱小姐与锦娘同居一室。王老者有个儿子极其儒雅，那老儿恐他在家不便，却打发他上县，一来与翟九成送信，二来就叫他在那里照应。老奴见诸事安置停当，方才回来。偏偏雇的骡儿又慢，要早到是再不能的，所以来迟，叫老爷悬心。”太守又将与北侠定于今晚捉拿马强的话也说了。倪忠快乐非常。

此时余庆也不等吩咐，便传了饭来，安放停当。太守就叫倪忠同桌儿吃饭毕，然后倪忠出来问：“今日该值头目是谁？”上来二人答道：“差役王恺、张雄。”倪忠道：“随我来，老爷有话分派。”倪忠带领二人来到书房。差役跪倒报名。太守吩咐道：“特派你二人带领二十名捕快，暗藏利刃，不准同行，陆续散走，全在霸王庄南二里之遥，有个瘟神庙那里聚齐。只等掌灯时，有个碧睛紫髯的大汉来时，你等须要听他调遣。如有敢违背者,回来我必重责。此系机密之事,不可声张,倘有泄露,惟你二人是问。”王恺、张雄领命出来,挑选精壮捕快二十名,悄悄的预备了。

且说马强虽则一时听了众光棍之言,把太守杀害,却不见马勇回来,暗想道:“他必是杀了太守,心中害怕逃走了,或者失了脚也掉在井里了。”胡思乱想,总觉不安,惟恐官兵前来捉捕要人,这个乱子实在闹的不小,未免短叹长吁,提心吊胆。无奈叫家人备了酒席,在招贤馆大家聚饮。众光棍见马强无精打采的,知道为着此事,便把那作光棍、闯世路的话头各各提起,什么“生而何欢,死而何惧”咧;又是什么“敢作敢当,才是英雄好汉”咧;又是什么“砍了脑袋去,不过碗大疤瘌”咧;又是什么“受得苦中苦,方为人上人”咧,但是受了刑咬牙不招,方算好的,称的起人上人。说的马强漏了气的干尿泡似的,那么一臌一臌的,却长不起腔儿来。

正说着,只见恶奴前来道:“回员外。”马强打了个冷战。“怎么,官兵来了?”恶奴道:“不是,南庄头儿交粮来了。”马强听了,将眼一瞪,道:“收了就是了,这也值的大惊小怪!”复又喝酒。偏偏的今儿事情多。正在讲交情,论过节,猛抬头见一个恶奴在那边站着,嘴儿一拱一拱的,意思要说话。马强道:“你不用说,可是官兵到了不是?”那家人道:“不是,小人才到东庄取银子回来了。”马强道:“嗐!好烦呀!交到账房里去就结了,这也犯的上挤眉弄眼的。”这一天似此光景,不一而足①。

不知到底如何,且听下回分解。

① 不一而足——不只一种或一次,而是很多。

第七十六回

割帐绦北侠擒恶霸　对莲瓣太守定良缘

且说马强担了一天惊怕，到了晚间，见毫无动静，心里稍觉宽慰，对众人说道："今日白等了一天，并没见有个人来，别是那老苍头也死了罢？"众光棍道："员外说的是。一个老头子有多大气脉，连吓带累，准死无疑，你老可放心罢。"众人只顾奉承恶贼欢喜，也不想想朝廷家平空的丢了一个太守，也就不闻不问，焉有是理。其中独有两个人明白，一个是黑妖狐智化，心内早知就里，却不言语；一个是小诸葛沈仲元，瞧着事情不妥，说肚腹不调，在一边躲了。剩下些浑虫糊涂浆子浑吃浑喝，不说理，顺着马强的竿儿往上爬，一味的抱粗腿①，说的恶贼一天愁闷都抛于九霄云外，端起大杯来，哈哈大笑，左一巡，右一盏，不觉醺醺，便起身往后边去了。见了郭氏，未免讪讪的没说强说，没笑强笑，哄的郭氏脸上下不来，只得也说些安慰的话儿，又提拔着叫她寄信与叔父马朝贤暗里照应。马强更觉欢喜，喝茶谈话。不多时，已交二鼓，马强将大衫脱去，郭氏也把簪环卸了，脱去裙衫。二人刚要进帐安歇，忽见软帘嗯的一响，进来一人，光闪闪碧睛暴露，冷森森宝刀生辉。恶贼一见，骨软筋酥，双膝跪倒，口中哀求："爷爷饶命！"北侠道："不许高声。"恶贼便不敢言语。北侠将帐子上丝绦割下来，将他夫妇捆了，用衣襟塞口。回身出了卧室，来到花园，将双手拍、拍、拍一阵乱拍，见王恺、张雄带了捕快俱各出来。

他等众人都是在瘟神庙会齐，见了北侠。北侠引着王恺、张雄，认了花园后门，叫他们一更之后俱在花园藏躲，听拍掌为号。一个个雄赳赳，气昂昂，跟了北侠来到卧室。北侠吩咐道："你等好生看守凶犯，待我退了众贼，咱们方好走路。"

说话间，只听前面一片人声鼎沸。原来有个丫鬟从窗下经过，见屋内毫无声响，撕破窗纸一看，见马强、郭氏俱各捆绑在地，只吓得胆裂魂飞，

---

① 抱粗腿——攀附有权势的人。

忙忙的告诉了众丫鬟，方叫主管姚成到招贤馆请众寇。神手大圣邓车、病太岁张华听了，带领众光棍，各持兵刃，打着亮子，跟随姚成往后面而来。

此时北侠在仪门那里持定宝刀，专等退贼。众人见了，谁也不敢向前。这个说："好大身量！"那个说："瞧那刀有多亮，必是锋快。"这个叫："贤弟，我一个儿不是他的对手，你帮帮哥哥一把儿。"那个唤："仁兄，你在前面虚招架，我绕到后面给他个冷不防。"邓车道："你等不要如此，待我来。"伸手向弹囊中掏出弹子，扣上弦，拽开铁靶弓。北侠早已看见，把刀扁着。只见发一弹来，北侠用刀往回里一磕。只听当啷一声，那边众贼之中有个就哎哟了一声，道："打了我了！"邓车连发，北侠连磕。此次非邓家堡可比，那是黑暗之中，这是灯光之下，北侠看的尤其真切，左一刀，右一刀，接连磕下弹子，也有打在众贼身上的，也有磕丢了的。

病太岁张华以为北侠一人可以欺负，他从旁边过去，嗖的就是一刀。北侠早已提防，见刀临近，用刀往对面一削，噌的一声，张华的刀飞起去半截。可巧落在一个贼人头上，外号儿叫做铁头浑子徐勇。这一下子把小子戳了一个窟窿。众贼见了，乱嚷道："了不得了！祭起飞刀来了。这可不是玩的呀！我可不来了！不是他的对手，趁早儿躲开罢，别叫他做了活。"七言八语，只顾乱嚷，谁肯上前。哄的一声，俱各跑回招贤馆，就把门窗户壁关了个结实，连个大气儿也不敢出。要咳嗽，俱用袖子捂着嘴，嗓子里憋着。不敢点灯，全在黑影儿里坐着。

此时黑妖狐智化已叫艾虎将行李收拾妥当了，师徒两个暗地里瞭高，瞧到热闹之处，不由暗暗叫好。艾虎见北侠用宝刀磕那弹子，迅速之极，只乐得他抓耳挠腮，暗暗夸道："好本事！好目力！"后来见宝刀削了张华的利刃，又乐得他手舞足蹈，险些儿没从房上掉下来。多亏智化将他揪住了。见众人一哄而散，他师徒方从房上跃下，与北侠见了，问马强如何。北侠道："已将他夫妻拿获。"智爷道："郭氏无甚大罪，可以免其到府，单拿恶贼去就是了。"北侠道："吾弟所论甚是。"即吩咐王恺、张雄等单将马强押解到府。智化又找着姚成，叫他备快马一匹，与员外乘坐。姚成不敢违拗①，急忙备来。艾虎背上行李，跟定智化、欧阳春一同出庄，仿佛护送员外一般。

---

① 违拗（niù）——固执；不随和；不驯服。

此时天已五鼓，离府尚有二十五六里之遥。北侠见艾虎甚是伶俐，且少年一团英气，一路上与他说话，他又乖滑①得很，把个北侠爱的个了不得。而且艾虎说他无父无母，孤苦之极，幸亏拜了师父，蒙他老人家疼爱，方学习了些武术，这也是小孩的造化②。北侠听了此话，更觉可怜他，回头便对智爷道："令徒很好，劣兄甚是爱惜。我意欲将他认为义子螟蛉③，贤弟以为何如？"智化尚未答言，只见艾虎扑翻身拜倒，道："艾虎原有此意。如今伯父既有此心，这更是孩儿的造化了。爹爹就请上，受孩儿一拜。"说罢，连连叩首在地。北侠道："就是认为父子，也不是这等草率的。"艾虎道："什么草率不草率，只要心真意真，比那虚文套礼强多了。"说的北侠、智爷二人都乐了。艾虎爬起来，快乐非常。智化道："只顾你磕头认父，如今被他们落远了，快些赶上要紧。"艾虎道："这值什么呢。"只见他一伏身，突、突、突登时不见了。北侠、智化又是欢喜，又是赞美，二人也就往前趱步。

看看天色将晚，马强背剪在马上，塞着口，又不能言语，心中暗暗打算："所做之事，俱是犯款的情由，说不得只好舍去性命，咬定牙根，全给他不应，那时也不能把我怎样。"急的眼似銮铃，左观右看，就见智化跟随在后，还有艾虎随来，肩头背定包裹。马强心内叹道："招贤馆许多宾朋，如今事到临头，一个个畏首畏尾，全不想念交情，只有智贤弟一人相送。可见知己朋友是难得的。可怜艾虎小孩子天真烂漫，他也跟了来，还背着包袱，想是我应换的衣服。若能够回去，倒要多疼他一番。"他哪里知道他师徒另存一番心呢。

北侠见离府衙不远，便与智爷、艾虎煞住脚步。北侠道："贤弟，你师徒意欲何往？"智爷道："我等要上松江府茉花村去。"北侠道："见了丁氏昆仲，务必代劣兄致意。"智爷道："欧阳兄何不一同前往呢？"北侠道："刚从那里来的不久，原为到杭州游玩一番，谁知遇见此事。今已将恶人拿

---

① 乖滑——伶俐；机警。

② 造化——福气；运气。

③ 螟蛉（mínglíng）——螟蛉是一种绿色小虫，蜾蠃是一种寄生蜂。蜾蠃常捕捉螟蛉存放在窝里，产卵在它们身体里，卵孵化后就拿螟蛉作食物。古人误认为蜾蠃不产子，喂养螟蛉为子，因此用"螟蛉"比喻义子。

获，尚有招贤馆的余党，恐其滋事[1]。劣兄只得在此耽延几时，等结案无事，我还要在此处游览一回，也不负我跋涉之劳。后会有期，请了。”智化也执手告别。艾虎从新又与北侠行礼叩别，恋恋不舍，几乎落下泪来。北侠从此就在杭州。

再言招贤馆的众寇听了些时毫无动静，方敢掌灯，彼此查看，独不见了智化；又呼馆童艾虎，也不见了。大家暗暗商量。就有出主意：“莫若上襄阳王赵爵那里去。”又有说：“上襄阳去缺少盘川，如何是好？”又有说：“向郭氏嫂嫂借贷去。”又有说：“他丈夫被人拿去，还肯借给咱们盘川，叫奔别处去的么？”又有说：“依我，咱们如此如此，抢上前去。”众人听了，俱各欢喜，一个个登时抖起威风，出了招贤馆，到了仪门，呐一声喊道：“我等乃北侠带领在官人役，因马强陷害平民，刻薄成家，理无久享，先抢了他的家私，以泄众恨。”说到“抢”字，一拥齐入。

此时郭氏多亏了丫鬟们松了绑缚，哭够多时，刚入帐内安歇。忽听此言，哪里还敢出声，只用被蒙头，乱抖在一处。过一会儿不听见声响，方敢探出头来一看，好苦！箱柜抛翻在地。自己慢慢起来，因床下有两个丫鬟藏躲，将她二人唤出，战战兢兢，方将仆妇婆子寻来。到了天明，仔细查看，所丢的全是金银簪环，首饰衣服等物，别样一概没动。立刻唤进姚成。哪知姚成从半夜里逃在外边巡风，见没什么动静，等到天亮方敢出头，仍然溜进来。恰巧唤他，他便见了郭氏，商议写了失单，并声明贼寇自称北侠，带领官役，明火执仗。姚成急急报呈县内。郭氏暗想丈夫事体吉少凶多，须早早禀知叔父马朝贤，商议个主意，便细细写了书信一封，连被抢一节并失单，俱各封妥，就派姚成连夜赴京去了。

且说王恺、张雄将马强解到，倪太守立刻升堂，先追问翟九成、朱焕章两案。恶贼皆言他二人欠债不还，自己情愿以女为质，并无抢掠之事。又问他：“为何将本府诓到家中，下在地牢？讲！”马强道：“大老爷乃四品黄堂[2]，如何能到小人庄内？既是大老爷被小民诓去，又说下在地牢，如何今日大老爷仍在公堂问事呢？似此以大压小的问法，小人实实吃罪不起。”倪太守大怒，吩咐打这恶贼。一边掌了二十嘴巴，鲜血直流。问他

---

① 滋(zī)事——惹事；制造纠纷。

② 黄堂——古时太守衙中的正堂，后称太守为黄堂。

不招，又吩咐拉下去，打了四十大板。他是横了心，再也不招。又调翟九成、朱焕章到案，与马强当面对质。这恶贼一口咬定是他等自愿以女为质，并无抢掠的情节。

正在审问之间，忽见县里详文呈报马强家中被劫，乃北侠带领差役，明火执仗，抢去各物，现有原递失单呈阅。太守看了，心中纳闷："我看义士欧阳春决不至于如此，其中或有别项情弊。"吩咐暂将马强收监，翟九成回家听传，原案朱焕章留在衙中，叫倪忠传唤王恺、张雄问话。不多时，二人来到书房。太守问道："你等如何拿的马强？"他二人便从头至尾，述说一遍。太守又问道："他那屋内物件，你等可曾混动？"王恺、张雄道："小人们当差多年，是知规矩的。他那里一草一木，小人们是断不敢动的。"太守道："你等固然不能，惟恐跟去之人有些不妥。"王、张二人道："大老爷只管放心。就是跟随小人们当差之人，俱是小人们训练出来的。但凡有点毛手毛脚的，小人决不用他。"太守点头，道："只因马强家内失盗，如今县内呈报前来。你二人暗暗访查，回来禀我知道。"王、张领命去了。

太守又叫倪忠请朱先生。不多时，朱焕章来到书房，太守以宾客相待，先谢了朱绛贞救命之恩，然后把那枝玉莲花拿出。朱焕章见了，不由的泪流满面。太守将朱绛贞誓以贞洁自守的话说了，朱焕章更觉伤心。太守又将朱绛贞脱离了仇家，现在王凤山家中居住的话，说了一回，朱焕章反悲为喜。

太守便慢慢问那玉莲花的来由。朱焕章道："此事已有二十多年。当初在仪征居住之时，舍间后门便临着扬子江的江岔。一日，见漂来一男子死尸，约有三旬年纪，是我心中不忍，惟恐暴露，因此备了棺木，打捞上来。临殡葬时，学生给他整理衣服，见他胸前有玉莲花一枝，心中一想，何不将此物留下，以为将来认尸之证，因此解下交付贱荆①收藏。后来小女见了爱惜不已，随身佩带，如同至宝。太尊何故问此？"倪太守听了，已然落下泪来。朱焕章不解其意。只见倪忠上前，道："老爷何不将那枝对对，看是如何。"太守一边哭，一边将里衣解开，把那枝玉莲花拿出。两枝合来，恰恰成为一朵，而且精润光华，一丝也是不差。太守再也忍耐不住，

① 贱荆——古人称谓妻子。

手捧莲花，放声大哭。朱焕章到底不解是何缘故。倪忠将玉莲花的原委，略说梗概。朱先生方才明白，连忙劝慰太守，道："此乃珠还璧返，大喜之兆。且无心中又得了先大人的归结下落，虽则可悲，其实可喜。"太守闻言，才止悲痛，复又深深谢了。就留下朱先生在衙内居住。

倪忠暗暗一力撺掇，说："朱小姐有救命之恩，而且又有玉莲花为媒，真是千里婚姻一线牵定。"太守亦甚愿意。因此倪忠就托王凤山为冰人①，向朱先生说了。朱公乐从，慨然允许。王凤山又托了倪忠，向翟九成说合锦娘与儿子联姻，亲上作亲。翟九成亦欣然应允，霎时间都成了亲眷，更觉亲热。太守又打点行装，派倪忠接取家眷，把玉莲花一对交老仆好好收藏，到白衣庵见了娘亲，就言二事已齐备，专等母亲到任所，即便迁葬父亲灵柩②，拿获仇家报仇雪恨。候诸事已毕，再与绛贞完姻。

未知后文如何，下回分解。

---

① 冰人——旧指称媒人。

② 灵柩(jiù)——死者已经入殓的棺材。

第七十七回

倪太守解任赴京师　白护卫乔妆逢侠客

且说倪忠接取家眷去后，又生出无限风波，险些儿叫太守含冤。你道如何？只因由京发下一套文书，言有马强家人姚成进京上告太守倪继祖私行出游，诈害良民，结连大盗，明火执仗①。今奉旨："马强提解来京，交大理寺严讯；大守倪继祖暂行解任，一同来京，归案备质。倪太守遵奉来文，将印信事件并代委署官员，即派差役押解马强赴京。倪太守将众人递的状子案卷俱各带好，止于派长班二人跟随来京。

一日，来到京中，也不到开封府，因包公有师生之谊，理应回避，就在大理寺报到。文老大人见此案人证到齐，便带马强过了一堂。马强已得马朝贤之信，上堂时一味口刁，说太守不理民情，残害百姓；又结连大盗黉夜打抢，现有失单报县尚未弋获②。文大人将马强带在一边，又问倪太守此案的端倪③原委。倪太守一一将前事说明：如何接状；如何私访被拿两次，多亏难女朱绛贞、义士欧阳春搭救；又如何捉拿马强恶贼，他家有招贤馆窝藏众寇，至五更将马强拿获立刻解到；如何升堂审讯，恶贼狡赖不应。"如今他暗暗使家人赴京呈控，望乞大人明鉴详查，卑府不胜感幸。"文彦博听了，说："请太守且自歇息。"倪太守退下堂来。老大人又将众人冤呈看了一番，立刻又叫带马强，逐件问去，皆有强辞狡赖。文大人暗暗道："这厮明仗着总管马朝贤与他作主，才横了心不肯招承。惟有北侠打劫一事真假难辨，须叫此人到案作个硬证，这厮方能服输。"吩咐将马强带去收禁。又叫人请太守，细细问道："这北侠又是何人？"太守道："北侠欧阳春，因他行侠尚义，人皆称他为北侠，就犹如展护卫有南侠之称一样。"文彦博道："如此说来，这北侠决非打劫大盗可比。此案若结，须此人到

---

① 明火执仗——点着火把，拿着武器，公开活动。多指抢劫。

② 弋(yì)获——射得。后也称缉获盗贼为弋获。

③ 端倪(ní)——事情的眉目；头绪。

案方妥。他现在哪里?”倪继祖道:“大约还在杭州。”文彦博道:“既如此,我明日先将大概情形复奏,看圣意如何。”就叫人将太守带到狱神庙好好看待。

次日,文大人递折之后,圣旨即下,钦派四品带刀护卫白玉堂访拿欧阳春,解京归案审讯。锦毛鼠参见包公。包公吩咐了许多言语,白玉堂一一领命。辞别出来,到了公所,大家与玉堂饯行①。饮酒之间,四爷蒋平道:“五弟此一去见了北侠,意欲如何?”白玉堂道:“小弟奉旨拿人,见了北侠,自然是秉公办理,焉敢徇情。”蒋平道:“遵奉钦命,理之当然。但北侠乃尚义之人,五弟若见了他,公然以钦命自居,惟恐欧阳春不受欺侮,反倒费了周折。”白玉堂听了,有些不耐烦,没奈何,问道:“依四哥怎么样呢?”蒋爷道:“依劣兄的主意,五弟到了杭州,见署事的太守,将奉旨拿人的情节与他说了,却叫他出张告示,将此事前后叙明;后面就提五弟,虽则是奉旨,然因道义相通,不肯拿解,特来访请。北侠若果在杭州,见了告示,他必自己投到。五弟见了他,以情理相感,他必安安稳稳随你来京,决不费事。若非如此,惟恐北侠不肯来京,倒费事了。”五爷听了,暗笑蒋爷软弱,嘴里却说道:“承四哥指教,小弟遵命。”饮酒已毕,叫伴当白福备了马匹,拴好行李,告别众人。卢方又谆谆嘱咐:“路上小心。到了杭州,就按你四哥主意办理。”五爷只得答应。展爷与王、马、张、赵等俱各送出府门。白五爷执手道:“请。”慢慢步履而行。

出了城门,主仆二人扳鞍上马,竟奔杭州而来。在路行程,无非“晓行夜宿,渴饮饥餐”八个大字。沿途无事可记。

这一日来到杭州,租了寓所,也不投文,也不见官,止于报到,一来奉旨;二来相谕要访拿钦犯,不准声张。每日叫伴当出去暗暗访查,一连三四日不见消息。只得自己乔妆改扮了一位斯文秀才模样,头戴方巾,身穿方氅,足下登一双厚底大红朱履,手中轻摇泥金折扇,摇摇摆摆,出了店门。

时值残春,刚交初夏,但见农人耕于绿野,游客步于红桥,又见往来之人不断。仔细打听,原来离此二三里之遥,新开一座茶社,名曰玉兰坊,此坊乃是官宦的花园,亭榭桥梁,花草树木,颇可玩赏。白五爷听了,暗随众人前往,到了那里,果然景致可观。有个亭子,上面设着座位,四面点缀些

① 饯(jiàn)行——设酒食送行。

巉岩怪石①，又有新篁②围绕。白玉堂到此，心旷神怡，便在亭子上泡了一壶茶，慢慢消饮，意欲喝点茶再沽酒。忽听竹丛中淅沥有声，出了亭子一看，霎时天阴，淋淋下起雨来。因有绿树撑空，阴晴难辨。白五爷以为在上面亭子内对此景致，颇可赏雨。谁知越下越大，游人俱已散尽，天色已晚。自己一想："离店尚有二三里，又无雨具，倘然再大起来，地下泥泞，未免难行，莫若冒雨回去为是。"急急会钞下亭，过了板桥，用大袖将头巾一遮，顺着柳树行子冒雨急行。猛见红墙一段，却是整齐的庙宇。忙到山门下避雨，见匾额上题着"慧海妙莲庵"。低头一看，朱履已然踏的泥污，只得脱下。才要收拾，只见有个小童手内托着笔砚，口呼"相公、相公"，往东去了。忽然见庙的角门开放，有一年少的尼姑悄悄答道："你家相公在这里。"白五爷一见，心中纳闷。谁知小童往东，只顾呼唤相公，并没听见。这幼尼见他去了，就关上角门进去。

五爷见此光景，暗暗忖道："他家相公在他庙内，又何必悄悄唤那小童呢？其中必有暗昧。待我来。"站起身来，将朱履后跟一倒，他拉脚儿穿上，来到东角门，敲户道："里面有人么？我乃行路之人，因遇雨天晚，道路难行，欲借宝庵避雨，务乞方便。"只听里面答道："我们这庙乃尼庵，天晚不便容留男客，请往别处去罢。"说完，也不言语，连门也不开放。白玉堂听了，暗道："好呀！他庙内现有相公，难道不是男客么？既可容得他，如何不容我呢？这其中必有缘故了。我倒要进去看看。"转身来到山门，索性把一双朱履脱下，光着袜底，用手一搂衣襟，飞身上墙，轻轻跳将下去。在黑影中细细留神，见有个道姑，一手托定方盘，里面热腾腾的菜蔬；一手提定酒壶，进了角门。有一段粉油的板墙也是随墙的板门，轻轻进去。白玉堂也就暗暗随来，挨身而入，见屋内灯光闪闪，影射幽窗。五爷却暗暗立于窗外。

只听屋内女音道："天已不早，相公多少用些酒饭，少时也好安歇。"又听男子道："甚的酒饭！甚的安歇！你们到底是何居心，将我拉进庙来，又不放我出去，成个什么规矩，像个什么体统③！还不与我站远些。"

---

① 巉(chán)岩怪石——高险且奇形怪状的山石。

② 篁(huáng)——竹林，泛指竹子。

③ 体统——指体制、格局、规矩等。

又听女音说道:“相公不要固执。难得今日‘油然作云,沛然下雨’。上天尚有云行雨施,难道相公倒忘了云情雨意么?”男子道:“你既知‘油然作云,沛然下雨’,为何忘了‘男女授受不亲’呢?我对你说,‘读书人持躬如圭璧’,又道:‘心正而后身修’。似这无行之事,我是‘大旱之云霓’,想降时雨是不能的。”白五爷窗外听了,暗笑:“此公也是书痴,遇见这等人还合他讲什么书?论什么文呢?”又听一个女尼道:“云霓也罢,时雨也罢,且请吃这杯酒。”男子道:“唔呀!你要怎么样?”只听当啷一声,酒杯落地,砸了。尼姑嗔道:“我好意敬你酒,你为何不识抬举?你休要咬文嚼字的。实告诉你说,想走不能!不信,给你个对证看。现在我们后面,还有一个卧病在床的,那不是榜样么?”男子听了着急,道:“如此说来,你们这里是要害人的,吾要嚷了呢!”尼姑道:“你要嚷,只要有人听的见。”男子便喊道:“了不得了!他们这里要害人呢。救人呀,救人!”

白玉堂趁着喊叫,连忙闯入,一掀软帘,道:“兄台为何如此猴急?想是她们奇货自居①,物抬高价了。”把两个女尼吓了一跳。那人道:“兄台请坐。她们这里不正经,了……了不得的。”白五爷道:“这有何妨。人生及时行乐,也是快事。她二人如此多情,兄台何如此之拘泥?请问尊姓。”那人道:“小弟姓汤名梦兰,乃扬州青叶村人氏,只因探亲来到这里,就在前村居住。可巧今日无事,要到玉兰坊闲步闲步,恐有题咏,一时忘记了笔砚,因此叫小童回庄去取。不想落下雨来,正在踌躇,承她一番好意,让我庙中避雨。我还不肯,他们便再三拉我到这里,不放我动身,甚的云咧雨咧,说了许多的混话。”白玉堂道:“这就是吾兄之过了。”汤生道:“如何是我之过?”白玉堂道:“你我读书人,待人接物,理宜从权达变②,不过随遇而安③,行云流水,过犹不及,其病一也。兄台岂不失于中道乎?”汤生摇头,道:“否,否。吾宁失于中道,似这样随遇而安,我是断断乎不能为也!请问足下安乎?”白玉堂道:“安。”汤生嗔怒,道:“汝安,则为之。我虽死不能相从!”白玉堂暗暗赞道:“我再三以言试探,看他颇颇

---

① 奇货自居——指商人把难得的货物囤积起来,等待高价出售。比喻自以为有某种独特的技能或成就,拿它作为要求名位地位的本钱。

② 从权达变——采用权宜的手段随机应变。

③ 随遇而安——能适应各种环境,在任何环境中都能满足。

正气,须当搭救此人。"

谁知尼姑见玉堂比汤生强多了,又见责备汤生,以为玉堂是个惯家,登时就把柔情都移在玉堂身上。他也不想想玉堂从何处进来的,可见邪念迷心,意忘其所以。白玉堂再看那两个尼姑,一个有三旬,一个不过二旬上下,皆有几分姿色。只见那三旬的连忙执壶,满斟了一杯,笑容可掬,捧至白五爷跟前,道:"多情的相公,请吃这杯合欢酒。"玉堂并不推辞,接过来一饮而尽,却哈哈大笑。那二旬的见了,也斟一杯近前,道:"相公喝了我师兄的,也得喝我的。"白玉堂也便在她手中喝了。汤生一旁看了,道:"岂有此理呀,岂有此理!"

二尼一边一个伺候玉堂。玉堂问他二人却叫何名,三旬的说:"我叫明心。"二旬的说:"我叫慧性。"玉堂道:"明心明心,心不明则迷;慧性慧性,性不慧则昏。你二人迷迷昏昏,何时是了?"说着话,将二尼每人握住一手,却问汤生道:"汤兄,我批的是与不是?"汤生见白五爷和二尼拉手,已气得低了头,正在烦恼;如今听玉堂一问,便道:"谁呀?呀!你还来问我。我看你也是心迷智昏了。这还了得,放肆!岂有呀,岂有此……"话未说完,只见两个尼姑口吐悲声,道:"嗳哟!哟!疼死我也。放手,放手!禁不起了。"只听白玉堂一声断喝,道:"我把你这两个淫尼!无端引诱人家子弟,残害好人,该当何罪!你等害了几条性命?还有几个淫尼?快快讲来!"二尼跪倒央告,道:"庵中就是我师兄弟两个,还有两个道婆,一个小徒。小尼等实实不敢害人性命。就是后面的周生,也是他自己不好,以致得了弱症。若都似汤相公这等正直,又焉敢相犯,望乞老爷饶恕。"

汤生先前以为玉堂是那风流尴尬之人,毫不介意;如今见他如此,方知他也是个正人君子,连忙敛容起敬。又见二尼哀声不止,疼得两泪交流,汤生一见,心中不忍,却又替她讨饶。白玉堂道:"似这等的贼尼,理应治死。"汤生道:"'恻隐之心,人皆有之'。请放手罢。"玉堂暗道:"此公孟子真熟,开口不离书。"便道:"明日务要问明周生家住哪里,现有何人,急急给他家中送信,叫他速速回去,我便饶你。"二尼道:"情愿,情愿,再也不敢阻留了。老爷快些放手,小尼的骨节都碎了。"五爷道:"便宜了你等。后日俺再来打听,如不送回,俺必将你等送官究办。"说罢,一松手。两个尼姑扎煞两只手,犹如卸了拶子的一般,踉踉跄跄,跑到后面藏躲去了。汤生又从新给玉堂作揖,二人复又坐下攀话。

忽见软帘一动,进来一条大汉,后面跟着一个小童,小童手内托着一双朱履。大汉对小童道:“哪个是你家相公?”小童对着汤生道:“相公为何来至此处?叫我好找。若非遇见这位老爷,我如何进得来呢。”大汉道:“既认着了,你主仆快些回去罢。”小童道:“相公穿上鞋走罢。”汤生一抬脚,道:“我这里穿着鞋呢。”小童道:“这双鞋是哪里来的呢?怎么合相公脚上穿着的那双一样呢?”白玉堂道:“不用犹疑,那双鞋是我的。不信,你看。”说毕,将脚一抬,果然光着袜底儿呢。小童只得将鞋放下。汤生告别,主仆去了。

未知大汉是谁,下回分解。

第七十八回

紫髯伯艺高服五鼠　白玉堂气短拜双侠

且说白玉堂见汤生主仆已然出庙去了，对那大汉执手，道："尊兄请了。"大汉道："请了。请问尊兄贵姓？"白玉堂道："不敢，小弟姓白名玉堂。"大汉道："嗳哟！莫非是大闹东京的锦毛鼠白五弟么？"玉堂道："小弟绰号锦毛鼠，不知兄台尊姓？"大汉道："劣兄复姓欧阳名春。"白玉堂登时双睛一瞪，看了多时，方问道："如此说来，人称北侠号为紫髯伯的就是足下了。请问到此何事？"北侠道："只因路过此庙，见那小童啼哭，问明，方知他相公不见了。因此我悄悄进来一看，原来五弟在这里窃听，我也听了多时。后来五弟进了屋子，劣兄就在五弟站的那里，又听五弟发落两个贼尼。劣兄方回身，开了庙门，将小童领进，使他主仆相认。"玉堂听了，暗道："他也听了多时，我如何不知道呢？再者我原为访他而来，如今既见了他，焉肯放过。须要离了此庙，再行拿他不迟。"想罢，答言："原来如此。此处也不便说话，何不到我下处一叙？"北侠道："很好，正要领教。"

二人出了板墙院，来到角门。白玉堂暗使促狭[①]，假作逊让，托着北侠的肘后，口内道："请了。"用力往上一托，以为能将北侠搡出。谁知犹如蜻蜓撼石柱一般，再也不动分毫。北侠却未介意，转一回手，也托着玉堂肘后，道："五弟请。"白玉堂不因不由，就随着手儿出来了，暗暗道："果然力量不小。"二人离了慧海妙莲庵。此时雨过天晴，月明如洗，星光朗朗，时有初鼓之半。北侠问道："五弟到杭州何事？"玉堂道："特为足下而来。"北侠便住步问道："为劣兄何事？"白玉堂就将倪太守与马强在大理寺审讯，供出北侠之事，说了一遍，说："是我奉旨前来，访拿足下。"北侠听玉堂这样口气，心中好生不乐，道："如此说来，白五老爷是钦命了。欧阳春妄自高攀，多多有罪。请问钦命老爷，欧阳春当如何进京，望乞明白指示。"北侠这一问，原是试探白爷懂交情不懂交情。白玉堂若从此拉回

---

① 促狭——捉弄人。

来，说些交情话，两下里合而为一，商量商量，也就完事了。不想白玉堂心高气傲，又是奉旨，又是相谕，多大的威风，多大的胆量；本来又仗着自己的武艺，他便目中无人，答道："此乃奉旨之事，既然今日邂逅①相逢，只好屈尊足下，随着白某赴京便了，何用多言。"欧阳春微微冷笑，道："紫髯伯乃堂堂男子，就是这等随你去，未免贻笑于人。尊驾还要三思。"北侠这个话虽是有气，还是耐着性儿，提拔白玉堂的意思。谁知五爷不辨轻重，反倒气往上冲，说道："大约合你好说，你决不肯随俺前去，必须较量个上下。那时被擒获，休怪俺不留情分了。"北侠听毕，也就按捺不住，连连说道："好，好，好！正要领教，领教。"

白玉堂急将花氅脱却，摘了儒巾，脱下朱履，仍然光着袜底儿，抢到上首，拉开架式。北侠从容不迫，也不赶步，也不退步，却将四肢略为腾挪，只是招架而已。白五爷抖擞精神，左一拳，右一脚，一步紧如一步。北侠暗道："我尽力让他，他尽力的逼勒，说不得叫他知道知道。"只见玉堂拉了个回马势，北侠故意的跟了一步。白爷见北侠来的切近，回身劈面就是一掌。北侠将身一侧，只用二指看准胁下轻轻的一点。白玉堂倒抽了一口气，登时经络闭塞，呼吸不通，手儿扬着落不下来，腿儿迈着抽不回去，腰儿哈着挺不起身躯，嘴儿张着说不出话语，犹如木雕泥塑一般，眼前金星乱滚，耳内蝉鸣，不由的心中一阵恶心迷乱，实实难受得很。那二尼禁不住白玉堂两手，白玉堂禁不住欧阳春两指。这比的虽是贬玉堂，然而玉堂与北侠的本领究有上下之分。北侠惟恐工夫大了，必要受伤，就在后心陡然击了一掌。白玉堂经此一震，方转过这口气来。北侠道："恕劣兄莽撞，五弟休要见怪。"白玉堂一语不发，光着袜底，呱咭、呱咭竟自扬长而去。

白玉堂来到寓所，他却不走前门，悄悄越墙而入，来到屋中。白福见此光景，不知为着何事，连忙递过一杯茶来。五爷道："你去给我烹一碗新茶来。"他将白福支开，把软帘放下，进了里间，暗暗道："罢了，罢了！俺白玉堂有何面目回转东京？悔不听我四哥之言！"说罢，从腰间解下丝绦，登着椅子，就在横楣之上拴了个套儿。刚要脖项一伸，见结的扣儿已开，丝绦落下，复又结好，依然又开。如是者三次。暗道："哼！这是何

① 邂逅（xièhòu）——偶然遇见。

故？莫非我白玉堂不当死于此地?”话尚未完,只觉后面一人手拍肩头,道:“五弟,你太想不开了。”只这一句,倒把白爷吓了一跳。忙回身一看,见是北侠,手中托定花氅,却是平平正正,上面放着一双朱履,惟恐泥污沾了衣服,又是底儿朝上。玉堂见了,羞得面红过耳,又自忖道:“他何时进来,我竟不知不觉。可见此人艺业比我高了。”也不言语,便存身坐在椅凳之上。

原来北侠算计玉堂少年气傲,回来必行短见,他就在后跟下来了。及至玉堂进了屋子,他却在窗外悄立。后听玉堂将白福支出去烹茶,北侠就进了屋内。见玉堂要行短见,正在他仰面拴套之时,北侠就从椅旁挨入,却在玉堂身后隐住。就是丝绦连开三次,也是北侠解的。连白玉堂久惯飞檐走壁的人,竟未知觉,于此可见北侠的本领。

当下北侠放下衣服,道:“五弟,你要怎么样？难道为此事就要寻死,岂不是要劣兄的命么？如果你要上吊,咱们俩就搭连搭罢。”白玉堂道:“我死我的,与你何干？此话我不明白。”北侠道:“老弟,你可真糊涂了。你想想,你若死了,欧阳春如何对得起你四位兄长？又如何去见南侠与开封府的众朋友？也只好随着你死了罢。岂不是你要了劣兄的命了么?”玉堂听了,低头不语。北侠急将丝绦拉下,就在玉堂旁边坐下,低低说道:“五弟,你我今日之事,不过游戏而已,有谁见来？何至于轻生？就是叫劣兄随你去,也该商量商量。你只顾你脸上有了光彩,也不想想把劣兄置于何地。五弟,岂不闻‘己所不欲,勿施于人’;又道‘我不欲人之加诸我者,吾也欲无加诸人’。五弟不愿意的,别人他就愿意么?”玉堂道:“依兄台怎么样呢?”北侠道:“劣兄倒有两全其美的主意。五弟明日何不到茉花村,叫丁氏昆仲出头,算是给咱二人说合的。五弟也不落无能之名,劣兄也免了被获之丑,彼此有益。五弟以为如何?”白玉堂本是聪明特达之人,听了此言,登时豁然,连忙深深一揖,道:“多承吾兄指教。实是小弟年幼无知,望乞吾兄海涵。”北侠道:“话已言明,劣兄不便久留,也要回去了。”说罢,出了里间,来到堂屋。白五爷道:“仁兄请了,茉花村再见。”北侠点了点头,又悄悄道:“那顶头巾合泥金折扇,俱在衣服内夹着呢。”玉堂也点了点头,刚一转眼,已不见北侠的踪影。五爷暗暗夸奖:“此人本领胜我十倍,我真不如也。”

谁知二人说话之间,白福烹了一杯茶来,听见屋内悄悄有人说话,打帘缝一看,见一人与白五爷悄悄低言。白福以为是家主途中遇见的夜行朋友,恐一杯茶难递。只得回身又添一盏。用茶盘托着两杯茶,来到里间,抬头看时,却仍是玉堂一人。白福端着茶,纳闷道:“这是什么朋友呢?给他端了茶来,他又走了。我这是什么差使呢?”白玉堂已会其意,便道:“将茶放下,取个灯笼来。”白福放下茶托,回身取了灯笼。白玉堂接过,又把衣服朱履夹起,出了屋门,纵身上房,仍从后面出去。

不多时,只听前边打的店门山响。白福迎了出去,叫道:“店家快开门,我们家主回来了。”小二连忙取了钥匙,开了店门。只见玉堂仍是斯文打扮,摇摇摆摆进来。小二道:“相公怎么这会才回来?”玉堂道:“因在相好处避雨,又承他待酒,所以来迟。”白福早已上前接过灯笼,引到屋内。茶尚未寒,玉堂喝了一杯,又吃了点饮食,吩咐白福于五鼓备马起身,上松江茉花村去。自己歇息,暗想:“北侠的本领,那一番和蔼气度,实然别人不能的。而且方才说的这个主意,更觉周到,比四哥说的出告示访请又高一等。那出告示众目所睹,既有‘访请’二字,已然自馁,那如何对人呢?如今欧阳兄出的这个主意,方是万全之策。怨的展大哥与我大哥背地里常说他好,我还不信,谁知果然真好。仔细想来,全是我自作聪明的不是了。”他翻来覆去,如何睡的着。到了五鼓,白福起来,收拾行李马匹,到了柜上,算清了店账,主仆二人上茉花村而来。

话休烦絮。到了茉花村,先叫白福去回禀,自己乘马随后。离庄门不远,见多少庄丁伴当分为左右,丁氏弟兄在台阶上面立等。玉堂连忙下马,伴当接过。丁大爷已迎接上来。玉堂抢步,口称:“大哥,久违了,久违了。”兆兰道:“贤弟一向可好?”彼此执手。兆蕙却在那边垂手,恭敬侍立,也不执手,口称:“白五老爷到了,恕我等未能远迎虎驾,多多有罪。请老爷到寒舍待茶。”玉堂笑道:“二哥真是好玩,小弟如何担的起。”连忙也执了手。三人携手来到待客厅上,玉堂先与丁母请了安,然后归座。献茶已毕,丁大爷问了开封府众朋友好,又谢在京师叨扰盛情。丁二爷却道:“今日哪阵香风儿,将护卫老爷吹来,真是蓬荜生辉①,柴门有庆。然而老爷此来,还是专专的探望我们来了,还是有别的事呢?”一席话说的玉堂脸红。丁大爷恐玉堂脸上下不来,连忙瞅了二爷一眼,道:“老二,弟

---

① 蓬荜(bì)生辉——谦辞,表示由于别人到自己家里来而使自己非常光荣。

兄们许久不见，先不说说正经的，只是说这些作什么？”玉堂道：“大哥不要替二哥遮饰。本是小弟理短，无怪二哥恼我。自从去岁被擒，连衣服都穿的是二哥的。后来到京受职，就要告假前来，谁知我大哥因小弟新受职衔，再也不准动身。”丁二爷道：“到底是作了官的人，真长了见识了。惟恐我们说，老爷先自说了。我问五弟，你纵然不能来，也该写封信、差个人来，我们听见也喜欢喜欢。为什么连一纸书也没有呢？”玉堂笑道：“这又有一说。小弟原要写信来着。后来因接了大哥之信，说大哥与伯母送妹子上京与展大哥完姻。我想迟不多日，就可见面，又写什么信呢？彼时若真写了信来，管保二哥又说白老五尽闹虚文假套了，左右都是不是。无论二哥怎么怪小弟，小弟惟有伏首认罪而已。”丁二爷听了，暗道：“白老五，他竟长了学问，比先前乖滑多了。且看他目下这宗事怎么说法。”回头吩咐摆酒。玉堂也不推辞，也不谦让，就在上面坐了。丁氏昆仲左右相陪。

饮酒中间，问玉堂道：“五弟此次是官差？还是私事呢？”玉堂道：“不瞒二位仁兄，实是官差。然而其中有许多原委，此事非仁兄贤昆玉相助不可。”丁大爷便道：“如何用我二人之处？请道其详。”玉堂便将倪太守、马强一案供出北侠，小弟奉旨特为此事而来，说了一遍。丁二爷问道：“可见过北侠没有？”玉堂道：“见过了。”兆蕙道：“既见过，便好说了。谅北侠有多大本领，如何是五弟对手。”玉堂道：“二哥差矣！小弟在先原也是如此想，谁知事到头来不自由，方知人家之末技俱是自己之绝技。惭愧的很，小弟输与他了。”丁二爷故意诧异，道：“岂有此理！五弟焉能输与他呢！这话愚兄不信。”玉堂便将与北侠比试，直言无隐，俱各说了。“如今求二位兄台将欧阳兄请来，那怕小弟央求他呢，只要随小弟赴京，便叨爱多多矣。”丁兆蕙道：“如此说来，五弟竟不是北侠对手了。”玉堂道：“诚然。”丁二爷道：“你可佩服呢？”玉堂道：“不但佩服，而且感激。就是小弟此来，也是欧阳兄教导的。”丁二爷听了，连声赞扬叫好，道：“好兄弟！丁兆蕙今日也佩服你了。”便高声叫道：“欧阳兄，你也不必藏着了，请过来相见。”

只见从屏后转出三人来。玉堂一看，前面走的就是北侠，后面一个三旬之人，一个年幼小儿，连忙出座，道：“欧阳兄几时来到？”北侠道：“昨晚方到。”玉堂暗道：“幸亏我实说了，不然这才丢人呢。”又问：“此二位是谁？”丁二爷道：“此位智化，绰号黑妖狐，与劣兄世交通家相好。”（原来智爷之父，与丁总镇是同僚，最相契的。）智爷道："此是小徒艾虎。过来，见过白五叔。"艾虎上前见礼。玉堂拉了他的手，细看一番，连声夸奖。彼此叙座。北侠坐了首座，其次是智爷、白爷，又其次是丁氏弟兄，下首是艾虎。大家欢饮。玉堂又提请北侠到京，北侠慨然应允。丁大爷、丁二爷又嘱咐白玉堂照应北侠。大家畅谈，彼此以义气相关，真是披肝沥胆，各明心志。惟有小爷艾虎与北侠有父子之情，更觉关切。酒饭已毕，谈至更深，各自安寝。到了天明，北侠与白爷一同赴京去了。

未知后文如何，下回分解。

第七十九回

智公子定计盗珠冠　裴老仆改妆扮难叟

且说智化、兆兰、兆蕙与小爷艾虎送了北侠、玉堂回来，在厅下闲坐，彼此闷闷不乐。艾虎一旁短叹长吁。只听智化道："我想此事关系非浅。倪太守乃是为国为民，如今反遭诬害；欧阳兄又是济困扶危，遇了贼扳。似这样的忠臣义士负屈含冤，仔细想来，全是马强叔侄过恶。除非设法先将马朝贤害倒，剩了马强，也就不难除了。"丁二爷道："与其费两番事，何不一网打尽呢？"智化道："若要一网打尽，说不得却要作一件欺心的事，生生的讹在他叔侄身上，使他赃证俱明，有口难分。所谓'奸臣贼子人人得而诛之'。我虽想定计策，只是题目太大，有些难作。"丁大爷道："大哥何不说出，大家计较计较呢？"智化道："当初劣兄上霸王庄者，原为看马强的举动，因他结交襄阳王，常怀不轨之心。如今既为此事闹到这步田地，何不借题发挥，一来与国家除害，二来剪却襄阳王的羽翼。话虽如此，然而其中有四件难事。"丁二爷道："哪四件？"智化道："第一，要皇家紧要之物。这也不必推诿，全在我的身上。第二，要一个有年纪之人，一个或童男或童女随我前去，诓取紧要之物回来。要有胆量，又要有机变，又要受得苦。第三件，我等盗来紧要之物，还得将此物送到马强家，藏在佛楼之内，以为将来的真赃实犯。"丁二爷听了，不由的插言道："此事小弟却能够。只要有了东西，小弟便能送去。这第三件算是小弟的了。第四件又是什么呢？"智化道："惟有第四件最难，必须知根知底之人前去出首；不但出首，还要单上开封府出首去。别的事情俱好说，惟独这第四件是最要紧的，成败全在此一举。此一着若是错了，满盘俱空。这个人竟难得的很呢！"口里说着，眼睛却瞟着艾虎。艾虎道："这第四件莫若徒弟去罢。"智化将眼一瞪，道："你小孩家懂得什么，如何干得这样大事！"艾虎道："据徒弟想来，此事非徒弟不可。徒弟去了有三益。"

丁二爷先前听艾虎要去，以为小孩子不知轻重。此时又见他说出三益，颇有意思，连忙说道："智大哥不要拦他。"便问艾虎道："你把三益说给我听听。”艾虎道:“第一,小侄自幼在霸王庄,所有马强之事小侄尽知。而且三年前马朝贤告假回家一次,那时我师父尚未到霸王庄呢。如今盗了紧要东西来,就说三年前马朝贤带来的,于事更觉有益。这是第一益。第二,别人出首,不如小侄出首。什么缘故呢?俗话说的好:‘小孩嘴里讨实话。’小侄要到开封府举发出来,叫别人再想不到这样一宗大事,却是个小孩子作个硬证。此事方是千真万真,的确无疑。这是第二益。第三益却没有什么,一来为小侄的义父,二来也不枉师父教训一场。小侄儿要借着这件事,也出场出场,大小留个名儿,岂不是三益么?”丁大爷、丁二爷听了,拍手大笑,道:“好!想不到他竟有如此的志向。”

智化道:“二位贤弟且慢夸他。他因不知开封府的利害,他此时只管说。到了身临其境,见了那样的威风,又搭着问事如神的包丞相,(他小孩子家有多大胆量,有多大智略,何况又有御赐铜铡,)倘若说不投机,白白地送了性命,那时岂不耽误了大事?”艾虎听了,不由的双眉倒竖,二目圆翻,道:“师父忒把弟子看轻了!难道开封府是森罗殿不成?他纵然是森罗殿,徒弟就是上剑树、登刀山,再也不能改口,是必把忠臣义士搭救出来,又焉肯怕那个御赐的铜铡呢!”兆兰、兆蕙听了,点头咂嘴,啧啧称羡。智化道:“且别说你到开封府。就是此时我问你一句,你如果答应的出来,此事便听你去;如若答应不来,你只好隐姓埋名,从此再别想出头了。”艾虎嘻嘻笑道:“待徒弟跪下,你老就审,看是如何。”说罢,他就直挺挺的跪在当地。

兆兰、兆蕙见他这般光景,又是好笑,又是爱惜。只听智爷道:“你员外家中犯禁之物,可是你太老爷亲身带来的么?”艾虎道:“回老爷,只因三年前小的太老爷告假还乡,亲手将此物交给小人的主人,小人的主人叫小人托着,收在佛楼之上,是小人亲眼见的。”智爷道:“如此说来,此物在你员外家中三年了。”艾虎道:“是三年多了。”智爷用手在桌上一拍,道:“既是三年,你如何今日才来出首①?讲!”丁家弟兄听了这一问,登时发怔,暗想道:“这当如何对答呢?”只听艾虎从从容容道:“回老爷,小人今年才十五岁。三年前小人十二岁,毫无知觉,并不知道知情不举的罪名。皆因我们员外犯罪在案,别人向小人说:‘你提防着罢,多半要究出三年前的事来。你就是隐匿不报的罪,要加等的;若出首了,罪还轻些。’因此

① 出首——检举别人的犯罪行为。

小人害怕，急急赶来出首在老爷台下。”兆蕙听了，只乐得跳起来，道：“好对答！好对答！贤侄，你起来罢。第四件是要你去定了。”丁大爷也夸道：“果然对答的好。智大哥，你也可以放心。”智爷道：“言虽如此，且到临期再写两封信，给他也安置安置，方保无虞。如今算起来，就只第二件事不齐备，贤弟且开出个单儿来。”

丁二爷拿过笔砚，铺纸提笔。智爷念道：“木车子一辆，席篓子两个，旧布被褥大小两份，铁锅勺，黄磁大碗，粗碟家具俱全，老头儿一名，或幼男幼女俱可——一名，外有随身旧布衣服行头三份。”丁大爷在旁看了，问道：“智大哥，要这些东西何用?”智爷道：“实对二位贤弟说，劣兄要到东京盗取圣上的九龙珍珠冠呢。只因马朝贤他乃四值库的总管，此冠正是他管理。再者此冠乃皇家世代相传之物，轻易动不着的。为什么又要老头儿幼孩儿合这些东西呢？我们要扮作逃荒的模样，到东京安准了所在。劣兄探明白了四值库，盗此冠，须连冠并包袱等全行盗来。似此黄澄澄的东西，如何满路上背着走呢？这就用着席篓子了。一边装上此物，上用被褥遮盖，一边叫幼女坐着。人不知不觉，就回来了。故此必要有胆量能受苦的老头儿，合那幼女。二位贤弟想想，这二人可能有么?”丁大爷已然听得呆了。

丁二爷道：“却有个老头儿名叫裴福。他随着先父在镇时，多亏了他有胆量，又能受苦。只因他为人直性正气，而且当初出过力，到如今给弟等管理家务；如有不周不备，连弟等都要让他三分。此人颇可去得。”智化道：“伺候过老人家的，理应容让他几分。如此说来，这老管家却使得。”丁二爷道：“但有一件，若见了他切不可提出盗冠，须将马强过恶述说一番；然后再说倪太守、欧阳兄被害，他必愤恨。那时再说出此计来，他方没有什么说的，也就乐从了。”智化听了，满心欢喜，即吩咐伴当将裴福叫来。

不多时，见裴福来到，虽则六旬年纪，却是精神百倍。先见了智爷，后又见了大官人，又见二官人。智爷叫伴当在下首预备个座儿，务必叫他坐了。裴福谢坐，便问：“呼唤老奴，有何见谕?”智爷说起马强作恶多端，欺压良善，如何霸占田地，如何抢掠妇女。裴福听了，气得他摩拳擦掌。智爷又说出倪太守私访遭害，欧阳春因搭救太守如今被马强京控，打了里误①官司,不定性命如何。裴福听到此,便按捺不住,立起身来,对丁氏弟兄道:"二位官人终朝行侠尚义,难道侠义竟是嘴里空说的么?似这样的恶贼,何不早早除却!"丁二爷道:"老人家不要着急。如今智大爷定了一计,要烦老人家上东京走一遭,不知可肯去否?"裴福道:"老奴也是闲在这里。何况为救忠臣义士,老奴更当效劳了。"智爷道:"必须扮作逃荒的样子,咱二人权作父子,还得要个小女孩儿,咱们父子祖孙三辈儿逃荒。你道如何?"裴福道:"此计虽好。只是大爷受屈,老奴不敢当。"智爷道:"这有什么,逢场作戏罢咧。"裴福道:"这个小女儿却也现成,就是老奴的孙女儿,名叫英姐,今年九岁,极其伶俐,久已磨着老奴要上东京逛了,莫若就带了她去。"智爷道:"很好,就是如此罢。"

商议已定,定日起身。丁大爷已按着单子,预备停当,俱各放在船上。待客厅备了饯行酒席,连裴福、英姐不分主仆,同桌而食。吃毕,智爷起身,丁氏弟兄送出庄外,瞧着上了船,方同艾虎回来。

智爷不辞劳苦,由松江奔到镇江,再往江宁,到了安徽,过了长江,到河南境界弃舟登岸,找了个幽僻去处,换了行头。英姐伶俐非常,一教便会,坐在席篓之中。那边篓内装着行李卧具,挨着靶的横小筐内装着家伙,额外又将铁锅扣在席篓旁边,用绳子拴好。裴福跨绊推车,智爷背绳拉纤。一路行来,到了热闹丛中镇店集场,便将小车儿放下。智爷赶着人要钱,口内还说:"老的老,小的小,年景儿不济,实在的没有营生,你老帮帮吧!"裴福却在车子旁边一蹲,也说道:"众位爷们可怜吧!俺们不是久惯要钱的,那不是行好呢。"英姐在车上也不闲着,故意揉着眼儿,道:"怪饿的,俺两天没吃么儿呢。"口里虽然说着,她却偷着眼儿瞧热闹儿。真正三个人装了个活脱儿②。

在路也不敢耽搁。一日,到了东京,白昼间仍然乞讨。到了日落西山,便有地面上官人对裴福道:"老头子,你这车子这里搁不住呀,趁早儿推开。"裴福道:"请问太爷,俺往哪里推呀?"官人道:"我管你呀,你爱往哪里推,就往哪里推。"旁边一人道:"何苦呀,哪不是行好呢。叫他推到黄亭上去罢。那里也僻静,也不碍事。"便对裴福道:"老头子你瞧,那不

① 罣(guà)误——被别人牵连而受到处分或损害。

② 活脱儿——相貌、举止跟脱胎一样十分相像。

是鼓楼么？过了鼓楼，有个琉璃瓦的黄亭子，那里去好。”裴福谢了。智爷此时还赶着要钱。裴福叫道：“俺的儿呀，你不用跑，咱走罢。”智爷止步，问道：“爹爹呀，咱往哪去？”裴福道：“没有听见那位太爷说呀，咱上黄亭子那行行儿去。”智爷听了，将纤绳背在肩头拉着，往北而来。走不多时，到了鼓楼，果见那边有个黄亭子，便将车子放下。将英姐抱下来，也叫她跑跑，活动活动。

此时天已昏黑，又将被褥拿下来，就在黄亭子台阶上铺下。英姐困了，叫她先睡。智爷与裴福哪里睡得着，一个是心中有事，一个是有了年纪。到了夜静更深，裴福悄悄问道：“大爷，今已来到此地，可有什么主意？”智爷道：“今日且过一夜。明日看个机会，晚间俺就探听一番。”正说着，只听那边当当锣声响亮，原来是巡更的二人。智爷与裴福便不言语。只听巡更的道：“那边是什么？哪里来的小车子？”又听有人说道：“你忘了，这就是昨日那个逃荒的，地面上张头儿叫他们在这里。”说着话，打着锣，往那边去了。智爷见他们去了，又在席篓里面揭开底屉，拿出些细软饮食，与裴福二人吃了，方和衣而卧。

到了次日，红日尚未东升，见一群人肩头担着铁锨镢头，又有抬着大筐绳杠，说说笑笑，顺着黄亭子而来。他便迎了上去，道：“行个好罢，太爷们舍个钱罢。”其中就有人发话道：“大清早起，也不睁开眼瞧瞧，我们是有钱的么？我们还不知合谁要钱呢？”又有人说：“这样一个小伙子，什么干不得，却手背朝下合人要钱，也是个没出息的。”又听有人说道：“倒不是没出息儿，只因他叫老的老，小的小累赘了。你瞧他这个身量儿，管保有一膀子好活。等我合他商量商量。”

你道这个说话的是谁？且听下回分解。

第八十回

假作工御河挖泥土　认方向高树捉猴狲

话说智爷正向众人讨钱，有人向他说话，乃是个工头。此人姓王行大。因前日他曾见过有逃难的小车，恰好作活的人不够用，抓一个是一个，便对智爷道："伙计，你姓什么？"智爷道："俺姓王行二，你老贵姓？"王大道："好，我也姓王。有一句话对你说，如今紫禁城内挖御河，我瞧你这个样儿怪可怜的，何不跟了我去作活呢？一天三顿饭，额外还有六十钱，有一天算一天。你愿意不愿意？"智爷心中暗喜，尚未答言。只见裴福过来道："敢则好，什么钱不钱的，只要叫俺的儿吃饱了就完了。"王大把裴福瞧了瞧，问智爷道："这是谁？"智爷道："俺爹。"王大道："算了罢，算了罢！你不用说了。"对着裴福道："告诉你，皇上家不使白头工，这六十钱必是有的，你若愿意，叫你儿子去。"智爷道："爹呀，你老怎么样呢？"裴福道："你只管干你的去。身去口去，俺与小孙女哀求哀求，也就够吃的了。"王大道："你只管放心。大约你吃饱了，把那六十钱拿回来买点子饽饽饼子，也就够他们爷儿俩吃的了。"智爷道："就是这么着，咱就走。"王大便带了他，奔紫禁城而来。

一路上这些作工的人欺负他。这个叫："王第二的！"智爷道："怎样？"这个说："你替我抗着这六把锹。"智爷道："使得。"接过来抗在肩头。那个叫："王第二的！"智爷道："怎么？"那个说："你替我抗着这五把镢头。"智爷道："使得。"接过来也抗在肩头。大家捉呆子，你也叫抗，我也叫抗。不多时，智爷的两肩头犹如铁锹镢头山一般。王大猛然回头一看，发话道："你们这是怎么说呢？我好容易找了个人来，你们就欺负。赶到明儿，你们挤跑了他，这图什么呢？也没见王第二的你这么傻，这堆的把脑袋都夹起来了。这是什么样儿呢？"智爷道："抗抗罢咧！怕怎的！"说的众人都笑了，才各自把各自的家伙拿去。

一时来到紫禁门，王头儿递了腰牌，注了人数，按名点进。到了御河，大家按档儿做活。智爷拿了一把铁锹，撮的比人多，掷的比人远，而且又快。旁边作活的道:“王第二的!”智爷道:“什么?”旁边人道:“你这活计不是这么做。”智爷道:“怎么?挖的浅咧?做的慢咧?”旁边人道:“这还浅!你一锹,我两锹也不能那样深。你瞧,你挖了多大一片,我才挖了这一点儿。俗语说的:‘皇上家的工,慢慢儿的蹭。’你要这么做,还能吃的长么?”智爷道:“做的慢了,他们给饭吃吗?”旁边人道:“都是一样慢了,他能不给谁吃呢?”智爷道:“既是这样,俺就慢慢的。”旁边人道:“是了。来罢,你先帮着我撮撮啵。”智爷道:“俺就替你撮撮。”哈下腰正替那人撮时,只见王头儿叫道:“王第二的!”智爷道:“怎么?”王大道:“上来罢,吃饭了。你难道没听见梆子响么?”智爷道:“没大理会。怎么刚作活就吃饭咧?”王大道:“我告诉你,每逢梆子响是吃饭,若吃完了一筛锣,就该做活了。天天如此,顿顿如此。”智爷道:“是了,俺知道了。”王大带他到吃饭的所在,叫他拿碗盛饭。智爷果然盛了碗饭,大口小口的吃了个喷鼻儿香。王大在旁见他尽吃空饭,便告诉他道:“王第二的,你怎么不吃咸菜呢?”智爷道:“怎么还吃那行行儿,不刨工钱呀?”王大道:“你只管吃,那不是买的。”智爷道:“俺不知道呢,敢则也是白吃的。哼!有咸菜,吃的更香。”一日三顿,皆是如此。

到晚散工时,王头儿在紫禁门按名点数出来,一人给钱一分。智化随着众人,回到黄亭子,拿着六十钱,见了裴福,道:“爹呀,俺回来了,给你这个。”裴福道:“吃了三顿饭还得钱,真是造化咧。”王头道:“明早我还从此过,你仍跟了我去。”智爷道:“是咧。”裴福道:“叫你老分心,你老行好得好罢。”王头道:“好说,好说。”回身去了。智爷又问道:“今日如何乞讨?”裴福告诉他:“今日比昨日容易多了。见你不在跟前,都可怜我们,施舍的多。”彼此欢喜。到了无人之时,又悄悄计议,说这一做工倒合了机会,只要探明了四值库便可动手了。

一宿晚景已过。到了次日,又随着进内做活。到了吃晌饭时,吃完了,略略歇息。只听人声一阵一阵的喧哗,智化不知为着何事,左右留神。只见那边有一群人都仰面往上观看。智爷也凑了过去,仰面一看,原来树上有个小猴儿,项带锁链,在树上跳跃。又见有两个内相公公,急的只是搓手,道:“可怎么好?算了罢,不用只是笑了。你们只顾大声小气的嚷,嚷的里头听见了,叫咱家担不是;叫主子瞧见了,那才是个大乱儿呢。这可怎么好呢?”智爷瞧着,不由的顺口儿说道:“那值吗呢,上去就拿下来了。”内相听了，刚要说话，只见王头儿道：“王第二的，你别呀！你就只作你的活就完了，多管什么闲事呢。你上去万一拿跑了呢？再者倘或摔了哪里呢？全不是玩的。”刚说至此，只听内相道：“王头儿，你也别呀！咱家待你洒好儿的。这个伙计，他既说能上去拿下来，这有什么呢？难道咱家还难为他不成？你要是这么着，你这头儿也就提防着罢。”王头儿道：“老爷别怪我。我惟恐他不能拿下来，那时拿跑了，倒耽误事。”内相道：“跑了就跑了，也不与你相干。”王头儿道：“是了，老爷。你老只管支使他罢，我不管了。”内相对智化道：“伙计，托付你上树给咱家拿下来罢。”智爷道：“俺不会上树呀。”内相回头对王头儿道：“如何？全是你闹的！他立刻不会上树咧。今晚上散工时，你这些家伙别想拿出去咧！”王头儿听了着急，连忙对智爷道：“王第二的，你能上树，你上去给他老拿拿罢。不然，晚上我的铁锹镢头不定丢多少，我怎么交的下去呢？”智爷道：“俺先说下，上去不定拿的住拿不住，你老不要见怪。”内相说：“你只管上去，跑了也不怪你。”

智爷原因挖河，光着脚儿，双手一搂树木，把两腿一拳，哧、哧、哧犹如上面的猴子一般。谁知树上的猴子见有人上来，他连窜带跳已到树梢之上。智爷且不管他，找了个大杈丫坐下，明是歇息，却暗暗的四下里看了方向。众人不知用意，却说道：“这可难拿了。那猴儿蹲的树枝儿多细儿，如何禁得住人呢？”王头儿捏着两把汗，又怕拿不住猴儿，又怕王第二的有失闪，连忙拦说：“众位瞧就是了，莫乱说。越说，他在上头越不得劲儿。”拦之再三，众人方压静了。智爷在上面见猴子蹲在树梢，他却端详，见有个斜楂丫，他便奔到斜枝上面。那树枝儿连身子乱晃。众人下面瞧着，个个耽惊。只见智爷喘息了喘息，等树枝儿稳住，他将脚丫儿慢慢的一抬，够着搭拉的锁链儿，将指头一扎煞，拢住锁链。又把头上的毡帽摘下来作个兜儿，脚指一拳，往下一沉。猴子在上面蹲不住，咭嚠、咭嚠一阵乱叫，掉将下来。他把毡帽一接，猴儿正掉在毡帽里面。连忙将毡帽沿儿一折，就用铁链捆好，衔在口内，两手倒爬顺流而下，毫不费力。众人无不喝采。

智爷将猴儿交与内相。内相眉开眼笑道：“叫你受乏了。你贵姓呀？”智爷道：“俺姓王行二。”内相回手在兜肚内掏出两个一两重的小元宝儿，递与智爷道：“给你这个，你别嫌轻，喝碗茶罢。”智爷接过来一看，道：“这是吗行行儿？”王头道：“这是银锞儿。”智爷道：“要他干吗呀？”王头儿道:“这个换得出钱来。”智爷道:“怎么这铅块块儿也换的出钱来?”内相听了,笑道:“那不是铅,是银子,那值好几吊钱呢。”又对王头儿道:“咱家看他真诚实。明日头儿给他找个轻松档儿,咱家还要单敬你一杯呢。”王头儿道:“老爷吩咐,小人焉敢不遵,何用赏酒呢。”内相道:“说给你喝酒,咱家再不撒谎。你可不许分他的。”王头道:“小人不至于那么下作。他登高爬梯,耽惊受怕的得的赏,小人也忍得分他的!”内相点了点头,抱着猴子去了。这里众人仍然作活。

到了散工,王头同他到黄亭子,把得银之事对裴福说了。裴福欢天喜地,千恩万谢。智化又装傻道:“爹呀,咱有了银子咧,治他二亩地,盖他几间房,再买他两只牛咧。”王头儿忙拦住,道:“够了,够了。算了罢!你这二两来的银子,干不了这些事怎么好呢?没见过世面。治二亩地,几间房子,还要买牛咧买驴的,统共拢儿够买个草驴旦子的,尽搅么!明日我还是一早来找你。”智爷道:“是了,俺在这里恭候。”王头道:“是不是,刚吃了两天饱饭,有了二两银子的家当儿,立刻就撇起京腔来了,你又恭候咧!”说笑着,就去了。

到了次日,一同进城。智爷仍然拿了铁锹,要作活去。王头道:“王第二的,你且搁下那个。”智爷道:“怎么你不叫俺奏咧?”王头道:“这是什么话!谁不叫你奏了!连前几个,我吃了你两三个乌涂的了。你这里来看堆儿罢。”智爷道:“俺看着这个不做活,也给饭吃呀?”王头道:“照旧吃饭,仍然给钱。”智爷道:“这倒好了,任么儿不干,吃饱了,竟墩膘,还给钱儿。这倒是钟鼓上雀儿成了鸽子咧。”王头道:“是不是,又说傻话了。我告诉你说,这是轻松档儿,省得内相老爷来了……”

刚说至此,只见他又悄悄的道:“来了,来了。”早见那边来的,恰是昨日的小内相,捧着一个金丝累就,上面嵌着宝石蟠桃式的小盒子,笑嘻嘻的道:“王老二,你来了吗?”智爷道:“早就来咧。”内相道:“今日什么档儿?”智爷道:“叫俺看着堆儿。”内相道:“这就是了。我们老爷怕你还作活,一来叫我来瞧瞧,二来给你送点心,你自尝尝。”智爷接过盒子,道:“这挺硬的怎么吃呀?”内相哈哈笑道:“你真呕人!你到底打开呀,谁叫你吃盒子呢?”智爷方打开盒子,见里面皆是细巧炸食,拿起来掂了掂,又闻了闻,仍然放在盒内,动也不动,将盒盖儿盖上。内相道:“你为什么不吃呢?”智爷道:“咱有爹,这样好东西,俺拿回去给咱爹吃去。”内相此时听了，笑着点头儿，道："咱爹不咱爹的倒不挑你。你是好的，倒有孝心。既是这样，连盒子先搁着，少时咱家再来取。"

到了午间，只见昨日丢猴儿的内相，带着送吃食的小内相，二人一同前来。王头看见，连忙迎上来。内相道："王头儿，难为你。咱家听说叫王第二的看堆儿，很好。来，给你这个。"王头儿接来一看，也是两个小元宝儿。王头儿道："这有什么呢，又叫老爷费心。"连忙谢了。内相道："什么话呢，说给你喝，焉有空口说白话的呢。王第二的呢？"王头儿道："他在那里看堆儿呢。"连忙叫道："王第二的！"智爷道："做吗呀？俺这里看堆儿呢。"王头儿道："你这里来罢。那些东西不用看着，丢不了。"智爷过来。内相道："听说你很有孝心。早起那个盒子呢？"智爷道："在那里放着没动呢。"内相道："你拿来，跟了我去。"

智爷到那里拿了盒子，随着内相，到了金水桥上，只听内相道："咱家姓张，见你洒好的。咱家给你装了一匣子小炸食，你拿回去给你爹吃。你把盒子里的先吃了罢。"小内相打开盒子，叫他拿衣襟兜着吃。智爷一壁吃，一壁说道："好个大庙！盖的虽好，就只门口儿短个戏台。"内相听了，笑的前仰后合，道："你呀，难道你在乡下就没听见说过皇宫内院么？竟会拿着这个当大庙！要是大庙，岂止短戏台，难道门口就不立旗杆么？"智爷道："那边不是旗杆吗？"内相笑道："那是忠烈祠合双义祠的旗杆。"智爷道："这个大殿呢？"内相道："那是修文殿。"智爷道："那后稿阁呢？"内相道："什么后稿阁呢，那是耀武楼。"智爷道："那边又是吗去处呢？"内相道："我告诉你，那边是宝藏库，这是四值库。"智爷道："这是四值库。"内相道："哦。"智爷道："俺瞧着这房子全是盖的四直呀，并无有歪的呀，怎么单说他四值呢？"内相笑道："那是库的名儿，不是盖的四直。你瞧那边是缎匹库，这边是筹备库。"智爷暗暗将方向记明，又故意的说道："这些房子盖的虽好，就只短了一样儿。"内相道："短什么？"智爷道："各房上全没有烟筒，是不是？"内相听了，笑个不了，道："你真呕死人，笑的我肚肠子都断了。你快拿了匣子去罢，咱家也要进宫去了。"

智爷见内相去后，他细细的端详了一番，方携了匣子回来。到了晚间散工，来到黄亭子，见了裴福，又是欢喜，又是担惊。及至天交二鼓，智爷扎缚停当，带了百宝囊，别了裴福，一直竟奔内苑而来。

不知后文如何，且听下回分解。

第八十一回

盗御冠交托丁兆蕙　拦相轿出首马朝贤

且说黑妖狐来到皇城,用如意绦越过皇墙,已到内围。他便施展生平武艺,走壁飞檐。此非寻常房舍墙垣可比:墙呢是高的,房子是大的,到处一层层皆是殿阁琉璃瓦盖成,脚下是滑的,并且各所在皆有上值之人,要略有响动,那是玩的吗？好智化！轻移健步,跃脊窜房,所过处皆留暗记,以便归路熟识。嗖、嗖、嗖一直来到四值库的后坡,数了数瓦栊,便将瓦揭开,按次序排好,把灰土扒在一边。到了锡被四周,用利刃划开望板,也是照旧排好,早已露出了椽子来。又在百宝囊中取出连环锯,斜岔儿锯了两根,将锯收起。用如意绦上的如意钩搭住,手握丝绦,刚倒了两三把,到了天花板,揭起一块,顺流而下。脚踏实地,用脚尖滑步而行,惟恐看出脚印儿来。

刚要动手,只见墙那边墙头露出灯光,跳下人来,道:"在这里,有了。"智爷暗说:"不好！"急奔前面坎墙,贴伏身体,留神细听。外边却又说道:"有了三个了。"智化暗道:"这是找什么呢?"忽又听说道:"六个都有了。"复又上了墙头,越墙去了。原来是隔壁值宿之人,大家掷骰子,要急了,隔墙儿把骰子扔过来了。后来说合了,大家圆场儿,故此打了灯笼,跳过墙来找。"有了三个",又"六个都有了",说的是骰子。

且言智爷见那人上墙过去了,方引着火扇一照,见一溜朱红槅子上面有门儿,俱各粘贴封皮,锁着镀金锁头。每门上俱有号头,写着"天字一号",就是九龙冠。即伸手掏出一个小皮壶儿,里面盛着烧酒,将封皮印湿了,慢慢揭下。又摸锁头儿,锁门是个"工"字儿的,即从囊中掏出皮钥匙,将锁轻轻开开。轻启朱门,见有黄包袱包定冠盒,上面还有象牙牌子,写着"天字第一号九龙冠一顶",并有"臣某跪进"。也不细看,智爷兢兢业业请出,将包袱挽手打开,把盒子顶在头上,两边挽手往自己下巴底下一勒,系了个结实;然后将朱门闭好,上了锁,恐有手印,又用袖子搽搽。回手百宝囊中掏出个油纸包儿,里面是浆糊,仍把封皮粘妥。用手按按,复用火扇照了一照，再无形迹。脚下却又滑了几步，弥缝脚踪，方拢了如意绦，倒爬而上。到了天花板上，单手拢绦，脚下绊住，探身将天花板放下安稳。翻身上了后坡，立住脚步，将如意绦收起。安放斜岔儿椽子，抹了油腻子，丝毫不错。搭了望板，盖上锡被，将灰土俱各按拢堆好，挨次儿稳了瓦。又从怀中掏出小笤帚扫了一扫灰土，纹丝儿也是不露。收拾已毕，离了四值库，按旧路归来，到处取了暗记儿。此时已五鼓天了。

他只顾在这里盗冠，把个裴福急的坐立不安，心内胡思乱想。由三更盼到四更，四更盼到五更，盼的老眼欲穿。好容易见那边影影绰绰①似有人影，忽听锣声震耳，偏偏的巡更的来了，裴福吓得胆裂魂飞。只见那边黑影一蹲，却不动了。巡更的问道："那是什么人？"裴福忙插口道："那是俺的儿子出恭②呢，你老歇歇去罢。"更夫道："巡逻要紧，不得工夫。"当、当、当打着五更，往北去了。裴福赶上一步。智爷过来，道："巧极了。巡更的又来了，险些儿误了大事。"说罢，急急解下冠盒。裴福将席篓子底屉儿揭开，智化安放妥当，盖好了屉子。自己脱了夜行衣，包裹好了，收藏起来，上面用棉被褥盖严。此时英姐尚在睡熟未醒。裴福悄悄问道："如何盗冠？"智化一一说了，把个裴福吓得半天做声不得。智爷道："功已成了，你老人家该装病了。"

到了天明，王头儿来时，智化假意悲啼，说："俺爹昨晚偶然得病，闹了一夜，不省人事，俺只得急急回去。"王头儿无奈，只得由他。英姐不知就里③，只当她祖父是真病呢，她却当真哭起来了。智爷推着车子，英姐跟步而行，哭哭啼啼。一路上有知道他们是逃荒的，无不嗟叹。出了城门，到了无人之处，智化将裴福唤起，把英姐抱上车去，背起绳绊，急急赶路。离了河南，到了长江，乘上船，一帆风顺。

一日，来到镇江口，正要换船之时，只见那边有一只大船出来了三人，却是兆兰、兆蕙、艾虎。彼此见了，俱各欢喜。连忙将小车搭跳上船，智爷等也上了大船。到了舱中，换了衣服，大家就座。双侠便问："事体如何？"智爷说明原委，甚是畅快。趁着顺风，一日，到了本府，在停泊之处

---

① 影影绰绰(chuō)——模模糊糊；不真切。

② 出恭——排泄大便。

③ 就里——内部情况。

下船，自有庄丁伴当接待，推小车。一同进庄，来至待客厅，将席篓搭下来，安放妥当。自然是饮酒接风。智化又问丁二爷如何将冠送去。兆蕙道："小弟已备下钱粮筐了，一头是冠，一头是香烛钱粮，又洁净，又灵便。就说奉母命天竺进香，兄长以为何如？"智爷道："好！但不知在何处居住？"二爷道："现有周老儿名叫周增，他就在天竺开设茶楼，小弟素来与他熟识，且待他有好处。他那里楼上极其幽雅，颇可安身。"智爷听了，甚为放心。饮酒吃饭之后，到了夜静更深，左右无人，方将九龙珍珠冠请出供上。大家打开，瞻仰了瞻仰。此冠乃赤金累龙，明珠镶嵌。上面有九条金龙：前后卧龙，左右行龙，顶上有四条搅尾龙，捧着一个团龙。周围珍珠不计其数，单有九颗大珠，晶莹焕发，光芒四射。再衬着赤金明亮，闪闪灼灼，令人不能注目。大家无不赞扬，真乃稀奇之宝。好好包裹，放在钱粮筐内，遮盖严密。到了五鼓，丁二爷带了伴当，离了茉花村，竟奔中天竺而去。

迟不几日回来，大家迎到厅上，细问其详。丁二爷道："到了中天竺，就在周老茶楼居住。白日进了香，到了晚间，托言身体困乏，早早上楼安歇。周老惟恐惊醒于我，再也不敢上楼。因此趁空儿到了马强家中佛楼之上，果有极大的佛龛三座。我将宝冠放在中间佛龛左边槅扇的后面，仍然放下黄缎佛帘，人人不能理会。安放妥当，回到周家楼上，已交五鼓。我便假装起病来，叫伴当收拾起身。周老哪里肯放，务必赶作羹汤暖酒。他又拿出四百两银子来要归还原银，我也没要，急急的赶回来了。"大家听了，欢喜非常。惟有智爷瞅着艾虎，一语不发。

但见小爷从从容容道："丁二叔即将宝冠放妥，侄儿就该起身了。"兆兰、兆蕙听了此言，倒替艾虎为难，也就一语不发。只听智化道："艾虎呀，我的儿，此事全为忠臣义士起见，我与你丁二叔方涉深行险，好容易将此事作成。你若到了东京，口齿中稍有含糊，不但前功尽弃，只怕忠臣义士的性命也就难保了。"丁氏弟兄极口答道："智大哥此话是极，贤侄你要斟酌。"艾虎道："师父与二位叔父但请放心。小侄此去，此头可断，此志不能回！此事再无不成之理。"智爷道："但愿你如此。这有书信一封你拿去，找着你白五叔，自有安置照应。"小侠接了书信，揣在里衣之内，提了包裹，拜别智爷与丁大爷、丁二爷。他三人见他小小孩童干此关系重大之事，又是耽心，又是爱惜，不由的送出庄外。艾虎道："师父与二位叔父不必远送,艾虎就此拜别了。”智化又嘱咐道:“金冠在佛龛中间左边槅扇的后面,要记明了!”艾虎答应,背上包裹,头也不回,扬长去了。请看艾虎如此的光景,岂是十五岁的小儿,差不多有年纪的也就甘拜下风。他人儿虽小,胆子极大,而且机变谋略俱有。这正是“有志不在年高,无志空活百岁”。

这艾虎在路行程,不过是饥餐渴饮。一日,来到开封府,进了城门,且不去找白玉堂,他却先奔开封府署,要瞧瞧是什么样儿。不想刚到衙门前,只见那边喝道之声,撵逐闲人,说:“太师来了。”艾虎暗道:“巧咧!我何不迎将上去呢?”趁着忙乱之际,见头踏已过,大轿看看切近,他却从人丛中钻出来,迎轿跪倒,口呼:“冤枉呀!相爷,冤枉!”包公在轿内见一个小孩子拦轿鸣冤,吩咐带进衙门。左右答应一声,上来了四名差役,将艾虎拢住,道:“你这小孩子淘气得很,开封府也是你戏耍的么?”艾虎道:“众位别说这个话,我不是玩来了,我真要告状。”张龙上前道:“不要惊吓于他。”问艾虎道:“你姓什么?今年多大了?”艾虎一一说了。张龙道:“你状告何人?为着何事?”艾虎道:“大叔,你老不必深问。只求你老带我见了相爷,我自有话回禀。”张龙听了此言,暗道:“这小孩子竟有些意思。”

忽听里面传出话来:“带那小孩子。”张龙道:“快快走罢,相爷升了堂了。”艾虎随着张龙,到了角门,报了门,将他带至丹墀上,当堂跪倒。艾虎偷偷往上观瞧,见包公端然正坐,不怒自威;两旁罗列衙役,甚是严肃,真如森罗殿一般。只听包公问道:“那小孩子姓甚名谁?状告何人?诉上来。”艾虎道:“小人名叫艾虎,今年十五岁,乃马员外马强的家奴。”包公听说马强的家奴,便问道:“你到此何事?”艾虎道:“小人特为出首一件事。小人却不知道什么叫出首。只因这宗事小人知情,听见人说:‘知情不举,罪加一等。’故此小人前来在相爷跟前言语一声儿,就完了小人的事了。”包公道:“慢慢讲来。”艾虎道:“只因三年前,我们太老爷告假还乡……”包公道:“你家太老爷是谁?”艾虎伸出四指,道:“就是四指库的马朝贤,他是我们员外的叔叔。”包公听了,暗想道:“必是四值库总管马朝贤了。小孩子不懂得四值,拿着当了四指了。”又问道:“告假还乡,怎么样了?”艾虎道:“小人的太老爷坐着轿到了家中,抬到大厅之上,下了轿,就叫左右回避了。那时小人跟着员外,以为是个小孩子,却不忌讳。

只见我们太老爷从轿内捧出一个黄龙包袱来，对着小人的员外悄悄说道：‘这是圣上的九龙冠，咱家顺便带来，你好好的供在佛楼之上。将来襄阳王爷举事，就把此冠呈献，千万不可泄露。’我家员外就接过来了，叫小人托着。小人端着沉甸甸的，跟着员外，上了佛楼。我们员外就放在中间龛的左边槅扇后面了。”包公听了，暗暗吃惊，连两旁的衙役无不骇然。只听包公问道：“后来便怎么样？”艾虎道：“后来也不怎么样。到一来二去，我也大些了，常听见人说：‘知情不举，罪加一等。’小人也不理会。后来又有人知道了，却向小人打听，小人也就告诉他们。他们都说：‘没事便罢，若有了事，你就是知情不举。’到了新近，小人的员外拿进京来，就有人合小人说：‘你提防着罢！员外这一到京，若把三年前的事儿说出来，你就是隐匿不报的罪名。’小人听了害怕。比不得三年前，人事不知、天日不懂的。如今也觉明白些了，越想越不是玩的。因此小人赶到京中，小人却不是出首，只是把此事说明了，就与小人不相干了。”包公听毕，忖度了一番，猛然将惊堂木一拍，道：“我骂你这狗才！你受了何人主使，竟敢在本阁跟前陷害朝中总管与你家主人？是何道理？还不与我从实招上来！”左右齐声吆喝，道：“快说！快说！”

未知艾虎如何答对，下回分解。

第八十二回

试御刑小侠经初审　遵钦命内宦会五堂

且说艾虎听包公问他是何人主使，心中暗道："好利害！怪道人人说包相爷断事如神，果然不差。"他却故意惊慌道："没有什么说的。这倒为了难了，不报罢，又怕罪加一等；报了罢，又说被人主使。要不，就算没有这宗事，等着我们员外说了，我再呈报如何？"说罢，站起身来，就要下堂。两边衙役见他小孩子不懂官事，连忙喝道："转来，转来！跪下，跪下！"艾虎复又跪倒。包公冷笑道："我看你虽是年幼玩童，眼光却甚诡诈。你可晓得本阁的规矩么？"艾虎听了，暗暗打个冷战，道："小人不知什么规矩。"包公道："本阁有条例，每逢以小犯上者，俱要将四肢铡去。如今你既出首你家主人，犯了本阁的规矩，理宜铡去四肢。来呵！请御刑！"只听两旁发一声喊，王、马、张、赵将狗头铡抬来，撂在当堂，抖去龙袱，只见黄澄澄、冷森森一口铜铡，放在艾虎面前。

小侠看了虽则心惊，暗暗自己叫着自己："艾虎呀，艾虎！你为救忠臣义士而来，慢说铡去四肢，纵然腰断两截，只要成了名，千万不可露出马脚来。"忽听包公问道："你还不说实话么？"艾虎故意颤巍巍地道："小人实实害怕，惟恐罪加一等，不得已呈诉呀。相爷呀！"包公命去鞋袜。张龙、赵虎上前，左右一声呐喊，将艾虎丢翻在地，脱去鞋袜。张、赵将艾虎托起双足，入了铡口。王、马掌住铡刀，手拢鬼头靶，面对包公。只等相爷一摆手，刀往下落，不过咔嚓一声，艾虎的脚丫儿就结了。张龙、赵虎一边一个架着艾虎，马汉提了艾虎的头发，面向包公。包公问道："艾虎，你受何人主使？还不快招么？"艾虎故意哀哀地道："小人就知害怕，实实没有什么主使的。相爷不信，差人去取珠冠，如若没有，小人情甘认罪。"包公点头，道："且将他放下来。"马汉松了头发，张、赵二人连忙将他往前一搭，双足离了铡口。王朝、马汉将御刑抬过一边。此时慢说艾虎心内落实，就是四义士等无不替艾虎侥幸的。

包公又问道："艾虎，现今这顶御冠还在你家主佛楼之上么？"艾虎道:"现在佛楼之上。回相爷,不是玉冠,小人的太老爷说是珍珠九龙冠。"包公问实了,便吩咐将艾虎带下去。该值的听了,即将艾虎带下堂来。早有禁子郝头儿接下差使,领艾虎到了监中单间屋里,道:"少爷,你就在这里坐罢,待我取茶去。"少时取了新泡的盖碗茶来。艾虎暗道:"他们这等光景,别是要想钱罢?怎么打着官司的称呼少爷,还喝这样的好茶,这是什么意思呢?"只见郝头儿悄悄与伙计说了几句话,登时摆上菜蔬,又是酒,又是点心,并且亲自殷勤斟酒,闹的艾虎反倒不得主意了。

忽听外面有人,嗤、嗤的声音。郝头儿连忙迎了出来,请安道:"小人已安置了少爷,又孝敬了一桌酒饭。"又听那位官长说道:"好,难为你了。赏你十两银子,明日到我下处去取。"郝头儿叩头谢了赏。只听那位官长吩咐道:"你在外面照看,我合你少爷有句话说,呼唤时方许进来。"郝禁子连连答应,转身在监口拦人,凡有来的,他将五指一伸,努努嘴,摆摆手,那人见了急急退去。

你道此位官长是谁?就是玉堂白五爷。只因听说有个小孩子告状,他便连忙跑到公堂之上细细一看,认得是艾虎,暗道:"他到此何事?"后来听他说出原由,惊骇非常。又暗暗揣度了一番,竟是为倪太守、欧阳兄而来,不由的心中踌躇道:"这样一宗大事,如何搁在小孩子身上呢?"忽听公座上包公发怒,说:"请御刑!"白五爷只急的搓手,暗道:"完了!完了!这可怎么好?"自己又不敢上前,惟有两眼直勾勾瞅着艾虎。及至艾虎一口咬定,毫无更改,白五爷又暗暗夸奖道:"好孩子!真是强将手下无弱兵。这要是从铡口里爬出来,方是男儿。"后来见包公放下艾虎,准了词状,只乐得心花俱开,便从堂上溜了下来,见了郝禁子,嘱咐道:"堂上鸣冤的是我的侄儿,少时下来,你要好好照应。"郝禁子哪敢怠慢,故此以少爷称呼,伺候茶水酒饭,知道白五爷必来探监,为的是当好差使,又可于中取利。果然,白五爷来了,就赏了十两银子,叫他在外瞭望。

五爷便进了单屋。艾虎抬头见是白玉堂,连忙上前参见。五爷悄悄道:"贤侄,你好大胆量!竟敢在开封府弄玄虚,这还了得!我且问你,这是何人主意?因何贤侄不先来见我呢?"艾虎见问,将始末情由,述了一遍,道:"侄儿临来时,我师父原给了一封信,叫侄儿找白五叔。侄儿一想,一来恐事不密,露了形迹;二来可巧遇见相爷下朝,因此侄儿就喊了冤了。"。说着话,将书信从里衣内取出,递与玉堂。玉堂接来拆看,无非托他暗中调停,不叫艾虎吃亏之意。将书看毕,暗自忖道:“这明是艾虎自逞胆量,不肯先投书信。可见高傲,将来竟自不可限量呢。”便对艾虎道:“如今紧要关隘已过,也就可以放心了。方才我听说你的口供,打了折底,相爷明早就要启奏了。且看旨意如何,再做道理。你吃了饭不曾?”艾虎道:“饭倒不消,就只酒……”说至此,便不言语。白五爷问道:“怎么没有酒?”艾虎道:“有酒,那点点儿刚喝了五六碗就没了。”白玉堂听了,暗道:“这孩子敢则爱喝,其实五六碗也不为少。”便唤道:“郝头儿呢?”只听外面答应,连忙进来。五爷道:“再取一瓶酒来。”郝禁子答应去了。白五爷又嘱咐道:“少时酒来,撙节①而饮,不可过于贪杯。知道明日是什么旨意呢,你也要留神提防着。”艾虎道:“五叔说的是,侄儿再喝这一瓶,就不喝了。”白玉堂也笑了。郝头儿取了酒来,白五爷又嘱咐了一番,方才去了。

果然,次日包公将此事递了奏折。仁宗看了,将折留中,细细揣度,偶然想起:“兵部尚书金辉曾具折二次,说朕的皇叔有谋反之意,是朕一时之怒将他谪贬②,如何今日包卿折内又有此说呢?事有可疑。”即宣都堂陈林密旨派往稽查四值库。老伴伴领旨,带领手下人等,传了马朝贤,宣了圣旨。马朝贤不知为着何事,见是都堂奉钦命而来,敢不懔遵③,只得随往一同上库,验了封,开了库门。就从朱槅天字一号查起,揭开封皮,开了锁,拉开朱门一看,罢咧!却是空的。陈公公问道:“这九龙珍珠冠哪里去了?”谁知马朝贤见没了此冠,已然吓得面目焦黄。如今见都堂一问,哪里还答应的上来,张着嘴,瞪着眼,半晌,说了一句:“不……不……不知道。”陈公公见他神色惊慌,便道:“本堂奉旨查库者,就是为查此冠。如今此冠既不见,本堂只好回奏,且听旨意便了。”回头吩咐道:“孩儿们,把马总管好好看起来。”陈公公即时复奏。圣上大怒,即将总管马朝贤拿问,就派都堂审讯。陈公公奏道:“现有马朝贤之侄马强在大理寺审讯。马朝贤既然监守自盗,他侄儿马强必然知情,理应归大理寺质对。”天子准奏,将原折并马朝贤俱交大理寺。天子传旨之后,恐其中另有情弊,又特派刑部尚书杜文辉、都察

---

① 撙(zǔn)节——节约;节省。

② 谪(zhé)贬——封建时代把高级官吏降职并调到边远地方做官。

③ 懔(lǐn)遵——因畏惧、害怕而遵守。

院总宪范仲禹、枢密院掌院颜查散,会同大理寺文彦博隔别严加审讯。

此旨一下,各部院堂官俱赴大理寺。惟有枢密院颜查散颜大人刚要上轿,只见虞侯手内拿一字柬,回道:"白五老爷派人送来,请大人即升。"颜查散接过拆阅,原来是白玉堂托付照应艾虎。颜大人道:"是了,我知道了,叫来人回去罢。"虞侯传出话去。颜大人暗暗想道:"此系奉旨交审的案件,难以徇情,只好临期看机会便了。"上轿来到大理寺。众位堂官会了齐,大家俱看了原折,方知马朝贤监守自盗,其中有襄阳王谋为不轨的话头。个个骇目惊心,彼此计议。范仲禹道:"少时都堂到来,固然先问这小孩子,真伪莫辨。莫若如此如此,先试探他一番如何?"大家深以为然。又都向文大人问了问马强一案,审的如何。文大人道:"这马强强梁霸道,俱已招承。惟独一口咬定倪太守结连大盗,抢掠他的家私一节,已将北侠欧阳春拿到。原来是个侠客义士,倪太守多亏他救出。至于抢掠之事,概不知情,坚不承认。下官问过几堂,见他为人正直,言语豪爽,决非劫掠大盗。下官已派人暗暗访查去了。如今既有艾虎,他是马强家奴,他家被劫,他自然知道的。此事也可以问他。"大家称"是"。

忽见禀道:"都堂到了。"众大人迎至丹墀。只见陈公公下轿,抢行几步,与众位大人见了,说道:"众位大人早到了,恕咱家来迟。只因圣上为此震怒,懒进饮食,还是我宛转进谏,圣上方才进膳。咱家伺候膳毕,急急赶到,所以来迟。"彼此到了公堂之上,见设着五堂公位,大家挨次而坐。陈公公道:"众位大人还没有问问么?"众人道:"等都堂大人。我等已计议了一番。"便将方才商酌的话说了。陈公公道:"众位大人高见不差。很好,就是如此罢。"吩咐先带艾虎。左右一声喊,接连不断:"带艾虎!带艾虎!"

小爷在开封府经过那样风波,如今到了大理寺,虽则是五堂会审,他却毫不介意,上得堂来,双膝跪倒,两只眼睛滴溜嘟噜东瞧西看。陈公公先就说道:"哎哟!咱家只道什么艾虎呢,原来是个小孩子。看他浑浑实实,却倒伶伶俐俐的。你今年多大了?"艾虎道:"小人十五岁了。"陈公公道:"你小小年纪有甚冤屈,竟敢告状呢?大着点声儿,说给众位大人听。"艾虎将昨日在开封府的口供,说了一遍,又说道:"包相爷要将小人四肢铡去,小人实在是畏罪之故,并不敢陷害主人,因此蒙相爷施恩,方准了小人的状子。"说罢,向上叩头。

陈公公听了,对着众人说道:“众位大人俱各听明了,有什么问的只管问。咱家虽是奉旨钦派,然而咱家只知进御当差,这案子上头甚不明白。”只听杜大人问道:“艾虎,你在马强家几年了?”艾虎道:“小人自幼就在那里。”杜大人道:“三年前你家太老爷交给你主人的九龙冠,是你亲眼见的么?”艾虎道:“亲眼见的。小人的太老爷先给小人的主人,小人的主人就叫小人捧着,一同到了佛楼,放在中间龛的左边槅扇后面。”杜大人道:“既是三年前之事,你为何今日才来出首?讲!”陈公公道:“是呀,三年前马总管告假,咱家还依稀记得,大约是为修理墓茔①,告了三个月的假,我们这里还有底账可考。既是那时候的事情,为何这时候才说出来呢?你说!”艾虎道:“小人三年前方交十二岁,天日不懂、人事不知。小人今年十五岁,到底明白点了。又因小人主人目下遭了官事,惟恐说出这件事情来,小人如何担的起知情不举、隐匿不报的罪名呢?”范大人道:“这也罢了。我且问你,当初你太老爷交付你主人九龙冠时,说些什么?”艾虎道:“小人就听我太老爷说:‘此冠好好收藏,等着襄阳王举事时,就把此冠献上,必得大大的爵位。’小人也不知举什么事。”范大人道:“如此说来,你家太老爷你自然是认得的了?”一句话问得艾虎张口结舌。

未知如何,下回分解。

---

① 墓茔(yíng)——坟地。

第八十三回

矢口不移心灵性巧　真赃实犯理短情屈

且说艾虎听范大人问他可认得他家人老爷这一句话，艾虎暗暗道："这可罢了我咧！当初虽见过马朝贤，我并未曾留心，何况又别了三年呢。然而又说不得我不认得。但这位大人如何单问我认得不认得，必有什么缘故罢？"想罢，答道："小人的太老爷，小人是认得的。"范大人听了，便吩咐："带马朝贤。"左右答应一声，朝外就走。

此时颜大人旁观者清，见艾虎沉吟后方才答应"认得"，就知艾虎有些恍惚，暗暗着急担惊，惟恐年幼一时认错了，那还了得。急中生智，便将手一指，大袍袖一遮，道："艾虎，少时马朝贤来时，你要当面对明，休得袒护。"嘴里说着话，眼睛却递眼色，虽不肯摇头，然而纱帽翅儿也略动了一动。艾虎本因范大人问他认得不认得，心中有些疑心；如今见颜大人这番光景，心内更觉明白。只听外面锁镣之声，他却跪着偷偷往外观看，见有个年老的太监，虽然项带刑具，到了丹墀之上，面上尚微有笑容，及至到了公堂，他才敛容息气。而且见了大人们，也不下跪报名，直挺挺站在那里，一语不发。小爷更觉省悟。

只听范大人问道："艾虎，你与马朝贤当面对来。"艾虎故意的抬头望了一望那人，道："他不是我家太老爷，我家太老爷小人是认得的。"陈公公在堂上笑道："好个孩子，真好眼力！"又望着范大人道："似这等光景，这孩子真认得马总管无疑了。来呀！你们把他带下去，就把马朝贤带上来罢。"左右将假马朝贤带下。不多时，只见带上了个欺心背反，蓄意谋奸，三角眼含痛泪，一片心术不端的总管马朝贤来。左右当堂打去刑具，朝上跪倒。陈公公见这番光景，未免心生恻隐，无奈说道："马朝贤，今有人告你三年前告假回乡时，你把圣上九龙珍珠冠擅敢私携至家，你要从实招上来。"马朝贤吓得胆裂魂飞，道："此冠实是库内遗失，犯人概不知情呀！"只听文大人道："艾虎，你与他当面对来。"艾虎便将口供述了一回，道："太老爷，事已如此，也就不用推诿了。"马朝贤道："你这小厮，着实可恶！咱家何尝认得你来？”艾虎道：“太老爷如何不认得小人呢？小人那时才十二岁，伺候了你老人家多少日子，太老爷还时常夸我很伶俐，将来必有出息，难道太老爷就忘了么？可见是‘贵人多忘事’。”马朝贤道：“我纵然认得你，我几时将御冠交给马强了呢？”文大人道：“马总管，你不必抵赖。事已如此，你好好招了，免得皮肉受苦；倘若不招，此乃奉旨案件，我们就要动大刑了。”马朝贤道：“犯人实无此事。大人如若赏刑，或夹或打，任凭吩咐。”颜大人道：“大约束手问他，决不肯招。左右，请大刑来！”两旁发一声喊，刚要请刑，只见艾虎哭着，道：“小人不告了！小人不告了！”陈公公便问道：“你为何不告了？”艾虎道：“小人只为害怕，怕担罪名，方来出首。不想如今害得我太老爷偌大年纪受如此苦楚，还要用大刑审问，这不是小人活活把太老爷害了么？小人实实不忍，小人情愿不告了。”陈公公听了，点了点头，道：“傻孩子！此事已经奉旨，如何由的你呢。”只见杜大人道：“暂且不必用刑，左右将马总管带下去。艾虎也下去。不可叫他们对面交谈。”左右分别带下。

颜大人道：“下官方才说请刑者，不过威吓而已。他有了年纪之人，如何禁得起大刑呢？”杜大人道：“方才见马总管不认得艾虎，下官有些疑心，焉知艾虎不是被人主使出来的呢？”颜大人听了，暗道：“此言利害。但是白五弟托我照应艾虎，我岂可坐视①呢？”连忙说道：“大人虑的虽是。但艾虎是个小孩子，如何担的起这样大事呢？且包太师已然测到此处，因此要用御刑铡他的四肢。他若果真被人主使，焉有舍去性命，不肯实说的道理呢？”杜大人道：“言虽如此，下官又有一个计较，莫若将马强带上堂来，如此如此追问一番，如何？”众人齐声说“是”。吩咐：“带马强，不许与马朝贤对面。”左右答应。

不多时，将马强带到。杜大人道：“马强，如今有人替你鸣冤，你认得他么？”马强道：“但不知是何人？”杜大人道：“带那鸣冤的当面认来。”只见艾虎上前跪倒。马强一看，暗道：“原来是艾虎这孩子，倒有为主之心，真是好！”连忙禀道：“他是小人的家奴，名叫艾虎。”杜大人道：“他有多大岁数了？”马强道：“他十五岁了。”杜大人道：“他是你家世仆么？”马强道：“他自幼就在小人家里。”恶贼只顾说出此话，堂上众位大人无不点头，疑心尽释。

---

①　坐视——坐着看，指对该管的事故意不管或漠不关心。

杜大人道:“既是你家世仆,你且听他替你鸣的冤。艾虎,快将口供诉上来。”艾虎便将口供诉完,道:“员外休怪,小人实实担不起罪名。”马强喝道:“我骂你这狗才!满嘴里胡说!太老爷何尝交给我什么冠来?”陈公公喝道:“此乃公堂上,岂是你喝呼家奴的所在?好不懂好歹,就该掌嘴!”马强跪爬了半步,道:“回大人,三年前小人的叔父回家,并未交付小人九龙冠,这都是艾虎的谎言。”颜大人道:“你说你叔父并未交付于你,如今艾虎说你把此冠供在佛楼之上;倘若搜出来时,你还抵赖么?”马强道:“如果从小人家中搜出此冠,小人情甘认罪,再也不敢抵赖。”颜大人道:“既如此,具结①上来。”马强以为断无此事,欣然具结。众位大人传递看了,叫把马强仍然带下去。又把马朝贤带上堂来,将结念与他听,问道:“如今你侄儿已然供明,你还不实说么?”马朝贤道:“犯人实无此事。如果从犯人侄儿家中搜出此冠,犯人情甘认罪,再无抵赖。”也具了一张结。将他带下去,分别寄监。

文大人又问艾虎道:“你家主人被劫一事,你可知道么?”艾虎道:“小人在招贤馆服侍我们主人的朋友。”文大人道:“什么招贤馆?”艾虎道:“小人的员外家大厅就叫招贤馆,有好些人在那里住着,每日里耍枪弄棒,对刀比武,都是好本事。那日因我们员外诓了个儒流秀士带着一个老仆人,后来说是新太守,就把他主仆锁在空房之内。不知什么工夫,他们主仆跑了。小人的员外知道了,立刻骑马赶去,又把那秀士一人拿回来,就下在地牢里了。”文大人道:“什么地牢?”艾虎道:“是个地窖子,凡有紧要事情,都在地牢。回大人,这个地牢之中,不知害了多少人命。”陈公公冷笑道:“他家竟敢有地牢,这还了得么!这秀士必被你家员外害了。”艾虎道:“原要害来着,不知什么工夫,那秀士又被人救了去了,小人的员外就害起怕来。那些人劝我们员外说没事,如有事时,大伙儿一同上襄阳去。就是那天晚上有二更多天,忽然来了个大汉,带领官兵,把我们员外和安人在卧室内就捆了。招贤馆众人听见,一齐赶到仪门前救小人的主人。谁知那些人全不是大汉的对手,俱各跑回招贤馆藏了。小人害怕,也就躲避了,不知如何被劫。”文大人道:“你可知道什么时候,将你家员外起解到府?”艾虎道:“小人听姚成说有五更多天。”文大人听了,对众人道:“如此看来,这打劫之事与欧阳春不相干了。”众大人问道:“何以见

① 具结——旧时对官署提出表示负责的文件。

得?”文大人道:“他原失单上报的是黎明被劫。五更天大汉随着官役押解马强赴府,如何黎明又打劫了呢?”众位大人道:“大人高见不差。”陈公公道:“大人且别问此事,先将马朝贤之事复旨要紧。”文大人道:“此案与御冠相连,必须问明一并复旨,明日方好搜查提人。”说罢,吩咐带原告姚成。谁知姚成听见有九龙冠之事,知道此案大了,他却逃之夭夭了。差役去了多时,回来禀道:“姚成惧罪,业已脱逃,不知去向。”文大人道:“原告脱逃,显有情弊,这九龙冠之事益发真了,只好将大概情形复奏圣上便了。”大家共同拟了折底,交付陈公公,先行陈奏。

到了次日,奉旨立刻行文到杭州捉拿招贤馆的众寇,并搜查九龙冠,即刻赴京归案备质。过了数日,署事太守用黄亭子抬定龙冠,派役护送进京,连郭氏一并解到。你道郭氏如何解来?只因文书到了杭州,立刻知会巡检、守备带领兵弁①,以为捉拿招贤馆的众寇必要厮杀,谁知到了那里,连个人影儿也不见了,只得追问郭氏。郭氏道:“就于那夜俱各逃走了。”署事官先查了招贤馆,搜出许多书信,俱是与襄阳王谋为不轨的话头。又叫郭氏随同来到佛楼之上,果在中间龛的左边槅扇后面,搜出御冠帽盒来。署事官连忙打开验明,依然封好妥当,立刻备了黄亭子请了御冠,因郭氏是个要犯硬证,故此将她一同解京。

众位大人来到大理寺,先将御冠请出,大家验明,供在上面。把郭氏带上堂来,问她:“御冠因何在你家中?”郭氏道:“小妇人实在不知。”范大人道:“此冠从何处搜出来的?”郭氏道:“从佛楼中间龛内搜出。”杜大人道:“是你亲眼见的么?”郭氏道:“是小妇人亲眼见的。”杜大人叫她画招画供,吩咐带马强。马强刚至堂上,一眼瞧见郭氏,吃了一惊,暗说:“不好!她如何来到这里?”只得向上跪倒。范大人道:“马强,你妻子已然供出九龙冠来,你还敢抵赖么?快与郭氏当面对来。”马强听了,战战兢兢问郭氏道:“此冠从何处搜出?”郭氏道:“佛楼之上中间龛内。”马强道:“果是那里搜出来的?”郭氏道:“你如何反来问我?你不放在那里,他们就能从那里搜出来么?”文大人不容他再辩,大喝一声,道:“好逆贼!连你妻子都如此说,你还不快招么?”马强只吓得目瞪痴呆,叩头碰地,道:“冤孽罢了!小人情愿画招。”左右叫他画了招。颜大人吩咐将马强夫妻

① 兵弁(biàn)——旧时称低级武职为兵弁。

带在一旁，立刻带马朝贤上堂，叫他认明此冠并郭氏口供，连马强画的招俱各与他看了。只吓得他魂飞魄散，又当面问了郭氏一番，说道："罢了，罢了！事已如此，叫我有口难分，犯人画招就是了。"左右叫他画了招。众位大人相传看了，把他叔侄分别带下去。文大人又问郭氏被劫一事。

忽听外面嘈杂，有人喊冤，只见衙役跪倒禀道："外面有一老头子手持冤状，前来申诉。众人将他拦住，他那里喊声不止，小人不敢不回。颜大人道："我们是奉旨审问要犯，何人胆大，擅敢在此喊冤？"差役禀道："那老头子口口声声说是替倪太守鸣冤的。"陈公公道："巧极了。既是替倪太守鸣冤的，何妨将老头儿带上来，众位大人问问呢？"吩咐："带老头儿。"不多时，见一老者上堂跪倒，手举呈词，泪流满面，口呼："冤枉"。颜大人吩咐将呈子接上来，从头至尾，看了一遍，道："原来果是为倪太守一案。"将此呈传递众位大人看了，齐道："此状正是奉旨应讯案件。如今虽将马朝贤监守自盗讯明，尚有倪太守与马强一案未能质讯。今既有倪忠补呈伸诉，理应将全案人证提到当堂审问明白，明日一并复旨。"陈公公道："正当如此。"便往下问道："你就叫倪忠么？"倪忠道："是，小人叫倪忠，特为小人主人倪继祖前来伸冤。"陈公公道："你不必啼哭，慢慢的诉上来。"

未知说些什么，下回分解。

第八十四回

复原职倪继祖成亲　观水灾白玉堂捉怪

且说倪忠在公堂之上，便说起奉旨上杭州接太守之任，如何暗暗私访，如何被马强拿去两次。“头一次多亏了一个难女，名叫朱绛贞，乃朱举人之女，被恶霸抢了去的，是她将我主仆放走。慌忙之际，一时失散，小人遇见个义士欧阳春，将此事说明。义士即到马强家中，打听小人的主人下落。谁知小人的主人又被马强拿去下在地牢，多亏义士欧阳春搭救出来。就定于次日，义士帮助捉拿马强，护送到府。我家主人审了马强几次，无奈恶霸总不招承。不想恶霸家中被劫，他就一口咬定，说小人的主人结连大盗，明火执仗，差遣恶奴进京呈控。可怜小人的主人堂堂太守，因此解任，遭这不明不白的冤枉。望乞众位大人明镜高悬，细细详查是幸。”范大人道：“你主人既有此冤枉，你如何此时方来申诉呢？”倪忠道：“只因小人奉家主之命，前往扬州接取家眷。及至到了任所，方知此事，因此急急赶赴京师，替主鸣冤。”说罢，痛哭不止。陈公公点头道：“难为这老头儿。众位大人当怎么办呢？”文大人道：“倪忠的呈词正与太守倪继祖、义士欧阳春、小童艾虎所供俱各相符。惟有被劫一案，尚不知何人，须问倪继祖、欧阳春，便见明白。”吩咐带倪太守与欧阳春。

不多时，二人上堂。文大人问太守道：“你与欧阳春定于何时捉拿马强？又于何时解到本府？”倪继祖道：“定于二更带领差役捉拿马强，于次日黎明方才到府。”文大人又问欧阳春道：“既是二更捉拿马强，为何于次日黎明到府呢？”欧阳春道：“原是二更就把马强拿住，只因他家招募了许多勇士与小人对垒，小人好容易将他等杀退，于五更时方将马强驮在马上。因霸王庄离府衙二十五六里之遥，小人护送到府时，天已黎明。”

文大人又叫带郭氏上来，问道：“你丈夫被何人拿住？你可知道么？”郭氏道：“被个紫髯大汉拿住，连小妇人一同捆缚的。”文大人道：“你丈夫几时离家的？”郭氏道：“天已五鼓。”文大人道：“你家被劫是什么时候？”郭氏道：“天尚未亮。”文大人道：“我看失单内劫去许多物件，非止一人，你可曾看见么?”郭氏道:“来的人不少,小妇人吓的以被蒙头,哪里还敢瞧呢。后来就听贼人说:‘我们乃北侠欧阳春带领官役前来抢掠。’因此小妇人失单上有北侠的名字。”文大人道:“你丈夫结交招贤馆的朋友,如何不见?”郭氏道:“就是那一夜的早起,小妇人因查点东西,不但招贤馆内无人,连那里的东西也短了许多。回大人,我丈夫交的这些朋友,全不是好朋友。”文大人听了,笑对众人道:“列位听见了,这明是众寇打劫,声言北侠与官役,移害于人之意无疑了。”众人道:“大人高见不差。欧阳春五鼓护送马强,焉有黎明从新带领人役打劫之理?此是众寇打劫无疑了。”又把马强带上来,与倪忠当面质对。马强到了此时再无折辩,就一一招了。

文大人吩咐将太守主仆、北侠、艾虎另在一处候旨,其余案内之人分别收监。共同将复奏折子拟定,连招供并往来书信,预备明早谨呈御览。天子看了大怒,却将折子留中。你道为何?皆因仁宗为君,以孝治天下。其中并碍着皇叔赵爵不肯深究,止于发上谕,说:“马朝贤监守自盗,理应处斩。马强抢掠妇女,私害太守,也定了斩立决。郭氏着勿庸议。”所有襄阳王之事,一概不提。“倪继祖官复原职。欧阳春义举无事。艾虎虽以小犯上,薄有罪名,因为御冠出首,着宽免。”

倪继祖具折谢恩。旨意问朱绛贞释放一节,倪继祖一一陈奏;又随了一个夹片,是叙说倪仁被害,李氏含冤,贼首陶宗、贺豹,义仆杨芳即倪忠,并有祖传并梗玉莲花,如何失而复得的情由,细细陈奏。天子看了,圣心大悦,道:“卿家有许多的原委,可称一段佳话。”即追封倪仁五品官衔,李氏封诰随之。倪太公倪老儿也赏了六品职衔,随任养老。义仆倪忠赏了六品承义郎,仍随任服役。朱绛贞有玉莲花联姻之谊,奉旨毕姻。朱焕章恩赐进士。陶宗、贺豹严缉拿获,即行正法。倪继祖磕头谢恩,复又请训,定日回任,又到开封府拜见包公。此时北侠父子却被南侠请去,众英雄俱各欢聚一处。倪太守又到展爷寓所,一来拜望,二来敦请北侠、小侠务必随同到任。北侠难以推辞,只得同艾虎到了杭州。倪太守从新接了任后,即拜见了李氏夫人与太公夫妇。李氏夫人依然持斋,另在静室居住。倪太守又派倪忠随了朱焕章同去,迁了倪仁之柩,立刻提出贺豹正法祭灵后,安葬立茔。白事已完,又办红事,即与朱老先生定了吉日,方与朱绛贞完姻。自然是热闹繁华,也不必细述。北侠父子在任,太守敬如上宾。待诸事已毕,他父子便上茉花村去了。

且说仁宗天子自从将马朝贤正法之后,每每想起襄阳王来,圣心忧虑。偏偏的洪泽湖水灾连年为患，屡接奏折，不是这里淹了百姓，就是那里伤了禾苗，尽为河工消耗国课无数，枉自劳而无功。这日单单召见包相，商酌此事。包相便保举颜查散才识谙练①，有守有为，堪胜此任。圣上即升颜查散为巡按，稽查水灾，兼理河工民情。颜大人谢恩后，即到开封府，一来叩辞，二来讨教治水之法。包公说了些治水之法，“虽有成章，务必随地势之高低，总要堵泄合宜，方能成功。”颜查散又向包公要公孙策、白玉堂，同往帮办一切，包公应允。次日早期，包公奏明了主簿公孙策、护卫白玉堂随颜查散前去治水。圣上久已知道公孙策颇有才能，即封六品职衔；白玉堂的本领更是圣上素所深知之人，准其二人随往。颜巡按谢恩请训，即刻起程。

一日，来到泗水城，早有知府邹嘉迎接大人。颜大人问了问水势的光景，忽听衙外百姓喧哗，原来是赤堤墩的百姓控告水怪。颜大人吩咐把难民中有年纪的唤几个来问话。不多时，带进四名乡老，但见他等形容憔悴，衣衫褴褛，苦不可言，向上叩头，道：“救命呀！大人。”颜大人问道：“你们到此何事?”乡老道：“小民连年遭了水灾，已是不幸，不想近来水中生了水怪，时常出来现形伤人。如遇腿快的跑了，他便将窝棚拆毁，东西掠尽，害得小民等时刻不能聊生，望乞大人捉拿水怪要紧。”颜大人道：“你等且去，本院自有道理。”众乡老叩头出衙去了，知会了众人，大家散去。颜大人与知府谈了多时，定于明日登西虚山观水。知府退后，颜大人又与公孙先生、白五爷计议了一番。

到了次日，乘轿到西虚山下，知府早已伺候。换了马匹，上到半山，连马也不能骑了，只得下马步行。好容易到了山头，但见一片白茫茫沸腾澎湃，由赤堤湾浩浩荡荡漫到赤墩，顺流而下，过了横塘，归于杨家庙。一路冲浸之处，不可胜数。慢说房屋四分五落，连树木也是七歪八扭。又见赤堤墩的百姓，全在水浸之处，搭了窝棚栖身，自命名曰“舍命村”。他等本应移在横塘，因路途遥远，难以就食，故此舍命在此居住。那一番惨淡形景，令人不堪注目。旁边的白五爷早动了恻隐之心，暗想道：“黎民遭此苦楚，连个准窝棚没有，还有水怪侵扰，可见是祸不单行。但只一件，他既不伤人，如何拆毁窝棚，抢掠东西呢？事有可疑。俺今日夜间倒要看个动

---

① 谙(ān)练——熟练；有经验。

静。”他却悄悄的知会了颜巡按，带领四名差役，暗暗来到赤堤墩，假作奉命查验的光景。众百姓俱各上前叩头诉苦。白玉堂叫他们腾出一个窝棚，进去坐下。又叫几个老民，大家席地而坐，又细细问了水怪的来踪去迹。“可有什么声息没有？”众百姓道：“也没有什么声息，不过呕呕乱叫。”白玉堂道：“你们仍在各窝棚内隐藏。我就在这窝棚内存身，夜间好与你们捉拿水怪。你们切不可声张，惟恐水怪通灵，你们嚷嚷的他要知道了，他就不肯出来了。”众百姓听了，登时连个大气儿也不敢出，立刻悄语低言，努嘴，打手势。白玉堂看了，又要笑又可怜，想来被水怪吓得胆都破了。白玉堂回手在兜肚内摸出两个锞子，道：“你们将此银拿去，备些酒来，余下的你们籴米买柴。大家吃饱了，夜间务必警醒。倘若水怪来时，你们千万不可乱跑。只要高声一嚷，就在窝棚内稳坐，不要动身，我自有道理。”众百姓听了，欢天喜地，选脚快的寻找酒食去，腿慢的整理现成的鱼虾，七手八脚，登时的你拿这个，我拿那个。白五爷看了，也觉有趣，仍叫这几个有年纪的同自己吃酒，并问他水势凶猛的情形，问他如何埽坝①再也打叠不起。众乡老道：“惟有山根之下水势逆，到了那里是个旋涡，那点儿地方不知伤害了多少性命。虽有行舟来往，到了那里，没有不小心留神的。”白五爷道：“旋涡那边是什么地方？”众乡老道：“过了旋涡，那边二三里之遥，便是三皇庙了。”白老五暗记在心。

吃毕酒饭，早见一轮明月涌出，清光皎洁，衬着这满湖荡漾，碧浪茫茫，清波浩浩，真是月光如水水如天。大家闭气息声。锦毛鼠五爷踱来踱去，细细在水内留神。约有二鼓之半，只听水面唿喇喇一声响，白玉堂将身躯一伏，回手将石子掏出，见一物跳上岸来，是披头散发，面目不分，见他竟奔窝棚而去。白五爷好大胆，也不管妖怪不妖怪，有何本领，会什么法术，他便悄悄尾在后面。忽听窝棚内嚷了一声，道：“妖怪来了！”白玉堂在那物的后面吼了一声，道：“妖怪往哪里走！”嗖的一声，就是一石子，正打在那物后心之上。只听噗哧一声，那物往前一栽。猛见那物一回头，白五爷又是一石子飞来，不偏不歪，又打在那物面门之上。只听啪的一声响，那怪哎哟了一声，咕咚栽倒在地。白五爷急赶上前，将那妖怪按住。早有差役从窝棚出来，一齐涌上，将妖怪拿住，抬在窝棚一看，见他哼哼不

---

① 埽(sào)把——用许多埽做成的水工建筑物。

止，原来是个人，外穿皮套。急将皮套扯去，见他血流满面，口吐悲声，道："求爷爷饶命呀！"刚说到此，只听那边窝棚嚷道："水怪来了！"白玉堂连忙出来，嚷道："在哪里？一并拿来审问。"只听那边喊道："跑了！跑了！"白五爷这里叱咤道："速速追上拿来，莫要叫他跑了。"早已听见水面上扑通、扑通跳下水去了。

众乡老聚在一处来看水怪，方知是人假扮水怪抢掠，一个个摩拳擦掌，全要打水怪，以消忿恨。白五爷拦道："你等不要如此，俺还要将他带到衙门，按院大人要亲审呢。你等既知是假水怪，以后见了务必齐心努力捉拿，押解到按院衙门，自有赏赉。"众乡民道："什么赏不赏的，只要大人与民除害，难民等就感恩不浅了。今日若非老爷前来识破，我等焉知他是假的呢？如今既知他是假的，还怕他什么！倒要盼他上来，拿他几个。"说到高兴，一个个精神百倍。就有沿岸搜寻水怪的，哪里有个影儿呢，安安静静过了一夜。

到了天明，众乡民又与白五爷叩头："多亏老爷前来除害，众百姓难忘大恩。"白五老爷又安慰了众人一番，方带领差役，押解水贼，竟奔巡按衙门而来。

未知后文审办如何，下回分解。

第八十五回

公孙策探水遇毛生　蒋泽长沿湖逢邬寇

且说白玉堂到了巡按衙门，请见大人。颜大人自西虚山回来，甚是耽心，一夜未能好生安寝，如今听说白五爷回来，心中大喜，连忙请进相见。白玉堂将水怪说明。颜大人立刻升堂。审问了一番，原来是十三名水寇，聚集在三皇庙内，白日以劫掠客船为生，夜间假装水怪要将赤堤墩的众民赶散，他等方好施为作事。偏偏这些难民惟恐赤墩的堤岸有失，故此虽无房屋，情愿在窝棚居住，死守此堤，再也不肯远离。白玉堂又将乡老说的旋涡说了。公孙策听了，暗想道："这必是别处有壅塞之处，发泄不通，将水攻激于此，洋溢泛滥，埽坝不能垒成。必须详查根源，疏浚①开了，水势流通，自无灾害。"想罢，回明按院，他要明日亲去探水。颜大人应允。玉堂道："既有水寇，我想水内本领，非我四哥前来不可。必须急速具折写信，一面启奏，一面禀知包相，方保无虞。"颜大人连忙称"是"，即叫公孙策先生写了奏折，具了禀贴，立刻拜发起身。

到了次日，颜大人派了两名千总，一名黄开，一名清平，带了八名水手，两只快船，随了公孙先生前去探水。知府又来禀见。颜大人请到书房相见，商议河工之事。忽见清平惊惶失色，回来禀道："卑职跟随公孙先生前去探水，刚至旋涡，卑职拦阻，不可前进。不想船头一低，顺水一转，将公孙先生与千总黄开俱各落水不见了。卑职难以救援，特来在大人跟前请罪。"颜大人听了，心里着忙，便问道："这旋涡可有往来船只么？"清平道："先前本有船只往来，如今此处成了汇水之所，船只再也不从此处走了。"颜大人道："难道黄开他不知此处么？为何不极力的拦阻先生呢？"清平道："黄开也曾拦阻再三，无奈先生执意不听，卑职等也是无法的。"颜大人无奈，叱退了清平，吩咐知府多派水手前去打捞尸首。知府回去派人，去了半天，再也不见踪影，回来禀知按院。颜大人只急得嗐声

① 疏浚(jùn)——清除淤塞或挖深河槽使水流通畅。

叹气。白玉堂道："此必是水寇所为，只可等蒋四哥来了，再做道理。"颜大人无法，只好静听消息罢了。

过了几天，果然蒋平到了，见了按院。颜大人便将公孙策先生与千总黄开溺水之事，说了一遍。白玉堂将捉拿水怪一名，供出还有十二名水寇在旋涡那边三皇庙内聚集，作了窝巢的话，也一一说了。蒋平道："据我看来，公孙先生断不至死。此事须要访查个水落石出，得了实迹，方好具折启奏。"即吩咐预备快船一只，仍叫清平带到旋涡。

蒋爷上了船，清平见他身躯瘦小，形如病夫，心中暗道："这样人从京中特特调了来，有何用处？他也敢去探水？若遇见水寇，白白送了性命。"正在胡思，只见蒋爷穿了水靠，手提鹅眉钢刺，对清平道："千总，将我送到旋涡。我若落水，你等只管在平坦之处，远远等候。纵然工夫大了，不要慌张。"清平不敢多言，惟有喏喏而已。水手摇撸摆桨，不多时，看看到了旋涡，清平道："前面就是旋涡了。"蒋爷立起身来，站在船头上，道："千总站稳了。"他将身体往前一扑，双脚把船往后一蹬。看他身虽弱小，力气却大。又见蒋爷侧身入水，仿佛将水刺穿了一个窟窿一般，连个大声气儿也没有，更觉罕然。

且说蒋平到了水中，运动精神，睁开二目。忽见那边来了一人，穿着皮套，一手提着铁锥，一手乱摸而来。蒋爷便知他在水中不能睁目。便将钢刺对准那人的胸前哧的一下，可怜那人在水中连个嗳哟也不能嚷，便就哑巴呜呼了。蒋爷把钢刺往回里一抽，一缕鲜血，顺着钢刺流出，咕嘟一股水泡翻出水面，尸首也就随波浪去了。

话不重叙。蒋爷一连杀了三个，顺着他等来路搜寻下去，约有二三里之遥，便是堤岸。蒋平上得堤岸来，脱了水靠，拣了一棵大树，放在槎丫之上。迈步向前，果见一座庙宇，匾上题着"三皇庙"。蒋爷悄悄进来一看，连个人影儿也是没有，左寻右寻，又找到了厨下，只听里面呻吟之声。蒋爷向前一看，是个年老有病僧人。那僧人一见蒋爷，连忙说道："不干我事，这都是我徒弟将那先生与千总放走，他却也逃走了，移害于我，望乞老爷见怜。"蒋爷听了，话内有因，连忙问道："俺正为搭救先生而来。他等端的如何？你要细细说来。"老和尚道："既是为搭救先生与千总的，想来是位官长了，恕老僧不能为礼了。只因数日前有二人在旋涡落水，众水寇捞来，将他二人控水救活。其中有个千总黄大老爷，不但僧人认得，连水寇俱各认得。追问那人，方知是公孙策老爷，是帮助按院奉旨查验水灾修理河工的。水寇听了着忙，大家商量，私拿官长不是当要的，便将二位老爷交与我徒弟看守，留下三人仍然劫掠行船。其余的俱各上襄阳王那里报信，或将二位官长杀害，或将二位官长解到军山，交给飞叉太保钟雄。自他等去后，老僧与徒弟商议，莫若将二位老爷放了。叫徒弟也逃走了，拚着僧家这条老命，又是疾病的身体不能脱逃，该杀该剐，任凭他等，虽死无怨。"蒋平连连点头："难得这僧人一片好心。"连忙问道："这头目叫什么名字？"老僧道："他自称镇海蛟邬泽。"蒋爷又问道："你可知那先生和千总往哪里去了？"老僧道："我们这里极荒凉幽僻，一边临水，一边靠山，单有一条路崎岖难行，约有数里之遥，地名螺蛳湾。到了那里，便有人家。"蒋爷道："若从水路到螺蛳湾，可能去得么？"老僧道："不但去得，而且极近，不过二三里之遥。"蒋爷道："你可晓得水寇几时回来？"老僧道："大约一二日间就回来了。"蒋平问明来历，道："和尚你只管放心，包管你无事。明日即有官兵到来捉拿水寇，你却不要害怕。俺就去也。"说罢，回身出庙，来到大树之下，穿了水靠，窜入水中。

不多时，过了旋涡，挺身出水，见清平在那边船上等候，连忙上了船，悄悄对清平道："千总急速回去禀见大人。你明日带领官兵五十名，乘舟到三皇庙暗暗埋伏，如有水寇进庙，你等将庙团团围住，声声呐喊，不要进庙。等他们从庙内出来，你们从后杀进。倘若他等入水，你等只管换班巡查，俺在水中自有道理。"清平道："只恐旋涡难过，如何能到得三皇庙呢？"蒋爷道："不妨事，先前难以过去，只因水内有贼，用铁锥凿船。目下我将贼人杀了三名，平安无事了。"清平听了，暗暗称奇，又问道："蒋老爷此时往何方去呢？"蒋平道："我已打听明白，公孙先生与黄千总俱有下落，趁此时我去探访一番。"清平听说公孙先生与黄千总有了下落，心中大喜。只见蒋爷复又窜入水内，将头一扎，水面上瞧，只一溜风，波水纹分左右，直奔西北去了。清平这才心服口服，再也不敢瞧不起蒋爷了，吩咐水手拨转船头，连忙回转按院衙门，不表。

再说蒋爷在水内，欲奔螺蛳庄，连换了几口气，正行之间，觉得水面上刷的一声，连忙挺身一望，见一人站在筏子上，撒网捕鱼。那人只顾留神在网上面，反把那人吓了一跳。回头见蒋爷穿着水靠，身体瘦小，就如猴子一般，不由的笑道："你这个样儿，也敢在水内为贼作寇，岂不见笑于人？我对你说，似你这些毛贼，俺是不怕的。何况你这点点儿东西，俺不肯加害于你，还不与我快滚么？倘再延捱，恼了我性儿，只怕你性命难保。”蒋爷道：“俺看你不像在水面上作生涯的，俺也不是那在水中为贼作寇的。请问贵姓？俺是特来问路的。”那人道：“你既不是贼寇，为何穿着这样东西？”蒋爷道：“俺素来深识水性，因要到螺蛳湾访查一人，故此穿了水靠，走这捷径路儿，为的是近而且快。”那人道：“你姓甚名谁？要访何人？细细讲来。”蒋爷道：“俺姓蒋名平。”那人道：“你莫非是翻江鼠蒋泽长么？”蒋爷道：“正是，足下如何知道贱号呢？”那人哈哈大笑，道：“怪道，怪道。失敬，失敬。”连忙将网拢起，从新见礼，道：“恕小人无知，休要见怪。小人姓毛名秀，就在螺蛳庄居住。只因有二位官长现在舍下居住，曾提尊号，说不日就到，命我捕鱼时留心访问。不想今日巧遇，曷胜幸甚。请到寒舍领教。”蒋爷道：“正要拜访，惟命是从。”毛秀撑篙，将筏子拢岸拴好，肩担鱼网，手提鱼篮。蒋爷将水靠脱下，用钢刺也挑在肩头，随着毛秀来到螺蛳庄中。举目看时，村子不大，人家不多，一概是草舍篱墙，柴扉竹牖，家家晾着鱼网，很觉幽雅。

毛秀到门前，高声唤道：“爹爹开门，孩儿回来了。有贵客在此。”只见从里面出来一位老者，须发半白，不足六旬光景，开了柴扉，问道：“贵客哪里？”蒋爷连忙放下挑的水靠，双手躬身道：“蒋平特来拜望老丈，恕我造次不恭。”老者道：“小老儿不知大驾降临，有失远迎，多多有罪。请到寒舍待茶。”他二人在此谦逊说话，里面早已听见。公孙策与黄开就迎出来，大家彼此相见，甚是欢喜。一同来到茅屋，毛秀后面已将蒋爷的钢刺水靠带来，大家彼此叙坐，各诉前后情由。蒋平又谢老丈收留之德。公孙先生代为叙明老丈名九锡，是位高明隐士，而且颇晓治水之法。蒋平听了，心中甚觉畅快。不多时，摆上酒席，虽非珍馐，却也整理的精美。团团围坐，聚饮谈心。毛家父子高雅非常，令人欣羡。蒋平也在此住了一宿。

次日，蒋平惦记着捉拿水寇，提了钢刺，仍然挑着水靠，别了众人，言明剿除水寇之后，再来迎接先生与千总，并请毛家父子。说毕，出了庄门，仍是毛秀引到湖边，要用筏子渡过蒋爷去。蒋爷拦阻，道：“那边水势汹涌，就是大船尚且难行，何况筏子。”说罢，跳上筏子，穿好水靠，提着钢刺，一执手，道：“请了。”身体一侧，将水面刺开，登时不见了。毛秀暗暗称奇，道：“怪不得人称翻江鼠，果然水势精通，名不虚传！”赞羡了一番，也就回庄中去了。

再说这里蒋四爷水中行走，直奔旋涡而来。约着离旋涡将近，要往三皇庙中去打听打听清平，水寇来否，再作道理。心中正然思想主意，只见迎面来了二人，看他身上并未穿着皮套，手中也未拿那铁锥，却各人手中俱拿着钢刀。再看他两个穿的衣服，知是水寇，心中暗道："我要寻找他们，他们赶着前来送命。"手把钢刺，照着前一人心窝刺来。说时迟，那时快，这一个已经是倾生丧命。抽出钢刺，又将后来的那人一下，那一个也就呜呼哀哉了。这两个水寇，连个手儿也没动，糊里糊涂的都被蒋爷刺死，尸首顺流去了。蒋爷一连杀了二贼之后，刚要往前行走，猛然一枪顺水刺来。蒋爷看见也不磕迎拨挑，却把身体往斜刺里一闪，便躲过了这一枪。

原来水内交战，不比船上交战，就是兵刃来往，也无声息。而且水内俱是短兵刃来往，再没有长枪的。这也有个缘故。原来迎面之人就是镇海蛟邬泽，只因带了水寇八名仍回三皇庙，奉命把公孙先生与黄千总送到军山。进得庙来，坐未暖席，忽听外面声声呐喊："拿水寇呀！拿水寇呀！好歹别放走一个呀！务要大家齐心努力。"众贼听了，哪里还有魂咧，也没个商量计较，各持利刃，一拥的往外奔逃。清平原命兵弁不许把住山门，容他们跑出来，大家追杀。清平却在树林等候，见众人出来，迎头接住。倒是邬泽还有些本领，就与清平交起手来。众兵一拥上前，先擒了四个，杀却两个。那两个瞧着不好，便持了利刃，奔到湖边，跳下水去。蒋爷才杀的就是这两个。后来邬泽见帮手全无，单单的自己一人，恐有失闪，虚点一枪，抽身就跑到湖边，也就跳下水去，故此提着长枪，竟奔旋涡。

他虽能够水中开目视物，却是偶然，见蒋爷从那边而来，顺手就是一枪。蒋爷侧身躲过，仔细看时，他的服色不比别个，而且身体雄壮，暗道："看他这样光景，别是邬泽罢。倒要留神，休叫他逃走了。"邬泽一枪刺空，心内着忙，手中不能磨转长枪，立起重新端平方能再刺。只这点工夫，蒋爷已贴立身后，扬起左手，拢住网巾，右手将钢刺往邬泽腕上一点。邬泽水中不能哎哟，觉得手腕上疼痛难忍，端不住长枪，将手一撒，枪沉水底。蒋爷水势精通，深知诀窍，原在他身后拢住网巾，却用磕膝盖猛在他腰眼上一拱，他的气往上一凑，不由的口儿一张。水流线道，何况他张着一个大乖乖呢，焉有不进去点水儿的呢？只听咕嘟儿的一声，蒋爷知道他呛了水了。连连的咕嘟儿、咕嘟儿几声，登时把个邬泽呛的迷了，两手扎撒,乱抓乱挠,不知所以。蒋爷索性一翻手,身子一闪,把他的头往水内连浸了几口。这邬泽每日里淹人不当事,今日遇见硬对儿,也合他玩笑玩笑。谁知他不禁玩儿,不大的工夫,小子也就灌成水车一般。蒋爷知他没了能为,要留活口,不肯再让他喝了,将网巾一提,两足踏水,出了水面。邬泽嘴里还吸溜滑拉往外流水,忽听岸上嚷道:“在这里呢!”蒋爷见清平带领兵弁,果是沿岸排开。蒋爷道:“船在哪里?”清平道:“那边两只大船就是。”蒋爷道:“且到船上接人。”清平带领兵弁数人,将邬泽用挠钩搭在船上,即刻控水。

蒋爷便问擒拿的贼人如何。清平道:“已然擒了四名,杀了二名,往水内跑了二名。”蒋爷道:“水内二名俺已了却。但不知拿获这人,是邬泽不是?”便叫被擒之人前来识人,果是头目邬泽。蒋爷满心欢喜,道:“不肯叫千总在庙内动手者,一来恐污佛地,二来惟恐玉石俱焚。若都杀死,哪是对证呢?再者他既是头目,必然他与众不同,故留一条活路,叫他等脱逃。除了水路,就近无路可去,俺在水内等个正着。俺们水旱皆兵,令他等难测。”清平深为佩服,夸赞不已。吩咐兵弁,押解贼寇一同上船,俱回按院衙门而来。

要知详细,且听下回分解。

第八十六回

按图治水父子加封　好酒贪杯叔侄会面

且说蒋四爷与千总清平押解水寇上船,直奔按院衙门而来。此刻颜大人与白五爷俱各知道蒋四爷如此调度,必然成功,早已派了差人在湖边等候瞭望。见他等船只过了旋涡,荡荡漾漾回来,连忙跑回衙门禀报。白五爷迎了出来,与蒋爷、清千总见了,方知水寇已平,不胜大喜。同到书房,早见颜大人阶前立候。蒋爷上前见了,同到屋中坐下,将拿获水寇之事叙明;并提螺蛳庄毛家父子极其高雅,颇晓治水之道,公孙先生叫回禀大人,务必备礼聘请出来,帮同治水。颜大人听了甚喜,即备上等礼物,就派千总清平带领兵弁二十名,押解礼物,前到螺蛳庄,一来接取公孙先生,即请毛家父子同来。清平领命,带领兵弁二十名,押解礼物,只用一只大船,竟奔螺蛳湾而去。

这里颜大人立刻升堂,将镇海蛟邬泽带上堂来审问。邬泽不敢隐瞒,据实说了。原来是襄阳王因他会水,就派他在洪泽湖搅扰,所有拆埽毁坝,俱是有意为之,一来残害百姓,二来消耗国帑①。复又假装水怪,用铁锥凿漏船只,为的是乡民不敢在此居住,行旅不敢从此经过,那时再派人来占住了洪泽湖,也算是一个咽喉要地。可笑襄阳王无人!既有此意,岂是邬泽一人带领几个水寇就能成功,可见将来不能成其大事。

且说颜大人立时取了邬泽的口供,又问了水寇众人。水寇四名虽然不知详细,大约所言相同,也取了口供,将邬泽等交县寄监严押,候河工竣时一同解送京中,归部审讯。刚将邬泽等带下,只见清平回来,禀说:“公孙先生已然聘请得毛家父子,少刻就到。”颜大人吩咐备马,同定蒋四爷、白五爷迎到湖边。不多时,船已拢岸,公孙先生上前参见,未免有才不胜任的话头。颜大人一概不提,反倒慰劳了数语。公孙策又说毛九锡因大人备送厚礼,心甚不安。早有备用马数匹,大家乘骑,一同来到衙署。进

---

① 国帑(tǎng)——国库里的钱财。

了书房，颜大人又要以宾客礼相待。毛九锡逊让至再至三，仍是钦命大人上面坐了，其次是九锡，以下是公孙先生、蒋爷、白爷，末座方是毛秀。千总黄开又进来请安请罪。颜大人不但不罪，并勉励了许多言语。“待河工报竣，连你等俱要叙功的。”黄开闻听，叩谢了，仍在外面听差。颜大人便问毛九锡治水之道。毛九锡不慌不忙，从怀中掏出一幅地理图来，双手呈献。颜大人接来一看，见上面山势参差，水光荡漾，一处处崎岖周折，一行行字迹分明，地址阔隘远近不同，水面宽窄深浅各异，何方可用埽坝，那里应当发泄，界画极清，宛然在目。颜大人看了，心中大喜，不胜夸赞。又递与公孙先生看了，更觉心清目朗，如获珍宝一般。就将毛家父子留在衙署，帮同治水，等候纶音。公孙先生与黄千总又到了三皇庙与老和尚道谢，布施了百金，令人将他徒弟找回，酬报他释放之恩。

不多几日，圣旨已下，即刻动工，按着图样，当泄当坝，果无差谬。不但国帑不致妄消，就是工程也觉省事。算来不过四个月光景，水平土平，告厥成功。颜大人工完回京，将镇海蛟邬泽并四名水寇俱交刑部审问，颜大人递折请安，额外随了夹片，声明毛九锡、毛秀并黄开、清平功绩。圣上召见，颜大人面奏叙功。仁宗甚喜，赏了毛九锡五品顶戴，毛秀六品职衔。黄开、清平俟有守备缺出，尽先补用。刑部尚书欧阳修审明邬泽果系襄阳王主使，启奏当今。原来颜查散升了巡按之后，枢密院的掌院就补放刑部尚书杜文辉；所遗刑部尚书之缺，就着欧阳修补授。

天子见了欧阳修的奏章，立刻召见包相计议，襄阳王已露形迹，须要早为剿除。包相又密奏道：“若要发兵，彰明较著，惟恐将他激起，反为不美。莫若派人暗暗访查，须剪了他的羽翼，然后一鼓擒之，方保无虞。”天子准奏，即加封颜查散为文渊阁大学士，特旨巡按襄阳，仍着公孙策、白玉堂随往。加封公孙策为主事，白玉堂实授四品护卫之职。所遗四品护卫之衔，即着蒋平补授，立即驰驿前往。

谁知襄阳王此时已然暗里防备，左有黑狼山金面神蓝骁督率旱路，右有飞叉太保钟雄督率水寨，与襄阳成了鼎足之势，以为羽翼，严密守汛。

且说圣上因见欧阳修的本章，由“欧阳”二字猛然想起北侠欧阳春，便召见包相，问及北侠。包相将北侠为人正直豪爽，行侠尚义，一一奏明。天子甚为称羡。包公见此光景，下朝回衙，来到书房，叫包兴请展护卫来，告诉此事。南侠回到公所，对众英雄述了一番。只见四爷蒋平说道：“要访北侠,还是小弟走一趟,庶不负此差。什么缘故呢?现今开封府内王、马、张、赵四位是再不能离了左右的,公孙兄与白五弟上了襄阳了。这开封府必须展大哥在此料理一切事务,如有不到之处,还有俺大哥可以帮同协办。至于小弟原是清闲无事之人,与其闲着,何不讨了此差,一来访查欧阳兄,二来小弟也可以疏散疏散,岂不是两便么?"大家计议停当,一同回了相爷。包公心中甚喜,即时吩咐起了开封府的龙边信票,交付蒋爷,用油纸包妥,贴身带好。别了众人,意欲到松江府茉花村。

行了几日,不过是饥餐渴饮。一日。天色将晚,到了来峰镇悦来店,住了西耳房单间。歇息片时,饮酒吃饭毕,又泡了一壶茶,觉得味香水甜,未免多喝了几碗。到了半夜,不由的要小解起来。刚刚的来到院内,只见那边有人以指弹门,却不声唤。蒋爷将身一隐,暗里偷瞧,见开门处那人挨身而入,仍将门儿掩闭。蒋爷暗道:"事有可疑,倒要看看。"也不顾小解,飞身上墙,轻轻跃下。原来是店东居住之所。

只听有人说道:"小弟求大哥帮助帮助。方才在东耳房我已认明,正是我们员外的对头,如何放得他过!"又听一人答道:"言虽如此,怎么替你报仇呢?"那人道:"小弟已见他喝了个大醉,莫若趁醉将他勒死,撇在荒郊,岂不省事?"又听答道:"索性等他睡熟了,再动不迟。"蒋爷听至此,抽身越墙出来,悄悄奔到东耳房,见挂着软布帘儿,屋内尚有灯光。从帘缝儿往里一看,见灯花结蕊,有一人头向里面而卧,身量却不甚大。蒋爷侧身来到屋内,剪了灯花,仔细看时,吓了一跳,原来是小侠艾虎,见他烂醉如泥,呼声震耳,暗道:"这样小小年纪,贪杯误事。若非我今日下在此店,险些儿把小命儿丧了。但不知那要害他的是何人?不要管他,俺且在这里等他便了。"扑,将灯吹灭,屏息而坐。偏偏急着要小解,再也忍不住,无可如何,将单扇门儿一掩,就在门后小解起来。因工夫等的大了,他就小解了个不少,流了一地。刚然解完,只听外面有些个声息,他却站在门后,只见进来一人,脚下一跳,往前一扑。后面那人紧步跟到,正撞在前面身上。蒋爷将门一掩,从后转出,也就压在二人身上,却高声先嚷道:"别打我!我是蒋平。底下的他俩才是贼呢!"

艾虎此时已醒,听是蒋爷,连忙起身。蒋爷抬身叫艾虎按住了二人。此时店小二听见有人嚷贼,连忙打着灯笼前来。蒋爷就叫他将灯点上一照,一个是店东,一个是店东朋友。蒋爷就把他拿的绳子捆了他二人。底下的那人衣服湿了好些,却是蒋爷撒的溺。

蒋爷坐下,便问店东道:“你为何听信奸人的言语,要害我侄儿?是何道理?讲!”店东道:“老爷不要生气。小人名叫曹标,我这个朋友名叫陶宗,因他家员外被人害却,事不随心,投奔我来。皆因这位小客人正在我店内,左一壶,右一壶,喝了许多的酒。是陶宗心内犯疑,一个小客官为何喝了许多的酒呢?况且又在年幼之间呢。他就悄悄的前来偷看,不想被他认出,说是他家员外的仇人。因此央烦小人陪了他来,作个帮手。”蒋爷道:“作帮手是叫你帮着来勒人,你就应他?”曹标道:“并无此事,不过叫小人帮着拿住他。”蒋爷道:“你们的事,如何瞒得过我呢?你二人商议明白,将他勒死,撇在荒郊。你还说:‘等他睡了,再动不迟。’你岂是尽为做帮手呢?”一席话说的曹标再也不敢言语,惟有心中纳闷而已。蒋爷道:“我看你决非良善之辈,包管也害的人命不少。”说着话,叫:“艾虎把那个拉过来,我也问问。”艾虎上前,将那人提起一看:“哎呀!原来是你么?”便对蒋爷道:“四叔,他不叫陶宗,他就是马强告状,脱了案的姚成。”蒋爷听了,连忙问道:“你既是姚成,如何又叫陶宗呢?”陶宗道:“我起初名叫陶宗,只因投在马员外家,就改名叫姚成。后来知道员外的事情闹大,惟恐连累于我,因此脱逃,又复了本名,仍叫陶宗。”蒋爷道:“可见你反覆不定,连自己姓名都没有准主意。既是如此,我也不必问了。”回头对店小二道:“你快去把地方保甲叫了来。我告诉你,此乃是脱了案的要犯。你家店东却没有什么要紧。你就说我是开封府差来拿人,叫他们快些来见,我这里急等。”店小二听了,哪敢怠慢。

不多时,进来了二人,朝上打了个千儿,道:“小人不知上差老爷到来,实在眼瞎,望乞老爷恕罪。”蒋爷道:“你们俩谁是地方?”只听一人道:“小人王大是地方。他是保甲,叫李二。”蒋爷道:“你们这里属哪里管?”王大道:“此处地面皆属唐县管。”蒋爷道:“你们官姓什么?”王大道:“我们太爷姓何,官名至贤。请问老爷贵姓?”蒋爷道:“我姓蒋,奉开封府包太师的钧谕,访查要犯,可巧就在这店内擒获,我已捆缚好了在这里。说不得你们辛苦看守,明早我与你们一同送县。见了你们官儿,是要即刻起解的。”二人同声说道:“蒋老爷只管放心,请歇息去罢,就交给小人们,是再不敢错的。别说是脱案要犯,无论什么事情,小人们断不敢徇私。”蒋爷道:“很好。”说罢,立起身,携着艾虎的手,就上西耳房去了。

要知后文如何,且听下回分解。

第八十七回

为知己三雄访沙龙　因救人四义撇艾虎

且说蒋爷吩咐地方保甲好好看守，二人连声答应，说了许多的小心话。蒋爷立起身来，携着艾虎的手，一步步就上西耳房而来。爷儿俩个坐下，蒋爷方问道："贤侄，你如何来到这里？你师傅往哪里去了？"艾虎道："说起来话长。只因我同着我义父在杭州倪太守那里住了许久，后来义父屡次要走，倪太守断不肯放。好容易等他完了婚之后，方才离了杭州，到茉花村给丁家二位叔父并我师傅道乏道谢，就在那里住下了。不想丁家叔父那里早已派人上襄阳打听事情去了，不多几日回来，说道：'襄阳王已知朝廷有些知觉，惟恐派兵征剿，他那里预为防备，左有黑狼山安排下金面神蓝骁把守旱路，右有军山安排下飞叉太保钟雄把守水路。这水旱两路皆是咽喉紧要之地，倘若朝廷有什么动静，即刻传檄飞报。'因此我师傅与我义父听见此信，甚是惊骇。什么缘故呢？因有个至好的朋友姓沙名龙，绰号铁面金刚，在卧虎沟居住。这卧虎沟离黑狼山不远，一来恐沙伯父被贼人侵害，二来又怕沙伯父被贼人诓去入伙。大家商量，我师父与义父还有丁二叔，他们三位俱各上卧虎沟去了，就把我交与丁大叔了。侄儿一想，这样的热闹不叫侄儿开开眼，反倒关在家里，我如何受得来呢！一连闷了好几日。偏偏的丁大叔时刻不离左右，急的侄儿没有法儿。无奈何，悄悄地偷了丁大叔五两银子，做了盘费，我要上卧虎沟看个热闹去。不想今日住在此店，又遇见了对头。"

蒋爷听了，暗暗点头道："好小子！拿着厮杀对垒当热闹儿。真好胆量，好心胸！但只一件，欧阳兄、智贤弟既将他交给丁贤弟，想来是他去不得；若去得时，为什么不把他带了去呢？其中必有个缘故。如今我既遇见他，岂可使他单人独往呢！"正在思索，只听艾虎问道："蒋叔父今日此来，是为拿要犯，还是有什么别的事呢？"蒋爷道："我岂为要犯而来，原是为奉相谕，派我找寻你义父。只因圣上想起，相爷惟恐一时要人没个着落，如何回奏呢？因此派我前来。不想在此先得了姚成。"艾虎道："蒋叔父如今意欲何往呢?”蒋爷道:“我原要上茉花村来着。如今既知你义父上了卧虎沟,明日只好将姚成送县起解之后,我也上卧虎沟走走。”艾虎听了欢喜,道:“好叔叔!千万把侄儿带了去!若见了我师父与义父,就说叔父把侄儿带了去的,也省得他二位老人家嗔怪。”蒋平听了,笑道:“你倒会推干净儿。难道久后你丁大叔也不告诉他们二人么?”艾虎道:“赶到日子多了,谁还记得这些事呢?即使丁大叔告诉了,事已如此,我师父与义父也就没有什么怪的了。”

蒋爷暗想道:“我看艾虎年幼贪酒,而且又是私逃出来的,莫若我带了他去,一来尽了人情,二来又可找欧阳兄。只是他这酒,必须如此如此。”想罢,对艾虎道:“我带虽把你带去,你只是要依我一件事。”艾虎听说带了他去,好生欢喜,便问道:“四叔,你老只管说是什么事,侄儿无有不应的。”蒋爷道:“就是你的酒,每顿只准你吃三角,多喝一角都是不能的,你可愿意么?”艾虎听了,半晌,方说道:“三角就是三角,吃荤强如吃素。到底有三角可以解解馋,也就是了。”叔侄两个整整的谈了半夜。不一时,到东耳房照看,惟听见曹标抱怨姚成不了;姚成到了此时一言不发,不过垂头叹气而已。

到了天色将晓,蒋爷与艾虎梳洗已毕,打了包裹。艾虎不用蒋爷吩咐,他就背起行李,叫地方保甲押着曹标、姚成,竟奔唐县而来。到了县衙,蒋爷投了龙边信票。不多时,请到书房相见。蒋爷面见何县令,将始末说明,因还要访查北侠,就着县内派差役押解赴京。县官即刻办了文书,并将护卫蒋爷上卧虎沟带了一笔。蒋爷辞了县官,将龙票仍用油纸包好,带在贴身,与艾虎竟自起身。

这里文书办妥起解到京,来至开封,投了文书。包公升堂,用刑具威吓的姚成一一供招,原是水贼,曾害过倪仁夫妇。又追问马强交通襄阳之事,姚成供出马强之兄马刚曾在襄阳交通信息。取了招供,即将姚成斃于铡下,曹标定罪充军。此案完结不表。

再说蒋平、艾虎自离了唐县,往湖广进发。果然,艾虎每顿三角酒。一日,来至濡口雇船,船家富三,水手二名。蒋爷在船上赏玩风景,心旷神怡,颇觉有趣。只见艾虎两眼朦胧,不似坐船,仿佛小孩子上了摇车儿,睡魔就来了。先前还前仰后合,挣扎着坐着打盹,到后来放倒头便睡。惟独到喝酒之时,精神百倍,又是说,又是笑。只要三角酒一完,咯噔的就打起哈气来了，饭也不能好生吃。蒋爷看了这番光景，又怕他生出病来，想了想在船上无妨，也只好见一半不见一半，由他去便了。

这日刚交申时光景，正行之间，忽见富三说道："快些撑船，找个避风的所在，风暴来了！"水手不敢怠慢，连忙将船撑在鹅头矶下。此处却是珍玉口，极其幽僻，将船湾住，下了铁锚。整顿饭食吃毕，已有掌灯之时，却是风平浪静，毫无动静。蒋爷暗道："并无风暴，为何船家他说有风呢？哦，是了，想是他心怀不善，别是有什么意思罢？倒要留神。"只听呼噜噜呼声振耳，原来是艾虎饮后食困，他又睡着了。蒋爷暗道："他这样贪杯好睡，焉有不误事的呢！"正在犯想，又听忽喇喇一阵乱响，连船都摆起来，万籁皆鸣。果然大风骤起，波涛汹涌，浪打船头。蒋爷方信富三之言不为虚谬。幸喜乱刮了一阵，不大工夫，天开月霁，衬着清平波浪荡漾，夜色益发皎洁，不肯就睡，独坐船头，赏玩多时。约有二鼓，刚要歇息，觉得耳畔有人声唤："救人呀，救人！"顺着声音，细着眼往西北一观，隐隐有个灯光闪闪灼灼，蒋爷暗道："此必有人暗算，我何不救他一救呢。"忙迫之中也不顾自己衣服，将鞋脱在船头，跳在水内，踏水面而行。忽见一人忽上忽下，从西北顺流漂来。蒋爷奔到跟前让他过去，从后将发揪住往上一提。那人两手乱抓乱挠，蒋爷却不叫他揪住。这就是水中救人的绝妙好法子。

但凡人落了水，慢说道是无心落水，就是自己情愿淹死，到了临危之际，再无有不望人救之理。他两手扎煞，见物就抓；若被抓住，却是死劲，再也不得开的。往往从水中救人，反被溺水的带累倾生，皆是救的不得门道之故。再者凡溺水的两手必抓两把淤泥，那就是挣命之时乱抓的。

如今蒋爷提住那人，容他乱抓之后，方一手提住头发，一手把住腰带，慢慢踏水奔到崖岸之上。幸喜工夫不大，略略控水，即便苏醒，哼哼出来。蒋爷方问他名姓。原来此人是个五旬以外的老者，姓雷名震。蒋爷听了，便问道："现今襄阳王殿前站堂官雷英可是本家么？"雷震道："那就是小老儿的儿子，恩公如何知道？"蒋爷道："我是闻名。有人常提，却未见过。请问老丈家住哪里？意欲何往？"雷震道："小老儿就在襄阳王的府衙后面，有二里半之遥，在八宝村居住。因女儿家内贫寒，是我备了衣服簪珥，前往陵县探望，因此雇了船只。谁知水手是弟兄二人，一个米三，一个米七。他二人不怀好意，见我有这衣服箱笼，他说有风暴船不可行，便藏在此处。他先把我跟的人杀了,小老儿喊叫'救人',他却又来杀我。是我一急将船窗撞开,跳在水中,自己也就不觉了。多亏恩公搭救。"蒋爷道:"大约船尚未开。老丈在此略等,我给你瞧瞧箱笼去。雷震听了,焉有不愿意的呢,连忙说道:"敢则是好,只是又要劳动恩公。"蒋爷道:"不打紧,你在此略等,俺去去就来。"说罢,跳在水内,一个猛子,来到有灯光的船边,只听二贼说道:"打开箱笼看看,包管兴头的。"蒋爷把住船边,身体一跃,道:"好贼!只顾你们兴头,却不管别人晦气了。"说着话,到船上。米七猛听见一人答言,提了刀钻出舱来,尚未立稳,蒋爷抬腿就是一脚。虽然未穿鞋,这一脚儿踢了个正着,恰恰踢在米七的腮颊之上,如何禁得起,身体一歪,栽在船上,手松刀落。蒋爷跟步,抢刀在手,照着米七一搠,登时了账。米三在船上看的明白,说声"不好",就从雷老者破窗之处,窜入水内去了。蒋爷如何肯放,纵身下水,捉住贼的双脚往上一提,出了水面,犹如捣碓一般,立刻将米三提到船上,进舱找着绳子,捆缚好了,将他脸面向下控起水来。蒋爷复又跳在水内,来到崖岸,背了雷震送上船去,告诉他道:"此贼如若醒来,老丈只管持刀威吓他,不要害怕,已然捆缚好好的了。等天亮时,另雇船只便了。"说罢,翻身入水,来到自己湾船之处一看,罢了!踪影全无,敢则是富三见得了顺风,早已开船去了。

蒋爷无奈,只得仍然踏水面到雷震那里船上。正听雷老者颤巍巍的声音道:"你动一动,我就是一刀!"蒋爷知道他是害怕,远远就答言道:"雷老丈,俺又回来了。"雷震听了,一抬头见蒋爷已然上船,心中好生欢喜,道:"恩公为何去而复返?"蒋爷道:"只因我的船只不见,想是开船走了,莫若我送了老丈去如何?"雷震道:"有劳恩公,何以答报?"蒋爷道:"老丈有衣服,借一件换换。"雷震应道:"有,有,有,却是四垂八卦的。"蒋爷用丝绦束腰,将衣襟拽起。等到天明,用篙撑开,一脚将米三踢入水中。倒把老者吓了一跳,道:"人命关天,这还了得!"蒋爷笑道:"这厮在水中做生涯,不知劫了多少客商,害了多少性命。如今遇见蒋某,理应除却,还心疼他怎的?"雷震嗟叹不已。

且不言蒋爷送雷震上陵县。再说小爷艾虎整整的睡了一夜,猛然惊醒,不见了蒋平,连忙出舱问道:"我叔叔往哪里去了?"富三道:"你二人同舱居住,如何问我?"艾虎听了,慌忙出舱看视,见船头有鞋一双,不觉失声道:"哎哟!四叔掉在水内了。别是你等有意将他害了罢?"富三道:

"你这小客官,说话好不晓事。昨晚风暴将船湾住,我们俱是在后艄安歇的,前舱就是你二人。想是那位客官夜间出来小解,失足落水,或者有的,如何是我们害了他呢?"水手也说道:"我们既有心谋害,何不将小客官一同谋害?为何单单害那客官一人呢?"又一水手道:"别是你这小客官见那客官行李沉重,把他害了,反倒诬赖我们罢?"小爷听了,将眼一瞪,道:"岂有此理!满口胡说!那是我叔父,俺如何肯害他?"水手道:"那可难说。现在包裹行李都在你手内,你还赖谁呢?"小爷听了,揎拳掠袖①,就要打他们水手。富三忙拦道:"不要如此。据我看来,那位客官也不是被人谋害的,也不是失脚落水的,竟是自投在水内的。大家想想,若是被人谋害,或者失足落水,焉有两只鞋好好放在一边之理呢?"一句话说的众人省悟,水手也不言语了。艾虎也不生气,连忙回转舱内,见包裹未动,打开时衣服依然如故,连龙票也在其内;又把兜肚内看了一看,尚有不足百金,只得仍然包好,心中纳闷道:"蒋四叔往何处去了呢?难道黉夜之间摸鱼去了?"正在思索,只听富三道:"小客官,已到停泊之处了。"艾虎无奈,束兜肚,背了包裹,搭跳上岸,迈步向前去了。船价是开船付给了,所谓"船家不打过河钱"。

不知后文如何,且听下回分解。

---

① 揎(xuān)拳掠(lüè)袖——捋袖子露出手臂。

第八十八回

抢鱼夺酒少弟拜兄　谈文论诗老翁择婿

且说艾虎下船之后，一路上想起："蒋爷在悦来店救了自己，蒙他一番好意，带我上卧虎沟。不想竟自落水，如今弄得我一人踽踽凉凉。"不由的凄惨落泪。正在哭啼，猛然想起蒋爷颇识水性，绰号翻江鼠，焉有淹死的呢。想到此，又不禁大乐起来。走着，走着，又转想道："不好，不好！俗语说的好：'惯骑马的惯跌跤，河里淹死是会水的。'焉知他不是艺高人胆大，阳沟里会翻船，也是有的。可怜一世英名，却在此处倾生。"想到此，不由的又痛哭起来。哭了多时，忽又想起那双鞋来，别是真个的下水摸鱼去了罢？若果如此，还有相逢之日。想到此，不禁又狂笑起来。他哭一阵，笑一阵。旁人看着皆以为他有疯魔之症，远远的躲开，谁敢招惹于他。

艾虎此时千端万绪，萦绕于心，竟自忘饥，因此过了宿头。看看天色已晚，方觉饥饿，欲觅饭食，无处可求。忽见灯光一闪，急忙奔到临近一看，原来是个窝铺，见有二人对面而坐，并听有豁拳之声。他却赶到跟前。一人刚叫了个"八马"，艾虎也把手一伸，道："三元。"谁知豁拳的却是两个渔人，猛见艾虎进来，不分青红皂白硬要豁拳，便发话道："你这后生好生无理，我们在此饮酒作乐，你如何前来混搅？"艾虎道："实不相瞒，俺是行路的，只因过了宿头，一时肚中饥饿，没奈何将就将就，留个相与罢。"说着话，他就要端酒碗。那渔人忙拦道："你要吃食，也等我们吃剩下了，方好周济于你。"艾虎道："俺又不是乞儿化子，如何要你周济。俺有银两，买你几碗酒，你可肯卖么？"渔人道："俺这里又不是酒市。你要买，前途买去，我这里是不卖的。"说罢，二人又脑袋摘巾儿豁起拳来。一人刚叫了个"对手"，艾虎又伸一拳，道："元宝。"二渔人大怒，道："你这小厮好生惫懒！说过不卖，你却歪厮缠则甚？"艾虎道："不卖，俺就要抢了。"渔人冷笑，道："你说别的罢了。你说要抢，只怕我们此处不容你放抢。"说罢，站起身来，出了窝棚，揎拳掠袖，道："小厮，你抢个样儿我看！"艾虎将包袱放下,笑哈哈地道:“你不要忙,俺先与你说明。俺要输了,任凭你等;俺若赢了,不消说了,不但酒要够,还要管俺一饱。”那渔人也不答应,扬手就是一拳。艾虎也不躲闪,将手接住,往旁边一领,那渔人不知不觉爬伏在地。这渔人一见,气忿忿地道:“好小厮!竟敢动手!”抽后就是一脚。艾虎回身将脚后跟往上一托,好渔人仰巴叉栽倒在地。二人爬起来,一拥齐上。小侠只用两手左右一分,二人复又跌倒。一连三次,渔人知道不是对手,抱头鼠窜而去。

艾虎见他等去了,进了窝棚,先端起一碗酒饮干。又要端那碗酒时,方看见中间大盘内是一尾鲜串鲤鱼,刚吃了不多,满心欢喜。又饮了这碗酒,也不用筷箸,抓了一块鱼放在口内。又拿起酒瓶来斟酒,一碗酒,一块鱼,霎时间杯盘狼藉。正吃的高兴,酒却没了,他便端起大盘来,囫囵吞的连汤都喝了。虽未尽兴,也可搪饥。回首见有现成的鱼网,将手擦抹了擦抹,站起身来刚要走时,觉有一物将头碰了一下。回头看时,原来是个大酒葫芦,不由的满心欢喜,摘将下来。复又回身就灯一看,却是个锡盖。艾虎不知是转螺蛳的,左打不开,右打不开,一时性起,用力一掰,将葫芦嘴撅下来。他就嘴对嘴匀了四五气饮干,一松手,拍叉的一声,葫芦正落在大盘子上,砸了个粉碎,艾虎也不管他,提了包裹,出了窝铺,也不管东西南北,信步行去。谁知冷酒后犯,一来是吃的空心酒,二来吃的太急,又着风儿一吹,不觉的酒涌上来。晃里晃荡,才走了二三里的路,再也挣扎不来。见路旁有个破亭子,也不顾尘垢,将包袱放下,做了枕头,放倒身躯,呼噜噜酣睡如雷,真是“一觉放开心地稳,不知日出已多时”。

正在睡浓之际,觉得身上一阵乱响,似乎有些疼痛。慢闪二目,天已大亮,见五六个人各持木棒,将自己围绕,猛然省悟,暗道:“这是那两个渔人调了兵来了。”再一回想:“原是自己的不是,莫若叫他们打几下子出出气,也就完了事了。”谁知这些人俱是鱼行生理,因那两个渔人被艾虎打跑,他俩便知会了众渔人各各擎木棍奔了窝棚而来。大家看时,不独鱼酒皆无,而且葫芦掰了,盘子碎了,一个个气冲两胁,分头去赶。只顾奔了大路,哪知小侠醉后混走,倒岔在小路去了。众人追了多时不见踪影,俱说:“便宜他!”只得大家分散了。

谁知有从小路回家的,走到破亭子,忽听呼声振耳。此时天已黎明,看不真切,似乎是个年幼之人,急忙令人看守;复又知会就近的,凑了五六个人。其中便有窝棚中的渔人看了,道:“就是他。”众人就要动手。有个年老的道:“众位不要混打,惟恐伤了他的致命之处,不大稳便。须要将他肉厚处打,只是戒他下次就是了。”因此一阵乱响,又是打艾虎,又是棒磕棒。打了几下,见艾虎不动,大家犹疑,恐怕伤了性命。

哪知艾虎故意的不语,叫他打几下子出气呢。迟了半天,见他们不打了,方睁开眼,道:“你们为什么不打了?”一翻身爬起,提了包裹,掸了掸尘垢,拱了拱手,道:“请了,请了。”众人围绕着,哪里肯放。艾虎道:“你们为何拦我?”众人道:“你抢了我们的鱼酒,难道就罢了不成?”艾虎道:“你们不打我吗?打几下子出了气也就是了,还要怎么?”渔人道:“你掰了我的葫芦,砸了我的大盘,好好的还我。不然,想走不能。”艾虎道:“原来坏了你的葫芦盘子。不要紧,俺给你银子另买一份罢。”渔人道:“只要我的原旧东西,要银子作什么?”艾虎道:“这就难了。人有生死,物有毁坏。业已破了,还能整的上么?你不要银子,莫若再打几下,与你那东西报报仇,也就完了事了。”说罢,放下包裹,复又躺在地下,闹顽皮子。闹的众人生气不是,要笑不是,再打也不是。年老的道:“真这后生实在呕人,他倒闹起顽皮来了。”渔人道:“他竟敢闹顽皮。我把他打死,给他抵命。”年老的道:“休出此言,难道我们众人瞅着你在此害人不成?”

正说间,只见那边来了个少年的书生,向着众人道:“列位请了。不知此人犯了何罪,你等俱要打他?望乞看小生薄面,饶了他罢。”说罢,就是一揖。众人见是个斯文相公,连忙还礼,道:“叵耐这厮饶抢了嘴吃,还把我们的家伙毁坏,实实可恶。既是相公给他讨情,我们认个晦气罢了。”说罢,大家散去。

年少后生见众人散去,再看时,见他用袖子遮了面,仍然躺着不肯起来,向前将袖子一拉。艾虎此时臊的满面通红,无可搭讪,噗哧的一声,大笑不止。书生道:“不要发笑。端的为何?有话起来讲。”艾虎无奈站起,掸去尘垢,向前一揖,道:“惭愧,惭愧,实在是俺的不是。”便将抢酒吃鱼以及毁坏家伙的话,毫无粉饰,和盘托出。说罢,又大笑不止。书生听了,暗暗道:“听他之言,倒是个率真豪爽之人。”又看了看他的相貌,满面英风,气度不凡,不由的倾心羡慕,问道:“请问尊兄贵姓?”艾虎道:“小弟姓艾名虎。尊兄贵姓?”那书生道:“小弟施俊。”艾虎道:“原来是施相公。俺这不堪的形景,休要见笑。”施俊道:“岂敢,岂敢。‘四海之内,皆兄弟也。’焉有见笑之理。”艾虎听了“皆兄弟也”，以“皆”字当作“结”字，答道：“俺乃粗鄙之人，焉敢与斯文贵客结为兄弟。既蒙不弃，俺就拜你为兄。”施俊听了甚喜，知他是错会意了，以为他耿直可交，便问：“尊兄青春几何?”艾虎道：“小弟今年十六岁了。哥哥，你今年多大了?”施俊道：“比你长一岁，今年十七岁了。”艾虎道：“俺说是兄长，果然不差，如此，哥哥请上，受小弟一拜。”说罢，趴在地下就磕头。施俊连忙还礼。二人彼此搀扶。

小侠提了包裹。施俊一伸手携了艾虎，离了破亭，竟奔树林而来。早见一小童拉定两匹马在那里瞭望。施俊来到小童跟前，唤道：“锦笺过来，见过你二爷。”小童锦笺先前见二人说话，后来又见二人对磕头，心中早就纳闷。如今听见相公如此说，不敢怠慢，上前跪倒，道：“小人锦笺与二爷叩头。”艾虎从来没受过人的头，没听见人称呼过二爷，今见锦笺如此，喜出望外，不知如何是好，连忙说道：“起来，起来!”回身在兜肚内掏出两个锞子，递与锦笺道：“拿去买果子吃。”锦笺却不敢受，两眼瞅着施俊，施俊道：“二爷既赏你，你收了就是。”锦笺接过，复又叩头谢赏。艾虎心中暗道：“为何他又叩头？哦，是了，想是不够用的，还合我再讨些回手。”又向兜肚内要掏。（艾虎当初也是馆童，皆因在霸王庄上并没受过这些排场礼节，所以不懂，并非前后文不对。）施俊道：“二弟赏他一锭足矣，何必赏他许多呢？请问二弟，意欲何往?”一句话方把艾虎岔开，答道：“小弟要上卧虎沟，寻我师父与义父。请问兄长意欲何往呢?”施俊道：“愚兄要上湘阴县金伯父那里，一来看文章，二来就在那里用功。你我二人不能盘桓畅叙，如何是好?”艾虎道：“既然彼此有事，莫若各奔前程，后会有期。兄长请乘骑，待小弟送你一程。”施俊道：“贤弟不要远送。我是骑马，你是步下，如何赶得上？不如就此拜别了罢。”说罢，二人彼此又对拜了。锦笺拉过马来，施俊谦让多时，扳鞍上马。锦笺因艾虎在步下，他不肯骑马，拉着步行。艾虎不依，务必叫他骑上马，跟了前去。目送他主仆已远，自己方扛起包裹，迈开大步，竟奔大路去了。

且说施俊父名施乔，字必昌，曾作过一任知县，因害目疾失明，告假还乡。生平有两个结义的朋友，头一个便是兵部尚书金辉，因参襄阳王遭贬在家；第二个便是新调长沙太守邵邦杰。三个人虽是结义的朋友，却是情同骨肉。施老爷知道金老爷有一位千金小姐，自幼儿见过好几次，虽有联姻之说，却未纳聘。“如今施俊年已长成，莫若叫施俊去到那里，明是托金公看文章，暗暗却是为结婚姻。”这日施俊来到湘阴县九云山下九仙桥边，问着金老爷的家，投递书信。金老爷即刻请至书房，见施俊品貌轩昂，学问渊博，那一派谦让和蔼，令人羡慕。金公好生欢喜，而且看了来书，已知施乔之意，便问施俊道：“令尊目力可觉好些？”不然，如何能写书信呢？”施俊鞠躬答道：“家严止于通彻三光，别样皆不能视。此信乃家严谆嘱小侄代笔，望伯父海涵勿哂①。”金辉道：“如此看来，贤侄的书法是极妙的了。这上面还要叫老拙改正文章，如何当得。学业久已荒疏，拈笔犹如马菙②，还讲什么改正。只好贤侄在此用功，闲时谈谈讲讲，彼此教正，大家有益罢了。”说到此处，早见家人禀告：“饭已齐备，请示在哪里摆？”金公道：“在此摆。我同施相公一处用，也好说话。”饮酒之间，金公盘问了多少书籍，施俊一一对答如流，把个金辉乐得了不得。吃毕饭，就把施俊安置在书房下榻，自己洋洋得意往后面而来。

不知见了夫人有何话讲，且听下回分解。

---

① 哂(shěn)——微笑。

② 马菙(chuí)——马鞭子。

第八十九回

憨锦笺暗藏白玉钗　痴佳蕙遗失紫金坠

且说金辉见了夫人何氏,盛夸施俊的人品学问。夫人听了,也觉欢喜。原来何氏夫人就是唐县何至贤之妹,膝下生得两个儿女,女名牡丹,今年十六岁;儿名金章,年方七岁。老爷还有一妾,名唤巧娘。

且说夫人见老爷夸施俊不绝口,知有许婚之意,便问:“施贤侄到此何事?”金老爷道:“施公双目失明,如今写信前来,叫施俊在此读书,从我看文章。虽是如此,书中却有求婚之意。”何氏道:“老爷意下如何呢?”金公道:“当初施贤弟也曾提过,因女儿尚幼,并未聘定。不想如今施贤侄年纪长成,不但品貌端好,而且学问渊博,堪与我女儿匹配。”何氏道:“既如此,老爷何不就许了这头亲事呢?”金公道:“且不要忙。他既在此居住,我还要细细看看他的行止如何。如果真好,慢慢再提亲不迟。”

老爷夫人只顾讲论此事,谁知有跟小姐的亲信丫头名唤佳蕙,是自幼儿服侍小姐的,(因她聪明伶俐,而且模样儿生的俏丽,又跟着小姐读书习字,文理颇通,故此起名用个“蕙”字,上面又加上个“佳”字,言她是香而且美。佳蕙既然如此,小姐的容颜学问可想而知了。)这日她正到夫人卧室,忽听见老夫妻讲论施俊才貌双全,有许婚之意,她便回转绣房,嘻嘻笑笑,道:“小姐大喜了!”牡丹小姐道:“你道的什么喜?”佳蕙道:“方才我从太太那里来,老爷正在讲究。原来施老爷打发小官人来在我们这里读书,从着老爷看文章。老爷说他不但学问好,而且品貌极美。老爷太太乐得了不得,有意将小姐许配与他,难道小姐不是大喜么?”牡丹正看书,听说至此,把书一放,嗔道:“你这丫头,益发愚顽了! 这些事也是大惊小怪,对我说的么? 越大越没出息了。还不与我退下!”

佳蕙一团高兴,被小姐申饬了一顿,脸上觉的讪讪的,羞答答回转自己屋内,细细思索道:“我与小姐虽是主仆,却是情同骨肉。为何今日听了此话,不但不喜,反到嗔怪呢? 哦,是了,往往有才的必不能有貌,有貌的必不能有才,如何能够才貌兼全呢? 小姐想来不能深信,仔细想来,倒是我莽撞了。理应替她探个水落石出，方不负小姐待我的深情。”想到此，踢蹬不安，她便悄悄偷到书房，把施俊看了个十分仔细，回来暗道：“怨得老爷夸他，果然生的不错。据我看来，他既有如此的容貌，必有出奇的才情。小姐不知，若要固执起来，岂不把这样的好事耽搁了么？嗳！我何不如此如此，替他们成全成全，岂不是好？”想罢，连忙回到自己屋内，拿出一方芙蓉手帕，暗道：“这也是小姐给我的，我就拿它作个引线。”立刻提笔，在手帕上写了“关关雎鸠，在河之洲”二句，折叠了折叠，藏在一边。

到了次日，午间无事，抽空儿袖了手帕，来到书房。可巧施俊手倦抛书，午梦正长，锦笺也不在跟前。佳蕙悄悄的临近桌边，把手帕一丢，转身时又将桌子一靠。施俊惊醒，朦胧二目，翻身又复睡了。谁知锦笺从外面回来，见相公在外面瞌睡，腕下却露着手帕，慢慢抽出，抖开一看，异香扑鼻，上面还有字迹，却是两句《诗经》，心中纳闷道：“这是什么意思？此帕从何来呢？不要管它，我且藏起来。相公如问我时，我再问相公，便知分晓。”及至施俊睡醒，也不找手帕，也不问锦笺。锦笺心中暗道：“看此光景，这手帕必不是我们相公的。若是我们相公的，焉有不找不问之理呢？但只一件，既不是我们相公的，这手帕从何而来呢？倒要留神查看。”

到了次日，锦笺不时的出入来往，暗里窥探。果然佳蕙从后面出来，到了书房，见相公正在那里开箱找书，不便惊动，抽身回来。刚要入后，只见一人迎面拦住，道：“好呀，你跑到书房作什么来了？快说！不然，我就嚷了。”佳蕙见是个小童，问道：“你是谁？”小童道：“我乃自幼服侍相公、时刻不离左右，说一是一，说二是二，言听计从的锦笺。你是谁？”佳蕙笑道：“原来是锦兄弟么。你问我，我便是自幼服侍小姐，时刻不离左右，说一是一，说二是二，言听计从的佳蕙。”锦笺道：“原来是佳姐姐么。”佳蕙道：“什么佳咧锦咧，叫着怪不好听的。莫若我叫你兄弟，你叫我姐姐，咱们把‘佳锦’二字去了，好不好？我问兄弟，昨日有块手帕，你家相公可曾瞧见了没有？”锦笺想道：“原来手帕是她的，可见她人大心大。我何不嘲笑她几句。”想罢，说道：“姐姐不要性急，事宽则圆。姐姐终久总要有女婿的，何必这末忙呢。”佳蕙红了脸，道：“兄弟休要胡说。只因我家小姐待我恩深义重，又有老爷太太愿意联婚之言，故此我才拿了手帕来知会你家相公，叫他早早求婚，莫要耽误了大事。难道《诗经》二句诗在手帕上写的，你还不明白？那明是韫玉待价①之意。”锦笺道：“姐姐，原来为此，我倒错会了意了。姐姐还不知道呢，我们相公此来原是奉老爷之命到此求婚。惟恐这里老爷不愿意，故此恳恳切切写了一封信，叫我们相公在此读书，是叫这里老爷知道我们相公的人品学问。如今姐姐既要知恩报恩，那手帕是不中用的，何不弄了真实的表记来！我们相公那里有我一面承管。”佳蕙听了，道：“兄弟放心，我们小姐那里有我一面承管，咱二人务必将此事作成，庶不负主仆的情意一场。”说罢，佳蕙往后面去了，锦笺也就回转书房。

且说佳蕙自与锦笺说明之后，处处留神，时刻在念。不料事有凑巧，牡丹小姐叫她收拾镜妆，她见有精巧玉钗一对，暗暗袖了一枝，悄悄递与锦笺。锦笺回转书房，得便开了书箱，瞧瞧无物可拿，见有一把扇子拴的个紫金鱼的扇坠，连忙解下来，就势儿将玉钗放在箱内。却把前次的芙蓉手帕打开，刚要包上紫金鱼，见帕上字迹分明，他又卖弄起才学来，急忙提笔写上“窈窕淑女，君子好逑”二句；然后将扇坠包裹，得意洋洋，来见佳蕙，道：“我说事成在我，姐姐不信。你看如何？”说罢，打开给佳蕙看了。佳蕙等的工夫大了，已然着急，见有个回礼，急急忙忙接了过来。“兄弟，改日听信罢。”回手向衣襟一掖，转身就去了。

刚走了不多时，只见巧娘的杏花儿年方十二岁，极其聪明，见了佳蕙，问道：“姐姐哪里去了？”佳蕙道：“我到花园掐花儿去来。”杏花儿道：“掐的花在哪里？给我几朵儿。”佳惠道：“花尚未开，因此空手而回。”杏花儿道：“我不信，可巧一朵儿没有吗？我要搜搜。”说罢，拉住佳蕙不放。佳蕙藏藏躲躲，道：“你这丫头，岂有此理！慢说没花儿，就是有花儿，也犯不上给你。难道你怕走大了脚，不会自己掐去么？拉拉扯扯什么意思！”说罢，将衣服一顿，扬长去了。杏花儿觉得不好意思，红涨了脸，发话道：“这有什么呢！明儿我们也掐去，单希罕你的咧！”说着话，往地下一看，见有一个包儿，连忙捡起，恰正是芙蓉手帕包着紫金鱼儿，急忙忙笼在袖内，气忿忿回转姨娘房内而来。巧娘问道：“你往哪里去来？又合谁呕了气了？因为什么撅着嘴？”杏花儿道：“可恶佳蕙，她掐了花来，我向她要一两朵，饶不给，还摔打我。姨娘自想想，可气不可气？偏偏的她掉了一

① 韫(yùn)玉待价——把玉暂时收藏起来以待好的价格。

个包儿,我是再也不给她的了。”巧娘听了,忙问道:“你捡了什么了?拿来我看。”杏花儿将包儿递将过来。不想巧娘一看,便生出许多是非来了。

你道为何?只因金辉自从遭贬之后,将宦途看淡了,每日间以诗酒自娱。但凡有可以消遣处,不是十天,就是半月,乐而忘返。家中多亏了何氏夫人调度的井井有条。惟有巧娘水性杨花,终朝尽盼老爷回来。谁知金公是放浪形骸之外,又不在妇人身上用工夫的,她便急得犹如热地蚂蚁一般,如何忍耐得住,未免有些饥不择食,悄地里就与幕宾先生刮拉上了。俗语说:“色胆大来,难保机关不泄。”一日,正与幕宾在花园厅上,刚然入港,恰值小姐与佳蕙上花园烧香,将好事冲散。偏这幕宾是个胆小的,惟恐事要发觉,第二日收拾收拾,竟自逃走了。巧娘失了心上之人,她既不思己过,反把小姐与佳蕙恨入骨髓,每每要将她二人陷害,又是无隙可乘。如今见了手帕,又有紫金鱼,正中心怀,便哄杏花儿:“这个包儿既是捡的,你给我罢。我不白要你的,我给你作件衫子如何?”杏花儿道:“罢哟!姨娘前次叫我给先生送礼送信,来回跑了多少次,应许给我作衫子,到如今何尝作了呢?还提衫子呢!没的尽叫我担个名儿罢。”巧娘道:“往事休提。此次一定要与你作衫子的,并且两次合起来,我给你作件夹衫子如何?”杏花道:“果真那样,敢则是好。我这里先谢谢姨娘。”巧娘道:“不要谢。我还告诉你,此事也不可对别人说,只等老爷回来,你千万不要在跟前。我往后还要另眼看待你。”杏花儿听了欢喜,满口应承。

一日,金公因与人会酒,回来过晚,何氏夫人业已安歇。老爷怜念夫人为家计操劳,不忍惊动,便来到巧娘屋内。巧娘迎接就座,殷勤献茶毕,她便双膝跪倒,道:“贱妾有一事禀老爷得知。”金公道:“你有何事?只管说来。”巧娘道:“只因贱妾捡了一宗东西,事关重大。虽然老爷知道,必须访查明白,切不可声张。”说着话,便把手帕拿出,双手呈上。金公接过来一看,见里面包着紫金鱼扇坠儿;又见手帕上字迹分明,写着诗经四句,笔迹却不相同,前二句写的轻巧妩媚,后二句写的雄健草率。金辉看毕,心中一动,便问:“此物从何处拾来?”巧娘道:“贱妾不敢说。”金辉道:“你只管说来,我自有道理。”巧娘道:“老爷千万不要生气。只因妾给太太请安回来,路过小姐那里,拾得此物。”金辉听了,登时苍颜改变,无名火起,暗道:“好贱人!竟敢作出这样事来。这还了得!”即将手帕金鱼包好,拢在袖内。巧娘又加言道:“老爷,此事与门楣有关,千不要声张,必须访查明白。据妾看来,小姐决无此事,或者是佳蕙那丫头也未可知。”老爷听了,点了点头,一语不发,便向书房安歇去了。

不知后来金公如何办理,且听下回分解。

第九十回

避严亲牡丹投何令　充小姐佳蕙拜邵公

且说金辉听了巧娘的言语，明是开脱小姐，暗里却是葬送佳蕙。佳蕙既有污行，小姐焉能清白呢？真是“君子可欺以其方”。哪知后来金公见了玉钗，便把佳蕙抛开，竟自追问小姐，生生的把个千金小姐险些儿丧了性命，可见她的计谋狠毒。言虽如此，巧娘说“焉知不是佳蕙那丫头”这句话，说的何尝不是呢？她却有个心思，以为要害小姐，必先剪除了佳蕙。佳蕙既除，然后再害小姐就容易了。偏偏的遇见个心急性拗的金辉，不容分说，又搭着个纯孝的小姐不敢强辩，因此这件事倒闹的蒙混了。

且说金辉到了内书房安歇，一夜不曾合眼。到了次日，悄悄到了外书房一看，可巧施俊今日又会文去了。金公便在书房搜查，就在书箱内搜出一枝玉钗，仔细留神，正是给女儿的东西。这一气非同小可，转身来到正室，见了何氏，问道：“我曾给过牡丹一对玉钗，现在哪里？”何氏道：“既然给了女儿，必是女儿收着。”金辉道：“要来，我看。”何氏便叫丫鬟到小姐那里去取。去不多时，只见丫鬟拿了一枝玉钗回来，禀道：“奴婢方才到小姐那里取钗，小姐找了半天，在镜箱内找了一枝。问佳蕙时，佳蕙病的昏昏沉沉，也不知那一枝哪里去了。小姐说：‘待找着那一枝，即刻送来。’”金辉听了，哼了一声，将丫鬟叱退，对夫人道：“你养的好女儿！岂有此理！”何氏道：“女儿丢了玉钗，容她慢慢找去，老爷何必生气？”金公冷笑，道：“再要找时，除非到书房找这一枝去。”何氏听了诧异，道：“老爷何出此言？”金公便将手帕扇坠掷与何氏，道：“这都是你养的好女儿作的！”便在袖内把那一枝玉钗取出，道：“现有对证，还有何言支吾。”何氏见了此钗，问道：“此钗老爷从何得来？”金辉便将施生书箱内搜出的话说了，又道：“我看父女之情，给她三日限期，叫她寻个自尽，休来见我！”说罢，气忿忿的上外面书房去了。

何氏见此光景，又是着急，又是伤心，忙忙来到小姐卧室，见了牡丹，放声大哭。牡丹不知其详，问道：“母亲，这是为何？”夫人哭哭啼啼，将始末原由，述了一遍。牡丹听毕，只吓得粉面焦黄，娇音软颤，也就哭将起来。哭了多时，道："此事从何说起！女儿一概不知。叫乳母梁氏追问佳蕙去。"谁知佳蕙自那日遗失手帕扇坠，心中一急，登时病了，就在那日告假，躺在自己屋内将养。此时正在昏愦之际，如何答应得上来。梁氏无奈，回转绣房，道："问了佳蕙，她也不知。"何氏夫人道："这便如何是好！"复又痛哭起来。牡丹强止眼泪，说道："爹爹既然吩咐孩儿自尽，孩儿也不敢违拗。只是母亲养了孩儿一场，未能答报，孩子虽死也不瞑目。"夫人听到此，上前抱住牡丹，道："我的儿呀！你既要死，莫若为娘的也同你死了罢。"牡丹哭道："母亲休要顾惜女儿。现在我兄弟方交七岁，母亲若死了，叫兄弟倚靠何人？岂不绝了金门之后么？"说罢，也抱住夫人，痛哭不止。

旁边乳母梁氏猛然想起一计，将母女劝住，道："老奴倒有一事回禀。我家小姐自幼稳重，闺门不出，老奴敢保断无此事。未免是佳蕙那丫头干的也未可知。偏偏她又病的人事不知。若是等她好了再问，惟恐老爷性急，是再不能等的。若依着老爷逼勒小姐，又恐日后事明，后悔也就迟了。"夫人道："依你怎么样呢？"梁氏道："莫若叫我男人悄悄雇上船一只，两口子同着小姐带佳蕙，投到唐县舅老爷那里暂住几时。待佳蕙好了，求舅太太将此事访查，以明事之真假，一来暂避老爷的盛怒，二来也免得小姐倾生。只是太太担些干系，遇便再求老爷便了。"夫人道："老爷跟前，我再慢慢说明。只是你等一路上，叫我好不放心。"梁氏道："事已如此，无可如何了。"牡丹道："乳娘此计虽妙，但只一件，我自幼儿从未离了母亲，一来抛头露面，我甚不惯；二来违背父命，我心不安，还是死了干净。"何氏夫人道："儿呀，此计乃乳母从权之道。你果真死了，此事岂不是越发真了么？"牡丹哭道："只是孩儿舍不得母亲奈何？"乳娘道："此不过解燃眉之急。日久事明，依然团聚，有何不可？小姐如若怕出头露面，我更有一计在此。就将佳蕙穿了小姐的衣服，一路上说小姐卧病，往舅老爷那里就医养病。小姐却扮作丫鬟模样，谁又晓得呢？"何氏夫人听了，道："如此很好。你们就急急的办理去罢，我且安置安置老爷去。"牡丹此时心绪如麻，纵有千言万语，一字却也道不出来，只是说道："孩儿去了，母亲保重要紧！"说罢，大哭不止。夫人痛彻心怀，无奈何，狠着心去了。

这里梁氏将她男子汉找来，名叫吴能。既称男子汉，可又叫吴能，这说明是无能的男子汉。他但凡有点能为,如何会叫老婆作了奶子呢?可惜此事交给他,这才把事办坏了。(他不及他哥吴燕能有本事,打的很好的刀。)到了河边,不论好歹,雇了船只;然后又雇了小轿三乘,来到花园后门。奶娘梁氏带领小姐与佳蕙乘轿到河边上船,一篙撑开,飘然而去。

且说金辉气忿忿离了上房,来到了书房内。此时施生已回,见了金公,上前施礼。金辉洋洋不睬。施俊暗道:"他如何这等慢待于我?哦,是了,想是嗔我在这里搅他了。可见人情险恶,世道浇薄,我又非倚靠他的门楣觅生活,如何受他的厌气!"想罢,便道:"告禀大人得知,小生离家日久,惟恐父母悬望,我要回去了。"金辉道:"很好,你早就该回去。"施俊听了这样口气,登时羞得满面红涨,立刻唤锦笺备马。锦笺问道:"相公往哪里去?"施俊道:"自有去处,你备马就是了。谁许你问!狗才,你仔细,休要讨打。"锦笺见相公动怒,一声儿也不敢言语,急忙备了马来。施生立起身来,将手一拱,也不拜揖,说声"请了"。金辉暗道:"这畜生如此无礼,真正可恶!"又听施生发话道:"可恶呀,可恶!真正岂有此理!"金辉明明听见,索性不理他了,以为他少年无状。又想起施老爷来,他如何会生出这样子弟,未免叹息了一番。然后将书箱看了看,依然照旧。又将书箱打开看了看,除了诗文之外,只有一把扇儿,是施生落下的,别无他物。

可惜施生忙中有错,来时原是孤然一身,所有书籍典章全是借用这里的。他只顾生气,却忘了扇儿放在书箱之内。彼时若是想起,由扇子追问扇坠,锦笺如何隐瞒?何况当着金辉再加一质证,大约此冤立刻即明。偏偏的施生忘了此扇,竟遗落在书箱之内。扇儿虽小,事关重大。若是此时就明白此事,如何又生出下文多少的事来呢?

且说金辉见施俊赌气走了,便回到内室,见何氏夫人哭了个泪人一般,甚是凄惨。金辉一语不发,坐在椅上叹气。忽见何氏夫人双膝跪倒,口口声声:"妾身在老爷跟前请罪。"老爷连忙问道:"端的为何?"夫人将女儿上唐县情由,述了一遍,又道:"老爷只当女儿已死,看妾身薄面,不必深究了。"说罢,哭瘫在地。金辉先前听了,急的跺脚,惟恐丑声播扬。后来见夫人匍匐不起,究竟是老夫老妻,情分上过意不去,只得将夫人搀起来,道:"你也不必哭了。事已如此,我只好置之度外便了。"

金辉这里不究,哪知小姐那里生出事来。只因吴能忙迫雇船,也不留神,却雇了一只贼船。船家弟兄二人,乃是翁大、翁二,还有一个帮手王三。他等见仆妇男女二人带领着两个俊俏女子,而且又有细软包袱,便起了不良之意,暗暗打号儿。走不多时,翁大忽然说道:“不好了!风暴来了。”急急将船撑到幽僻之处,先对奶公道:“咱们须要祭赛祭赛,方好。”吴能道:“这里那讨香蜡纸马去?”翁二道:“无妨,我们船上皆有,保管预备的齐整,只要客官出钱就是了。”吴能道:“但不知用多少钱?”翁二道:“不多,不多,只要一千二百钱足够了”。吴能道:“用什么,要许多钱?”翁二道:“鸡鱼羊头三牲,再加香蜡纸锞,这还多吗?敬神佛的事儿,不要打算盘。”吴能无奈,给了一千二百钱。不多时,翁大请上香。奶公出船一看,见船头上面放的三个盘子,中间是个少皮无脑的羊脑袋,左边是只折脖缺膀的鸡嫁妆,右边是一尾飞鳞凹目的鲤鱼干;再搭上四零五落的一挂元宝,还配着滴溜搭拉的几片千张。更可笑的,是少颜无色的三张黄钱;最可怜的,七长八短的一束高香。还有一高一矮的一对瓦灯台上,插的不红不白的两个蜡头儿。吴能一见,不由的气往上冲,道:“这就是一千二百钱办的么?”翁二道:“诸事齐备,额外还得酒钱三百。”吴能听了发急,道:“你们不是要讹呀!”翁大道:“你这人祭赛不虔,神灵见怪,理应赴水,以保平安。”说罢,将吴能一推,噗咚一声,落下水去。

乳母船内听着不是话头,刚要出来,正见她男子汉被翁大推下水去,心中一急,连嚷道:“救人呀,救人!”王三奔过来就是一拳。乳母站立不稳,摔倒船内,又嚷道:“救人呀,救人呀!”牡丹此时在船内知道不好,极力将竹窗撞下,随身跳入水中去了。翁大赶进舱来,见那女子跳入水内,一手将佳蕙拉住,道:“美人不要害怕,俺合你有话商量。”佳蕙此时要死不能死,要脱不能脱,只急的通身是汗,觉的心内一阵清凉,病倒好了多一半。外面翁二合王三每人一枝篙将船撑开。佳蕙在船内被翁大拉着,急的她高声叫喊:“救人呀,救人!”忽见那边飞也似的来了一只快船,上面站着许多人,道:“这船上害人呢,快上船进舱搜来。”翁二、王三见不是势头,将篙往水内一拄,嗖的一声,跳下水去。翁大在舱内见有人上船,说进舱搜来,他惟恐被人捉住,便从窗户窜出,赴水逃生去了。可恨他三人贪财好色,枉用心机,白白的害了奶公并小姐落水,也只得赤手空拳赴水而去。

且言众人上船,其中有个年老之人道:“我等莫忙。大约贼人赴水脱逃，且看船内是什么人。”说罢，进舱看时，谁知梁氏藏在床下，此时听见有人，方才从床下爬出。见有人进来，她便急中生智，道：“众位救我主仆一命。可怜我的男人被贼人陷害，推在水内淹死；丫鬟着急，窜出船窗投水也死了；小姐又是疾病在身，难以动转，望乞众位见怜。”说罢，泪流满面。这人听了，连说道：“不要啼哭，待我回老爷去。”转身去了。梁氏悄悄告诉佳蕙，就此假充小姐，不可露了马脚。佳蕙点头会意。

那人去不多时，只见来了仆妇丫鬟四五个搀扶假小姐，叫梁氏提了包裹，纷纷乱乱一阵，将祭赛的礼物踏了个稀烂。来到官船之上，只见有一位老爷坐在大圈椅上面，问道：“那女子家住哪里？姓什么？慢慢讲来。”假小姐向前万福，道：“奴家金牡丹，乃金辉之女。”那老爷问道：“哪个金辉？”假小姐道：“就是作过兵部尚书的。只因家父连参过襄阳王二次，圣上震怒，将我父亲休致在家。”只见那老爷立起身来，笑吟吟的道：“原来是侄女到了。幸哉，幸哉，何如此之巧呀！”假小姐连忙问道：“不知老大人为谁？因何以侄女呼之？请道其详。”那老爷笑道：“老夫乃邵邦杰，与令尊有金兰之谊。因奉旨改调长沙太守，故此急急带了家眷前去赴任。今日恰好在此停泊，不想救了侄女，真是天缘凑巧。”假小姐听了，复又拜倒，口称叔父。邵老爷命丫鬟搀起，设座坐了，方问道：“侄女为何乘舟？意欲何往？”

不知假小姐说些什么话来，且听下回分解。

第九十一回

死里生千金认张立　苦中乐小侠服史云

且说假小姐闻听邵公此问,便将身体多病,奉父母之命,前往唐县就医养病的话,说了一遍。邵老爷道:“这就是令尊的不是了。你一个闺中弱质,如何就叫奶公奶母带领去赴唐县呢?”假小姐连忙答道:“平素时常往来。不想此次船家不良,也是侄女命运不济。”邵老爷道:“理宜将侄女送回,奈因钦限紧急,难以迟缓。与其上唐县,何不随老夫到长沙,现有老荆同你几个姊妹,颇不寂寞。待你病体好时,我再写信与令尊,不知侄女意下如何?”假小姐道:“既承叔父怜爱,侄女敢不从命。但不知婶母在于何处?待侄女拜见。”邵老爷满心欢喜,连忙叫仆妇丫鬟搀着小姐,送到夫人船上。原来邵老爷有三个小姐,见了假小姐,无不欢喜。

从此佳蕙就在邵老爷处将养身体。她原没有什么大病,不多几日,也就好了。夫人也曾背地里问过她,有了婆家没有。她便答道:“自幼与施生结亲。”夫人也悄悄告诉了老爷。自那日开船行到梅花湾的双岔口,此处却是两条路:一股往东南,却是上长沙;一股往东北,却是绿鸭滩。

且说绿鸭滩内有渔户十三家,内中有一人年纪四旬开外,姓张名立,是个极其本分的,有个老伴儿李氏。老两口儿无儿无女,每日捕鱼为生。这日张老儿夜间撒下网去,往上一拉,觉得沉重,以为得了大鱼,连唤:“妈妈,快来,快来!”李氏听了,出来问道:“大哥,唤我做什么?”(这老两口子素来就是这等称呼,男人管着女人叫妈妈,女人管着男人叫大哥。当初不知是怎么论的,如今惯了,习以为常。)张立道:“妈妈,帮我一帮,这个行货子可不小,”李氏上前帮着拉上船来,将网打开,看时却是一个女尸,还有竹窗一扇托定。张立连连啐道:“晦气,晦气! 快些撂下水去。”李氏忙拦道:“大哥不要性急,待我摸摸,还有气息没有。岂不闻‘救人一命,胜造七级浮屠’吗?”果然摸了摸,胸前兀的乱跳,说道:“还有气息,快些控水。”李氏又舒掌揉胸。不多时,清水流出不少,方才渐渐苏醒,哼哼出来。婆子又扶她坐起,略定定神,方慢慢呼唤,细细问明来历。

原来此女就是牡丹小姐。自落水之后，亏了竹窗托定，顺水而下，不计里数，漂流至此。自己心内明白，不肯说出真情，答言："是唐县宰的丫鬟，因要接金小姐去，手扶竹窗，贪看水面。不想竹窗掉落，自己随窗落水，不知不觉漂流至此。请问妈妈贵姓?"李氏一一告诉明白，又悄悄合张立商量道："你我半生无儿无女。我今看见此女生的十分俏丽，言语聪明，咱们何不将她认为女儿，将来岂不有靠么?"张立道："但凭妈妈区处。"李氏便对牡丹说了。牡丹连声应允。李氏见牡丹应了，欢喜非常。登时疼女儿的心盛，也不愿捕鱼，急急催大哥快快回庄，好与女儿换衣服。张立撑开船，来到庄内。李氏搀着牡丹进了茅屋，找了一身干净衣服，叫小姐换了。本是珠围翠绕，如今改了荆钗布裙。

李氏又寻找茶叶烧了开水，将茶叶放在锅内，然后用瓢和弄个不了，方拿过碗来，擦抹净了，吹开沫子，舀了半碗，擦了碗边，递与牡丹，道："我儿喝点热水，暖暖寒气。"牡丹见她殷勤，不忍违却，连忙接过来，喝了几口。又见她将叶掏出，从新刷了锅，舀上一瓢水，找出小米面，做了一碗热腾腾的白水小米面的疙瘩汤，端到小姐面前，放下一双黄油四棱竹箸，一个白沙碟儿腌萝卜条儿。牡丹过意不去，端起碗来，喝了点儿，尝着有些甜津津的，倒没有别的味儿，于是就喝了半碗；咬了一点萝卜条儿，觉着扎口的咸，连忙放下了。她因喝了半碗热汤，登时将寒气散出，满面香汗如沈。婆子在旁看见。连忙掀起衣襟，轻轻给牡丹拂拭，更露出本来面目，鲜妍非常。婆子越瞧越爱，越爱越瞧，如获至宝一般。又见张立进来。问道："闺女这时好些了?"牡丹道："请爹爹放心。"张立听小姐的音声改换，不像先前微弱，而且活了不足五十岁，从来没听见有人叫他"爹爹"二字。如今听了这一声，仿佛成仙了道，醍醐灌顶①，从心窝里发出一股至性达天的乐来，哈哈大笑，道："妈妈，好一个闺女呀!"李氏道："正是，正是。"说罢，二人大笑不止。此时天已发晓。李氏便合张立商议，说："女儿在县宰处，必是珍馐②美味惯了，千万不要委屈了她。你卖鱼回来时，千万买些好吃食回来。"张立道："既如此，我多秤些肥肉，再带些豆腐白

① 醍醐(tíhú)灌顶——醍醐，古时指从牛奶中提炼出来的精华，佛教比喻最高的佛法。醍醐灌顶，比喻灌输智慧，使人彻底醒悟。

② 珍馐(xiū)——珍奇贵重的食物。

菜，你道好不好？”李氏道：“很好，就是如此。”

乡下人不懂的珍馐，就知肥肉是好东西，若动了豆腐白菜便是开斋，这都是轻易不动的东西。其实所费几何？他却另有个算盘。他道有了好菜，必要多吃；既多吃，不但费菜，连饭也是费的，仔细算来，还是不吃好菜的好。如今他夫妻乍得了女儿，一来怕女儿受屈，二来又怕女儿笑话瞧不起，因此发着狠儿，才买肉买菜，调着样儿收拾出来。牡丹不过星星点点的吃些就完了。

一来二去，人人纳罕儿，说张老者老两口儿想开了，无儿无女，天天弄嘴吃。就有搭讪过来闻闻香味的意思，遇巧就要尝尝。谁知到了屋内一看，见床上坐着一位花枝招展，犹如月殿嫦娥、瑶池仙女似的一位姑娘。这一惊不小，各各追问起来，方知老夫妻得了义女，谁不欢喜，谁敢怠慢，登时传扬开了。十二家渔户俱各要前来驾喜。

其中有一个姓史名云，会些武艺，且胆量过人，是个见义敢为的男子。因此这些渔人们皆器重他，凡遇大小事儿，或是他出头，或是与他相商。他若定了主意，这些渔户们没有不依的。如今要与张老儿贺喜，这三一群、五一伙，陆陆续续俱各找了他去，告诉他张老儿得女儿的情由。

史云听了，拍手大乐，道：“张大哥为人诚实，忠厚有余，如今得了女儿，将来必有好报。这是他老夫妻一片至诚所感，列位到此何事？”众人道：“因要与他贺喜，故此我等特来计较。”史云道：“很好，咱们庄中有了喜事，理应作贺。但只一件，你我俱是贫苦之人，家无隔宿之粮，谁是充足的呢？大家这一去，人也不少，岂不叫张大哥为难么？既要与他贺喜，总要大家真乐方好。依我倒有个主意。咱们原是鱼行生理，乃是本地风光。大家以三日为期，全要辛苦辛苦，奋勇捕了鱼来，俱各交在我这里出脱。该留下咱们吃的留下吃，该卖的卖了钱买调和沽酒，全有我呢。”又对一人道：“弟老的，这两天你要常来。你到底认得几个字，也拿的起笔来，有可以写的须要帮着我记记方好。”原来这人姓李，满口应承道：“我天天早来就是了。”史云道：“更有一宗要紧的，是日大家去时，务必连桌凳俱要携了去方好。不然，张大哥那里，如何有这些凳子家伙桌子呢？咱们到了那里，大家动手，索性不用张大哥张罗，叫他夫妻安安稳稳乐一天。只算大家凑在一处，热热闹闹的吃喝一天就完了。别的送礼送物，皆是虚文，一概不用。众位以为何如？”众人听罢，俱各欢喜，道：“好极，好极！就是这样罢。但只一件,其中有人口多的,有少的,这怎么样呢?”史云道:“全有我呢,包管平允,谁也不能吃亏,谁也不能占便宜。其实乡里乡亲何在乎这上头呢,然而办事必得要公。大家就辛苦辛苦罢,我到张大哥那里给他送信去。”众人散了。

史云便到了张立的家中,将此事说明,又见了牡丹果真是如花似玉的女子,快乐非常。张立便要张罗起事来。史云道:“大哥不用操心,我已俱各办妥。老兄就张罗下烧柴就是了,别的一概不用。”张立道:“我的贤弟,这个是不容易,如何张罗下烧柴就是了呢?”史云道:“我都替老兄打算下了,样样俱全,就短柴火,别的全有了。我是再不撒谎的。”张立仍是半疑半信的,只得深深谢了。史云执手回家去了。

众渔人果然齐心努力,办事容易的很。真是争强赌胜,竟有出去二三十里地捕鱼去的,也有带了老婆孩儿去的,也有带了弟男子侄去的。刚到了第二天,交到史云处的鱼虾真就不少。史云裁夺着,各家平匀了,估量着够用的,便告诉他等道:“某人某人交的多,明日不必交了。某人某人交的少,明日再找补些来。”他立刻找着行头,公平交易,换了钱钞,沽酒买菜,全送到张立家中。张立见了这些东西,又是欢喜,又是着急:欢喜的是得了女儿,如此风光体面;着急的是这些东西,可怎么措置呢?史云笑道:“这有何难。我只问你,烧柴预备下了没有?”张立道:“预备下了。你看,靠着篱笆那两垛,可够了么?”史云瞧了瞧,道:“够了,够了,还用不了呢。烧柴既有,老兄,你就不必管了。今夜五鼓咱们乡亲都来这里,全是自己动手。你不用张罗,尽等着喝喜酒罢。”张立听了,哈哈大笑,道:“全仗贤弟分心,劣兄如何当得!”史云笑道:“有甚要紧,一来给老兄贺喜,二来大家凑个热闹,畅快畅快,也算是咱们渔家乐了。”

正说间,只见有许多人抗着桌凳的,挑着家伙的,背着大锅的,又有倒换挑着调和的,还有合伙挑着菜蔬的,纷纷攘攘送来,老儿接迎不暇,登时放满一院子。也就是绿鸭滩,若到别处,似这样行人情的也就少少儿的。全是史云张罗帮忙。却好李弟老的也来了,将东西点明记账,一一收下。张老儿惟恐错了,还要自己记了暗记儿。来一个,史云嘱咐一个,道:“乡亲,明日早到,不要迟了。千万,千万!”到黄昏时,俱已收齐,史云方同李弟老的回去了。

次日四鼓时,史云与李弟老的就来了。果是五鼓时,众乡亲俱各来到。张老儿迎着道谢。史云便分开脚色，谁挖灶烧火，谁做菜蔬，谁调座位，谁抱柴挑水，俱不用张立操一点心。乐的个老头儿出来进去，这里瞧瞧，那里看看，犹如跳圈猴儿一般，一会儿又进屋内问妈妈道："闺女吃了什么没有？"李氏道："大哥不用你张罗，我与女儿自会调停。"张立猛见李氏，笑道："嗳呀！妈妈今日也高兴了，竟自洗了脸，梳了头了。"李氏笑道："什么话呢。众乡亲贺喜，我若黑脸乌嘴的，如何见人呢？你看我这头还是女儿给我梳的呢。"张立道："显见得你有了女儿，就支使我那孩子梳头。再过几时，你吃饭还得女儿喂你呢。"李氏听了，啐道："呸！没的瞎说白道的了。"张立笑吟吟的出去了。

不多时，天已大亮，陆陆续续田妇村姑俱各来了。李氏连忙迎出，彼此拂袖道喜道谢，又见了牡丹，一个个咂嘴吐舌，无不惊讶。牡丹到了此时，也只好接待应酬，略为施展，便哄的这些人欢喜，不知如何是好。到了饭得之时，座儿业已调好。屋内是女眷，所有桌凳俱是齐全的，就是家伙也是挑秀气的。外面院子内是男客，也有高桌，也有矮座，大盘小碗，一概不拘。这全是史云的调度，真真也难为他。大家不论亲疏，以齿为序。我拿凳子，你拿家伙，彼此嘻嘻哈哈，团团围住，真是爽快。霎时杯盘狼藉。虽非嘉肴美味，却是鲜鱼活虾，荤素俱有，左添右换，以多为盛。大家先前慢饮，后来有些酒意，便呼么喝六豁起拳来。

恰好史云与张立豁拳。张立叫了个"七巧"，史云叫了个"全来"。忽听外面接声道："可巧俺也来了，可不是全来吗？"史云便仰面往外侧听。张立道："听他则甚？咱们且豁拳。"史云道："老兄且慢。你我十三家俱各在此，外面谁敢答言？待我出去看来。"说罢，立起身来，启柴扉一看，见是个年幼之人，背着包裹，正在那里张望。史云咄的一声，道："你这后生窥探怎的？方才答言的敢则是你么？"年幼的道："不敢，就是在下。因见你们饮酒热闹，不觉口内流涎，俺也要沽饮几杯。"史云道："此处又非酒肆①饭铺，如何说'沽饮'二字？你妄自答言，俺也不计较于你，快些去罢。"说罢，刚要转身，只见少年人一伸手将史云拉住，道："你说不是酒肆，如何有这些人聚饮？敢是你欺负我外乡人么！"史云听了，登时喝道："你这小厮好生无礼！俺饶放你去，你反拉我不放。说欺负你，俺就欺负

① 酒肆(sì)——酒店。肆，铺子。

你,待怎么!”说着,扬手就是一掌打来。年少之人微微一笑,将掌接住往怀里一带,又往外一搡。只听咕咚一声,史云仰面栽倒在地,心中暗道:“好大力量!倒要留神。”急忙起来,复又动手。只见张立出来劝道:“不要如此,有话慢说。”问了原由,便对年幼的道:“老弟休要错会了意。这真不是酒肆饭铺,这些乡亲俱是给老汉贺喜来的。老弟如要吃酒,何妨请进,待老汉奉敬三杯。”年幼的听见了酒,便喜笑颜开地道:“请问老丈贵姓?”张立答了姓名。他又问史云,史云答道:“俺史云,你待怎么?”年幼的道:“史云大哥恕小弟莽撞,休要见怪。”说罢,一揖到地。

未知如何,下回分晓。

第九十二回

小侠挥金贪杯大醉　老葛抢雉惹祸着伤

且说史云见年幼之人如此，闹的倒不好意思了，连忙问道："足下贵姓?"年幼的道："小弟艾虎。只因要上卧虎沟，从此经过，见众位在此饮酒作乐，不觉口渴。既蒙赐酒，感领厚情。请了。"说罢，迈步就进了柴门。

你道艾虎如何来到此处？只因他与施俊结拜之后，每日行程五里也是一天，十里也算一站。若遇见好酒，不定住三天五天，喝醉了就睡，睡醒了又喝。左右是蒋平不心疼的银子，由着他的性儿花罢了。当下众渔户见张立、史云同了个年幼之人进来，大家都不认得，只有一拱手而已。史云便将艾虎让在自己一处。张立拿起壶来，满满斟了一杯，递与艾虎。艾虎也不谦让，连忙接过来一饮而尽。史云接过来也斟上一杯，艾虎也就喝了。他又复与二人各斟一杯，自己也陪了一杯，然后慢慢问道："方才老丈说府上贺喜，不知为着何事?"史云代为说明。艾虎哈哈大笑，道："原来如此，理当贺的。"说罢，回手向兜肚内掏出两锭银子来，递与张立道："些须薄礼，望乞笑纳。"张立如何肯接。艾虎强扭强捏的，揣在他怀内。

张立无奈，谢了又谢。转身来到屋内，叫声："妈妈，这是方才一位小客官给女儿的贺礼，好好收了。"李氏接来一看，见是两锭五两的锞子，不由吃惊，道："嗳哟！如何有这样的重礼呢?"正说间，牡丹过来，问道："母亲，什么事?"张立便将客官送贺礼的事说了。牡丹道："此人可是爹爹素来认得的么?"张立道："并不认得。"牡丹道："既不认得，萍水相逢，就受他如此厚礼，此人就令人难测，焉知他不是恶人暴客呢？据孩儿想来，还是不受他的为是。"李氏道："女儿说的是，大哥趁早儿还他去。"张立道："真是闺女想的周到，我就还他去。"仍将银子接过，出外面去了。

张立当下拿回银子，见了艾虎，说道："方才老汉与我老伴并女儿一同言明，她母女说客官远道而来，我等理宜尽地主之情，酒食是现成的，如何敢受如此厚礼。仍将原银奉还，客官休要见怪。"艾虎道："这有甚要紧。难道今日此举，老丈就不耗费资财么？权当做薪水之资就是了。”张立道：“好叫客官得知，今日此举全是破费众乡亲的。不信，只管问我们史乡亲。”史云在旁答道：“此话千真万真，决不欺哄。”艾虎道：“俺的银子已经拿出，如何又收回呢？也罢，俺就烦史大哥拿此银两，明日照旧预备。今日是俺扰了众乡亲，明日是俺作东回请众位乡亲。如若少了一位，俺是不依史大哥的。”史云见此光景，连忙说道：“我看艾客官是个豪爽痛快人，莫若张大哥从实收了罢，省得叫客官为难。”张立只得又谢了。

史云便陪着艾虎，左一碗，右一碗，把个史云也喝的愣了，暗道：“这样小小年纪，却有如此大量。”就是别人也往这边瞅着。喝来喝去，小侠渐渐醉了，前仰后合，身体乱晃，就靠着桌子，垂眉闭眼，史云知他酒深，也不惊动他。不多时，只听呼声振耳，已入梦乡。艾虎既是如此，众渔人也就醺醺，独有张立、史云喝的不多。张立是素来不能多饮的；史云酒量却豪，只因与张老儿张罗办事，也就不肯多喝了。张立仍是按座张罗。

忽听外面有人唤道：“张老儿在家么？”张立忙出来一看，不由的吃了一惊，道：“二位请了。到此何事？”二人道：“怎么你倒问我们？今日是谁的班儿了？”

你道此二人是谁？原来是黑狼山的喽啰。自从蓝骁占据了此山，知道绿鸭滩有十三家渔户，定了规矩，每日着一人值日。所有山上用的鱼虾，皆出在值日的身上。这日正是张立值日，他只顾贺喜，就把此事忘了。今日喽啰来了，方才想起，连忙告罪，道：“是老汉一时忽略，望乞二位在头领跟前方便方便，明日我多备鱼虾补还上就是了。”二喽啰道：“你这话竟是胡说！明日补还，今日大王先空一顿吗？我们全不管你，今日只好跟了我们去见头领，有什么说的，你自己去说罢。”

此时史云已然出来，连忙插言道：“二位不要如此，委是张伙计今日有事，务求包容包容。”就把他得女儿贺喜的话，说了一遍。二喽啰听了，道：“既是如此，我们瞧瞧你这闺女，回去见了头领，也好回话。”说罢，不容张立依不依，硬往里走。到了屋内见牡丹，暗暗喝彩。转身出来，一眼瞧见了艾虎，在那里端坐不动。原来众人见喽啰进来，知有事故，胆大的站起来在一旁听着，胆小的怕有连累也就溜了。独有艾虎坐在那里。这喽啰如何知道他是沉醉酣睡呢，大声嗔喝，道：“他是什么人？竟敢见了我傲不为礼，这等可恶！快快与我绑了，解上山去。”张立忙上前分解，道："他不是本庄之人，而且吃醉了，求爷们宽恕。"史云在旁，也帮着说话。二喽啰方气忿忿的去了。

众人见喽啰去了，嘈嘈杂杂，议论不休。史云便合张立商议："莫若将这客官唤醒，叫他早些去罢，省得连累了他。"张立听了，急急将艾虎唤醒，说明原由。艾虎不听则可，听了时一声怪叫道："嗳哟哟！好山贼野寇。俺艾虎正要寻他，他反来捋虎须。待他来时，俺自对付他。"张立着急，只好苦劝。

忽听得人喊马嘶，早有渔户跑的张口结舌道："不……不好了！葛头领带领人马入庄了。"张立听了，只吓得浑身乱抖。艾虎道："老丈不要害怕，有俺在此。"说罢，将包袱递与张立，回头叫道："史大哥，随俺来。"刚然出了柴扉，只见有二三十名喽啰簇拥着一个老头骑在马上，声声叫道："张老儿，闻得你有个如花似玉的女儿，正好与俺匹配，俺如今特来求亲。"艾虎听了，一声叱咤道："你这厮叫什么？快些说来！"马上的道："谁不晓得俺葛瑶明，绰号蛤蜊蚌子吗？你是何人，竟敢前来多事？"艾虎道："我只当是蓝骁那厮，原来是个无名的小辈。俺艾虎爷爷在此，你敢怎么？"葛瑶明听了，喝道："好小厮！满口胡说！"吩咐喽啰将他绑了。嗯的上来了四五个。艾虎不慌不忙，两只臂膀往左右一分，先打倒了两个；一转身抬腿，又踢倒了一个。众喽啰见小爷勇猛，又上来了十数个，心想以多为胜。哪知小侠指东打西，窜南跃北，犹如虎荡羊群，不大的工夫，打了个落花流水。

史云在旁，见小爷英勇非常，不由喝彩，自己早托定五股鱼叉，猛然喊了一声，一个健步，竟奔葛瑶明而来。原来这些喽啰以为渔户好欺负，并未防备，皆是赤手而来。独葛瑶明腰间系着一把顺刀，见众喽啰不是艾虎对手，刚然拔刀，要上前相助，史云鱼叉已到，连忙用刀一迎。史云把叉往回里一抽，谁知叉上有倒须钩儿，早把顺刀拢住。史云力猛，葛瑶明在马上一晃，手不吃劲，呰啷啷顺刀落地，说声"不好"，将马一带，哧留的往庄外就跑。众喽啰见头领已跑，大家也抱头鼠窜而去。艾虎打的高兴，哪里肯放，上前将葛瑶明的刀捡起就追。史云也便大喊"赶呀"，手内托定五股鱼叉，也追下去了。艾虎追出庄外，见贼人前面乱跑，他便撒脚紧紧追赶。俗云："归师勿掩，穷寇莫追。"如今小侠真是初生的犊儿不怕虎，又仗着自己的本领，哪把这一众山贼放在眼里，又搭着史云也是一勇之夫，随后紧赶。看看来到山环之内,只见艾虎平空的栽倒在地,两边跑出多少喽啰,将艾虎按住,捆绑起来。史云见了,说声“不好”,急转身往回里就跑,给庄中送信去了。

你道艾虎如何栽倒?只因葛贼骑马跑的快,先进了山环,便有把守的喽兵,他就吩咐暗暗埋伏绊脚绳。小侠哪里理会,他是跑开了,冷不防,焉有不栽倒之理呢!众喽啰拿了艾虎。葛瑶明业已看见,忙将喽兵分为两路,着十五人押着艾虎同自己上山,着十五人回转庄中到张老儿家抢亲。葛贼洋洋得意将马驮了艾虎,忙忙的入山。

正走之间,只见一只野鸡打空中落下。葛瑶明上前捡起一看,见鸡胸流血,知是有人打的。复往前面一看,早见有人嚷道:“快些将山鸡放下!那是我们打的。”葛贼仔细一看,原来是一个极丑的女子,约有十五六岁。葛瑶明道:“这鸡是你的么?”丑女子道:“是我的。”葛贼道:“你休要哄我。既是你的,你手无寸铁,如何会打下野鸡来?”丑女子道:“原是我姐姐打的。不信,你看那树下站的不是?”葛贼转脸一看,见一女子生的美貌非常,果然手握弹弓,在那里站着。葛贼暗暗欢喜道:“我老葛真是红鸾星照命。张老儿那里有了一个,如今又遇见一个,这才是双喜临门呢!”想罢,对丑女子道:“你说你姐姐打的,我不信。叫你姐姐跟了我去,我们山后头有鸡,叫她打一个我看看。”说罢,两只贼眼直勾勾的瞅着那边女子。丑女子大怒:“你若不还,只怕你姑娘不容你过去,”说毕,拉开架式,就要动手。只听葛瑶明哎哟一声,仰面栽倒在地,挣扎着爬起来,早见两眉攒中流下血来。丑女子已知是姐姐用铁丸打的,不容他站稳,嗖的一声,照后心噔的就是一脚。葛瑶明他倒听教训,噗哧的一声,嘴吃屎又躺下了。众喽啰一拥齐上。丑女子微微冷笑,抬了抬手,一个个东倒西歪;动了动脚,一个个呲牙咧嘴。此时葛贼知道女子利害,不敢抵敌,爬起来就跑。众人见头领跑了,谁还敢怠慢,也就唧嚕咕噜的一齐跑了。丑女子正在赶打喽卒,忽听有人高声喝彩叫好。

不知后文如何,下回分解。

第九十三回

辞绿鸭渔猎同合伙　归卧虎姊妹共谈心

且说丑女子将众卒打散，单单剩下了捆绑的艾虎在马上驮着，又高阔，又得瞧，见那丑女子打这些人，犹如捕蝶捉蜂，轻巧至甚，看到痛快处，不由的高声叫好喝彩，扯开嗓子，哈哈大笑，道："打的好！打的妙！"正在快乐，忽听丑女子问道："你是什么人？"艾虎方住笑，说道："俺叫艾虎，是被他们暗算拿住的。"丑女子道："有个黑妖狐与北侠，你可认得么？"艾虎道："智化是我师傅，欧阳春是我义父。"丑女子道："如此说来，是艾虎哥哥到了。"连忙上前解了绳缚。艾虎下马，深深一揖，道："请问姐姐贵姓？"丑女子道："我名秋葵。沙龙是我义父。"艾虎道："方才用弹弓打贼人的，那是何人？"秋葵道："那是我姐姐凤仙，乃我义父的亲女儿。"说话间，便招手道："姐姐这里来。"凤仙在树下见秋葵给艾虎解缚，心甚不乐，暗暗怪说："妹子好不晓事，一个女儿家不当近于男子，这是什么意思！"后来见秋葵招手，方慢慢过来道："什么事？"秋葵道："艾虎哥哥到了。"凤仙听了"艾虎"二字，不由的将艾虎看了一看，满心欢喜，连忙向前万福。艾虎还了一揖。

忽听半山中一声叱咤道："好两个无耻的丫头，如何擅敢与男子见礼！"凤仙、秋葵抬头一看，见山腰里有三人，正是铁面金刚沙龙，与两个义弟，一名孟杰，一名焦赤。秋葵便高声唤道："爹爹与二位叔父这里来，艾虎哥哥在此。"右边的焦赤听了，道："嗳呀！艾虎侄儿到了，大哥快快下山呀！"说着话，他就突、突、突、突跑下山来，嚷道："哪个是艾虎侄儿？想煞俺也！"

你道焦赤为何说此言语？只因北侠与智公子、丁二官人到了卧虎沟，叙话说到盗冠拿马朝贤一节，其中多亏了艾虎，如何年少英勇，如何胆量过人，如何开封首告亲身试铡，五堂会审，救了忠臣义士，从此得了个小侠之名。说得个孟杰、焦赤一壁听着，一壁乐了个手舞足蹈。惟有焦赤性急，恨不得立刻要见艾虎。自那日起，心里时刻在念。如今听说到了，他如何等得，立时要会，先跑下山来，乱喊乱叫，说："想煞俺也！"艾虎听了，也觉纳闷道："此人是谁呢？我从来未见过，他想我作什么？"

及至来到切近，焦赤扔了钢叉，双关子抱住艾虎，右瞧左看，左观右瞧。艾虎不知为何，挺着身躯，纹丝儿不动。只听焦赤哈哈大笑，道："好呀！果然不错，这亲事做定了。"说着话，沙龙、孟杰俱各到了，焦赤便嚷道："大哥，你看看相貌，好个人品，不要错了主意，这门亲事做定了。"沙龙忙拦道："贤弟太莽撞了，此事也是乱嚷的么？"

原来北侠与智公子听见沙员外有个女儿名叫凤仙，一身的武艺，更有绝技是金背弹弓，打出铁丸百发百中。因此一个为义儿，一个为徒弟，转托丁二爷在沙员外跟前求亲。沙龙想了一想："既是黑妖狐的徒弟，又是北侠的义儿，大约此子不错。"也就有些愿意了，彼时对丁二爷说道："既承欧阳兄与智贤弟愿结秦晋，劣兄无不允从。但我有个心愿：秋葵乃劣兄受了托孤重任，认为义女。我疼她比凤仙尤甚，一来怜念她无父无母，孤苦伶仃；二来爱惜她两膀有五六百斤的膂力①，不过生的丑陋些。须将秋葵之事完结后，方能聘嫁凤仙，求贤弟与他二人说明方好。"丁二爷就将此事，暗暗告诉了北侠、智爷。二人听了，深为器重沙龙，说："你我做事，理应如此。"又道："艾虎年纪尚小，再过几年，也不为晚。"便满口应承了。谁知后来孟、焦二人听见有求亲之说，他俩便极力撺掇沙龙，道："有这样好事，为何不早早的应允？"沙龙因他二人粗卤，不便细说，随意答道："愚兄从来没有见过艾虎，知他品貌如何，儿女大事，也有这样就应得的么？"孟、焦二人无的可说，也就罢了。故此今日焦赤见了艾虎，先端详了品貌，他就嚷"这亲事做定了"。他只顾如此说，旁边把个凤仙羞的满面通红，背转身去了。秋葵方对艾虎道："这是我爹爹，这是孟叔父与焦叔父。"艾虎一一见了。沙龙见艾虎年少英雄，满心欢喜，便问道："贤侄为何来到此处？"艾虎一一说了，又道："他等又派人仍去抢亲，小侄还得回去搭救张老者的女儿。"焦赤听了，舒出大指，道："好的！正当如此，待俺同你走走。"从那边收起钢叉。沙龙见艾虎赤着双手，便把自己的齐眉棍递与小爷。

他二人迈开大步，转身迎来。方到山环，只见抢牡丹的喽啰抬定一个

① 膂(lǚ)力——体力。

四方的东西,周围裹着布单,上面盖着块似红非红的袱子(敢则是个没顶儿的轿子),里面隐隐有哭泣之声。艾虎见了,抡开大棍,吼了一声,一路好打。焦赤托定钢叉,左右一晃,叉环乱响。喽啰等哪里还有魂咧,赶着放下轿子,四散的逃命去了。艾虎过来扯去红袱一看,原来是张桌子,腿儿朝上。再细看时,见里面绑着个女子,已然吓的人事不省,呼之不应。正在为难,只见山口外哭进一个婆子来,口中嚷道:"天杀的呀!好好的还我女儿。如若不然,我也不活着了,我这老命合你们拼了罢!"正是李氏。艾虎唤道:"妈妈不要啼哭,我已将你女儿截下了。"又见张立从那边踉里踉跄来了。彼此见了,好生欢喜。此时李氏将牡丹的绳绑松了,苏醒过来。

恰好沙龙父女与孟杰不放心,大家迎了上来,见将女子截下,喽啰逃脱。艾虎又带了张立,见过沙龙;李氏带了牡丹,见过凤仙、秋葵,也是前生缘份,彼此倾心爱慕。凤仙道:"姐姐何不随我们上卧虎沟呢?大料山贼决不死心,倘若再来,怎生是好?"牡丹听了,甚是害怕。秋葵心直口快,转身去见沙龙,将此事说了。沙龙道:"我也正为此事踌躇。"便问张立道:"闻得绿鸭滩有渔户十三家,约有多少人口?"张立道:"算来男妇老幼不足五六十口。"沙龙道:"既是如此,老丈你急急回去告诉众人,陈说利害,叫他等急急收拾,俱各上卧虎沟便了。"艾虎道:"小侄同张老丈回去,我还有个包袱要紧。"孟杰道:"俺也随了去。"焦赤也要去,被沙龙拦住,道:"贤弟随我回庄,且商议安置众人之处。"便向秋葵道:"这母女二人就交给你姐儿两个,我们先回庄去了。"

谁知牡丹受了惊恐,又绑了一绳,如何转动得来。秋葵道:"无妨,我背着姐姐。"凤仙道:"妹子如何背的了这么远呢?"秋葵道:"姐姐忘了,前面树上还拴着驮姐夫的马呢。"说罢,噗哧的一声笑了。凤仙脸一红,一声儿也不言语了。秋葵背起牡丹去了。走不多时,见那马仍拴在那里,秋葵放下牡丹。牡丹却不会骑马。凤仙过去将马拉过来,认镫乘上,走了几步,却无毛病,说道:"姐姐只管骑上,我在旁边照拂着,包管无事。"还是秋葵将牡丹抱上马去。凤仙拢住嚼环,慢慢步行。牡丹心甚不安,只听秋葵道:"妈妈走不动,我背你几步儿。"李氏笑道:"婆子如何敢当?告诉姑娘说,我哪一天不走一二十里路呢?全是方才这些天杀的乱抢混夺,我又是急又是气,所以跑的两条腿软了。走了几步儿,溜开了就好了。姑娘放心,我是走得动的。”一路上说着话儿,竟奔卧虎沟而来。

你道卧虎沟的沙龙,为何不怕黑狼山的蓝骁呢?其中有个缘故。卧虎沟内原是十一家猎户,算来就是沙龙的年长,武艺超群,为人正直,因此这十家皆听他的调度。自蓝骁占据了黑狼山,他便将众猎户叫来,传授武艺,以防不测。后来又交结了孟杰、焦赤,更有了帮手。暗暗打听,知道绿鸭滩众渔户已然轮流上山,供给鱼虾。“焉知那贼不来合我们要野兽呢?俺卧虎沟既有沙龙,断断不准此例。众位入山,大家留神,倘有信息,自有俺应候他,你等不要惊慌。”众人遵命,谁也不肯献兽与山贼。不料蓝骁那里,已知卧虎沟有个铁面金刚沙龙。他却亲身来到卧虎沟,明是索取常例,暗里要会会沙龙。及至见面,蓝骁责备为何不上山纳兽。沙龙破口大骂,所有十一家猎户俱是他一人承当。蓝骁听了大怒,彼此翻脸,动起手来。一个步下,一个马上,走了几合,只听哓哧一声,沙龙一刀砍在蓝骁的马镫之上。沙龙道:“俺手下留情,山贼你要明白。”蓝骁回马,一执手,道:“沙员外,你的本领蓝骁晓得了。”说毕,竟自回山去了,暗暗写信与襄阳王,说沙龙本领高强,将来可做先锋。他有意要结交沙龙,所有猎户入山,一提“卧虎沟”三字,喽啰再也不敢惹,因此沙龙英名远振。如今又把绿鸭滩十三家渔户也归卧虎沟来,从此黑狼山交鱼虾的例也就免了。

再说沙龙同焦赤先到庄中,将西院数间房屋腾出安顿男子,又将里间跨所安顿妇女,俱是暂且存身。即日鸠工,随庄修盖房屋,等告成时,再按各家分住。不多时,牡丹母女与凤仙姐妹一同来到,听说在里间跨所安顿妇女,姐儿两个大喜。秋葵道:“这等住法很好,咱们可热闹了。”凤仙道:“就是将来房屋盖成,别人俱各挪出,使得;惟独张家的姐姐不许搬出去,就同张老伯仍住跨所,一来他是个年老之人,二来咱们姊妹也不寂寞。你说好不好?”牡丹道:“只是搅扰府上,心甚不安。”凤仙道:“姐姐以后千万不要说这些客套话,只求姐姐诸事包涵就完了。”秋葵听了一扭头,道:“瞧你们这个俗气法,叫我听着怪牙碜的。走罢,咱们先见见爹爹去。”说着话,俱各来到厅上,见了沙龙。沙龙正然吩咐杀猪宰羊,预备饭食。只见她姐妹前来,后边跟定李氏、牡丹,上前从新见礼。沙龙还揖不迭。仔细瞧了牡丹,举止安详,礼数周到,而且与凤仙比起来尤觉秀美,心中暗忖道:“看此女气度体态,决非渔家女子,必是大家的小姐。”笑盈盈说道:“侄女到此,千万莫要见外。如若有应用的,只管合小女说声,千万不必拘束。”秋葵将房屋盖好,不许张家姐姐搬出去的话也说了。沙龙一一应允。李氏也上前致谢。凤仙方将她母女领到后边去了。原来沙员外并无妻室,就只凤仙姐妹同居。如今同定牡丹,且不到跨所,就在正室闲谈叙话。

未知后文如何,且听下回分解。

第九十四回

赤子居心寻师觅父　小人得志断义绝情

且说艾虎同了孟杰、张立回到庄中。史云正在那里与众商议，忽见艾虎等回来了，便问事体如何。张立一一说了。艾虎又将大家上卧虎沟避兵的话，说了一遍。众渔户听了，谁不愿躲了是非，一个个忙忙碌碌，俱各收拾衣服细软，所有粗重家伙都抛弃了，携男抱女，搀老扶少，全都在张立家会齐。此时张立已然收拾妥当。艾虎背上包裹，提了齐眉棍，在前开路。孟杰与史云做了合后，保护众渔户家口，竟奔卧虎沟而来。可怜热热闹闹的渔家乐，如今弄成冷冷清清的绿鸭滩！可是话又说回来，若不如此，后来如何有渔家兵呢？

一路嘈嘈杂杂，纷纷乱乱，好容易才到了卧虎沟。沙员外迎至庄门，焦赤相陪。艾虎赶步上前相见，先交代了齐眉棍。沙员外叫庄丁收起，然后对着众渔户道："只因房屋窄狭，不能按户居住，暂且屈尊众位乡亲。男客俱在西院居住，所有堂客俱在后面与小女同居。待房屋造完时，再为分住。"众人同声道谢。

沙龙让艾虎同张立、史云、孟、焦等，俱各来到厅上。艾虎先就开言问道："小侄师傅、义父、丁二叔在于何处？"沙员外道："贤侄来晚了些，三日前他三人已上襄阳去了。"艾虎听了，不由的顿足，道："这是怎么说！"提了包裹，就要趱路。沙龙拦道："贤侄不要如此。他三人已走了三日，你此时即便去了，追不上了。何必忙在一时呢？"艾虎无可如何，只得将包裹仍然放下，原是兴兴头头而来，如今垂头丧气。自己又一想，全是贪酒的不好，路上若不耽延工夫，岂不早到了这里，暗暗好生后悔。

大家就座献茶。不多时，调开座位，放了杯箸，上首便是艾虎，其次是张立、史云、孟、焦二人左右相陪，沙员外在主位打横儿。饮酒之间，叙起话来。焦赤便先问盗冠情由，艾虎述了一回，乐的个焦赤狂呼叫好。然后沙员外又问："贤侄如何来到这里？"艾虎止于答言："特为寻找师傅、义父。"又将路上遇了蒋平，不意半路失散的话，说了一遍。只听史云道：

"艾爷为何只顾说话,却不饮酒?"沙龙道:"可是呀,贤侄为何不饮酒呢?"艾虎道:"小侄酒量不佳,望伯父包容。"史云道:"昨日在庄上喝的何等痛快,今日为何吃不下呢?"艾虎道:"酒有一日之长。皆因昨日喝的多了,今日有些害酒,所以吃不下。"史云方不言语了。这便是艾虎的灵机巧辩,三五语就遮掩过去。

你道艾虎为何的忽然不喝酒了呢?他皆因方才转想之时,全是贪酒误事,自己后悔不置,此其一也;其次他又有存心,皆因焦赤声言这亲事做定了,他惟恐新来乍到,若再贪杯喝醉了,岂不被人耻笑么?因此他忍心耐性,忍而又忍,暂且断他两天儿再做道理。

酒饭已毕,沙龙便叫庄丁将众猎户找来,吩咐道:"你等明日入山,要细细打听蓝骁有什么动静,急急回来禀我知道。"又叫庄丁将器械预备手下,惟恐山贼知道绿鸭滩渔户俱归在卧虎沟,必要前来厮闹。等了一日,不见动静。到了第二日,猎户回来,说道:"蓝骁那里并无动静。我等细细探听,原来抢亲一节皆是葛瑶明所为,蓝骁一概不知。现今葛瑶明禀报山中,说绿鸭滩渔户不知为何俱各逃匿了,蓝骁也不介意。"沙龙听了,也就不防备了。

独有艾虎一连两日不曾吃酒,委实难受,决意要上襄阳,沙龙阻留不住,只得定于明日饯行起身。至次日,艾虎打开包裹,将龙票拿出交给沙龙,道:"小侄上襄阳不便带此,恐有遗失。此票乃蒋叔父的,奉的相谕,专为寻找义父而来。倘小侄去后,我那蒋叔父若来时,求伯父将此票交给蒋叔父便了。"沙龙接了,命人拿到后面,交凤仙好好收起。这里众人与艾虎饯行。艾虎今日却放大了胆,可要喝酒了。从沙龙起,每人各敬一杯,全是杯到酒干,把个焦赤乐的拍手大笑,道:"怨得史乡亲说贤侄酒量颇豪,果然,果然。来,来,来,咱爷儿两个单喝三杯。"孟杰道:"我陪着。"执起壶来,俱各溜溜斟上酒。这酒到唇边,吱的一声,将杯一照,"干!"沙龙在旁,不好拦阻。三杯饮毕,艾虎却提了包裹,与众人执手拜别。大家一齐送出庄来。史云、张立还要远送,艾虎不肯,阻之再三。彼此执手,目送艾虎去远了。大家方才回庄。

艾虎上襄阳,算是书中节目交代明白。然而仔细想来,其中落了一笔。是哪一笔呢?焦赤刚见艾虎,就嚷这亲事做定了,为何到了庄中,艾虎一连住了三日,焦赤却又一字不提?列位不知书中有明点,有暗过,请看前文便知。艾虎同张立回庄取包裹，孟杰随去，沙龙独把焦赤拦住，道："贤弟随我回庄。"此便是沙龙的用意。知道焦赤性急，惟恐他再提此事，故此叫他一同回庄。在路上就合他说明，亲事是定了，只等北侠等回来，觌面一说就结了，所以焦赤他才一字不提了，非是编书的落笔忘事。这也罢了。既说不忘事，为何蒋平总不提了？这又有一说。书中有缓急，有先后。叙事难，斗笋尤难。必须将通身理清，那里接着这里，是丝毫错不得的。稍一疏神，便说的驴唇不对马口，那还有什么趣味呢？编书的用心最苦，手里写着这边，眼光却注着下文。不但蒋平之事未提，就是颜大人巡按襄阳，何尝又提了一字呢。只好是按部就班，慢慢叙下去，自然有个归结。

如今既提蒋平，咱们就把蒋平叙说一番。蒋平自救了雷震，同他到了陵县。雷老丈心内感激不尽，给蒋平做了合体衣服，又赠了二十两银子盘费。蒋平致谢了，方告别起身。临别时，又谆谆嘱问雷英好。彼此将手一拱，道："后会有期，请了。"蒋平便奔了大路趱行。

这日天色已晚，忽然下起雨来，既无镇店，又无村庄，无奈何冒雨而行。好容易道旁有个破庙，便奔到跟前。天已昏黑，也看不出是何神圣，也顾不得至诚行礼，只要有个避雨之所。谁知殿宇颓朽，仰面可以见天，处处皆是渗漏。转到神圣背后，看了看尚可容身，他便席地而坐，屏气歇息。到了初鼓之后，雨也住了，天也晴了，一轮明月照如白昼。刚要动身，看看是何神圣。忽听脚步响，有二人说话，一个道："此处可以避雨，咱们就在这里说话罢。"一个道："我们亲弟兄有什么讲究呢，不过他那话说的太绝情了。"一个道："老二，这就是你错了。俗语说的好，'久赌无胜家'。大哥劝你的好话，你还不听说，拿话堵他，所以他才着急，说出那绝情的话来。你如何怨的他呢？"一人道："丢了急的说快的，如今三哥是什么主意？该怎么样就怎么样，兄弟无不从命。"一人道："皆因大哥应了个买卖颇有油水，叫我来找你来，请兄弟过去。前头勾了，后头抹了，任什么不用说，哈哈儿一笑就结了。张罗买卖要紧。"一人道："什么买卖，这么要紧？"一人道："只因东头儿玄月观的老道找了大哥来，说他庙内住着个先生，姓李名唤平山，要上湘阴县九仙桥去，托付老道雇船；额外还要找个跟役，为的是路上服侍服侍。大哥听了，不但应了船，连跟役也应了。"一人道："大哥这就胡闹！咱们张罗咱们的船就完了，哪有那末大工夫替他雇人呢?"一人道:"老二,你到底不中用,没有大哥有算计。大哥早已想到了,明儿就将我算做跟役人,叫老道带了去。他若中了意,不消说了,咱们三人合了把儿更好;倘若不中意,难道老哥俩连个先生也服侍不住么?故此大哥叫我来找你去。打虎还得亲兄弟,老二,你别傻咧!"说罢,哈哈大笑的去了。

你道此二人是谁?就是害牡丹的翁二与王三。所提的大哥就是翁大。只因那日害了奶公,未能得手,俱各赴水逃脱;但逃在此处,恶心未改,仍要害人。哪知被蒋四爷听了个不亦乐乎呢。

到了黎明,出了破庙,访到玄月观中,口呼:"平山兄在哪里?平山兄在哪里?"李先生听了,道:"哪个唤吾呀?"说着话,迎了出来,道:"哪位?哪位?"见是个身量矮小,骨瘦如柴,年纪不过四旬之人,连忙彼此一揖,道:"请问尊兄贵姓?有何见教?"蒋爷听了,是浙江口音,他也打着乡谈,道:"小弟姓蒋,无事不敢造次①,请借一步如何?"说话间,李先生便让到屋内对面坐了。蒋爷道:"闻得尊兄要到九仙桥公干,兄弟是要到湘阴县找个相知,正好一路同行,特来附骥②,望乞尊兄携带如何?"李先生道:"满好个。吾这里正愁一人寂寞,难得尊兄来到,你我同船是极妙的了。"二人正议论之间,只见老道带了船户来见,说明船价,极其便宜,老道又说:"有一人颇颇能干老成,堪以服侍先生。"李平山道:"带来吾看。"蒋爷笑道:"李兄,你我乘船,何必用人。到了湘阴县,那里还短了人么?"李平山道:"也罢,如今有了尊兄,咱二人路上相帮,可以行得。到了那里,再雇人也不为晚。"便告诉老道,服役之人不用了。蒋爷暗暗欢喜道:"少去了一个,我蒋某少费些气力。"言明于明日急速开船。蒋爷就在李先生处住了。李先生收拾行李,蒋爷帮着捆缚,甚是妥当。李先生大乐,以为这个伙计搭着了。

到了次日黎明,搬运行李下船,全亏蒋爷。李先生心内甚是不安,连连道乏称谢。诸事已毕。翁大兄弟撑起船来,往前进发。沿路上蒋爷说说笑笑,把个李先生乐的前仰后合,赞扬不绝,不住的摇头儿,咂嘴儿,拿

---

① 造次——鲁莽。

② 附骥(jì)——蚊蝇附在好马的尾巴上,可以远行千里,比喻依附名人而出名。也说附骥尾。

脚画圈儿，酸不可耐。

忽听哗喇喇连声响亮。翁大道："风来了！风来了！快找避风所在呀！"蒋爷立起身来，就往舱门一看，只当翁大等说谎，谁知果起大风。便急急的拢船，藏在山环的去处，甚是幽僻。李平山看了，惊疑不止，悄悄对蒋爷说道："蒋兄，你看这个所在好不怕人嘘！"蒋爷道："遇此大风，也是无法，只好听天由命罢了。"

忽听外面噹、噹、噹锣声大响。李平山吓了一跳，同蒋爷出舱看时，见几只官船从此经过，因风大难行，也就停泊在此。蒋爷看了，道："好了，有官船在这里，咱们是无妨碍的了。"果然，二贼见有官船，不敢动手，自在船后安歇了。李平山同蒋爷在这边瞭望，猛见从那边官船内出来了一人，按船吩咐道："老爷说了，叫你等将铁锚下的稳稳的，不可摇动。"众水手齐声答应。

李平山见了此人，不由的满心欢喜，高声呼道："那边可是金大爷么？"那人抬头往这里一看，道："那边可是李先生么？"李平山急答道："正是，正是，请大爷往这边些。请问这位老爷是哪个？"那人道："怎么先生不知道么？老爷奉旨升了襄阳太守了。"李平山听了，道："哎呀！有这等事，好极，好极。奉求大爷在老爷跟前回禀一声，说吾求见。"那人道："既如此……"回头吩咐水手搭跳板，把李平山接过大船去了。蒋爷看了，心中纳闷，不知此官是李平山的何人。

原来此官非别个，却正是遭过贬的、正直无私的兵部尚书金辉。因包公奏明圣上，先剪去襄阳王的羽翼。这襄阳太守是极要紧的，必须用个赤胆忠心之人方好。包公因金辉连上过两次奏章，参劾襄阳王，在驾前极力的保奏。仁宗天子也念金辉正直，故此放了襄阳太守。那主管便是金福禄。

蒋爷正在纳闷，只见李平山从跳板过来，扬着脸儿，鼓着腮儿，摇着膀儿，扭着腰儿，见了蒋平也不理，竟进舱内去了。蒋爷暗想："这小子是什么东西！怎么这等的酸！"只得随后也进舱，问道："那边官船，李兄可认得么？"李平山半晌，将眼一翻，道："怎么不认得！那是吾的好朋友。"蒋爷暗道："这酸是当酸的。"又问道："是哪位呢？"李平山道："当初做过兵部尚书，如今放了襄阳太守金辉金大人，哪个不晓得呢。吾如今要随他上任，也不上九仙桥了。明早就要搬行李到那边船上，你只好独自上湘阴去罢。”小人得志，立刻改样，就你我相称，把“弟兄”二字免了。

蒋爷道：“既如此，这船价怎么样呢？”李平山道：“你坐船，自然你给钱了，如何问吾呢？”蒋爷道：“原说是帮伙，彼此公摊，我一人如何拿得出来呢？”李平山道：“那白合吾说，吾是不管的。”蒋爷道：“也罢，无奈何，借给我几两银子就是了。”李平山将眼一翻，道：“萍水相逢，吾合你啥个交情，一借就是几两头。你不要瞎闹好不好？现有太守在这里，吾把你送官究治，那时休生后悔！”蒋爷听了，暗道：“好小子！翻脸无情，这等可恶！”忽听走的跳板响，李平山迎了出来。蒋爷却隐在舱门槅扇后面，侧耳细听。

不知说些什么，且听下回分解。

第九十五回

暗昧人偏遭暗昧害　豪侠客每动豪侠心

却说蒋爷在舱门侧耳细听，原来是小童(就是当初服侍李平山的)，手中拿的个字简，道："奉姨奶奶之命，叫先生即刻拆看。"李平山接过，映着月光看了，悄悄道："吾知道了。你回去上复姨奶奶说夜阑人静，吾就过去。"原来巧娘与幕宾相好就是他。蒋爷听在耳内，暗道："敢则这小子，还有这等行为呢。"又听见跳板响，知道是小童过去。他却回身歪在床上，假装睡着。李平山唤了两声不应。他却贼眉贼眼在灯下将字简又看了一番，乐得他抓耳挠腮，坐立不安。无奈何也歪在床上装睡，哪里睡得着，呼吸之气不知怎样才好。蒋爷听了，不由的暗笑，自己却呼吸出入，极其平匀，令人听着，直是真睡一般。

李平山耐了多时，悄悄的起来奔到舱门，又回头瞧了瞧蒋爷，犹疑了半晌，方才出了舱门。只听跳板咯噔、咯噔乱响。蒋爷这里翻身起来，脱了长衣，出了舱门，只听跳板咯噔一响跳上去。到了大船之上，将跳板轻轻扶起，往水内一顺。他方到三船上窗板外细听，果然听见有男女淫欲之声，又听得女音悄悄说："先生，你可想煞我也！"蒋爷却不性急，高高的嚷了两声："三船上有了贼了！有了贼了！"他便刺开水面下水去了。

金福禄立刻带领多人，各船搜查。到了第三船，正见李平山在那边着急，因没了跳板，不能够过在小船之上。金福禄见他慌张形景，不容分说，将他带到头船，回禀老爷。金公即叫带进来。李平山战战哆嗦，哈着腰儿，进了舱门，见了金公，张口结舌，立刻形景难画难描。金公见他哈着腰儿，不住的将衣襟儿遮掩，仔细看时，原来他赤着双脚。

金公已然会意，忖度了半晌，主意已定，叫福禄等看着平山。自己出舱，提了灯笼，先到二船，见灯光已息；即往三船一看，却有灯光，忽然灭了。金公更觉明白，连忙来到三船，唤道："巧娘睡了么？"唤了两声，里面答道："敢则是老爷么？"仿佛是睡梦初醒之声。金公将舱门一推，进来用灯一照，见巧娘云鬓蓬松，桃腮带赤，问道："老爷为何不睡？"金公道："原要睡来，忽听有贼，只得查看。”随手把灯笼一放，恰好床前有双朱履。巧娘见了，只吓得心内乱跳，暗说：“不好！怎么会把他忘了呢！”原来巧娘一知将平山拿到船上，就怕有人搜查，她急急忙忙将平山的裤袜护膝等俱各收藏。真是忙中有错，她再也想不到平山是光着脚跑的，独独的把双鞋儿忘了，如今见金公照着鞋，好生害怕。谁知金公视而不见，置而不问，转说道：“你如何独自孤眠？杏花儿哪里去了？”巧娘略定了定神，随机献媚，搭讪过来说道：“贱妾惟恐老爷回来不便，因此叫她后舱去了。”上面说着话，下面却用脚把鞋儿向床下一踢。金公明明知道，却也不问，反言一句道：“难为你细心，想的到。我同你到夫人那边。方才嚷有贼，你理应问问安，回来我也就在这里睡了。”说罢，携了巧娘的手，一同出舱，来到船头。金公猛然将巧娘往下一挤，噗咚的一声，落在水内，然后咕嘟嘟冒了几个泡儿。金公容她沉底，方才嚷道：“不好了！姨娘落在水内了！”众人俱各前来叫水手，救已无及。

金公来到头船，见了平山道：“我这里人多，用你不着，你回去罢。”叫福禄：“带他去罢。”带到三船，谁知水手正为跳板遗失，在那里找寻。后来见水中漂浮，方从水中捞起，仍然搭好，叫平山过去，即将跳板撤了。

金公如何不处治平山，就这等放了平山呢？这才透出金公“忖度半晌，主意拿定”的八个字。他想：“平山黉夜过船，非奸即盗。若真是盗，却倒好办；看他光景，明露着是奸。”因此独自提了灯笼，亲身查看，见三船灯明复灭，已然明白。不想又看见那一双朱履，又瞧见巧娘手足失措的形景。“此事已真，巧娘如何留得？”故诓出舱来，溺于水中。转想：“平山倒难处治，惟恐他据实说出，丑声播扬，脸面何在？莫若含糊其词。”说：“我这里人多，用你不着，你回去罢。”虽然便宜他，其中省却多少口舌，免得众人知觉。

且说李平山就如放赦一般，回到本船之上。进舱一看，见蒋平床上只见衣服，却不见人，暗道：“姓蒋的哪里去了？难道他也有什么外遇么？”忽听后面嚷道：“谁？准？谁？怎么掉在水里头了？到底留点神呀！这是船上，比不得下店，这是玩的么？来罢，我搀你一把儿。这是怎么说呢！”然后方听战战哆嗦的声音，进了舱来。平山一看，见蒋平水淋淋的一个整战儿，问道：“蒋兄怎么样了？”蒋爷道：“我上后面去小解，不想失足落水。多亏把住了后舵，不然险些儿丧了性命。”平山见他哆嗦乱战，自己也觉发起噤来了。连忙站起拿过包袱来,找出裤袜等件,又拣出了一份旧的给蒋平,叫他:“换下湿的来晾干了,然后换了还吾。”他却拿出一双新鞋来。二人彼此穿的穿,换的换。蒋爷却将湿衣拧了,抖了抖,晾起来,只顾自己收拾衣服。猛回头见平山愣愣㤷㤷坐在那里,一会儿搓手,一会儿摇头,一会儿拿起巾帕来拭泪。蒋平知他为哪葫芦子药,也不理他。

蒋爷晾完了衣服,在床上坐下,见他这番光景,明知故问道:“先生为着何事伤心呢?”平山道:“吾有吾的心事,难以告诉别人。吾问蒋兄到湘阴县,是什么公干?”蒋爷道:“原先说过,吾到湘阴县找个相知的,先生为何忘了?”平山道:“吾此时精神恍惚,都记不得了。蒋兄既到湘阴县找相知,吾也到湘阴找个相知。”蒋爷道:“先生昨晚不是说跟了金太守上任么?为何又上湘阴呢?”平山道:“蒋兄为何先生、先生称起来呢?你吾还是弟兄,不要见外。吾对你说,他那里人吾看着有些不相宜,所以昨晚上吾又见了金主管,叫他告诉太守,回复了他,吾不去了。”蒋爷暗笑道:“好小子,他还合我撇大腔儿呢。似他这样反复小人,真正可杀不可留的。”复又说道:“如此说来,这船价怎么样呢?”平山道:“自然是公摊的了。”蒋爷道:“很好,吾这才放了心了。天已不早了,咱们歇息歇息罢。”平山道:“蒋兄只管睡,吾略略坐坐,也就睡了。”蒋爷说了一声“有罪了”,放倒头,不多时,竟自睡去。平山坐了多时,躺在床上,哪里睡得着,翻来复去,整整的一夜不曾合眼。后来又听见官船上鸣锣开船,心里更觉难受。蒋爷也就惊醒,即唤船家收拾收拾,这里也就开船了。

这一日平山在船上唉声叹气,无精打采,也不吃不喝,只是呆了的一般。到了日暮之际,翁大等将船藏在芦苇深处。蒋爷夸道:“好所在!这才避风呢。”翁大等不觉暗笑。平山道:“吾昨夜不曾合眼,今日有些困倦,吾要先睡了。”蒋爷道:“尊兄就请安置罢,包管今夜睡的安稳了。”平山也不答言,竟自放倒头睡了。

蒋平暗道:“按理应当救他。奈因他这样行为,无故的置巧娘于死地;我要救了他,叫巧娘也含冤于地下。莫若让翁家弟兄把他杀了与巧娘报仇,我再杀了翁家弟兄与他报仇,岂不两全其美么?”正在思索,只听翁大道:“弟兄,你了?我了?”翁二道:“有甚要紧,两个脓包,不管谁了都使得。”蒋平暗道:“好了,来咧!”他便悄地出来,爬伏在舱房之上。见有一物风吹摆动,原来是根竹杆,上面晾着件棉袄。蒋爷慢慢地抽下来,拢在怀内,往下偷瞧。见翁二持刀进舱,翁大也持刀把守舱门。忽听舱内竹床一阵乱响,蒋爷已知平山了结了。他却一长身将棉袄一抖,照着翁大头上放下来。翁大出其不意,不知何物,连忙一路混撕。也是活该,偏偏的将头裹住。蒋爷挺身上来,夺刀在手。翁大刚然露出头来,已着了利刃。蒋爷复又一刀,翁大栽下水去。翁二尚在舱内找寻瘦人,听得舱门外有响动,连忙回身出来,说:"大哥,那瘦蛮子不见了。"话未说完,蒋爷道:"吾在这里!"哧,就将刀一颤,正戳在翁二咽喉之上。翁二嗳哟了一声,他就两手一扎煞,一半截在舱内,一半截在舱外。蒋爷哈腰将发绺一揪,拉到船头一看,谁知翁二不禁戳,一下儿就死了。蒋爷将手一松,放在船头,便进舱内将灯剔亮,见平山扎手舞脚于竹床之上。蒋平暗暗的叹息了一番,便将平山的箱笼拧开,仔细搜寻,却有白银一百六十两。蒋平道声"惭愧",将银放在兜肚之内。算来蒋爷颇不折本,艾虎拿了他的一百两,他如今得了一百六十两,再加上雷震赠了二十两,里外里倒多了八十两。这才算是好利息呢。

且说蒋爷重新将灯照了,通身并无血迹。他又将雷老儿给做的大衫折叠了,又把自己的湿衣(也早干了)折好,将平山的包袱拿过来,拣可用的打了包裹。收拾停当,出舱,用篙撑起船来。出了芦苇深处,奔到岸边,连忙提了包裹,套上大衫,一脚踏定泊岸,这一脚往后尽力一蹬。只见那船哧的滴溜一声,离岸有数步多远,飘飘荡荡,顺着水面去了。

蒋爷迈开大步,竟奔大路而行。此时天光一亮,忽然刮起风来,扬土飞沙,难睁二目。又搭着蒋爷一夜不曾合眼,也觉得乏了,便要找个去处歇息。又无村庄,见前面有片树林。及至赶到跟前一看,原来是座坟头,院墙有倒塌之处。蒋爷心内想着:"进了围墙可以避风。"刚刚转过来往里一望,只见有个小童面黄肌瘦,满面泪痕,正在那小树上拴套儿呢。蒋平看了,嚷道:"你是谁家小厮,跑到我坟地里上吊来?这还了得吗?"那小童道:"我是小童,可怕什么呢?"蒋爷听了,不觉好笑,道:"你是小童原不怕。要是小童上吊,也就可怕了。"小童道:"若是这么说,我可上哪树上死去才好呢?"说罢,将丝绦解下,转身要走。蒋平道:"那小童,你不要走。"小童道:"你这茔地不叫上吊,你又叫我做什么?"蒋爷道:"你转身来,我有话问你。你小小年纪,为何寻自尽?来,来,来,在这边墙根之下,说与我听。"小童道:"我皆因活不得了,我才寻死呀。你要问,我告诉你。若是当死,你把这棵树让给我,我好上吊。”蒋爷道:“就是这等,你且说来我听。”小童未语,先就落下泪来,把已往情由,滔滔不断,述了一遍。说罢,大哭。蒋爷听了,暗道:“看他小小年纪,倒是个有志气的。”便道:“你原来如此,我如今赠你盘费,你还死不死呢?”小童道:“若有了盘费,我还死?我就不死了。真个的我这小命儿是盐换来的吗?”蒋爷回手在兜肚内摸出两个锞子,道:“这些可以够了么?”小童道:“足已够了,只有使不了的。”连忙接过来,趴在地下磕头,道:“多谢恩公搭救,望乞留下姓名。”蒋平道:“你不要多问,急早快赴长沙要紧。”小童去后,蒋爷竟奔卧虎沟去了。

不知小童是谁,且听下回分解。

第九十六回

连升店差役拿书生　翠芳塘县官验醉鬼

且说蒋爷救了小童，竟奔卧虎沟而来，这是什么原故？小童到底说的什么？蒋爷如何就给银子呢？列位不知，此回书是为交代蒋平。这回把蒋平交代完了，再说小童的正文，又省得后来再为叙写。

蒋爷到了卧虎沟，见了沙员外，彼此言明。蒋爷已知北侠等上了襄阳，自己一想："颜巡按同了五弟前赴襄阳，我正愁五弟没有帮手。如今北侠等既上襄阳，焉有不帮五弟之理呢。莫若我且回转开封，将北侠现在襄阳的话回禀相爷，叫相爷再为打算。"沙龙又将艾虎留下的龙票当面交付明白。蒋爷便回转东京，见了包相，将一切说明。包公即行奏明圣上，说欧阳春已上襄阳，必有帮助巡按颜查散之意。圣上听了大喜，道："他行侠尚义，实为可嘉。"又钦派南侠展昭同卢方等四人陆续前赴襄阳，俱在巡按衙门供职，等襄阳平定后，务必邀北侠等一同赴京，再为升赏。此是后话，慢慢再表。

蒋平既已交代明白，翻回头来再说小童之事。你道这小童是谁？原来就是锦笺。自施公子赌气离了金员外之门，乘在马上，越想越有气，一连三日，饮食不进，便病倒旅店之中。小童锦笺见相公病势沉重，即托店家请医生调治，诊了脉息，乃郁闷不舒，受了外感，竟是夹气伤寒之症。开方用药。锦笺衣不解带，昼夜服侍，见相公昏昏沉沉，好生难受。又知相公没多余盘费，他又把艾虎赏的两锭银子换了，请医生，抓药。好容易把施俊调治的好些了，又要病后的将养。偏偏的马又倒了一匹，正是锦笺骑的。他小孩子家心疼那马，不肯售卖，就托店家雇人掩埋。谁知店家悄悄的将马出脱了，还要合锦笺要工饭钱，这明是欺负小孩子。再加这些店用房钱，草料麸子，七折八扣，除了两锭银子之外，倒该下了五六两的账。锦笺连急带气，他也病了。先前还挣扎着服侍相公。后来施俊见他那个形景，竟是中了大病，慢慢的问他，他不肯实说；问的急了，他就哭了。施俊心中好生不忍，自己便挣扎起来，诸事不用他服侍，得便倒要服侍服侍锦笺。一来二去,锦笺竟自伏头不起。施俊又托店家请医生。医生道:“他这虽是传染,却比相公沉重,而且症候耽误了,必须赶紧调治方好。”开了方子却不走,等着马钱。施俊向柜上借。店东道:“相公账上欠了五六两,如何还借呢? 很多了,我们垫不起。”施俊没奈何,将衣服典当了,开发了马钱并抓药。到了无事,自己到柜上重新算账,方知锦笺已然给了两锭银子,就知是他的那两锭赏银,又是感激,又是着急。因瞧见马工饭银,便想起他自己骑的那匹马来了,就合店东商量要卖马还账。店东乐得的赚几两银子呢,立刻会了主儿,将马卖了。除了还账,刚刚的剩了一两头。施俊也不计较,且调治锦笺要紧。

这日自己拿了药方出来抓药,正要回店,却是集场之日,可巧遇见了卖粮之人,姓李名存,同着一人姓郑名申,正在那里吃酒。李存却认识施俊,连声唤道:“施公子哪里去? 为何形容消减了?”施俊道:“一言难尽。”李存道:“请坐,请坐。这是我的伙计郑申,不是外人。请道其详。”施俊无奈,也就入了座,将前后情由,述了一番,李存听了,道:“原来公子主仆都病了。却在哪个店里?”施俊道:“在西边连升店。”李存道:“公子初愈,不必着急。我这里现有十两银子,且先拿去,一来调治尊管,二来公子也须好生将养。如不够了,赶到下集,我再到店中送些银两去。”施生见李存一片志诚,赶忙站起,将银接过来,深深谢了一礼,也就提起药包要走。

谁知郑申贪酒有些醉了。李存道:“郑兄少喝些也好,这又醉了。别的罢了,你这银褡裢怎么好呢?”郑申醉言醉语道:“怕什么! 醉了人,醉不了心。就是这一头二百两银子,算了事了! 我还拿得动。何况离家不远呢。”施生问道:“在哪里住?”李存道:“远却不远,往西去不足二里之遥,地名翠芳塘就是。”施生道:“既然不远,我却也无事,我就送送他何妨。”李存道:“怎敢劳动公子。偏偏的我要到粮行算账——莫若还是我送了他回去,再来算账。”郑申道:“李贤弟,你胡闹么! 真个的我就醉了么? 瞧瞧我能走不能走?”说着话,一溜歪斜往西去了。李存见他如此,便托咐施生道:“我就烦公子送送他罢,务必,务必! 等下了集,我到店中再道乏去。”施生道:“有甚要紧,只管放心,俱在我的身上。”说罢,赶上郑申,搭扶着郑申一同去了。真是“是非只为多开口,烦恼皆因强出头。”千不合,万不合,施生不应当送郑申。只顾觌面应了李存,后来便脱不了干系。

且说郑申见施生赶来，说道："相公你干你的去，我是不相干的。"施生道："那如何使得。我既受李伙计之托，焉有不送去之理呢。"郑申道："我告诉相公说，我虽醉了，心里却明白，还带着都记得。相公，你不是与人家抓药吗？请问病人等着吃药，要紧不要紧？你只顾送我，你想想那个病人受得受不得？这是一。再者我家又不远，常来常去是走惯了的。还有一说，我哪一天不醉！天天要醉，天天得人送，那得用多少人呢。到咧，这不是连升店吗？相公请，你要不进店，我也不走了。"正说间，忽见小二说道："相公，你家小主管找你呢。"郑申道："巧咧，相公就请罢。"施生应允。郑申道："结咧，我也走咧。"

施生进了店，问问锦笺，心内略觉好些。施生急忙煎了药，服侍锦笺吃了，果然夜间见了点汗，到了次日清爽好些。施生忙又托咐店家请医生去。锦笺道："业已好了，还请医生做什么？哪有这些钱呢？"施生悄悄的告诉他道："你放心，不用发愁，又有了银两了。"便将李存之赠，说了一遍。锦笺方不言语。不多时，医生来看脉开方，道："不妨事了，再服两帖也就好了。"施生方才放心，仍然按方抓药，给锦笺吃了，果然见好。

过了两日，忽见店家带了两个公人进来，道："这位就是施相公。"两个公人道："施相公，我们奉太爷之命，特来请相公说话。"施生道："你们太爷请我做什么呢？"公人道："我们知道吗？相公到了那里，就知道了。"施生还要说话。只见公人哗啷一声，掏出索来，捆上了施生，拉着就走了。把个锦笺只吓得抖衣而战，细想："相公为着何事，竟被官人拿去？"说不得只好挣扎起来，到县打听打听。

原来郑申之妻王氏因丈夫两日并未回家，遣人去到李存家内探问。李存说："自那日集上散了，郑申拿了二百两银子已然回去了。"王氏听了，不胜骇异，连忙亲自到了李存家，面问明白。"现今人银皆无，事有可疑。"她便写了一张状子，此处攸县所管，就在县内击鼓鸣冤，说："李存图财害命，不知把我丈夫置于何地。"县官即把李存拿在衙内，细细追问。李存方说出原是郑申喝醉了，他烦施相公送了去了，因此派役前来将施生拿去。

到了衙内，县官方九成立刻升堂，把施生带上来一看，却是个懦弱书生，不像害人的形景，便问道："李存曾烦你送郑申么？"施生道："是，因郑申醉了，李存不放心，烦我送他，我却没送。"方令道："他既烦你送去，你为何又不送呢?”施生道:“皆因郑申拦阻再三,他说他醉也是常醉,路也是常走,断断不叫送,因此我就回了店了。”方令道:“郑申拿的是什么?”施生道:“有个大褡裢肩头搭着,里面不知是什么。李存见他醉了,曾说:‘你这银褡裢要紧。’郑申还说:‘怕什么,就是这一头二百两银子算了事了。’其实并没有见褡裢内是什么。”方令见施生说话诚实,问什么说什么,毫无狡赖推诿,不肯加刑,吩咐寄监,再行听审。

众衙役散去,锦笺上前问道:“拿我们相公为什么事?”衙役见他是个带病的小孩子,谁有工夫与他细讲,只是回答道:“为他图财害命。”锦笺吓了一跳,又问道:“如今怎么样呢?”衙役道:“好唠叨呀,怎么样呢,如今寄了监了。”锦笺听了寄监,以为断无生理,急急跑回店内,大哭了一场,仔细想来:“必是县官断事不明。前次我听见店东说,长沙新升来一位太守,甚是清廉,断事如神,我何不去到那里给他鸣冤呢?”想罢,看了看又无可典当的,只得空身出了店,一直竟奔长沙。不料自己病体初愈,无力行走,又兼缺少盘费,偏偏的又遇了大风,因此进退两难。一时越想越窄,要在坟茔上吊。可巧遇见了蒋平,赠他银两锭。真是“钱为人之胆”,他有了银子,立刻精神百倍。好容易赶赴长沙,写了一张状子,便告到邵老爷台下。

邵老爷见呈子上面有施俊的姓名,而且叙事明白清顺,立刻升堂,将锦笺带上来细问,果是盟弟施乔之子。又问:“此状是何人所写?”锦笺回道:“是自己写的。”邵老爷命他背了一遍,一字不差,暗暗欢喜。便准了此状,即刻行文到攸县,将全案调来。就过了一堂,与原供相符。县宰方公随后乘马来到禀见。邵老爷面问:“贵县审的如何?”方九成道:“卑职因见施俊不是行凶之人,不肯加刑,暂且寄监。”邵太守道:“贵县此案当如何办理呢?”方公道:“卑职意欲到翠芳塘查看,回来再为禀复。”邵老爷点头,道:“如此甚好。”即派差役仵作跟随方公到攸县。

来到翠芳塘,传唤地方。方令先看了一切地势,见南面是山,东面是道,西面有人家,便问:“有几家人家?”地方道:“八家。”方公道:“郑申住在哪里?”地方道:“就是西头那一家。”方公指着芦苇,道:“这北面就是翠芳塘了?”地方道:“正是。”方公忽见芦苇深处乌鸦飞起,复落下去。方公沉吟良久,吩咐地方下芦苇去看来。地方拉了鞋袜,进了芦苇,不多时出来,禀道:“芦苇塘之内有一尸首,小人一人弄他不动。”方公又派差役下去二名，一同拉上来，叫仵作相验。仵作回道："尸首系死后入水，脖项有手扣的伤痕。"县宰即传郑王氏厮认，果是她丈夫郑申。方公暗道："此事须当如此。"吩咐地方将那七家主人不准推诿，即刻同赴长沙候审。方公先就乘马到府，将郑申尸首禀明，并将七家邻舍带来，俱各回了。邵太守道："贵县且请歇息。候七家到齐，我自有道理。"邵老爷将此事揣度一番，忽然计上心来。

这一日七家到齐，邵老爷升堂入座，方公将七家人名单呈上。邵老爷叫："带上来，不准乱跪。"一溜排开，按着名单跪下。邵老爷从头一个看起，挨次看完，点了点头，道："这就是了。怨得他说，果然不差。"便对众人道："你等就在翠芳塘居住么？"众人道："是。"邵老爷道："昨夜有冤魂告到本府案下，名姓已然说明。今既有单在此，本府只用朱笔一点，便是此人。"说罢，提起朱笔，将手高扬，往下一落，虚点一笔，道："就是他，再无疑了。无罪的只管起去，有罪的仍然跪着。"众人俱各起去。独有西边一人起来复又跪下，自己犯疑，神色仓皇。邵老爷将惊堂木一拍，道："吴玉，你既害了郑申，还想逃脱么？本府纵然宽你，那冤魂断然不放你的。快些据实招上来！"左右齐声喝道："快招！快招！"

不知吴玉招出什么话来，且听下回分解。

第九十七回

长沙府施俊遇丫鬟　黑狼山金辉逢盗寇

话说邵老爷当堂叫吴玉据实招上来。吴玉道:“小……小……小人没有招……招的。”邵老爷吩咐:“拉下去打。”左右呐了一声喊,将吴玉拖翻在地,竹板高扬,打了十数板。吴玉嚷道:“我招呀,我招!”左右放他起来,道:“快说!快说!”吴玉道:“人小原无生理,以赌为事。偏偏的时运不好,屡赌屡输。东干东不着,西干西不着,要账堆了门,小人白日不敢出门来,那日天色将晚,小人刚然出来,就瞧见郑申晃里晃荡由东而来。我就追上前去,见他肩头扛着个褡裢,里面鼓鼓囊囊的。小人就合他借贷,谁知郑申他不借,还骂小人。小人一时气忿,将他尽力一推,噗哧、咕咚就栽倒了。一个人栽倒了怎么两声儿呢?敢则郑申喝成酒泡儿了,栽在地下,噗哧的一声。倒是那大褡裢摔在地下,咕咚的一声。小人听的声音甚是沉重,知道里面必是财资,我就一屁股坐在郑申胸脯之上。郑申才待要嚷,我将两手向他咽喉一扣,使劲在地下一按。不大的工夫,郑申就不动了。小人把他拉入苇塘深处,以为此财是发定了,再也无人知晓,不想冤魂告到老爷台前。回老爷,郑申说的全是醉话,听不得呢。小人冤枉呀!”邵老爷问道:“你将银褡裢放在何处?”吴玉道:“那是二百两银子。小人将褡裢理好,埋在缸后头了,分文没动。

邵老爷命吴玉画了招,带下去,即请县宰方公将招供给他看了。叫方公派人将赃银起来,果然未动,即叫尸亲郑王氏收领。李存与翠芳塘住的众街坊释放回家。独有施生留在本府。吴玉定了秋后处决,派役押赴县内监收。方公一一领命,即刻禀辞,回本县去了。

邵老爷退堂,来到书房,将锦笺唤进来,问道:“锦笺,你在施宅是世仆呀?还是新去的呢?”锦笺道:“小人自幼就在施老爷家。我们相公念书,就是小人伴读。”邵老爷道:“既如此,你家老爷相知朋友有几位,你可知道么?”锦笺道:“小人老爷,有两位盟兄,是知己莫逆的朋友。”邵老爷道:“是哪两位?”锦笺道:“一位是做过兵部尚书的金辉金老爷,一位是现任太守邵邦杰邵老爷。”旁边书僮将锦笺衣襟一拉，悄悄道：“太老爷的官讳，你如何浑说？”锦笺连忙跪倒：“小人实实不知，求太老爷饶恕。”邵老爷哈哈笑道：“老夫便是新调长沙太守的邵邦杰。金老爷如今已升了襄阳太守。”锦笺复又磕头。邵老爷吩咐：“起来，本府原是问你，岂又怪你。”即叫书僮拿了衣巾，同锦笺到外面与施俊更换。锦笺悄悄告诉施俊，说：“这位太守就是邵老爷。方才小人已听邵老爷说，金老爷也升任襄阳府太守了。相公如若见了邵老爷，不必提与金老爷呕气一事，省的彼此疑忌。”施生道：“我提那些做什么，你只管放心。”就随了书僮，来至书房，锦笺跟随在后。

施生见了邵公，上前行礼参见。邵公站起相搀。施生又谢为案件多蒙庇佑。邵公吩咐看座，施生告坐。邵公便问已往情由。施生从头述了一遍，说到与金公呕气一节，改说：“因金公赴任不便在那里，因此小侄就要回家。不想走到攸县，我主仆便病了，生出这节事来。”邵公点了点头。

说话间，饭已摆妥。邵公让施生用饭，施生不便推辞。饮酒之间，邵公盘诘施生学问，甚是渊博，满心欢喜，就将施生留在衙门居住，无事就在书房谈讲。因提起亲事一节，施生言：“家父与金老伯提过，因彼此年幼，尚未纳聘。”此句暗暗与佳蕙之言相符。邵公听了大乐，便将路上救了牡丹的话，一一说了。“如今有老夫作主，一个盟兄之女，一个盟弟之子，可巧侄男侄女皆在老夫这里，正好成其美事。”施俊到了此时，也就难以推辞。

邵公大高其兴，来到后面与夫人商量，叫夫人向牡丹说起。一面派丁雄送信给金公，说明要将牡丹与施俊成婚。谁知夫人将假小姐唤来，这时佳蕙再难隐瞒，便将前后事情大概说明。她说到小姐溺水之苦，不由的泪流满面。夫人等倒可怜她，劝慰了多少言语，只得将婚事作罢。一面派人将丁雄追回，但已经赶不上了。

且说丁雄与金公送信，从水面迎来，已见有官船预备，问时，果是迎接襄阳太守的，丁雄打听了一下，说金太守由枯梅岭起旱而来，他便弃舟乘马，急急赶到枯梅岭。先见有驮轿行李过去，知是金太守的家眷，后面方是太守乘马而来。丁雄下马，抢步上前请安，禀道：“小人丁雄奉家主邵老爷之命，前来投书。”说罢，将书信高高举起。金太守将马位住，问了邵老爷起居。丁雄站起，一一答毕，将书信递过。金太守伸手接书，却问道：

“你家太太好？小姐们可好？”丁雄一一回答。金公道：“管家乘上马罢。等我到驿，再答回信。”丁雄退后，一抖丝缰上了马，就在金公后面跟随。见了金福禄等，彼此各道辛苦，套叙言语，俱不必细表。

且说金公因是邵老爷的书信，非比寻常，就在马上拆看，见前面无非请安想念话头，看到后面有施俊与牡丹完婚一节，心中一时好生不乐，暗道：“邵贤弟做事荒唐！儿女大事，如何硬作主张？倒遂了施俊那畜生的私欲。此事太欠斟酌。”却又无可如何，将书信折叠折叠，揣在怀内。丁雄虽在后面跟随，却留神瞧，以为金公见了书信，必有话面问。谁知金公不但不问，反觉得有些不乐的光景。丁雄暗暗纳闷。

正走之间，离赤石崖不远。见无数的喽啰排开，当中有一个人，黄面金睛，浓眉凹脸，颔下满部绕丝的黄须（无怪绰号金面神），坐下骑着一匹黄骠马，手中拿着两根狼牙棒，雄赳赳，气昂昂，在那里等候。金公早已看见，不知山贼是何主意。猛见丁雄伏身撒马过去。话语不多，山贼将棒一举，连晃两晃，上来了一群喽啰，鹰拿燕雀，将丁雄掳翻，下马捆了。金公一见，暗说：“不好！”才待拨转马头，只见山贼忽喇喇纵马跑过来，一声叱咤道：“俺蓝骁特来请太守上山叙话。”说罢，将棒往后一摆，喽啰蜂拥上前，拉住金公坐下嚼环，不容分说，竟奔山中去了。金福禄等见了，谁敢上前，嗯的一声，大家没命的好跑。

且说蓝骁邀截了金公，正然回山，只见葛瑶明飞马近前来禀道：“启大王，小人奉命劫掠驮轿，已然到手。不想山凹窜出一只白狼，后面有三人追赶，却是卧虎沟的沙员外，带领孟杰、焦赤。三人见小人劫掠驮轿，心中大忿，急急上前，将喽啰赶散，仍将驮轿夺去，押赴庄中去了。”蓝骁听了大怒，道：“沙龙欺吾太甚！”吩咐葛瑶明押解金公上山，安置妥协，急急带喽啰前来接应。葛瑶明领命，只带数名喽啰，押解金公、丁雄上山。其余俱随蓝骁来到赤石崖下。早见沙龙与孟杰二人迎将上来。蓝骁道：“沙员外，俺待你不薄，你如何管俺的闲事？”沙龙道：“非是俺管你的闲事。只因听见驮轿内哭的惨切，母子登时全要自尽，俺岂有不救死之理？”蓝骁道：“员外不知，俺与金太守素有仇隙，知他从此经过，特特前来邀截，方才已然擒获上山。忽听葛瑶明说，员外将他家眷抢夺回庄，不知是何主意？”沙龙道：“这就是你的不是了。金太守乃国家四品黄堂，你如何擅敢邀截？再者你与太守有仇，却与他家眷何干？依俺说，莫若你将太守放下山来，交付与俺。俺与你在太守跟前说个分上，置而不理，免得你吃罪不起。”蓝骁听了，一声怪叫：“嗳哟！好沙龙！你真欺俺太甚，俺如今合你誓不两立！”说罢，催马抡棒打来。沙龙扯开架式抵敌，孟杰帮助相攻。蓝骁见沙、孟二人步下窜跃，英勇非常。他便使个暗令将棒往后一摆，众喽啰围裹上来。沙龙毫不介意，孟杰漠不关心，一个东指西杀，一个南击北搠。二人杀够多时，谁知喽啰益发多了，箟箩圈将沙龙、孟杰困在当中。二人渐渐的觉得乏了。

原来葛瑶明将金公解入山中，招呼众多喽啰下山。他却指拨喽啰层层叠叠的围裹，所以人益发多了。正在分派，只见那边来了个女子，仔细打量，却是前次打野鸡的。他一见了邪念陡起，一催马迎将上来，道：“娇娘，往哪里走？”这句话刚然说完，只听弓弦响处，这边葛瑶明眼睛内咕唧的一声，一个铁丸打入眼眶之内，生生把个眼珠儿挤出。葛瑶明嗳哟的一声，栽下马来。

原来焦赤押解驮轿到庄，叫凤仙、秋葵迎接进去，告诉明白，说：“蓝骁现领喽啰在山中截战”。凤仙姐妹听了，甚不放心，就托张妈妈在里头照料，她等随焦赤前来救应沙龙。在路上言明，焦赤从东杀进，凤仙姐妹从西杀进。不料刚然上山，就被葛瑶明看见，伸马迎来。秋葵眼快嘴急，叫声：“姐姐，前日抢野鸡的那厮又来了。”凤仙道：“妹妹不要忙，待我打发他。前次手下留情，打在他眉攒中间，是个‘二龙戏珠’。如今这厮又来，可要给他个‘唤虎出洞’了。”列位自想想，葛瑶明眉目之间有多大的地方，搁的住闹个龙虎斗么？他从马上栽了下来，秋葵赶上将铁棒一扬，只听拍的一声，葛瑶明登时了账，琉璃珠儿砸碎了。

未知她姐妹如何，且听下回分解。

第九十八回

沙龙遭困母女重逢　智化运筹弟兄奋勇

且说凤仙、秋葵从西杀来。只见秋葵抡开铁棒，乒乒乓乓一阵乱响，打的喽啰四分五落；凤仙拽开弹弓，连珠打出，打的喽啰东躲西藏。忽又听东边呐喊，却是焦赤杀来，手托钢叉，连嚷带骂。里面沙龙、孟杰见喽啰一时乱散，他二人奋勇往外冲突，里外夹攻，喽啰如何抵挡得住，往左右一分，让开一条大路。却好凤仙、秋葵接住沙龙，焦赤却也赶到，彼此相见。沙龙道："凤仙，你姐妹到此做甚？"秋葵道："闻得爹爹被山贼截战，我二人特来帮助。"沙龙才要说话，只听山岗上咕噜噜鼓声如雷，所有山口外噹、噹、噹锣声振耳，又听人声呐喊："拿呀！别放走了沙龙呀！大王说咧：'不准放冷箭呀！务要生擒呀！'姓沙的，你可跑不了呀！各处俱有埋伏呀！快些早些投降！"沙龙等听了，不由的骇目惊心。

你道如何？原来蓝骁暗令喽啰围困沙龙，只要诱敌，不准交锋，心想把他奈何乏了，一鼓而擒之，将他制伏，作为自己的膀臂，故此他在高山岗上瞭望。见沙龙二人有些乏了，满心欢喜。惟恐有失，又叫喽啰上山，调四哨头领按山口埋伏，如听鼓响，四面锣声齐鸣，一齐呐喊，惊吓于他。那时再为劝说，断无不归降之理。猛又见东西一阵披靡①，喽啰往左右一分，已知是沙龙的接应，他便擂起鼓来，果然各山口响应，呐喊扬威，声声要拿沙龙。他在高岗之上挥动令旗，沙龙投东，他便指东；沙龙投西，他便指西。沙龙父女、孟、焦二人跑够多时，不是石如骤雨，就是箭似飞蝗，毫无一个对手厮杀之人。跑来跑去，并无出路，只得五人团聚一处，歇息商酌。

且不言沙龙等被困。再说卧虎庄上自从焦赤押驮轿进庄，所有渔猎众家的妻女皆知救了官儿娘子来，谁不要瞧瞧官儿娘子是什么样，全当做希罕儿一般。你来我去，只管频频往来，却不敢上前，只有偷偷摸摸扒扒

---

① 披靡（mǐ）——形容军队溃散。

窗户，或又掀掀帘子。及到人家瞧见她，她又将身一撤。倒是张立之妻李氏受了凤仙之托，极力的张罗，却又一人张罗不过来。应酬了何夫人，又应酬小相公金章，额外还要应酬丫鬟仆妇，觉得累得很，出来便向众妇人道："众位大妈婶子，你们与其在这里张的望的，怎的不进去看看，陪着说说话儿呢？我也有个替换。"众人也不答言，也有摆手的，也有摇头的，又有扭扭捏捏躲了的，又有咭咭咕咕笑了的。李氏见了这番光景，赌气转身进了角门。

原来角门以内，就是跨所。当初凤仙、秋葵曾说过，如若房屋盖成，也不准张家姐姐搬出，故此张立夫妇带同牡丹仍在跨所居住。李氏见了牡丹，道："女儿，今有员外救了官儿娘子前来，妈妈一人张罗不过来。别人都不敢上前，女儿敢去也不敢呀？你若敢去，妈妈将你带过去，咱娘儿两个也有个替换。你不愿意，就罢。"牡丹道："母亲，这有什么呢，孩儿就过去。"李氏欢喜道："还是女儿大方。你把那头儿抿抿，把大褂子罩上。我这里烹茶，你就端过去。"牡丹果然将头儿整理整理，换衣系裙。

不多时，李氏将茶烹好，用茶盘托来，递与牡丹。见牡丹抿的头儿光光油油的，衬着脸儿红红白白的，穿着件翠森森的衫儿，系着条青簇簇的裙儿，真是娇娇娜娜，袅袅婷婷。虽是布裙荆钗，胜过珠围翠绕。李氏看了，乐得她眉花眼笑，随着出了角门。众妇女见了，一个个低言悄语，接耳交头。这个道："大妗子①，你看哟，张奶奶又显摆她闺女呢。"那个道："二娘儿，你听罢，看她见了官儿娘子说些吗耶，咱们也学些见识。"

说话间，李氏上前将帘掀起。牡丹端定茶盘，到屋内慢闪秋波一看，觉得肝连胆一阵心酸，忽听小金章说道："嗳哟！你不是我牡丹姐姐么？想煞兄弟了！"跑过来，抱膝跪倒，牡丹到了此时，手颤腕软，当啷啷茶杯落地，将金章抱住，瘫软在地。何氏夫人早已向前搂住牡丹，儿一声，肉一声，叫了半日，哇的一声，方哭出来了。真是"悲从心中出"。慢说他三人泪流满面，连仆妇丫鬟无不拭泪，在旁劝慰。窗外的田妇村姑不知为着何事，俱各纳闷。独有李氏张妈愣 怔 怔的劝又不是，不劝又不是，好容易将他母女三人搀起。

何氏夫人一手拉住牡丹，一手拉住了金章，哀哀切切的一同坐了，方

① 妗(jìn)子——妻兄、妻弟的妻子。此处是称呼跟自己年龄差不多的妇女。

问与奶公奶母赴唐县如何到此。牡丹哭诉遇难情由。刚说到张公夫妇捞救,猛听的李氏放声哭道:“嗳哟!可坑了我了!”她这一哭,比方才她母女姐弟相识犹觉惨切。她想:“没有儿女的怎生这样的苦法,索性没有也倒罢了。好容易认着一个,如今又被本家认去,这以后可怎么好?”越想越哭,越哭越痛。何氏夫人感念她救女儿之情,将她搀过来,一同坐了,劝慰多时,牡丹又说:“妈妈只管放心,决不辜负厚恩。”李氏方住了声。

金章见他姐姐穿的是粗布衣服,立刻磨着何氏夫人要他姐姐的衣服。一句话提醒了李氏,即到跨所取衣服。见张立拿茶叶要上外边去,李氏道:“大哥那是给人家的女儿预备茶叶,你如何拿出去?”张立道:“外面来了多少二爷们,连杯茶也没有。说不得只好将这茶叶拿出,你如何又说人家女儿的话呢?”李氏便将方才母女相认的话说了。张立听了,也无可如何,且先到外面张罗。张立来到厅房,众仆役等见了道谢。张立急忙烹茶。

忽见庄客进来,说道:“你等众位在此厅上坐不得了,且到西厢房吃茶罢,我们员外三位至厚的朋友到了。”众仆役听了,俱各出来躲避。只见外面进来了三人,却是欧阳春、智化、丁兆蕙。

原来他三人到了襄阳,探听明白:赵爵立了盟书,恐有人盗取,关系非浅。因此盖了一座冲霄楼,将此书悬于梁间,下面设了八卦铜网阵,处处设了消息,时时有人看守。原打算进去探访一番,后来听说圣上钦派颜大人巡按襄阳,又是白玉堂随任供职。大家计议,莫若仍回卧虎沟与沙龙说明,同去辅佐巡按,帮助玉堂,又为国家,又尽朋情,岂不两全其美,因此急急赶回来了。

来到庄中,不见沙龙,智化连忙问道:“员外哪里去了?”张立说:“救了太守的家眷,蓝骁劫战赤石崖,不但员外与孟、焦二位去了,连两位小姐也去了,打算救应,至今未回。”智化听了,说道:“不好!此事必有舛错,不可迟疑。欧阳兄与丁贤弟务要辛苦辛苦。”丁二爷道:“叫我们上何方去呢?”智化道:“就解赤石崖之围。”丁二爷道:“我与欧阳兄都不认得,如何是好?”张立道:“无妨,现有史云,他却认得。”丁二爷道:“如此,快唤他来。”张立去不多时,只见来了七人,听说要上赤石崖,同史云全要去的。智化道:“很好,你等随了二位去罢。不许逞强好勇,只听吩咐就是了。欧阳兄专要擒获蓝骁,丁贤弟保护沙兄父女,我在庄中防备贼人分兵抢夺家属。"北侠与丁二官人急急带领史云七人,直奔赤石崖去了。这里智化叫张立进内,安慰众女眷人等不必惊怕,惟恐有着急欲寻自尽等情,又吩咐:"众庄客前后左右,探听防守。倘有贼寇来时,不要声张,暗暗报我知道,我自有道理。"登时把个卧虎庄安排的井井有条。可见他料事如神,机谋严密。

且说北侠等来到赤石崖的西山口,见有许多喽啰把守。这北侠招呼众人道:"守汛喽啰听真,俺欧阳春前来解围,快快报与你家山主知道。"西山口的头领不敢怠慢,连忙报与蓝骁。蓝骁问道:"来有多少人?"头领道:"来了二人,带领庄丁七人。"蓝骁暗道:"共有九人,不打紧。好便好,如不好时,连他等也困在山内,索性一网打尽。"想罢,传于头领,叫把他等放进山口。早见沙龙等正在那里歇息,彼此相见,不及叙话。北侠道:"俺见蓝骁去,丁贤弟小心呀!"说罢,带了七人,奔到山岗。

蓝骁迎了下来。问道:"来者何人?"北侠道:"俺欧阳春特来请问山主,今日此举是为金太守呀?还是为沙员外呢?"蓝骁道:"俺原是为擒拿太守金辉,却不与沙员外相干。谁知沙员外从我们头领手内将金辉的家眷抢去不算,额外还要合我要金辉,这不是沙员外欺我太甚么?所以将他困住,务要他归附方罢。"北侠笑道:"沙员外何等之人,如何肯归附于你?再者你无故的截了皇家的四品黄堂,这不成了反叛了么?"蓝骁听了大怒,道:"欧阳春,你今此来,端的为何?"北侠道:"俺今特来拿你。"说罢,抡开七宝刀照腿砍来。蓝骁急将铁棒一迎。北侠将手往外一削,噌的一声,将铁棒狼牙削去。蓝骁暗说"不好",又将左手铁棒打来。北侠尽力往外一磕,又往外一削。迎的力猛,蓝骁觉的从手内夺的一般,嗖的一声,连磕带削,棒已飞出数步以外,蓝骁身形晃了两晃。北侠赶步,纵身上了蓝骁的马后,一伸左手攥住他的皮鞓带①,将他往上一提,蓝骁已离鞍心。北侠将身一转,连背带抗,往地下一跳,右肘把马跨一捣。那马咴的一声,往前一窜。北侠提着蓝骁,一松手,咕咚一声,栽倒尘埃。史云等连忙上前擒住,登时捆缚起来。

此一段北侠擒蓝骁,迥与别书不同,交手别致,迎逢各异。至于擒法更觉新奇,虽则是失了征战的规矩,却正是侠客的行藏,一味的巧妙灵活,

---

① 皮鞓(tīng)带——皮革制成的腰带。

决不是卤莽灭裂、好勇斗狠那一番的行为。

且说丁兆蕙等早望见高岗之上动手,趁他不能挥动令旗,失却眼目,大家奋勇杀奔西山口来。头领率领喽啰,如何抵挡的住一群猛虎,发了一声喊,各自逃出去了。丁兆蕙独自一人擎刀把住山口,先着凤仙、秋葵回庄,然后沙龙与兆蕙复又来到高岗。

此时北侠已追问蓝骁,金太守在于何处。蓝骁只得说出已解山中,即着喽啰将金辉、丁雄放下山来。北侠就着史云带同金太守先行回庄。到西山口,叫孟、焦二人也来押解蓝骁,上山剿灭巢穴去了。

要知后文如何,且听下回分解。

第九十九回

见牡丹金辉深后悔　提艾虎焦赤践前言

且说史云引着金辉、丁雄来到庄中，庄丁报与智化。智化同张立迎到大厅之上。金太守并不问妻子下落如何，惟有致谢搭救自己之恩。智化却先言夫人公子无恙，使太守放心。略略吃茶，歇息歇息，即着张立引太守来到后面，见了夫人公子。此时凤仙姊妹已知母女相认，正在庆贺，忽听太守进来，便同牡丹上跨所去了。

这些田妇村姑谁不要瞧瞧大老爷的威严。不多时，见张立带进一位戴纱帽的，翅儿缺少一个；穿着红袍，襟子搭拉半边；玉带系腰，因揪折闹的里出外进；皂靴裹足，不合脚弄的底绽帮垂；一部苍髯，揉得上头扎煞下头卷；满面尘垢，抹的左边添黑右边黄。初见时只当做走会的杠箱官，细瞧来方知是新印的金太守。众妇女见了这狼狈的形状，一个个握着嘴儿嘻笑。

夫人公子迎出屋来，见了这般光景，好不伤惨。金章上前请安，金公拉起，携手来到屋内。金公略述山主邀截的情由，何氏又说恩公搭救的备细。夫妻二人又是嗟叹，又是感激。忽听金章道："爹爹，如今却有喜中之喜了。"太守问道："此话怎讲？"何氏安人便将母女相认的事说出。太守诧异，道："岂有此理？难道有两个牡丹不成？"说罢，从怀中将邵老爷书信拿出，递给夫人看了。何氏道："其中另有别情。当初女儿不肯离却闺阁，是乳母定计将佳蕙扮做女儿，女儿改了丫鬟。不想遇了贼船，女儿赴水倾生。多亏张公夫妇捞救，认为义女。老爷不信，请看那两件衣服，方才张妈妈拿来，是当初女儿投水穿的。"金公拿起一看，果是两件丫鬟服色，暗暗忖度道："如此看来，牡丹不但清洁，而且有智，竟能保金门的脸面，实属难得。"再一转想："当初手帕金鱼原从巧娘手内得来。焉知不是那贱人作弄①的呢？就是书箱翻出玉钗，我看施生也并不惧怕，仍然一团傲气，仔细想来，其中必有情弊。我是一时着了气恼，不辨青红皂白，竟

① 作(zuō)弄——捉弄。

把他二人委屈了。”再想起逼勒牡丹自尽一节，未免太狠，心中愧悔难禁，便问何氏道：“女儿今在哪里？”何氏道：“方才在这里，听说老爷来了，他就上他干娘那边去了。”金公道：“金章，你同丫鬟将你姐姐请来。”

金章去后，何氏道：“据我想来，老爷不见女儿倒也罢了，惟恐见了时，老爷又要生气。”金公知夫人话内有讥诮①之意，也不答言，只有付之一笑。只见金章哭着回来道：“我姐姐断不来见爹爹，说惟恐爹爹见了又要生气。”金公哈哈笑道：“有其母必有其女，无奈何，烦夫人同我走走如何？”何氏见金公如此，只得叫张妈妈引路，老夫妻同进了角门，来到跨所之内。凤仙姐妹知道太守必来，早已躲避。只见三间房屋，两明一暗，所有摆设颇颇的雅而不俗，这俱是凤仙在这里替牡丹调停的。张李氏将软帘掀起，道：“女儿，老爷亲身看你。”金公便进屋内，见牡丹面里背外，一言不答。金公见女儿的梳妆打扮，居然的布裙荆钗，回想当初珠围翠绕，不由的痛彻肺腑，道：“牡丹我儿，是为父的委屈了你了。皆由当初一时气恼，不加思索，无怪女儿着恼。难道你还嗔怪爹爹不成？你母亲也在此，快些见了罢。”张妈妈见牡丹端然不动，连忙上前，道：“女儿，你乃明理之人，似此非礼，如何使得？老爷太太是你生身父母，尚且如此；若是我夫妻得罪了你，那时岂不更难乎为情了么？快些下来。叩拜老爷罢。”

此时牡丹已然泪流满面，无奈下床，双膝跪倒，口尊：“爹爹，儿有一言告禀，孩儿不知犯了何罪，致令爹爹逼孩儿自尽？如今现为皇家太守，倘若遇见孩儿之事，爹爹断理不清，逼死女子是小事，岂不于德行有亏？孩儿无知顶撞，望乞爹爹宽宥。”金公听了，羞得面红过耳，只得陪笑，将牡丹搀起，道：“我儿说的是，以后爹爹诸事细心了。以前之事全是爹爹不是，再休提起了。”又向何氏道：“夫人，快些与女儿将衣服换了。我到前面致谢致谢恩公去。”说罢，抽身就走。

张立仍然引至大厅。智化对金公道：“方才主管带领众役们来央求于我，惟恐大人见责，望乞大人容谅。”金公道：“非是他等无能，皆因山贼凶恶，老夫怪他们则甚。”智化便将金福禄等唤来，与老爷磕头。众人又谢了智爷，智爷叫将太守衣服换来。

只见庄丁进来报道：“我家员外同众位爷们到了。”智化与张立迎到

① 讥诮（qiào）——冷言冷语地讥讽。

庄门。刚到厅前，见金公在那里立等，见了众人，连忙上前致谢。沙龙见了，便请太守与北侠进厅就座。智化问剿灭巢穴如何。北侠道："我等押了蓝骁入山，将辎重俱散与喽啰，所有寨栅全行放火烧了。现时把蓝骁押来交在西院，叫众人看守，特请太守老爷发落。"太守道："多承众位恩公的威力。既将贼首擒获，下官也不敢擅专。待到任所，即行具折，连贼首押赴东京，交到开封府包相爷那里，自有定见。"智化道："既如此，这蓝骁倒要严加防范，好好看守，将来是襄阳的硬证。"复又道："弟等三人去而复返者，因听见颜大人巡按襄阳，钦派白五弟随任供职。弟等急急赶回来，原欲会同兄长齐赴襄阳，帮助五弟，共襄此事。如今既有要犯在此，说不得须耽迟几日工夫。沙兄长、欧阳兄、丁贤弟，大家俱各在庄，留神照料蓝骁。惟恐襄阳王暗里遣人来盗取，却是要紧的。就是太守赴任，路上也要仔细。若要小弟护送前往，一到任所，急急具折。待折子到时，即行将蓝骁押赴开封。诸事已毕，再行赶到襄阳，庶乎于事有益。不知众位兄长以为如何？"众人齐声道："好，就是如此。"金公道："只是又要劳动恩公，下官心甚不安。"说话间，酒筵摆设齐备，大家入座饮酒。

只见张立悄悄与沙龙附耳。沙龙出席来到后面，见了凤仙、秋葵，将牡丹之事，一一叙明。沙龙道："如何？我看那女子举止端方，决不是村庄的气度，果然不错。"秋葵道："如今牡丹姐姐不知还在咱们这里居住？还是要随任呢？"沙龙道："自然是要随任，跟了她父母去，岂有单单把她留在这里之理呢？"秋葵道："我看牡丹姐姐她不愿意去，如今连衣服也不换，仿佛有什么委屈，擦眼抹泪的。莫若爹爹问问太守，到底带她去不带她去，早定个主意为是。"沙龙道："何必多此一问。哪有她父母既认着了，不带了去，还把女儿留在人家的道理？这都是你们贪恋难舍，心生妄想之故。我不管，你牡丹姐姐如若不换衣服，我惟你们二人是问。少时我同太守还要进来看呢。"说罢，转身上厅去了。

凤仙听了，低头不语。惟有秋葵，将嘴一咧，哇的一声哭着，奔到后面，见了牡丹，一把拉住，道："哎哟！姐姐呀，你可快走了！我们可怎么好呀！"说罢，放声痛哭。牡丹也就陪哭起来了。众人不知为着何故。随后凤仙也就来了，将此事说明。大家这才放了心了。何氏夫人过来拉住秋葵道："我的儿，你不要啼哭。你舍不得你的姐姐，哪知我心里还舍不得你呢。等着我们到了任所，急急遣人来接你。实对你说，我很爱你这实心眼儿,为人憨厚。你若不憎嫌,我就认你为干女儿,你可愿意么?"秋葵听了,登时止住泪,道:"这话果真么?"何氏道:"有什么不真呢?"秋葵便立起身来,道:"如此,母亲请上,待孩儿拜见。"说罢,立时拜下去。何氏夫人连忙搀起。凤仙道:"牡丹姐姐,你不要哭了,如今有了傻妹子了。"牡丹噗哧的一声也笑了。凤仙道:"妹子,你只顾了认母亲。方才我爹爹说的话,难道你就忘了么?"秋葵道:"我何尝忘了呢。"便对牡丹道:"姐姐,你将衣服换了罢。我爹爹说了,如若不换衣服,要不依我们俩呢。你若拿着我当亲妹妹,你就换了;若你瞧不起我,你就不换。"张妈妈也来相劝。凤仙便吩咐丫鬟道:"快拿你家小姐的簪环衣服来。"彼此撺掇,牡丹碍不过脸去,只得从新梳洗起来。不多时,梳妆已毕,换了衣服,更觉鲜艳非常。牡丹又将簪珥赠了凤仙姊妹许多,二人深谢了。

且说沙龙来到厅上,复又执壶斟酒,刚然坐下,只见焦赤道:"沙大哥,今日欧阳兄、智大哥俱在这里,前次说的亲事今日还不定规么?"一句话说的也有笑的,也有怔的。怔的因不知其中之事体,此话从何说起;笑的是笑他性急,粗莽之甚。沙龙道:"焦贤弟,你忙什么?为女儿之事,何必在此一时呢?"焦赤道:"非是俺性急。明日智大哥又要随太守赴任,岂不又是耽搁呢?还是早些规定了的是。"丁二爷道:"众位不知。焦二哥为的是早些定了,他还等吃喜酒呢。"焦赤道:"俺单等吃喜酒。这里现放着酒,来,来,来,咱们且吃一杯。"说罢,端起来一饮而尽。大家欢笑快饮。酒饭已毕,金公便要了笔砚来,给邵邦杰细细写了一信,连手帕并金鱼玉钗俱各封固停当。当面交与丁雄,叫他回去,就托邵邦杰将此事细细访查明白。匆忙之间,金公只说起牡丹投河自尽,却忘了说明牡丹已经遇救,以及父女重逢。赏了丁雄二十两银子,即刻起身,赶赴长沙去了。

沙龙此时已到后面,秋葵将何氏夫人认为干女儿之事说了;又说起牡丹小姐已然换了衣服,还要请太守与爹爹一同拜见。沙龙便来到厅上,请了金公,来到后面。牡丹出来,先拜了沙龙。沙龙见牡丹花团锦簇,满心喜欢。牡丹又与金公见礼。金公连忙搀起。见牡丹依然是闺阁妆扮,虽然欢喜,未免有些凄惨。牡丹又带了秋葵与义父见礼,金公连忙叫牡丹搀扶。沙龙也叫凤仙见了。金公又致谢沙龙:"小女在此打搅,多蒙兄长与二位侄女照拂。"沙龙连说:"不敢。"

他等只管亲的干的,见父认女,旁边把个张妈妈瞅的眼儿热了,眼眶里不由的流下泪来,用绢帕左搽右搽。早被牡丹看见,便对金公道:“孩儿还有一事告禀。”金公道:“我儿有话,只管说来。”牡丹道:“孩儿性命,多亏干爹干娘搭救,才有今日。而且老夫妻无男无女,孤苦只身,求爹爹务必将他老夫妻带到任上,孩儿也可以稍为报答。”金公道:“正当如此,我儿放心。就叫他老夫妻收拾收拾,明日随行便了。”张妈妈听了,这才破涕为笑。

沙龙又同金公来到厅上,金公见设筵丰盛,未免心甚不安。沙龙道:“今日此筵,可谓四喜俱备。大家坐了,待我说来。”仍然太守首座,其次北侠、智公子、丁二官人、孟杰、焦赤,下首却是沙龙与张立。焦赤先道:“大哥快说四喜。若说是了,有一喜俺喝一碗如何?”沙龙道:“第一,太守今日一家团聚,又认了小姐,这个喜如何?”焦赤道:“好!可喜可贺,俺喝这一碗。快说第二。”沙龙道:“这第二就是贤弟说的了。今日凑着欧阳兄、智贤弟在此,就把女儿大事定规了,从此咱三人便是亲家了。一言为定,所有纳聘的礼节再说。”焦赤道:“好呀!这才痛快呢。这二喜俺要喝两碗,一碗陪欧阳兄、智大哥,一碗陪沙兄长。你三人也要换盅儿才是。”说的大众笑了。果然北侠、智公子与沙员外彼此换杯。焦赤已然喝了两碗。沙龙道:“三喜是明日太守荣任高升,这就算饯行的酒席如何?”焦赤道:“沙兄长会打算盘,一打两副成。也倒罢了,俺也喝一碗。”孟杰道:“这第四喜不知是什么,倒要听听。”沙龙道:“太守认了小女为女,是干亲家,欧阳兄与智贤弟定了小女为媳,是新亲家;张老丈认了太守的小姐为女,是干亲家。通盘算来,今日乃我们三门亲家大会齐儿,难道算不得一喜么?”焦赤听了,却不言语,也不饮酒。丁二爷道:“焦二哥,这碗酒为何不喝?”焦赤道:“他们亲家闹他们的亲家,管俺什么相干?这酒俺不喝他。”丁二爷道:“焦二哥,你莫要打不开算盘,将来这里的侄女儿过了门时,他们亲家爹对亲家爷,咱们还是亲家叔叔呢。”说的大家全笑了。彼此欢饮。饭毕之后,大家歇息。

到了次日,金太守起身,智化随任,独有凤仙、秋葵与牡丹三人痛哭,不忍分别,好容易方才劝止。智化又谆谆嘱咐:“好生看守蓝骁,等折子到时即行押解进京。”北侠又提拔智化,一路小心。大家珍重,执手分别。上任的上任,回庄的回庄,俱各不表。

要知后文何事,且听下回分解。

第一百回

探形踪王府遣刺客　赶道路酒楼问书僮

且说小侠艾虎自从离了卧虎沟,要奔襄阳。他因在庄三日未曾饮酒,头天就饮了个过量之酒,走了半天就住了。次日也是如此。到了第三日,猛然省悟,道:“不好!若要如此,岂不像上卧虎沟一样么?”倘然再要误事,那就不成事了。从今后酒要检点才好。”自己劝了自己一番。因心里惦着走路,偏偏的起得早了,不辨路径,只顾往前进发。及至天亮,遇见行人问时,谁知把路走错了:理应往东,却岔到东北,有五六十里之遥。幸喜此人老成,的的确确告诉他由何处到何镇,再由何镇到何堡,过了何堡几里方是襄阳大路。艾虎听了,躬身道谢,执手告别,自己暗道:“这是怎么说!起了个五更,赶了个晚集,这半夜的工夫白走了。仔细想来,全是前两日贪酒之过。若不是那两天醉了,何至有今日之忙,何至有如此之错呢?可见酒之误事不小。”自己悔恨无及。

哪知他就在此一错上,便把北侠等让过去了,所以直到襄阳全未遇见。这日好容易到了襄阳,各处店寓询问,俱各不知。他哪知道北侠等三人再不住旅店,惟恐怕招人的疑忌,全是在野寺古庙存身。小侠寻找多时,心内烦躁,只得找个店寓住了。

次日便在各处访查,酒也不敢多吃了。到处听人传说:“新升来一位巡按大人姓颜,是包丞相的门生,为人精明,办事耿直。倘若来时,大家可要把冤枉伸诉伸诉。”又有悄悄低言讲论的,他却听不真切。他便暗暗生智,坐在那里,仿佛瞌睡,前仰后合,却是闭目合睛,侧耳细听,渐渐的听在耳内。原来是讲究如何是立盟书,如何是盖冲霄楼,如何设铜网阵。一连探访了三日,到处讲究的全是这些,心内早得了些主意。

因知铜网阵的利害,不敢擅入,他却每日在襄阳王府左右暗暗窥觑,或在对过酒楼瞭望。这日正在酒楼之上饮酒,却眼巴巴的瞧着对过,见府内往来行人出入,也不介意。忽然来了二人,乘着马,到了府前下马,将马拴在桩上,进府去了。有顿饭的工夫,二人出来,各解偏缰,一人扳鞍上马，一人刚才认镫。只见跑出一人一招手，那人赶到跟前，附耳说了几句，形色甚是仓皇。小侠见了，心中有些疑惑，连忙会钞下楼，暗暗跟定二人，来到双岔路口，只听一人道："咱们定准在长沙府关外十里堡镇上会齐。请了。"各自加上一鞭，往东西而去。他二人只顾在马上交谈，执手告别，早被艾虎一眼看出，暗道："敢则是他两个呀！"

你道此二人是谁？原来俱是招贤馆的旧相知。一个是陡起邪念的赛方朔方貂。自从在夹沟被北侠削了他的刀，他便脱逃，也不敢回招贤馆，他却直奔襄阳投在奸王府内。那一个是机谋百出的小诸葛沈仲元。只因捉拿马强之时，他却装病不肯出头。后来见他等生心抢劫，不由的暗笑："这些没天良之人，什么事都干得出来。"又听见大家计议投奔襄阳，自己转想："赵爵久怀异心，将来国法必不赦宥。就是这些乌合之众，也不能成其大事。我何不将计就计，也上襄阳投在奸王那里，看个动静。倘有事关重大的，我在其中调停，一来与朝廷出力报效，二来为百姓剪恶除奸，岂不大妙？"

但凡侠客义士行止不同。若是沈仲元尤难，自己先担个从奸助恶之名，而且在奸王面前还要随声附和，逢迎献媚，屈己从人，何以见他的侠义呢？殊不知他仗着自己聪明，智略过人。他把事体看透，犹如掌上观文，仿佛逢场作戏。从游戏中生出侠义来，这才是真正侠义。即如南侠、北侠、双侠，甚至小侠，处处济困扶危，谁不知是行侠尚义呢？这是明露的侠义，却倒容易。若沈仲元决非他等可比。他却在暗中调停，毫不露一点声色，随机应变，谲诈多端，到了归结，恰在侠义之中，岂不是个极难的事呢！他的这一番慧心灵机，真不愧"小诸葛"三字。

他这一次随了方貂同来，却有一件重大之事。只因蓝骁被人擒拿之后，将辎重分散喽啰。其中就有无赖之徒，恶心不改，急急赶赴襄阳，禀报奸王。奸王听了，暗暗想道："事尚未举，先折了一只臂膀，这便如何是好？"便来到集贤堂与大众商议，道："孤家原写信一封与蓝骁，叫他将金辉邀截上山，说他归附。如不依从，即行杀害，免得来到襄阳，又要费手。不想蓝骁被北侠擒获。事到如今，列位可有什么主意？"其中却有明公说道："纵然害了金辉，也不济事。现今圣上钦派颜查散巡按襄阳，而且长沙又改调了邵邦杰。这些人都有虎视眈眈之意。若欲加害，索性全然害了，方为稳便。如今却有一计害三贤的妙策。"奸王听了，满心欢喜，问道:“何谓‘一计害三贤’? 请道其详。”这明公道:“金辉必由长沙经过。长沙关外十里堡,是个迎接官员的去处。只要派个有本领的去到那里,夤夜之间,将金辉刺死。倘若成功,邵邦杰的太守也就作不牢了。金辉原是在他那里住宿,既被人刺死了,焉有本地太守无罪之理。咱们把行刺之人深藏府内,却办一套文书,迎着颜巡按呈递。他做襄阳巡按,襄阳太守被人刺死,他如何不管呢? 既要管,又无处缉拿行刺之人。事要因循起来,圣上必要见怪,说他办理不善。那时慢说他是包公的门生,就是包公也就难以回护了。”奸王听毕,哈哈大笑,道:“妙极,妙极!”就派方貂前往。

旁边早惊动了一个大明公沈仲元,见这明公说的得意扬扬,全不管行得行不得,不由的心中暗笑,惟恐“万一事成,岂不害一忠良? 莫若我也走走”。因此上前说道:“启上千岁,此事重大,方貂一人惟恐不能成功,待微臣帮他同去如何?”奸王更加欢喜。方貂道:“为日有限,必须乘马,方不误事。”奸王道:“你等去到孤家御厩中,自己拣选马匹去。”二人领命,就到御厩选了好马,备办停当。又到府内,见奸王禀辞。奸王嘱咐了许多言语,二人告别出来。刚要上马,奸王又派亲随之人出来,吩咐道:“此去成功不成功,务要早早回来。”二人答应,骑上马,各要到下处收拾行李,所以来到双岔口,言明会齐的所在,这才分东西,各回下处去了。

所以艾虎听了个明白,看了个真切,急急回到店中,算还了房钱,直奔长沙关外十里堡而来。一路上酒也不喝,恨不得一步迈到长沙,心内想着:“他们是骑马,我是步行,如何赶的过马去呢?”又转想道:“他二人分东西而走,必然要带行李,再无有不图安逸的。图安逸的,必是夜宿晓行。我不管他,我给他个昼夜兼行,难道还赶不上他么?”真是“有志者事竟成”,却是艾虎预先到了。歇息了一夜,次日必要访查那二人的下落。出了旅店,在街市闲游,果然见个镇店之所,热闹非常。自己散步,见路东有接官厅,悬花结彩。仔细打听,原来是本处太守邵老爷与襄阳太守金老爷是至相好,皆因太守上襄阳赴任,从此经过,故此邵老爷预备的这样整齐。艾虎打听这金老爷几时方能到此,敢则是后日才到公馆。艾虎听在心里,猛然省悟,道:“是了,大约那两个人必要在公馆闹什么玄虚,后日我倒要早早的应候他。”

正在揣度①之间,忽听耳畔有人叫道:"二爷哪里去?"艾虎回头一看,瞧着认得,一时想不起来,连忙问道:"你是何人?"那人道:"怎么二爷连小人也认不得了呢? 小人就是锦笺。二爷与我家爷结拜,二爷还赏了小人两锭银子。"艾虎道:"不错,不错,是我一时忘记了。你今到此何事?"锦笺道:"哎! 说起来话长。二爷无事,请二爷到酒楼,小人再慢慢细禀。"艾虎即同锦笺上了路西的酒楼,拣个僻静的桌儿坐了。锦笺还不肯坐,艾虎道:"酒楼之上何须论礼,你只管坐了,才好讲话。"锦笺告坐,便在横头儿坐了。茶博士过来,要了酒菜。艾虎便问施公子。锦笺道:"好,现在邵老爷太守衙门居住。"艾虎道:"你主仆不是上九仙桥金老爷那里,为何又到这里呢?"锦笺道:"正因如此,所以话长。"便将投奔九仙桥始末原由,以及后来如何病在攸县,说了一遍。"若不亏二爷赏了两个锞子,我家相公如何养病呢?"艾虎说:"些须小事,何必提他。你且说,后来怎么样?"

锦笺初见面何以就提赏了小人两锭银子? 只因艾虎给的银两恰恰与锦笺救了急,所以他深深感激,时刻在念。俗语说的好:"宁给饥人一口,不送富人一斗。"是再不错的。

锦笺又说起遇了官司,如何要寻自尽,"却好遇见一位蒋爷,赏了两锭银子,方能奔到长沙。"艾虎听到此,便问道:"姓蒋的是什么模样?"锦笺说了形状。艾虎不胜大喜,暗道:"蒋叔父也有了下落了。"锦笺又说起:"邵老爷要与我家爷完婚,派丁雄送信给金公,谁知小姐却是假的,婚事只好作罢。要追回丁雄,已经无及。昨日丁雄回来,金老爷那里写了一封信来,说他小姐因病上唐县就医,乘舟玩月,误堕水中。那个小姐是假冒的。"艾虎听了诧异,道:"哪个呢? 这是怎么一回事呢?"锦笺将以前自己同佳蕙做的事,一五一十的说了,接着道:"邵老爷见信,将我家爷叫了过去,将信给他看了,额外还有一包东西。我家爷便唤佳蕙来,将这东西给她看了,佳蕙才哭了个哽气倒噎。"艾虎道:"见什么东西,就这等哭?"锦笺道:"就是芙蓉帕金鱼和玉钗。我家爷因见帕上有字,便问是谁人写的,佳蕙方才道,这前面是她写的。"艾虎问道:"佳蕙如何冒称小姐呢?"锦笺又将对换衣服说了。艾虎说:"这就是了。后来怎么样呢?"锦笺道:"这佳蕙说:'前面字是妾写的,这后边字不是老爷写的么?'一句话倒把

---

① 揣度(chuǎiduó)——估量,推测。

我家爷提醒了,仔细一看,认出是小人笔迹。立刻将小人叫进去,三曹对案,这才都说了,全是佳蕙与小人彼此偷对的,我家爷与金小姐一概不知。我家爷将我责备一番,便回明了邵老爷。邵老爷倒乐了。说小人与佳蕙两小无猜①,全是一片为主之心,倒是有良心的。只可惜小姐薄命倾生。谁知佳蕙自那日起痛念小姐,饮食俱废,我家爷也是伤感。因此叫小人备办祭礼,趁着明日邵老爷迎接金老爷去,他二人要对着江边遥祭。"艾虎听了,不胜悼叹。他哪知道绿鸭滩给张公贺得义女之喜,那就是牡丹呢。

锦笺说毕,又问小侠意欲何往。艾虎不肯明言,托言往卧虎沟去,又转口道:"俺既知你主仆在此,俺倒要见见。你先去备办祭礼,我在此等你,一路同往。"锦笺下楼,去不多时回来。艾虎会了钱钞下楼,竟奔衙署。相离不远,锦笺先跑去了,报知施生。施生欢喜非常,连忙来至衙外,将艾虎让至东跨所之书房内。彼此欢叙,自不必说。

到了次日,打听邵老爷走后,施生见了艾虎,告过罪,暂且失陪。艾虎已知为遥祭之事,也不细问。施生同定佳蕙、锦笺,坐轿的坐轿,骑马的骑马,来到江边,设摆祭礼,这一番痛哭,不想却又生出巧事来了。

欲知端底如何,且听下回分解。

① 两小无猜——男女小的时候在一起玩耍,没有猜疑。

第一百一回

两个千金真假已辨　一双刺客妍媸自分

且说施生同锦笺乘马，佳蕙坐了一乘小轿，私自来到江边，摆下祭礼，换了素服。施生拜奠，锦笺、佳蕙跟在相公后面行礼。佳蕙此时哀哀戚戚的痛哭至甚，施生也是惨惨凄凄泪流不止，锦笺在旁恳恳切切百般劝慰。痛哭之后，复又拈香。候香烬的工夫，大家观望江景，只见那边来了一帮官船，却是家眷行囊，船头上舱门口一边坐着一个丫鬟，里面影影绰绰有个半老的夫人同着一位及笄的小姐，还有一个年少的相公。船临江近，不由的都往岸边瞭望，见施生背着手儿远眺江景，瞧佳蕙手持罗帕，仍然拭泪。小姐看了多时，搭讪着对相公说道："兄弟，你看那人的面貌好似佳蕙。"小相公尚未答言，夫人道："我儿悄言，世间面貌相同者颇多。她若是佳蕙，那厢必是施生了。"小姐方不言语，惟有秋水凝眸而已。

原来此船就是金太守的家眷，何氏夫人带着牡丹小姐、金章公子。何氏夫人早已看见岸边有素服祭奠之人，仔细看来，正是施生与佳蕙。施生是自幼儿常见的，佳蕙更不消说了，心中已觉惨切之至。一来惟恐小姐伤心，现有施生，不大稳便；二来又因金公脾气不敢造次相认，所以说了一句"世间面貌相同者颇多"。

船已过去，到了停泊之处，早有丁雄、吕庆在那里伺候迎接。吕庆已从施公处回来，知是金公家眷到了，连忙伺候。仆妇丫鬟上前搀扶着，弃舟乘轿，直奔长沙府衙门去了。不多时，金老爷也到，丁雄、吕庆上前请安，说："家老爷备的马匹在此，请老爷乘用。"金公笑吟吟地道："你家老爷在哪里呢？"丁雄道："在公馆恭候老爷。"金公忙接丝缰，吕庆坠镫，上了坐骑。丁雄、吕庆也上了马。吕庆在前引路，丁雄策着马在金公旁边。金公问他："几时到的长沙？你家老爷见了书信说些什么？"丁雄道："小人回来时极其迅速，不多几日就到了。家老爷见了老爷的书信，小人不甚明白。等老爷见了家老爷，再为细述。"金公点了点头。说话间，丁雄一伏身，叭喇喇马已跑开。又走了不多会，只见邵太守同定阖署官员，俱在那里等候。此时吕庆已然下马，急忙过来伺候。金公下马，二位太守彼此相见，欢喜不尽。同到公厅之上，众官员又从新参见。金公一一应酬了几句，即请安歇去罢。众官员散后，二位太守先叙了些彼此渴想的话头，然后摆上酒肴，方问及完婚一节。邵老爷将锦笺、佳蕙始末原由，述了一遍。金公方才大悟，全与施生、小姐毫无相干。二人畅饮叙阔。酒饭毕后，金老爷请邵老爷回署。邵老爷又陪坐多时，方才告别，坐轿回衙。

此时施生早已回来了，独独不见了艾虎，好生着急，忙问书僮。书僮说："艾爷并未言语，不知向何方去了。"施生心中懊悔，暗自揣度道："想是贤弟见我把他一人丢在此处，他赌气走了。明日却又往何方找寻去呢？"

忽听邵老爷回衙，连忙迎接，相见毕。邵老爷也不进内，便来至东跨所之内安歇，施生陪坐。邵老爷即将今日面见金公及牡丹遇救未死之事，说了一遍。"你金老伯不但不怪你，反倒后悔，还说明日叫贤侄随到任上与牡丹完婚。明日必到衙署回拜于我，贤侄理应见见为是。"施生喏喏连声，又与邵公拜揖，深深谢了。

且说金公在公馆大厅之内，请了智公子来谈了许久。智化惟恐金公劳乏，便告退了。原来智化随金公前来，处处留神，每夜人静，改换行装，不定内外巡查几次。此时天已二鼓，智爷扎抹停当，从公馆后面悄悄的往前巡来。刚至卡子门旁，猛抬头见倒厅有个人影往前张望。智爷一声儿也不言语，反将身形一矮，两个脚尖儿沾地，突、突、突顺着墙根，直奔倒座东耳房而来。到了东耳房，将身一躬，脚尖儿垫劲儿，嗖，便上了东耳房。抬头见倒座北耳房高着许多，也不惊动倒座上的人，且往对面观瞧。见厅上有一人爬伏，两手把住椽头，两脚撑住瓦陇，倒垂势往下观瞧。智爷暗道："此人来的有些蹊跷，倒要看着。"忽见脊后又过来一人，短小身材，极其灵便。见他将爬伏那人的左脚登的砖一抽，那人脚下一松，猛然一跐，急将身形一长，重新将脚按了一按，复又爬伏，本人却不理会，这边智化看得明白，见他将身一长，背的利刃已被那人抽去。智爷暗暗放心，只是防着对面那人而已。转眼之间，见爬伏那人从正房上翻转下来，赶步进前，回手刚欲抽刀，谁知剩了皮鞘，暗说"不好！"转身才待要走，只见迎面一刀砍来，急将脑袋一歪，身体一侧，噗哧左膀着刀，嗳呀一声，栽倒在地。艾虎高声嚷道："有刺客！"早又听见有人接声，说道："对面上房还有一个呢!”艾虎转身竟奔倒座,却见倒座上的人跳到西耳房,身形一晃,已然越过墙去。艾虎却不上房,就从这边一伏身,蹿上墙头,随即落下,脚底尚未站稳,觉得耳边凉风一股。他却一转身,将刀往上一迎。只听咯当一声,刀对刀,火星乱迸。只听对面人道:“好! 真正灵便。改日再会,请了。”一个健步,脚不沾地,直奔树林去了。

艾虎如何肯舍,随后紧紧追来。到了树林,左顾右盼,不见个人形。忽听有人问道:“来的可是艾虎么? 有我在此。”艾虎惊喜道:“正是,可是师傅么? 贼人哪里去了呢?”智爷道:“贼已被擒。”艾虎尚未答言,只听贼人道:“智大哥,小弟若是贼,大哥,你呢?”智爷连忙追问,原来正是小诸葛沈仲元,即行释放,便问一问现在哪里。沈仲元将在襄阳王处说了。

艾虎早已过来见了智爷,转身又见了沈仲元。沈仲元道:“此是何人?”智化道:“怎么贤弟忘了么? 他就是馆童艾虎。”沈爷道:“嗳呀! 敢则是令徒么? 怪道,怪道。所谓‘强将手下无弱兵’,好个伶俐身段。只他那抽刀的轻快与越墙的躲闪,真正灵通之至。”智化道:“好是好,未免还有些卤莽,欠些思虑。幸而树林之内是劣兄在此,倘若贤弟令人在此埋伏,小徒岂不吃了大亏么?”说的沈爷也笑了。艾虎却暗暗佩服。智爷又问道:“贤弟,你在襄阳王那里作甚?”沈爷道:“几个好去处,都被众位哥哥兄弟们占了,就剩了个襄阳王,说不得小弟任劳任怨罢了。再者他那里一举一动,若无小弟在那里,外面如何知道呢?”智化听了,叹道:“似贤弟这番用心,又在我等之上了。”沈爷道:“分什么上下。你我不能致君泽民,止于借‘侠义’二字,了却终身而已,有甚讲究!”智爷连连点头称“是”,又托沈爷倘有事关重大,务祈帮助。沈爷满口应承。彼此分手,小诸葛却回襄阳去了。

智化与艾虎一同来到公馆。此时已将方貂捆缚,金公正在那里盘问。方貂仗着血气之勇,毫无畏惧,一一据实说来。金公讴了口供,将他带下去,令人看守。然后智爷带了小侠拜见了金公,将来历说明。金公感激不尽。

等到了次日,回拜邵老爷,入了衙署,二位相见就座。金公先把昨夜智化、艾虎拿住刺客的话说了。邵老爷立刻带上方貂,略问了一问,果然口供相符,即行文到首县寄监,将养伤痕,严加防范,以备押解东京。邵老爷叫请智化、艾虎相见。金老爷请施俊来见。不多时,施生先到,拜见金公。金公甚觉赧颜①，认过不已，施生也就谦逊了几句。

刚刚说完，只见智爷同着小侠进来，参见邵老爷。邵公以客礼相待。施生见了小侠，欢喜非常，道："贤弟，你往哪里去来？叫劣兄好生着急。"大家便问："你二位如何认得？"施生先将结拜的情由述了一遍，然后小侠道："小弟此来，非是要上卧虎沟，是为捉拿刺客而来。"大家骇异，问道："如何就知有刺客呢？"小侠说："私探襄阳府，听见二人说的话，因此急急赶来，惟恐预先说了，走漏风声。再者又恐兄长担心，故此不告辞而去，望祈兄长莫怪。"大家听了，慢说金公感激，连邵老爷与施生俱各佩服。

饮酒之际，金公就请施生随任完婚。施生道："只因小婿离家日久，还要到家中探望双亲。待禀明父母后，再赴任所。不知岳父大人以为何如？"金公点点头，也倒罢了。智化道："公子回去，难道独行么？"施生道："有锦笺跟随。"智化道："虽有锦笺，也不济事。我想公子回家固然无事，若禀明令尊令堂之后，赶赴襄阳，这几日的路程恐有些不便。"一句话提醒了金公，他乃屡次受了惊恐之人，连连说道："是呀！还是恩公想得周到。似此如之奈何？"智化道："此事不难，就叫小徒保护前去，包管无事。"艾虎道："弟子愿往。"施生道："又要劳动贤弟，愚兄甚是不安。艾虎道："这劳什么。"大家计议已定。还是女眷先行起身。然后金公告别。邵老爷谆谆要送，金老爷苦苦拦住，只得罢了。

此时锦笺已备了马匹。施生送岳父送了几里，也就回去了。回到衙署的东院书房，邵老爷早吩咐丁雄备下行李盘费，交代明白，刚要转后，只见邵老爷出来，又与他二人饯别，谆谆嘱咐路上小心。施、艾二人深深谢了，临别叩拜。二人出了衙署，锦笺已将行李扣备停当，丁雄帮扶伺候。主仆三人乘马，竟奔长洛县施家庄去了。

金牡丹事好容易收煞完了。后面虽有归结，也不过是施生到任完婚，再要叙说那些没要紧之事，未免耽误正文。如今就得由金太守提到巡按颜大人，说紧要关节为是。

想颜巡按起身在太守之先，金太守既然到任，颜巡按不消说了，固然是早到了。自颜查散到任，接了呈子无数，全是告襄阳王的，也有霸占地亩的；也有抢夺妻女的；甚至有稚子弱女之家无故被搜罗入府，稚子排演

---

①　赧(nǎn)颜——因害羞而脸红。

优伶，弱女教习歌舞。黎民遭此惨害，不一而足。颜大人将众人一一安置，叫他等俱各好好回去，不要声张，也不用再递催呈。“本院必要设法将襄阳王拿获，与尔等报仇雪恨。”众百姓叩头谢恩，俱各散去。谁知其中就有襄阳王那里暗暗派人前来，假作呈词告状，探听巡按言词动静。如今既有这样的口气，他等便回去，启知了襄阳王。

不知奸王如何，且听下回分解。

第一百二回

锦毛鼠初探冲霄楼　黑妖狐重到铜网阵

且说奸王听了探报之言，只气得怪叫如雷，道："孤乃当今皇叔，颜查散他是何等样人，擅敢要捉拿孤家与百姓报仇雪恨！此话说得太大了，实实令人可气！他仗的包黑子的门生，竟敢藐视孤家。孤家要是叫他好好在这里为官，如何能够成其大事？必须设计将他害了，一来出了这口恶气，二来也好举事。"因此转想起："俗言：'捉奸要双，拿贼要赃。'必是孤家声势大了，朝廷有些知觉。孤家只要把盟书放好，严加防范，不落他人之手，无有对证，如何诬赖孤家呢！"想罢，便吩咐集贤堂众多豪杰光棍，每夜轮流看守冲霄楼。所有消息线索，俱各安放停当。额外又用弓箭手、长枪手。倘有动静，鸣锣为号。"大家齐心努力，勿得稍为懈弛。"

奸王这里虽然防备，谁知早有一人暗暗探听了一番，你道是谁？就是那争强好胜不服气的白玉堂。自颜巡按接印到任以来，大人与公孙先生料理公事，忙忙碌碌，毫无暇晷①，而且案件中多一半是襄阳王的。白玉堂却悄地里访查，已将八卦铜网阵听在耳内。到了夜间人静之时，改扮行装，出了衙署，直奔襄阳府而来。先将大概看了，然后越过墙去，处处留神。在集贤堂窃听了多时，夜静无声。从房上越了几处墙垣，早见那边有一高楼，直冲霄汉，心中暗道："怪道起名冲霄楼，果然巍耸，且自下去看看。"回手掏出小石子轻轻问路，细细听去却是实地，连忙飞身跃下，蹑足潜踪②，滑步而行。来到切近一立身，他却摸着木城板做的围城，下有石基，上有垛口，垛口上面全有锋芒。中有三门紧闭，用手按了一按，里面关的纹丝儿不能动。只得又走了一面，依然三个门户，也是双扇紧闭。一连走了四面，都是如此，自己暗道："我已去了四面，大约那四面也不过如此。他这八面每面三门，想是从这门上分出八卦来。各门俱都紧紧关闭，

---

① 暇晷(guǐ)——空闲时间。晷，日影，比喻时光。

② 蹑足潜踪——轻手轻脚地追踪。

我今日来得不巧了，莫若暂且回去，改日再来打探，看是如何。"想罢，刚要转身，只听那边有锣声，又是梆响，知是巡更的来了。他却留神一看，见那边有座小小更棚，连忙隐到更棚的后面，侧耳细听。

不多时，只听得锣梆齐鸣，到了更棚歇了。一人说道："老王呀，你该当走走了，让我们也歇歇。"一人答道："你们只管进来歇罢，今日没事。你忘了咱们上次该班，不是遇见了这么一天么。各处门全关着，怕什么呢？今儿又是如此。咱们仿佛是个歇班日子，偷点懒儿很使得。"又一人道："虽然如此，上头传行的紧，锣梆不响，工夫大了，头儿又要问下来了，何苦呢？说不得王三、李八你们二位辛苦辛苦，回来我们再换你。"说罢，王、李二人就巡更去了。白玉堂趁着锣梆声音，暗暗离了更棚，窜房跃墙，回到署中，天已五鼓，悄悄进屋安歇。

到了次日，便接了金辉的手本。颜大人即刻相见。金辉说起赤石崖捉了盗首蓝骁，现在卧虎沟看守；十里堡拿了刺客方貂，交到长沙府监禁。"此二人系赵爵的硬证，必须解赴东京。"颜大人吩咐赶紧办了奏折，写了禀帖，派妥当差官先到长沙起了方貂，沿途州县俱要派役护送；后到卧虎沟押了蓝骁，不但官役护送，还有欧阳春、丁兆蕙暗暗防备。丁二爷因要到家中探看，所以约了北侠，待诸事已毕，仍要同赴襄阳。后文再表。

且说黑妖狐智化自从随金公到任，他乃无事之人，同张立出府闲步。见西北有一去处，山势砏岩，树木葱郁，二人慢慢顺步行去。询之土人，此山名叫方山。及至临近细细赏玩，山上有庙，朱垣碧瓦，宫殿巍峨；山下有潭，曲折回环，清水涟漪①。水曲之限有座汉皋台，石径之畔又有解珮亭，乃是郑交甫遇仙之处。这汉皋就是方山的别名，而且房屋楼阁不少，虽则倾倒，不过略为修补，即可居住。似此妙境，却不知当初是何人的名园。智化端详了多时，暗暗想道："好个藏风避气的所在！闻得圣上为襄阳之事，不肯彰明较著，要暗暗削去他的羽翼，将来必有乡勇文士归附。倘是聚集人也不少，难道俱在府衙居住么？莫若回明金公，将此处修理修理，以备不虞，岂不大妙？"想罢，同张立回来，见了太守，回明此事。金公深以为然，又禀明按院，便动工修理。智化见金公办事耿直，昼夜勤劳，心中暗暗称羡不已。

---

① 涟漪（liányī）——细小的波纹。

这日智化猛然想起:“奸王盖造冲霄楼,设立铜网阵,我与北侠、丁二弟前次来时,未能探访。如今我却闲在这里,何不悄地前去走走。”主意已定,便告诉了张立:“我找个相知,今夜惟恐不能回来。”暗暗带了夜行衣百宝囊,出了衙署,直奔襄阳王的府第而来,找了寓所安歇。到了二鼓之时,出了寓所,施展飞檐走壁之能,来到木城之下。留神细看,见每面三门,有洞开的,有关闭的,有中间开两边关的,有两边开中间闭的,又有两门连开单闭这头或那头的,又有单开这头或那头连闭两门的:八面开闭,全然不同,与白玉堂探访时全不相同。智化略定了定神,辨了方向,心中豁然明白,暗道:“是了,他这是按乾、坎、艮、震、巽、离、坤、兑的卦象排成。我且由正门进去,看是如何。”及至来到门内,里面又是木板墙,斜正不一,大小不同。门更多了,曲折弯转,左右往来。本欲投东,却是向西;及要往南,反倒朝北。而且门户之内,真的假的,开的闭的,迥不相同。就是夹道之中,通的塞的,明的暗的,不一而足。智化暗道:“好利害法子!幸亏这里无人隐藏,倘有埋伏,就是要跑,却从何处出去呢?”正在思索,忽听拍的一声,打在木板之上,呱哒又落在地下。仿佛有人掷砖瓦,却是在木板子那边。这边左右留神细看,又不见人。智化纳闷,不敢停步,随弯就弯。转了多时,刚到一个门前,只见嗖的一下,连忙一存身。那边木板之上拍的一响,一物落地。智化连忙捡起一看,却是一块石子,暗暗道:“这石子乃五弟白玉堂的技艺,难道他也来了么?且进此门看看去。”一伏身进门,往旁一闪,是提防他的石子。抬头看时,见一人东张西望,形色仓皇,连忙悄悄唤道:“五弟,五弟,劣兄智化在此。”只见那人往前一凑,道:“小弟正是白玉堂。智兄几时到来?”智化道:“劣兄来了许久。叵耐这些门户闹得人眼迷心乱,再也看不出方向来。贤弟何时到此?”白玉堂道:“小弟也来了许久了。果然的门户曲折,令人难测。你我从何处出去方好?”智化道:“劣兄进来时,心内明明白白。如今左旋右转,闹的糊里糊涂,竟不知去向了。这便怎么处?”

只听木板那边有人接言道:“不用忙,有我呢。”智化与白玉堂转身往门外一看,见一人迎面而来。智化细细留神,满心欢喜,道:“原来是沈贤弟么?”沈仲元道:“正是,二位既来至此——那位是谁?”智化道:“不是外人,乃五弟白玉堂。”彼此见了。沈仲元道:“索性随小弟看个水落石出。”二人道:“好。”沈仲元在前引路,二人随后跟来。又过了好些门户,方到冲霄楼。只见此楼也是八面朱窗玲珑，周围玉石栅栏，前面丹墀之上，一边一个石象驼定宝瓶，别无他物。沈仲元道："咱们就在此打坐。此地可远观，不可近玩。"说罢，就在台基之上拂拭①了拂拭，三人坐下。

沈爷道："今日乃小弟值日之期。方才听得有物击木板之声，便知是兄弟们来了，所以才迎了出来。亏得是小弟，若是别位，难免声张起来。"白玉堂道："小弟因一时性急，故此飞了两个石子，探探路径。"沈爷道："二位兄长莫怪小弟说，以后众家兄弟千万不要到此，这楼中消息线索利害非常。奸王惟恐有人盗去盟书，所以严加防范，每日派人看守楼梯，最为要紧。"智化道："这楼梯却在何处？"沈爷道："就在楼底后面，犹如马道一般。梯底下面有一铁门，里面仅可存身。如有人来，只用将索簧上妥，尽等拿人。这制造的底细，一言难尽。二位兄长回去，见了众家兄弟，谆嘱一番，千万不要到此。倘若遇了圈套，惟恐性命难保。休怪小弟言之不早也。"白玉堂道："他既设此机关，难道就罢了不成？"沈仲元道："如何就罢了呢？不过暂待时日。待有机缘，小弟探准了诀窍，设法破了索簧，只要消息不动，那时就好处治了。"智化道："全仗贤弟帮助。"沈仲元道："小弟当得效劳，兄长只管放心。"智化道："我等从何处出去呢？"沈仲元道："随我来。"三人立起身来，下了台基。沈仲元带领二人，弯弯曲曲，过了无数的门户，俱是从左转。不多时，已看见外边的木城。沈仲元道："二位兄长出了此门，便无事了。以后千万不要到此！恕小弟不送了。"智化二人谢了沈仲元，暗暗离了襄阳王府。智化又向白玉堂谆嘱了一番，方才分手。白玉堂回转按院衙门。智化悄地里到了寓所，到次日方回太守衙门，见了张立，无非托言找个相知未遇，私探一节毫不提起。

且说白玉堂自从二探铜网阵，心中郁郁不乐，茶饭无心。这日颜大人请到书房，与公孙先生静坐闲谈，雨墨烹茶伺候。说到襄阳王，所有收的呈词至今并未办理，奸王目下严加防范，无隙可乘。颜大人道："办理民词，却是极易之事，只是如何使奸王到案呢？"公孙策道："言虽如此，惟恐他暗里使人探听，又恐他别生枝节搅扰。他那里既然严加防范，我这里时刻小心。"白玉堂道："先生之言甚是。第一做官以印为主。"便吩咐雨墨道："大人印信要紧，从今后你要好好护持，不可忽略。"雨墨领命，才待转

① 拂拭——掸掉或擦掉尘土。

身，白玉堂唤住，道：“你往哪里去?”雨墨道：“小人护印去。”白玉堂笑道：“你别性急，提起印来，你就护印去；方才要不提起，你也就想不起印来了。何必忙在此时呢？再者还有一说，隔墙须有耳，窗外岂无人。焉知此时奸王那里不有人来窥探。你这一去，提拔他了。曾记当初俺在开封盗取三宝之时，原不知三宝放于何处，因此用了个拍门投石问路之计，多亏郎官包兴把俺领了去，俺才知三宝所在。你今若一去，岂不是‘前车之鉴’么？不过以后留神就是了。”雨墨连连称“是”。白玉堂又将诓诱南侠入岛，暗设线网拿住展昭的往事，述了一番。彼此谈笑到二鼓之半，白玉堂辞了颜大人，出了书房，前后巡查。又吩咐更夫等，务要殷勤，回转屋内去了。

不知后来如何。且听下回分解。

第一百三回

巡按府气走白玉堂　逆水泉搜求黄金印

且说白五爷回到屋内，总觉心神不定，坐立不定，自己暗暗诧异，道："今日如何眼跳耳鸣起来？"只得将软靠扎缚停当，跨上石袋，仿佛预备厮杀的一般。一夜之间，惊惊恐恐，未能好生安眠。到了次日，觉的精神倦怠，饮食懒进，而且短叹长吁，不时的摩拳擦掌。

及至到了晚间，自己却要早些就寝。谁知躺在床上千思万虑，一时攒在心头，翻来覆去，反倒焦急不宁。索性赌气起来，穿好衣服，跨上石袋，佩了利刃，来到院中，前后巡逻。由西边转到东边，猛听得人声嘈杂，嚷道："不好了！西厢房失火了！"白玉堂急急从东边赶过来，抬头时见火光一片，照见正堂之上，有一人站立。回手从袋内取出石子，扬手打去，只听噗哧一声，倒而复立。白玉堂暗说："不好！"此时众差役俱各看见，又嚷有贼，又要救火。白玉堂一眼看见雨墨在那里指手画脚，分派众人，连忙赶向前来，道："雨墨，你不护印，张罗这些做什么？"一句话提醒了雨墨，跑到大堂里面一看，哎哟道："不好了！印匣失去了！"

白玉堂不暇细问，转身出了衙署，一直追赶下去，早见前面有二人飞跑。白玉堂一壁赶，一壁掏出石子随手掷去，却好打在后面那人身上。只听咯当一声，却是木器声音。那人往前一扑，可巧跑的脚急，收煞不住，噗咚嘴吃屎，趴在尘埃。白玉堂早已赶至跟前，照着脑后连脖子咄的一下，踩了一脚。忽然前面那人抽身回来，将手一扬，弓弦一响，白玉堂跺脚伏身，眼光早已注定前面，那人回身扬手弦响，知有暗器，身体一蹲，那人也就凑近一步。好白玉堂！急中生智，故意的将左手一握脸。前面那人只打量白玉堂着伤，急奔前来。白玉堂觑定，将右手石子飞出。那人忙中有错，忘了打人一拳，防人一脚。只听拍，面上早已着了石子，哎哟了一声，顾不得救他的伙计，负痛逃命去了。白玉堂也不追赶，就将爬伏那人按住，摸了摸脊背上却是印匣，满心欢喜。随即背后灯笼火把，来了多少差役，因听雨墨说白五爷追赶贼，故此随后赶来帮助。见白五爷按住贼人，大家上前解下印匣,将贼人绑缚起来。只见这贼人满脸血迹,鼻口皆肿,却是连栽带跺的。差役捧了印匣,押着贼人,白五爷跟随在后,回到衙署。

此时西厢房火已扑灭,颜大人与公孙策俱在大堂之上,雨墨在旁乱抖。房上之人已然拿下,却是个吹气的皮人儿。差役先将印匣安放在公堂之上,雨墨一眼看见,他也不抖了。然后又见众人推拥着一个满脸血渍矮胖之人,到了公堂之上。颜大人便问:"你叫什么名字?"那人也不下跪,声音洪亮,答道:"俺号钻云燕子,又叫坐地炮申虎。那个高大汉子,他叫神手大圣邓车。"公孙策听了,忙问道:"怎么,你们是两个同来的么?"申虎道:"何尝不是,他偷的印匣却叫我背着的。"公孙策叫将申虎带将下去。

说话间,白五爷已到,将追贼情形,如何将申虎打倒,又如何用石子把邓车打跑的话说了。公孙策摇头,道:"如此说来,这印匣须要打开看看,方才放心。"白五爷听了,眉头一皱,暗道:"念书人这等腐气。共总有多大的工夫,难道他打开印匣,单把印拿了去么?若真拿去,印匣也就轻了,如何还能够沉重呢?就是细心,也到不了如此的田地。且叫他打开看了,我再奚落他一番。"即说道:"俺是粗莽人,没有先生这样细心,想得周到,倒要大家看看。"回头吩咐雨墨将印匣打开。雨墨上前解开黄袱,揭起匣盖,只见雨墨又乱抖起来,道:"不……不好咧!这……这是什么?"白玉堂见此光景,连忙近前一看,见黑漆漆一块东西,伸手拿起,沉甸甸的却是一块废铁,登时连急带气,不由的面目变色,暗暗叫着自己:"白玉堂呀,白玉堂!你枉自聪明,如今也被人家暗算了。可见公孙策比你高了一筹,你岂不愧死?"颜查散惟恐白玉堂脸上下不来,急向前道:"事已如此,不必为难。慢慢访查,自有下落。"公孙策在旁,也将好言安慰。无奈白玉堂心中委实难安,到了此时一语不发,惟有愧愤而已。公孙策请大人同白玉堂且上书房:"待我慢慢诱问申虎。"颜大人会意,携了白玉堂的手,转后面去了。

公孙策又叫雨墨将印匣暂且包起,悄悄告诉他:"第一白五爷要紧,你与大人好好看守,不可叫他离了左右。"雨墨领命,也就上后面去了。

公孙策吩咐差役带着申虎,到了自己屋内,却将申虎松了绑缚,换上了手镯①脚镣，却叫他坐下，以朋友之礼相待，先论交情，后讲大义，嗣后替申虎抱屈，说："可惜你这样一个人，竟受了人的欺哄了。"申虎道："此差原是奉王爷的钧谕而来，如何是欺哄呢？"公孙先生笑道："你真是诚实豪爽人，我不说明，你也不信。你想想同是一样差使，如何他盗印，你背印匣呢？果然真有印，也倒罢了。人家把印早已拿去请功，却叫你背着一块废铁，遭了擒获，难道你不是被人欺哄了么？"申虎道："怎么印匣内不是印么？"公孙策道："何尝是印呢。方才共同开看，只有一块废铁，印信②早被邓车拿去。所以你遭擒时，他连救也不救，他乐得一个人去请功呢。"几句话说得申虎如梦方醒，登时咬牙切齿，恨起邓车来。

公孙先生又叫人备了酒肴，陪着申虎饮酒，慢慢探问盗印的情由。申虎深恨邓车，便吐实说道："此事原是襄阳王在集贤堂与大家商议，要害按院大人，非盗印不可。邓车自逞其能，就讨了此差，却叫我陪了他来。我以为是大家之事，理应帮助。谁知他不怀好意，竟将我陷害。我等昨晚就来了，只因不知印放在何处。后来听见白五爷说，叫雨墨防守印信，我等听了，甚是欢喜。不想白五爷又吩咐雨墨不必忙在一时，惟恐隔墙有耳。我等深服白五爷精细，就把雨墨认准了，我们就回去了，故此今晚才来。可巧雨墨正与人讲究护印之事，他在大堂的里间，我们揣度印匣必在其中。邓车就安设皮人，叫我在西厢房放火，为的是惑乱众心，匆忙之际，方好下手。果然不出所料，众人只顾张罗救火，又看见房上有那皮人，登时鼎沸起来。趁此时，邓车到了里间，提了印匣，越过墙垣。我随后也出了衙署，寻觅了多时，方见邓车，他就把印匣交付于我。想来就在这个工夫，他把印拿去了，才放上废铁。可恨他为什么不告诉我呢？我若早知是块废铁，早已掷去，也不至于遭擒了。越想越是他有意捉弄我，实实令人可气可恨！"公孙策又问道："他们将印盗去，意欲何为？"申虎道："我索性告诉先生罢。襄阳王已然商议明白，如若盗了印去，要丢在逆水泉内。"公孙策暗暗吃惊，急问道："这逆水泉在哪里？"申虎道："在洞庭湖的山环之内，单有一泉，水势逆流，深不可测。若把印丢下去，是再也不能取出来的。"公孙策探问明白，饮酒已毕，叫人看守申虎。自己即来到书房见了

① 手镯（zhuó）——此处指手铐。
② 印信——官署的印玺。

颜大人,一五一十,将申虎的话说了。颜大人听了,虽则惊疑,却也无可如何。

公孙策左右一看,不见了白玉堂,便问:“五弟哪里去了?”颜大人道:“刚才出去,他说到屋中换换衣服就来。”公孙策道:“嗐!不该叫他一人出去。”急唤雨墨:“你到白五爷屋中,说我与大人有紧要事相商,请他快来。”雨墨去不多时,回来禀道:“小人问白五爷伴当,说五爷换了衣服就出去了,说上书房来了。”公孙策摇头,道:“不好了!白五弟走了。他这一去,除非有了印方肯回来;若是无印,只怕要生出别的事来。”颜大人着急,道:“适才很该叫雨墨跟了他去。”公孙策道:“他决意要去,就是派雨墨跟了去,他也要把他支开。我原打算问明了印的下落,将五弟极力的开导一番,再设法将印找回,不想他竟走了。此时徒急无益,只好暗暗访查,慢慢等他便了。”

自此日为始,颜大人行坐不安,茶饭无心,白日盼到昏黑,昏黑盼到天亮。一连就是五天,毫无影响,急得颜大人叹气嗐声,语言颠倒,多亏公孙策百般劝慰,又要料理官务。这日,只见外班进来,禀道:“外面有五位官长到了,现有手本呈上。”公孙先生接过一看,满心欢喜,原来是南侠同定卢方四弟兄来了,连忙回了颜大人,立刻请到书房相见。外班转身出去,公孙策迎了出来,彼此各道寒暄。独蒋平不见玉堂迎接,心中暗暗辗转①。及至来到书房,颜大人也出公座见礼。展爷道:“卑职等一来奉旨,二来相谕,特来在大人衙门供职。”要行属员之礼。颜大人哪里肯受,道:“五位乃是钦命,而且是敝老师衙署人员,本院如何能以属员相待。”吩咐看座,“只行常礼罢了。”五人谢了坐。只见颜大人愁眉不展,面带赧颜。

卢方先问:“五弟哪里去了?”颜大人听此一问,不但垂头不语,更觉满面通红。公孙策在旁答道:“提起话长。”就将五日前邓车盗印情由,述了一遍。“五弟自那日不告而去,至今总未回来。”卢方等不觉大惊失色,道:“如此说来,五弟这一去别有些不妥罢了?”蒋平忙拦道:“有什么不妥呢。不过五弟因印信丢了,脸上有些下不来,暂且躲避几时,待有了印,也就回来了。大哥不要多虑。请问先生,这印信可有些下落?”公孙策道:“虽有下落,只是难以求取。”蒋平道:“端的如何?”公孙又将申虎说出逆

① 辗转——翻来覆去。

水泉的情节说了。蒋平说道:“既有下落,咱们先取印要紧。堂堂按院,如何没得印信?但只一件,襄阳王那里既来盗印,他必仍然暗里使人探听,又恐他别生事端①,须要严加防备方妥。明日我同大哥、二哥上逆水泉取印,展大哥同三哥在衙署守护。白昼间还好,独有夜间更要留神。”计议已定,即刻排宴饮酒,无非讲论这节事体,大家喝得也不畅快。囫囵吃毕饭后,大家安歇。展爷单住了一间,卢方四人另有三间一所,带着伴当居住。

展爷晚间无事,来到公孙先生屋内闲谈,忽见蒋爷进来,彼此就座。蒋爷悄悄道:“据小弟想来,五弟这一去凶多吉少。弟因大哥忠厚,心路儿窄;三哥又是莽卤,性子儿太急,所以小弟用言语儿岔开。明日弟等取印去后,大人前公孙先生须要善为解释。到了夜间,展兄务要留神。我三哥是靠不得的。再者五弟吉凶,千万不要对三哥说明。五弟倘若回来,就求公孙先生与展兄将他绊住,断不可再叫他走了;如若仍不回来,只好等我们从逆水泉回来,再作道理。”公孙先生与展爷连连点头应允,蒋平也就回转屋内安歇。

到了次日,卢方等别了众人,蒋爷带了水靠,一直竟奔洞庭湖而来。到了金山庙,蒋爷惟恐卢方跟到逆水泉瞅着害怕着急,便对卢方道:“大哥,此处离逆水泉不远了,小弟就在此改装。大哥在此专等,又可照看了衣服包裹。”说着话,将大衣服脱下,折了折,包在包裹之内,即把水靠穿妥,同定韩彰,前往逆水泉而去。这里卢爷提了包裹,进庙瞻仰了一番。原来是五显财神庙。将包裹放在供桌上,转身出来,坐在门槛之上,观看山景。

不知后文如何,且听下回分解。

---

① 事端——事故;纠纷。

第一百四回

救村妇刘立保泄机　遇豪杰陈起望探信

且说卢方出庙观看山景，忽见那边来了个妇人慌慌张张，见了卢方，说道："救人呀，救人呀！"说着话，迈步跑进庙去了。卢方才待要问，又见后面有一人穿着军卒服色，口内胡言乱语，追赶前来。卢方听了，不由的气往上冲，迎面将掌一晃，脚下一踢，那军卒栽倒在地。卢方赶步，脚踏胸膛，喝道："你这厮擅自追赶良家妇女，意欲何为？讲！"说罢，扬拳要打。那军卒道："你老爷不必动怒，小人实说。小人名叫刘立保，在飞叉太保钟大王爷寨内做了四等的小头目。只因前日襄阳王爷派人送来一个坛子，里面装定一位英雄的骨殖，说此人姓白名玉堂。襄阳王爷恐人把骨殖盗去，因此交给我们大王。我们大王说，这位姓白的是个义士好朋友，就把他埋在九截松五峰岭下。今日又派我带领一十六个喽啰抬了祭礼前来，与姓白的上坟。小人因出恭，落在后面，恰好遇见这个妇人。小人以为幽山荒僻，欺负她是个孤行的妇女，也不过是臊皮打哈哈儿，并非诚心要把她怎么样。就是这么一件事情，你老听明白了？"刘立保一壁说话，一壁偷眼瞅卢方，见卢方愣愣呵呵，不言不语，仿佛出神，忘其所以，后面说的话大约全没听见。刘立保暗道："这位别有什么症候罢？我不趁此时逃走，还等什么？"轻轻从卢方的脚下滚出，爬起来就往前追赶喽啰去了。

到了那里，见众人祭礼摆妥，单等刘立保。刘立保也不说长，也不道短，走到祭桌跟前，双膝跪倒。众人同声道："一来奉上命差遣，二来闻听说死者是个好汉。来，来，来，大家行个礼儿，也是应当的。"众人跪倒，刚磕下头去，只听刘立保哇的一声，放声大哭。众人觉得诧异，道："行礼使得，哭他何益？"刘立保不但哭，嘴里还数数落落的道："白五爷呀！我的白五爷！今日奉大王之命前来与你老上坟，差一点儿没叫人把我毁了。焉知不是你老人家的默佑保护，小人方才得脱。若非你老的阴灵显应，大约我这刘立保保不住，叫人家弄死了。哎呀！我那有灵有圣的白五爷呀!”众人听了,不觉要笑,只得上前相劝,好容易方才住声。众人原打算祭奠完了,大家团团围住,一吃一喝,不想刘立保余恸①尚在。众人见头儿如此,只得仍将祭礼装在食盒里面,大家抬起,也有抱怨的,辛苦了这半天,连个祭余也没尝着;也有纳闷的,刘立保今儿受了谁的气,来到这里借此发泄呢?俱各猜不出是什么缘故。

刘立保眼尖,见那边来了几个猎户,各持兵刃,知道不好,他便从小路溜之乎也。这里喽啰抬着食盒,冷不防劈叉拍叉一阵乱响,将食盒家伙砸了个稀烂。其中有两个猎户,一个使棍,一个托叉,问道:“刘立保哪里去了?”众喽啰中有认得二人的,便说道:“陆大爷、鲁二爷,这是怎么说?我等并没敢得罪尊驾,为何将家伙俱各打碎?我们如何回去交差呢?”只听使棍的说:“你等休来问俺。俺只问你,刘立保在哪里?”喽啰道:“他早已从小路逃走,大爷找他则甚?”使棍的冷笑,道:“好呀!他竟逃走了,便宜这厮。你等回去上复你家大王,问他这洞庭之内,可有无故劫掠良家妇女的规矩么?而且他敢邀截俺的妻小,是何道理?”众喽啰听了,方明白刘立保所做之事,大约方才恸哭,想来是已然受了委屈了,便向前央告,道:“大爷、二爷不要动怒,我们回去必禀知大王,将他重处,实实不干小人们之事。”使叉的还要抡叉动手,使棍的拦住,道:“贤弟休要伤害他等,且见钟大王素日情面。”又对众喽啰道:“俺若不看你家大王的份上,将你等一个也是不留。你等回去,务必将刘立保所做之恶说明,也叫你家大王知道俺等并非无故厮闹。且饶恕尔等去罢。”众喽啰抱头鼠窜而去。

原来此二人乃是郎舅,使棍的姓陆名彬,使叉的姓鲁名英。方才那妇人便是陆彬之妻、鲁英之姊,一身好武艺,时常进山搜罗禽兽。因在山上就看见一群喽啰上山,她便急急藏躲,惟恐叫人看见,不甚雅相,待众喽啰过去,她才慢慢下山,意欲归家,可巧迎头遇见刘立保胡言乱语,鲁氏故意惊慌,将他诱下,原要用袖箭打他,以戒下次。不想来到五显庙前,一眼看见卢方,倒不好意思,只得嚷道:“救人呀,救人呀!”卢大爷方把刘立保踢倒,这妇人也就回家告诉陆、鲁二人,所以二人提了利刃,带了四个猎户前来,要拿刘立保出气。谁知他早已脱逃,只得找寻那紫面大汉,先到庙中寻了一遍,见供桌上有个包裹,却不见人。又吩咐猎户四下搜寻,只听那

---

① 恸(tòng)——极悲哀。

边猎户道:“在这里呢。”陆、鲁二人急急赶到树后,见卢方一张紫面,满部髭髯,身材凛凛,气概昂昂,不由的暗暗羡慕,连忙上前致谢,道:“多蒙恩公救拔,我等感激不尽,请问尊姓大名?”谁知卢方自从听了刘立保之言,一时恸彻心髓,迷了本性,信步出庙,来到树林之内,全然不觉。如今听陆、鲁二人之言,猛然还过一口气来,方才清醒,不肯说出名姓,含糊答道:“些须小事,何足挂齿。请了。”陆、鲁二人见卢方不肯说出名姓,也不便再问,欲邀到庄上酬谢。卢方答道:“因有同人在山下相待,碍难久停,改日再为拜访。”说罢,将手一拱,转身竟奔逆水泉而来。

此时已有薄暮之际。正走之间,只见前面一片火光,旁有一人往下注视。及至切近,却是韩彰,便悄悄问道:“二弟,怎么样了?”韩彰道:“四弟已然下去二次,言下面极深极冷,寒气彻骨,不能多延时刻。所以用干柴烘着,一来上来时可以向火暖寒,二来借火光以作水中眼目。大哥脚下立稳着,再往下看。”卢方登住顽石,往泉下一看,但见碧澄澄回环来往,浪滚滚上下翻腾,那一股冷飕飕寒气侵入肌骨。卢方不由的连打几个寒噤,道:“了不得,了不得!这样寒泉逆水,四弟如何受得,寻不着印信,性命却是要紧。怎么好,怎么好!四弟呀,四弟!摸的着摸不着,快些上来罢!你若再不上来,劣兄先就禁不起了。”嘴里说着,身体已然打起战来,连牙齿咯、咯、咯抖的山响。韩彰见卢方这番光景,惟恐有失,连忙过来搀住,道:“大哥且在那边向火去,四弟不久也就上来了。”卢方哪里肯动,两只眼睛直勾勾往水里紧瞅。半晌,只听忽喇喇水面一翻,见蒋平刚刚一冒,被逆水一滚,打将下去。转来转去,一连几次,好容易扒住沿石,将身体一长,出了水面。韩彰伸手接住,将身往后一仰,用力一提,这才把蒋平拉将上来,搀到火堆烘拷暖寒。迟了一会,蒋平方说出话来,道:“好利害!好利害!若非火光,险些儿心头迷乱了。小弟被水滚的已然力尽筋疲了。”卢方道:“四弟呀,印信虽然要紧,再不要下去了。”蒋平道:“小弟也不下去了。”回手在水靠内掏出印来,道:“有了此物,我还下去做什么?”

忽听那边有人答道:“三位功已成了,可喜可贺。”卢方抬头一看,不是别人,正是陆、鲁兄弟,连忙执手,道:“二位为何去而复返?”陆彬道:“我等因恩公竟奔逆水泉而来,甚不放心,故此悄悄跟随,谁知三位特为此事到此。果然这位本领高强,这泉内没有人敢下去的。”韩彰便问:“此二位是何人?”卢方就把庙前之事,说了一遍。蒋平此时却将水靠脱下,问道："大哥，小弟很冷，我的衣服呢？"卢方道："哟！放在五显庙内了。这便怎处？贤弟且穿愚兄的。"说罢，就要脱下。蒋平拦道："大哥不要脱，你老的衣服，小弟如何穿得起来？莫若将就到五显庙再穿不迟。"只见鲁英早已脱下衣服来，道："四爷且穿上这件罢，那包袱弟等已然叫庄丁拿回庄去了。"陆彬道："再者天色已晚，请三位同到敝庄略为歇息，明早再行如何呢？"卢方等只得从命。蒋平问道："贵庄在哪里？"陆彬道："离此不过二里之遥，名叫陈起望，便是舍下。"说罢，五人离了逆水泉，一直来到陈起望。

相离不远，早见有多少灯笼火把迎将上来。火光之下看去，好一座庄院，甚是广阔齐整，而且庄丁人烟不少。进了庄门，来在待客厅上，极其宏敞煊赫①。陆彬先叫庄丁把包袱取出，与蒋平换了衣服。转眼间已摆上酒肴，大家叙座。方才细问姓名，彼此一一说了。陆、鲁二人本久已闻名，不能亲近，如今见了，曷胜敬仰。陆彬道："此事我弟兄早已知道。只因五日前来了个襄阳王府的站堂官，此人姓雷，他把盗印之事，述说一番，弟等不胜惊骇。本要拦阻，不想他已将印信撂在逆水泉内，才到敝庄。我等将他埋怨不已，陈说利害。他也觉的后悔，惜乎事已做成，不能更改。自他去后，弟等好生的替按院大人忧心。谁知蒋四兄有这样的本领，弟等真不胜拜服之至！"蒋爷道："岂敢，岂敢。请问这姓雷的，不是单名一个英字，在府衙之后二里半地八宝庄居住么？"陆彬道："正是，正是。四兄如何认得？"蒋平道："小弟也是闻名，却未会面。"卢方道："请问陆兄，这里可有九截松五峰岭么？"陆彬道："有，就在正南之上，卢兄何故问他？"卢方听见，不由的落下泪来，就将刘立保说的言语叙明。说罢，痛哭。韩、蒋二人听了，惊疑不止。蒋平惟恐卢方心路儿窄，连忙遮掩道："此事恐是讹传，未必是真。若果有此事，按院那里如何连个风声也没有呢？据小弟看来，其中有诈。待明日回去，小弟细细探访就明白了。"陆、鲁二人见蒋爷如此说，也就劝卢方道："大哥不要伤心。此一节我弟兄就不知道，焉知不是讹传呢？等四兄打听明白，自然有个水落石山。"卢方听了，也就无可如何，而且新到初交的朋友家内，也不便痛哭流涕，只得止住泪痕。

蒋平就将此事岔开，问陆、鲁如何生理。陆彬道："小弟在此庄内以

---

① 煊(xuǎn)赫——声势很大。

渔猎为生。我这乡邻有捕鱼的,有打猎的,皆是小弟二人评论市价。"三人听了,知他二人是丁家兄弟一流人物,甚是称羡。酒饭已毕,大家歇息。三人心内有事,如何睡得着。到了五鼓,便起身别了陆、鲁弟兄,离了陈起望。哪敢耽延,急急赶到按院衙门,见了颜大人,将印呈上。不但颜大人欢喜感激,连公孙策也是夸奖佩服。更有个雨墨暗暗高兴,殷殷勤勤,尽心服侍。

卢方便问:"这几日五弟可有信息么?"公孙策道:"仍是毫无影响。"卢方连声叹气,道:"如此看来,五弟死矣!"又将听见刘立保之言,说了一遍。颜大人尚未听完,先就哭了。蒋平道:"不必犹疑,我此时就去细细打听一番,看是如何。"

要知白玉堂的下落,且听下回分解。

第一百五回

三探冲霄玉堂遭害　一封印信赵爵担惊

且说蒋平要去打听白玉堂下落，急急奔到八宝庄找着了雷震。恰好雷英在家，听说蒋爷到了，父子一同出迎。雷英先叩谢了救父之恩。雷震连忙请蒋爷到书房献茶，寒暄叙罢，蒋爷便问白玉堂的下落，雷英叹道："说来实在可惨可伤。"便一长一短说出。蒋爷听了，哭了个哽气倒噎，连雷震也为之掉泪。

这段情节不好说，不忍说，又不能不说。你道白玉堂端的如何？自那日改了行装，私离衙署，找了个小庙存身，却是个小天齐庙，自己暗暗思索道："白玉堂英名一世，归结却遭了别人的暗算，岂不可气可耻。按院的印信别人敢盗，难道奸王的盟书我就不敢盗么？前次沈仲元虽说铜网阵的利害，他也不过说个大概，并不知其中的底细，大约也是少所见而多所怪的意思，如何能够处处有线索，步步有消息呢？但有存身站脚之处，我白玉堂仗着一身武艺，也可以支持得来。倘能盟书到手，那时一本奏上当今，将奸王参倒，还愁印信没有么？"越思越想，甚是得意。

到了夜间二鼓之时，便到了木城之下。来过二次，门户已然看惯，毫不介意。端详了端详，就由坎门而入。转了几个门户，心中不耐烦，在百宝囊中掏出如意绦来。凡有不通闭塞之处，也不寻门，也不找户，将如意绦抛上去，用手理定绒绳，便过去。一阵几次，皆是如此，更觉爽快无阻，心中畅快，暗道："他虽然设了疑阵，其奈我白玉堂何！"越过多少板墙，便看见冲霄楼。仍在石基之上歇息了歇息，自己犯想道："前次沈仲元说过，楼梯在正北，我且到楼梯看看。"顺着台基，绕到楼梯一看，果与马道相似。才待要上，只见有人说道："什么人？病太岁张华在此！"嗖的一刀砍来。白玉堂也不招架，将身一闪，刀却砍空。张华往前一扑，白玉堂就势一脚。张华站不稳栽将下来，刀已落地。白玉堂赶上一步，将刀一拿，觉着甚是沉重压手，暗道："这小子好大力气，不然如何使这样的笨物呢！"

他哪知道张华自从被北侠将刀削折,他却打了一把厚背的利刃,分量极大。他只顾图了结实,却忘了自己使它不动。自从打了此刀之后,从未对垒厮杀,不知兵刃累手。今日猛见有人上梯,出其不意,他尽力的砍来,却好白爷灵便,一闪身,他的刀砍空。力猛刀沉,是刀把他累的,往前一扑。再加上白爷一脚,他焉有不撒手掷刀,栽下去的理呢?

且说白爷提着笨刀,随后赶下,照着张华的哽嗓,将刀不过往下一按,真是兵刃沉重的好处,不用费力,只听噗哧的一声,刀会自己把张华杀了。白玉堂暗道:"兵刃沉了也有趣,杀人真能省劲。"

谁知马道之下铁门那里,还有一人,却是小瘟瘟徐敝,见张华丧命,他将身一闪,进了铁门,暗暗将索簧上妥,专等拿人的。白玉堂哪里知道,见楼梯无人拦挡,携着笨刀,就到冲霄楼上。从栏杆往上观瞧,其高非常,又见楼却无门,依然八面窗棂,左寻右找,无门可入。一时性起,将笨刀顺着窗缝往上一撬一撬,不多的工夫,窗户已然离槽。白爷满心欢喜,将左手把住窗棂,右手再一用力,窗户已然落下一扇,顺手轻轻的一放。楼内已然看见,却甚明亮,不知光从何生。回手掏出一块小小石子,往楼内一掷。侧耳一听,咕噜噜石子滚到那边不响了,一派木板之声。白玉堂听了放心,将身一纵,上了窗户台儿,却将笨刀往下一探,果真是实在的木板。轻轻跃下,来到楼内,脚尖滑步,却甚平稳。往亮处奔来一看,又是八面小小窗棂,里面更觉光亮,暗道:"大约其中必有埋伏。我既来到此处,焉有不看之理。"又用笨刀将小窗略略的一撬,谁知小窗随手放开。白玉堂举目留神,原来是从下面一缕灯光照彻上面一个灯毬,此光直射到中梁之上,见有绒线系定一个小小的锦匣,暗道:"原来盟书在此。"这句话尚未出口,觉得脚下一动,才待转步,不由将笨刀一扔,只见咕噜一声,滚板一翻。白爷说声:"不好",身体往下一沉,觉得痛彻心髓。登时从头上到脚下,无处不是利刃,周身已无完肤。

只见一阵锣声乱响,人声嘈杂,道:"铜网阵有了人了。"其中有一人高声道:"放箭!"耳内如闻飞蝗骤雨,铜网之上犹如刺猬一般,早已动不的了。这人又吩咐:"住箭!"弓箭手下去,长枪手上来,打来火把照看,见铜网之内血渍淋漓,慢说面目,连四肢俱各不分了。小瘟瘟徐敝满心得意,吩咐:"拔箭!"血肉狼藉,难以注目。将箭拔完之后,徐敝仰面觑视,不防有人把滑车一拉,铜网往上一起,那把笨刀就落将下来,不歪不斜正砍在徐敝的头上，把个脑袋平分两半，一张嘴往两下里一咧，一边是哎，一边是呀，身体往后一倒，也就呜呼哀哉了。

众人见了，不敢怠慢，急忙来到集贤堂。此时奸王已知铜网有人，大家正在议论，只见来人禀道："铜网不知打住何人。从网内落下一把笨刀来，将徐敝砍死。"奸王道："虽然铜网打住一人，不想倒反伤了孤家两条好汉。又不知此人是谁？孤家倒要看看去。"众人来到铜网之下，吩咐将尸骸抖下来，已然是块血饼，如何认得出来。旁边早有一人看见石袋，道："这是什么物件？"伸手拿起，里面尚有石子。这石袋未伤，是笨刀挡住之故。沈仲元骇目惊心，暗道："五弟呀，五弟！你为何不听我的言语，竟自遭此惨毒？好不伤感人也！"只听邓车道："千岁爷万千之喜！此人非别个，他乃大闹东京的锦毛鼠白玉堂，除他并无第二个用石子的，这正是颜查散的帮手。"奸王听了，心中欢喜，因此用坛子盛了尸首，次日送到军山，交给钟雄掩埋看守。

前天刘立保说的原非讹传，如今蒋爷又听雷英说得伤心惨目，不由的痛哭。雷震在旁拭泪，劝慰多时。蒋爷止住伤心，又问道："贤弟，如今奸王那里作何计较？务求明以告我，幸勿吝教。"雷英道："奸王虽然谋为不轨，每日以歌童舞女为事，也是个声色货利之徒。他此时刻刻不忘的，惟有按院大人，总要设法将大人陷害了，方合心意。恩公回去禀明大人，务要昼夜留神方好。再者恩公如有用着小可之时，小可当效犬马之劳，决不食言。"蒋爷听了，深深致谢，辞了雷英父子，往按院衙门而来，暗暗忖道："我这回去，见了我大哥，必须如此如此，索性叫他老死心塌地的痛哭一场，省得悬想出病来，反为不美。就是这个主意。"

不多时，到了衙中。刚到大堂，见雨墨从那边出来，便忙问道："大人在哪里？"雨墨道："大人同众位俱在书房，正盼望四爷。"蒋爷点头，转过二堂，便看见了书房，他就先自放声大哭，道："嗳呀！不好了！五弟叫人害了！死得好不惨苦呀！"一壁嚷着，一壁进了书房，见了卢方，伸手拉住，道："大哥，五弟真个死了也。"卢方闻听，登时昏晕过去。韩彰、徐庆连忙扶住，哭着呼唤。展爷在旁，又是伤心，又是劝慰。不料颜查散那里瞪着双睛，口中叫了一声："贤弟呀！"将眼一翻，往后便仰，多亏公孙先生扶住。却好雨墨赶到，急急上前，也是乱叫。此时书房就如孝棚一般，哭的叫的，忙在一处。好容易卢大爷哭了出来，蒋四爷等放心。展爷又过来照看颜大人,幸喜也还过气来。这一阵悲啼,不堪入耳。展爷与公孙先生虽则伤心,到了此时,反要百般的解劝。卢大爷痛定之后,方问蒋平道:“五弟如何死的?”蒋平道:“说起咱五弟来,实在可怜。”便将误落铜网阵遭害的原因说了。说了又哭,哭了又说,分外的比别人闹的利害。后来索性要不活着了,要跟了老五去,急得个实心的卢方,倒把他劝解了多时。徐庆粗豪直爽人,如何禁得住揉磨,连说带嚷道:“四弟,你好胡闹!人死不能复生,只是哭他,也是无益。与其哭他,何不与他报仇呢?”众人道:“还是三弟想得开。”此时颜大人已被雨墨搀进后面歇息去了。

忽见外班拿进一角文书,是襄阳王那里来的官务。公孙先生接来,拆开看毕,道:“你叫差官略等一等,我这里即有回文答复。”外班回身出去传说。公孙策对众人道:“他这文书不是为官务而来。”众人道:“不为官事却是为何?”公孙策道:“他因这些日不见咱们衙门有什么动静,故此行了文书来,我这里必须答复。他明是移文,暗里却打听印信消息而来。”展爷道:“这有何妨。如今有了印信,还愁什么答复么?”蒋平道:“虽则如此,他若看见有了印信,只怕又要生别的事端了。”公孙策点头,道:“四弟虑的是极。如今且自答了回文,我这里严加防备就是了。”说罢,按着原文答复明白,叫雨墨请出印来用上,外面又打了封口,交付外班,即交原差领回。

官务完毕之后,大家摆上酒饭,仍是卢方首座,也不谦逊,大家团团围坐。只见卢方无精打采,短叹长吁,连酒也不沾唇,却一汪眼泪泡着眼珠儿,何曾是个干。大家见此光景,俱各闷闷不乐。惟独徐庆一言不发,自己把着一壶酒,左一杯,右一盏,仿佛拿酒煞气的一般。不多会,他就醉了,先自离席,一边躺着去了。众人因卢方不喝不吃,也就说道:“大哥如不耐烦,何不歇息歇息呢?”卢方顺口说道:“既然如此,众位贤弟,恕劣兄不陪了。”也就回到自己屋内去了。

这里公孙策、展昭、韩彰、蒋平四人饮酒之间,商议事体。蒋平又将雷英说奸王刻刻不忘要害大人的话说了。公孙策道:“我也正为此事踌躇。我想今日这套文书回去,奸王见了必是惊疑诧异,他如何肯善罢干休呢?咱们如今有个道理,第一,大人处要个精细有本领的,不消说了,是展大哥的责任。什么事展兄全不用管,就只保护大人要紧。第二,卢大哥身体欠爽,一来要人服侍,二来又要照看,此差交给四弟。我与韩二兄、徐三弟今晚在书房,如此如此。倘有意外的事,随机应变,管保诸事不至遗漏。众位兄弟想想如何呢?”展爷等听了,道:“很好,就是如此料理罢。”酒饭已毕。展爷便到后面看了看颜大人,又到前面瞧了瞧卢大爷,两下里无非俱是伤心,不必细表。

且说襄阳王的差官领了回文,来到衙中,问了问奸王正同众人在集贤堂内,即刻来到厅前。进了厅房,将回文呈上。奸王接来一看,道:“嗳呀!按院印信既叫孤家盗来,他那里如何仍有印信?岂有此理?事有可疑。”说罢,将回文递与邓车。邓车接来一看,不觉的满面通红,道:“启上千岁,小臣为此印信原非容易,难道送印之人有弊么?”一句话提醒了奸王,立刻吩咐:“快拿雷英来。”

未知如何,且听下回分解。

第一百六回

公孙先生假扮按院　神手大圣暗中计谋

且说襄阳王赵爵因见回文上有了印信,追问邓车。邓车说:"必是送印之人舞弊。"奸王立刻将雷英唤来,问道:"前次将印好好交代托付于你,你送往哪里去了?"雷英道:"小臣奉千岁密旨,将印信小心在意撂在逆水泉内;并见此泉水势汹涌,寒气凛冽。王爷因何追问?"奸王道:"你既将印信撂在泉内,为何今日回文仍有印信?"说罢,将回文扔下。雷英无奈,从地下拾起一看,果见印信光明,毫无错谬①,惊得无言可答。奸王大怒,道:"如今有人扳你送印作弊,快快与我据实说来!"雷英道:"小臣实实将印送到逆水泉内,如何擅敢作弊?请问千岁,是谁说来?"奸王道:"方才邓车说来。"

雷英听了,暗暗发恨,心内一动,妙计即生,不由的冷笑,道:"小臣只道哪个说的,原来是邓车。小臣启上千岁,小臣正为此事心中犯疑。我想按院乃包相的门生,智略过人,而且他那衙门里能人不少,如何能够轻易的印信叫人盗去?必是将真印藏过,故意的设一方假印,被邓车盗来。他以为干了一件少一无二的奇功,谁知今日真印现出,不但使小臣徒劳无益,额外还担个不白之冤,兀的②不委屈死人了。"一席话说得个奸王点头不语。邓车羞愧难当,真是羞恼便成怒,一声怪叫道:"哎哟!好颜查散!你竟敢欺负俺么!俺和你誓不两立!"雷英道:"邓大哥不要着急,小弟是据理而论。你既能以废铁倒换印信,难道不准人家提出真的换上假的么?事已如此,须要大家一同商议方好。"邓车道:"商议什么!俺如今惟有杀了按院,以泄欺侮之恨,别不及言。有胆量的随俺走走呀!"只见沈仲元道:"小弟情愿奉陪。"奸王闻听,满心欢喜,就在集贤堂摆上酒肴,大家畅饮。

---

① 错谬(miù)——错误;差错。

② 兀(wù)的——这。

到了初鼓之后，邓车与沈仲元俱各改扮停当，辞了奸王，竟往按院衙门而来。路途之间计议明白：邓车下手，沈仲元观风。及至到了按院衙门，邓车往左右一看，不见了沈仲元，并不知他何时去的，心中暗道："他方才还和我说话，怎么转眼间就不见了呢？哦！是了！想来他也是个畏首畏尾①之人，瞧不得素常夸口，事到头来也不自由了。且看邓车的能为。待成功之后，再将他极力的奚落一场。"

想罢，纵身越墙，进了衙门。急转过二堂，见书房东首那一间灯烛明亮。蹑足潜踪，悄到窗下，湿破窗纸，觑眼偷看。见大人手执案卷，细细观看，而且时常掩卷犯想。虽然穿着便服，却是端然正坐，旁边连雨墨也不伺候。邓车暗道："看他这番光景，却像个与国家办事的良臣，原不应将他杀却。奈俺老邓要急于成功，就说不得了。"便奔到中间门边一看，却是四扇槅扇，边槅有锁锁着，中间两扇关闭。用手轻轻一撼，却是竖着立闩，回手从背后抽出刀来，顺着门缝将刀伸进，右腕一挺，刀尖就扎在立闩之上。然后左手按住刀背，右手只用将腕子往上一拱，立闩的底下已然出槽，右手又往旁边一摆，左手往下一按，只听咯当的一声，立柱落实。轻轻把刀抽出，用口衔住，左右手把住了槅扇，一边往怀里一带，一边往外一推，微微有些声息，吱溜溜便开开了一扇。邓车回手拢住刀把，先伸刀，后伏身，斜跨而入，即奔东间的软帘，用刀将帘一挑，呼的一声，脚下迈步，手举钢刀，只听咯当一声。邓车口说"不好"，磨转身往外就跑。早已听见哗啷一声，又听见有人道："三弟放手，是我！"噗哧的一声，随后就追出来了。

你道邓车如何刚进来就跑了呢？只因他撬闩之时，韩二爷已然谆谆注视，见他将门推开，便持刀下来，尚未立稳，邓车就进来了。韩二爷知他必奔东间，却抢步先进东间。及至邓车掀帘迈步举刀，韩二爷的刀已落下。邓车借灯光一照，即用刀架开，咯当转身出来，忙迫中将桌上的蜡灯哗啷碰在地下。此时三爷徐庆赤着双足仰卧在床上，酣睡不醒，觉得脚下后跟上有人咬了一口，猛然惊醒，跳下地来就把韩二爷抱住。韩二爷说："是我！"一摔身，恰好徐三爷脚踏着落下蜡灯的蜡头儿一滑，脚下不稳，噗哧趴伏在地。

---

①　畏首畏尾——怕这怕那，比喻疑虑过多。

谁知看案卷的不是大人,却是公孙先生。韩爷未进东间之先,他已溜了出来,却推徐爷,又恐徐爷将他抱住,见他赤着双足,没奈何才咬了他一口,徐爷这才醒了。因韩二爷摔脱追将出去,他却跌倒得快当,爬起来得剪绝,随后也就呱咭、呱咭追了出来。

且说韩二爷跟定邓车,窜房越墙,紧紧跟随,忽然不见了。左顾右盼,东张西望,正然纳闷,猛听有人叫道:"邓大哥!邓大哥!榆树后头藏不住,你藏在松树后头罢。"韩二爷听了,细细往那边观瞧,果然有一棵榆树,一棵松树,暗暗道:"这是何人呢?明是告诉我这贼在榆树后面,我还发呆么?"想罢,竟奔榆树而来。果真邓车离了榆树,又往前跑。韩二爷急急垫步紧赶,追了个嘴尾相连,差不了两步,再也赶不上。

又听见有人叫道:"邓大哥!邓大哥!你跑只管跑,小心着暗器呀!"这句话却是沈仲元告诉韩彰防着邓车的铁弹,不想提醒了韩彰,暗道:"是呀!我已离他不远,何不用暗器打他呢?这个朋友真是旁观者清。"想罢,左手一撑,将弩箭上上,把头一低,手往前一点,这边噌,那边拍,又听嗳呀。韩二爷已知贼人着伤,更不肯舍。谁知邓车肩头之上中了弩箭,觉得背后发麻,忽然心内一阵恶心,暗说:"不好!此物必是有毒。"又跑了一二里之遥,心内发乱,头晕眼花,翻筋斗栽倒在地。韩二爷已知药性发作,贼人昏晕过去,脚下也就慢慢的走了。

只听背后呱咭、呱咭的乱响,口内叫道:"二哥!二哥!你老在前面么?"韩二爷听声音是徐三爷,连忙答道:"三弟!劣兄在此。"说话间,徐庆已到,说:"怪道那人告诉小弟,说二哥往东北追下来了,果然不差。贼人在哪里?"韩二爷道:"已中劣兄的暗器栽倒了,但不知暗中帮助的却是何人?方才劣兄也亏了此人。"二人来到邓车跟前,见他四肢扎煞,躺在地下。徐爷道:"二哥将他扶起,小弟背着他。"韩彰依言,扶起邓车,徐庆背上,转回衙门而来。走不多几步,见有灯光明亮,却是差役人等前来接应。大家上前,帮同将邓车抬回衙去。

此时公孙策同定卢方、蒋平俱在大堂之上立等,见韩彰回来,问了备细,大家欢喜。不多时,把邓车抬来。韩二爷取出一丸解药,一半用水研开灌下,并立刻拔出箭来,将一半敷上伤口。公孙先生即吩咐差役拿了手镯脚镣,给邓车上好,容他慢慢苏醒。迟了半晌,只听邓车口内嘟囔道:"姓沈的!你如何是来帮俺,你直是害我来了。好呀!气死俺也!"嗳呀了一声，睁开二目往上一看，上面坐着四五个人，明灯亮烛，照如白昼。即要转动，觉着甚不得力。低头看时，腕上有镯，脚下有镣。自己又一犯想："还记得中了暗器，心中一阵迷乱，必是被他们擒获了。"想到此，不由的五内往上一翻，咽喉内按捺不住，将口一张，哇的一声，吐了许多绿水涎痰，胸膈虽觉乱跳，却甚明白清爽。他却闭目，一语不发。

忽听耳畔有人唤道："邓朋友，你这时好些了？你我作好汉的，决无儿女情态，到了哪里说哪里的话。你若有胆量，将这杯暖酒喝了！如若疑忌害怕，俺也不强让你。"邓车听了，将眼睁开看时，见一人身形瘦弱，蹲在身旁，手擎着一杯热腾腾的黄酒，便问道："足下何人！"那人答道："俺蒋平特来敬你一杯，你敢喝么！"邓车笑道："原来是翻江鼠。你这话欺俺太甚！既被你擒来，刀斧尚且不怕，何况是酒！纵然是砒霜毒药，俺也要喝的，何惧之有！"蒋平道："好朋友！真正爽快。"说罢，将酒杯送至唇边。邓车张开口，一饮而尽。又见过来一人，道："邓朋友，你我虽有嫌隙，却是道义相通，各为其主。何不请过来大家坐谈呢？"邓车仰面看时，这人不是别人，就是在灯下看案卷的假按院，心内辗转道："敢则他不是颜按院？如此看来，就是遭了他们圈套了。"便问道："尊驾何人？"那人道："在下公孙策。"回手又指卢方道："这是钻天鼠卢方大哥，这是彻地鼠韩彰韩二哥，那边是穿山鼠徐庆徐三哥。还有御猫展大哥在后面保护大人，已命人请去了，少刻就到。"邓车听了，道："这些朋友俺都知道，久仰，久仰！既承台爱，俺到要随喜随喜了。"蒋爷在旁伸手将他搀起，唏嚁哗啷蹭到桌边，也不谦逊，刚要坐下，只见展爷从外面进来，一执手，道："邓朋友，久违了！"邓车久已知道展昭，无可回答，只是说道："请了。"展爷与大众见了，彼此就座，伴当添杯换酒。邓车到了此时，讲不得砢碜，只好两手捧杯，缩头而饮。

只听公孙先生问道："大人今夜睡得安稳么？"展爷道："略觉好些，只是思念五弟，每每从梦中哭醒。"卢方听了，登时落下泪来。忽见徐庆瞪起双睛，擦摩两掌，立起身来，道："姓邓的！你把俺五弟如何害了？快快说来！"公孙策连忙说道："三弟，此事不关邓朋友相干，休要错怪了人。"蒋平道："三哥，那全是奸王设下圈套。五弟争强好胜，自投罗网，如何抱怨得别人呢？"韩爷也在旁拦阻。展爷知道公孙先生要探问邓车，惟恐徐庆搅乱了事体，不得实信，只得张罗换酒，用言语岔开。徐庆无可如何，仍然坐在那里，气忿忿的一语不发。展爷换酒斟毕，方慢慢与公孙策你一言、我一语套问邓车，打听襄阳王的事件。邓车言："襄阳王所仗的是飞叉太保钟雄为保障，若将此人收伏，破襄阳王便不难矣。"公孙策套问明白，天已大亮，便派人将邓车押到班房，好好看守。大家也就各归屋内，略为歇息。

且说卢方回到屋内，与三个义弟说道："愚兄有一事与三位贤弟商议。想五弟不幸遭此荼毒，难道他的骨殖就搁在九截松五峰岭不成？劣兄意欲将他骨殖取来，送回原籍。不知众位贤弟意下如何？"三人听了，同声道："正当如此，我等也是这等想。"只见徐庆道："小弟告辞了。"卢方道："三弟哪里去？"徐庆道："小弟盗老五的骨殖①去。"卢方连忙摇头，道："三弟去不得。"韩彰道："三弟太莽撞了。就去，也要大家商议明白，当如何去法。"蒋平道："据小弟想来，襄阳王既将骨殖交付钟雄，钟雄必是加意防守。事情若不预料，恐到了临期有了疏虞，反为不美。"卢方点头，道："四弟所论甚是。当如何去法呢？"蒋平道："大哥身体有些不爽，可以不去，叫二哥替你老去。三哥心急性躁，此事非冲锋打仗可比，莫若小弟替三哥去。大哥在家也不寂寞，就是我与二哥同去，也有帮助。大哥想想如何？"卢方道："很好，就这样罢。"徐庆瞅了蒋平一眼，也不言语。只见伴当拿了杯箸放下，弟兄四人就座。卢方又问："二位贤弟几时起身？"蒋平道："此事不必匆忙，后日起身也不为迟。"商议已毕，饮酒用饭。

不知他等如何盗骨，且听下回分解。

---

① 骨殖（shi）——尸骨。

第一百七回

愣徐庆拜求展熊飞　病蒋平指引陈起望

且说卢方自白玉堂亡后，每日茶饭无心，不过应个景而已。不多时，酒饭已毕，四人闲坐。卢方因一夜不曾合眼，便有些困倦，在一旁和衣而卧。韩彰与蒋平二人计议如何盗取骨殖，又张罗行李马匹。独独把个愣爷撇在一边，不瞅不睬，好生气闷，心内辗转道："同是结义弟兄，如何他们去得，我就去不得呢？难道他们尽弟兄的情长，单不许我尽点心么？岂有此理！我看他们商量得得意，实实令人可气。"站起身来，出了房屋，便奔展爷的单间而来。

刚然进屋，见展爷方才睡醒，在那里擦脸。他也不管事之轻重，扑翻身跪倒，道："嗳呀！展大哥呀！委屈煞小弟了，求你老帮扶帮扶呀！"说罢，痛哭。倒把展爷吓了一跳，连忙拉起他道："三弟，这是为何？有话起来说。"徐庆更会撒泼，一壁抽泣，一壁说道："大哥，你老若应了帮扶小弟，小弟方才起来；你老若不应，小弟就死在这里了！"展爷道："是了，劣兄帮扶你就是了，三弟快些起来讲。"徐庆又磕了一个头，道："大哥应了，再无反悔。"方立起身来，拭去泪痕，坐下道："小弟非为别事，求大哥同小弟到五峰岭走走。"展爷道："端的为着何事？"徐庆便将卢方要盗白玉堂的骨殖，说了一遍。"他们三个怎么拿着我不当人，都说我不好。我如今偏要赌赌这口气，没奈何，求大哥帮扶小弟走走。"展爷听了，暗暗思忖道："原来为着此事。我想蒋四弟是个极其精细之人，必有一番见解。而且盗骨是机密之事，似他这卤莽烈性，如何使得呢？若要不去，已然应了他，又不好意思。而且他为此事屈体下礼，说不得了，好歹只得同他走走。"便问道："三弟几时起身？"徐庆道："就在今晚。"展爷道："如何恁般忙呢？"徐庆道："大哥不晓得，我二哥与四弟定于后日起身。我既要赌这口气，须早两天。及至他们到时，咱们功已成了，那时方出这口恶气。还有一宗，大哥千万不可叫二哥、四弟知道，晚间我与大哥悄悄的一溜儿，急急赶向前去，方妙。"展爷无奈何，只得应了。徐庆立起身来，道："小弟还到那边照应去，大哥暗暗收拾行李器械马匹，起身以前，在衙门后墙专等。”展爷点头。

徐庆去后，展爷又好笑，又后悔。笑是笑他粗卤，悔是不该应他。事已如此，无可如何，只得叫过伴当来，将此事悄悄告诉他，叫他收拾行李马匹。又取过笔砚来，写了两封字儿藏好，然后到按院那里看了一番，又同众人吃过了晚饭。看天已昏黑，便转回屋中，问伴当道：“行李马匹俱有了？”伴当道：“方才跟徐爷的伴当来了，说他家爷在衙门后头等着呢，将爷的行李马匹也拢在一处了。”展爷点了点头，回手从怀中掏出两个字柬来，道：“此柬是给公孙老爷的，此柬是给蒋四爷的。你在此屋等着，候初更之后再将此字送去，就交与跟爷们的从人，不必面递。交代明白，急急赶赴前去，我们在途中慢慢等你。这是怕他们追赶之意，省得徐三爷抱怨于我。”伴当一一答应。

展爷却从从容容出了衙门，来到后墙，果见徐庆与伴当拉着马匹，在那里张望，上前见了。徐庆问道：“跟大哥的人呢？”展爷道：“我叫他随后来，惟恐同行叫人犯疑。”徐庆道：“很好。小弟还忘了一事，大哥只管同我的伴当慢慢前行，小弟去去就来。”说罢，回身去了。

且说跟展爷的伴当，在屋内候到起更，方将字柬送去。蒋爷的伴当接过字柬，来到屋内一看，只见卢方仍是和衣而卧，韩彰在那里吃茶，却不见四爷蒋平。只得问了问同伴，说在公孙先生那里。伴当即来到公孙策屋内，见公孙策拿过字柬，正在那里讲论，道：“展大哥嘱咐小心奸细刺客，此论甚是。然而不当跟随徐三弟同去。”蒋平道：“这必是我三哥磨着展大哥去的。”刚说，又见自己的伴当前来，便问道：“什么事件？”伴当道：“方才跟展老爷的人，给老爷送了个字柬来。”说罢，呈上。蒋爷接来打开看毕，笑道：“如何？我说是我三哥磨着展大哥去的，果然不错。”即将字帖递与公孙策。公孙策从头至尾看去，上面写着：“徐庆跪求，央及劣兄，断难推辞，只得暂时随去。贤弟见字，务于明日急速就到，共同帮助。千万不要追赶，惟恐识破了，三弟面上不好看。……”云云。公孙策道：“言虽如此，明日二位再要起身，岂不剩了卢大哥一人，内外如何照应呢？”蒋平道：“小弟回去，与大哥、二哥商量。既是展大哥与三哥先行，明日小弟一人足已够了，留下二哥如何？”公孙策道：“甚好，甚好。”

正说间，只见看班房的差人慌慌张张进来道：“公孙老爷，不好了！方才徐老爷到了班房，吩咐道：‘你等歇息，俺要与姓邓的说句机密话。’独留小人伺候。徐老爷进屋，尚未坐稳，就叫小人看茶去。谁知小人烹了茶来，只见屋内漆黑，急急唤人掌灯看时，嗳呀！老爷呀！只见邓车仰卧在床上，昏迷不省，满床血渍。原来邓车的双睛，被徐老爷剜去了。现时不知邓车的生死，特来回禀二位老爷知道。”公孙策与蒋平二人听了，惊骇非常，急叫从人掌灯，来至外面班房看时，多少差役将邓车扶起，已然苏醒过来，大骂徐庆不止。公孙策见此惨然形景，不忍注目。蒋平吩咐差人好生服侍将养，便同公孙策转身来见卢方，说了详细，不胜骇然。大家计议了一夜。

至次日天明，只见门上的进来，拿着禀帖递与公孙先生一看，欢喜道：“好，好，好。快请，快请。”原来是北侠欧阳春、双侠丁兆蕙，自从押解金面神蓝骁、赛方朔方貂之后，同到茉花村，本欲约会了兆兰同赴襄阳，无奈丁母欠安，双侠只得在家侍奉。北侠告辞，丁家弟兄苦苦相留，北侠也是无事之人，为人子者不可远离膝下，又恐北侠踽踽凉凉一人上襄阳，不好意思，而且因老母染病，晨昏问安，耽搁了多少日期，左右为难。只得仍叫丁二爷随着北侠同赴襄阳，留下了丁大爷在家奉亲，又可以照料家务。因此北侠与丁二爷起身。

在路行程，非止一日，来到襄阳太守衙门。可巧门上正是金福禄，上前参见，急急回禀了老爷金辉，立刻请至书房，暂为少待。此时黑妖狐智化早已接出来，彼此相见，快乐非常。不多时，金太守更衣出来，北侠与丁二官人要以官长见礼，金公哪里肯受，口口声声以恩公呼之。大家谦让多时，仍是以宾客相待。左右献茶已毕，寒温叙过，便提起按院衙门近来事体如何。黑妖狐智化连声叹气，道：“一言难尽！好叫仁兄贤弟得知，玉堂白五弟遭了害了。”北侠听了，好生诧异，丁二爷不胜惊骇，同声说道：“竟有这等事！请道其详。”智化便从访探冲霄楼说起，如何遇见白玉堂，将他劝回；后来又听得按院失去印信，想来白五弟就因此事拼了性命，误落在铜网阵中倾生丧命，滔滔不断，说了一遍。北侠与丁二爷听毕，不由的俱各落泪叹息。所谓“方以类聚，物以群分”，原是声应气求的弟兄，焉有不伤心的道理。因此也不在太守衙门耽搁，便约了智化急急赶到按院衙门而来。早见公孙策在前，卢方等随在后面，彼此相见。虽未与卢方道恼,见他眼圈儿红红的,面庞儿比先前瘦了好些,大家未免欷歔①一番。独有丁兆蕙拉着卢方的手,由不得泪如雨下。想起当初陷空岛与茉花村不过隔着芦花荡,彼此义气相投,何等的亲密,想不到五弟却在襄阳丧命,而且又在少年英勇之时,竟是如此夭寿,尤为可伤。二人哭泣多时,还亏了智化用言语劝慰。北侠也拦住丁二爷,道:“二弟,卢大哥全仗你我开导解劝,你如何反招大哥伤起心来呢?”说罢,大家来到卢方的屋内,就座献茶。北侠等三人又问候颜大人的起居,公孙策将颜大人得病的情由,述了一番,三人方知大人也是为念五弟欠安,不胜浩叹。

智化便问衙门近来事体如何。公孙策将已往之事,一一叙说,渐渐说到拿住邓车。蒋平又接言道:“不想从此又生出事来。”丁二爷问道:“又有何事?”蒋平便说:“要盗五弟的骨殖。谁知俺三哥暗求展大哥帮助,昨晚已然起身。起身也罢了,临走时俺三哥把邓车二目剜去。”北侠听了皱眉,道:“这是何意?”智化道:“三哥不能报仇,暂且拿邓车出气,邓车也就冤得很了。”丁二爷道:“若论邓车的行为伤天害理,失去二目也就不算冤。”公孙策道:“只是展大哥与徐二弟此去,小弟好生放心不下。”蒋平道:“如今欧阳兄、智大哥、丁二弟俱各来了,妥当得很,明日我等一同起身。衙中留下我二哥服侍大哥,照应内外。小弟仍是为盗五弟骨殖之事,欧阳兄三位另有一宗紧要之事。”智化问道:“还有什么事?”蒋平道:“只因前次拿获邓车之时,公孙先生与展大哥探访明白,原来襄阳王所仗者飞叉太保钟雄,若能收伏此人,则襄阳不难破矣。如今就将此事托付三位弟兄,不知肯应否?”智化、丁兆蕙同声说道:“既来之则安之。四弟不必问我等应与不应,到了那里,看势做事就是了,何能预为定准。”公孙先生在旁称赞道:“是极!是极!”

说话间,酒席早已摆开,大家略为谦逊,即便入席。却是欧阳春的首座,其次智化、丁兆蕙,又其次公孙策、卢方,下首是韩彰、蒋平。七位爷把酒谈心,不必细表。

到了次日,北侠等四人别了公孙策与卢、韩二人,四人在路行程。偏偏的蒋平肚泻起来,先前还可挣扎,到后来连连泻了几次,觉得精神倦怠,身体劳乏。北侠道:“四弟既有贵恙,莫若找个寓所暂为歇息,明日再做

---

① 欷歔(xīxū)——哭泣后不自主地急促呼吸;抽搭。

道理,有何不可呢。”蒋平道:“不要如此,你三位有要紧之事,如何因我一人耽搁。小弟想起来了,有个去处颇可为聚会之所。离洞庭湖不远,有个陈起望,庄上有郎舅二人,一人姓陆名彬,一人姓鲁名英,颇尚侠义。三位到了那里,只要提出小弟,他二人再无不扫榻相迎之理。咱们就在那里相会罢。”说着,拧眉攒目,又要肚泻起来。北侠等三人见此光景,只得依从。蒋平又叫伴当随去,“沿途好生服侍,不可怠慢。”伴当连连答应,跟随去了。

蒋爷这里左一次,右一次,泻个不了。看看的天色晚了,心内好生着急,只得勉强认镫,上了坐骑,往前进发。心急嫌马慢,又不敢极力的催它,恐自己气力不加,乘控不住,只得缓辔而行。此时天已昏黑,满天星斗,好容易来到一个村庄,见一家篱墙之上,高高挑出一个白纸灯笼。及至到了门前,又见柴门之旁,挂着个小小笊篱,知是村庄小店,满心欢喜,犹如到了家里一般。连忙下马,高声唤道:“里面有人么?”只听里面颤巍巍的声音答应。

不知果是何人,且听下回分解。

第一百八回

图财害命旅店营生　相女配夫闺阁本分

且说蒋平听得里面问道:“什么人? 敢则是投店的么?”蒋平道:“正是。”又听里面答道:“少待。”不多时,灯光显露,将柴扉开放,道:“客官请进。”蒋平道:“我还有鞍马在此。”店主人道:“客官自己拉进来罢。婆子不知尊骑的毛病,恐有失闪。”蒋平这才留神一看,原来是个店妈妈,只得自己拉进了柴扉。见是正房三间,西厢房三间,除此并无别的房屋。蒋平问道:“我这牲口在哪里喂呢?”婆子道:“我这里原是村庄小店,并无槽头马棚。那边有个碾子,在那碾台儿上就可以喂了。”蒋平道:“也倒罢了,只是我这牲口就在露天地里了。好在夜间还不甚凉,尚可以将就。”说罢,将坐骑拴在碾台子桩柱上,将镫扣好,打去嚼子,打去后鞦①,把皮鞊拢起,用稍绳捆好;然后解了肚带,轻轻将鞍子揭下,屉却不动,恐鞍心有汗。

此时店婆已将上房撢扫,安放灯烛。蒋爷抱着鞍子,到了上房,放在门后,抬头一看,却是两明一暗。掀起旧布单帘,来到暗间,从腰间解下包裹,连马鞭俱放在桌子上面,撢了撢身上灰尘,只听店妈妈道:“客官是先净面后吃茶,是先吃茶后净面呢?”蒋平这才把店妈妈细看,却有五旬年纪,甚是干净利便,答道:“脸也不净,茶也不吃。请问妈妈贵姓?”店婆道:“婆子姓甘。请问客官尊姓?”蒋爷道:“我姓蒋。请问此处是何地名?”甘婆子道:“此处名叫神树岗。”蒋爷道:“离陈起望尚有多远?”婆子道:“陈起望在正西,此处却是西北。从此算起,要到陈起望,足有四五十里之遥。客官敢则是走差了路了?”蒋爷道:“只因身体欠爽,又在昏黑之际,不料把道路走错了。请问妈妈,你这里可有酒么?”甘婆子道:“酒是有的,就只得村醪,并无上样名酒。”蒋爷道:“村醪也好,你与我热热的暖一角来。”甘婆子答应,回身去了。

---

① 后鞦(qiū)——也作后鞧,套车时拴在驾辕牲口屁股周围的皮带、帆布带等。

多时,果然暖了一壶来,倾在碗内。蒋爷因肚泻口燥,哪管好歹,端起来一饮而尽。真真是"沟里翻船"。想蒋平何等人物,何等精明,一生所作何事,不想他在妈妈店,竟会上了大当。可见为人艺高是胆大不得的。此酒入腹之后,觉得头眩目转。蒋平说声"不好",尚未说出口,身体一晃,咕咚栽倒尘埃。

甘婆子笑道:"我看他身材瘦弱,是个不禁酒的,果然。"伸手向桌子上拿起包裹一摸,笑容可掬。正在欢喜,忽听外面叫门,道:"里面有人么?"这一叫不由的心里一动,暗道:"忙中有错。方才既住这个客官,就该将门前灯笼挑了。一时忘其所以,又有上门的买卖来了。既来了,再没有往外推之理。且喜还有两间厢房,莫若让到那屋里去。"心里如此想,口内却应道:"来了,来了。"执了灯笼,来开柴扉,一看却是主仆二人。只听那仆人问道:"此间可是村店么?"甘婆道:"是便是,却是乡村小店,惟恐客官不甚合心。再者并无上房,只有厢房两间,不知可肯将就①么?"又听那相公道:"既有两间房屋,已足够了,何必定要正房呢。"甘婆道:"客官说得是,如此请进来罢。"主仆二人刚然进来。甘婆子却又出去,将那白纸灯笼系下来,然后关了柴扉,就往厢房导引。

忽听仆人说道:"店妈妈,你方才说没有上房,那不是上房么?"甘婆子道:"客官不知,这店并无店东主人,就是婆子带着女儿过活。这上房是婆子住家,只有厢房住客。所以方才说过,恐其客官不甚合心呢。"这婆子随机应变,对答得一些儿马脚不露。这主仆哪里知道上房之内,现时迷倒一个呢。

说话间,来到厢房,婆子将灯对上。这主仆看了看,倒也罢了,干干净净可以住得。那仆人将包裹放下,这相公却用大袖掸去灰尘。甘婆子见相公形容俏丽,肌肤凝脂,妩媚之甚,便问道:"相公用什么?趁早吩咐。"相公尚未答言,仆人道:"你这里有什么,只管做来,不必问。"甘婆道:"可用酒么?"相公道:"酒倒罢了。"仆人道:"如有好酒,拿些来也可以使得。"

甘婆听了笑了笑,转身出来,执着灯笼,进了上房,将桌子上包裹拿起,出了上房,却进了东边角门。原来角门以内仍是正房、厢房以及耳房,共有数间。只听屋内有人问:"母亲,前面又是何人来了?"婆子道:"我儿

---

① 将就——勉强适应不很满意的事物或环境。

休问,且将这包裹收起,快快收拾饭食。又有主仆二人到了,老娘看这两个也是雏儿,少时将酒预备下就是了。”忽听女子道:“母亲,方才的言语难道就忘了么?”甘婆子道:“我的儿呀,为娘的如何忘了呢。原说过就做这一次,下次再也不做了。偏他主仆又找上门来,叫为娘的如何推出去呢?说不得,这叫做‘一不做,二不休’。好孩子,你帮着为娘再把这买卖做成了,从此后为娘的再也不干这营生了。可是你说的咧,伤天害理做什么。好孩子,快着些儿罢!为娘的安放小菜去。”说着话,又出去了。

原来这女子就是甘婆之女,名唤玉兰,不但女工针黹出众,而且有一身好武艺,年纪已有二旬,尚未受聘。只因甘婆作事暗昧,玉兰每每规谏,甘婆也有些回转。就是方才取酒药蒋平时,也央及了个再三,说过就作这一次,不想又有主仆二人前来。玉兰无奈何将菜蔬做妥,甘婆往来搬运,又称赞这相公极其俊美。玉兰心下踌躇。后来甘婆拿了酒去,玉兰就在后面跟来,在窗外偷看,见这相公面如傅粉,白而生光,唇似涂朱,红而带润,惟有双眉紧蹙,二目含悲,长吁短叹,似有无限的愁烦。玉兰暗道:“看此人不是俗子村夫,必是贵家公子。”再看那仆人坐在横头,粗眉大眼,虽则丑陋,却也有一番娇媚之态。只听说道:“相公早间打尖,也不曾吃些什么。此时这些菜蔬虽则清淡,却甚精美,相公何不少用些呢?”又听相公呖呖莺声说道:“酒肴虽美,无奈我吃不下咽。”说罢,又长叹了一声。忽听甘婆道:“相公既懒进饮食,何不少用些暖酒,开开胃口,管保就想吃东西了。”玉兰听至此,不由的发恨,道:“人家愁到这步田地,还要将酒害人,我母亲太狠心了!”忿忿回转房中去了。

不多时,忽听甘婆从外角门进来,拿着包裹,笑嘻嘻地道:“我的儿呀,活该我母女要发财了。这包裹比方才那包裹尤觉沉重,快快收起来,帮着为娘的打发他们上路。”口内说着,眼儿却把玉兰一看,见玉兰面向里,背朝外,也不答言,也不接包裹。甘婆连忙将包裹放下,赶过来将玉兰一拉,道:“我的儿,你又怎么了?”谁知玉兰已然哭的泪人儿一般。婆子见了,这一惊非小,道:“嗳哟!我的肉儿,心儿,你哭的为何?快快说与为娘的知道,不是心里又不自在了?”说罢,又用巾帕与玉兰拭泪。玉兰将婆子的手一推,悲切切的道:“谁不自在了呢!”婆子道:“既如此,为何啼哭呢?”玉兰方说道:“孩儿想爹爹留下的家业,够咱们娘儿两个过的了。母亲务要作这伤天害理的事作什么?况且爹爹在日,还有三不取:僧道不取,囚犯不取,急难之人不取。如今母亲一概不分,只以财帛为重。倘若事发,如何是好?叫孩儿怎不伤心呢。”说罢,复又哭了。

婆子道:“我的儿,原来为此。你不知道为娘的也有一番苦心,想你爹爹留下家业,这几年间坐吃山空,已然消耗了一半,再过一二年也就难以度日了。再者你也不小了,将来陪嫁妆奁①,哪不用钱呢。何况我偌大年纪,也不弄下个棺材本儿么?”玉兰道:“妈妈也是多虑。有说有的话,没说没的话。似这样损人利己,断难永享。而且人命关天的,如何使得?”婆子道:“为娘的就做这一次,下次再也不做了。好孩子!你帮了妈妈去。”玉兰道:“母亲休要多言,孩儿就知恪遵父命。那相公是急难之人,这样财帛是断取不得的。”甘婆听了,犯想道:“闹了半天,敢则是为相公,可见她人大心大了。”便问道:“我儿,你如何知那相公是急难之人呢?”玉兰道:“实对妈妈说知,方才孩儿已然悄到窗下看了,见他愁容满面,饮食不进,他是有急难之事的,孩儿实实不忍害他。孩儿问母亲将来倚靠何人?”甘婆道:“嗳哟!为娘的又无多余儿女,就只生养了你一个,自然靠着你了,难道叫娘靠着别人不成么?”玉兰道:“虽然不靠别人,难道就忘了半子之劳么?”

一句话提醒了甘婆,心中恍然大悟,暗道:“是呀,我正愁女儿没有人家,如今这相公生的十分俊美,正可与女儿匹配。我何不把他作个养老女婿,又完了女儿终身大事,我也有个倚靠,岂不美哉?可见‘利令智昏’②,只顾贪财,却忘了正事。”便嘻嘻笑道:“亏了女儿提拔我,险些儿错了机会。如此说来,快快把他救醒,待为娘的与他慢慢商酌——只是不好启齿。”玉兰道:“这也不难。莫若将上房的客官也救醒了,只认做合他戏耍,就烦那人替说,也免得母亲碍口,岂不两全其美么?”甘婆哈哈笑道:“还是女儿有计算。快些走罢,天已三鼓了。”玉兰道:“母亲还得将包裹拿着,先还了他们。不然,他们醒来时不见了包裹,那不是有意图谋了么?”甘婆道:“正是,正是。”便将两个包裹抱着,执了灯笼,玉兰提了凉水。

母女二人出了角门,来到前院,先奔西厢房,将包裹放下,见相公伏几而卧,却是饮的酒少之故。甘婆上前轻轻扶起,玉兰端过水来,慢慢灌下,暗将相公着实的看了一番,满心欢喜。然后见仆人已然卧倒在地,也将凉

① 妆奁(lián)——原指女子梳妆用的镜匣,泛指嫁妆。

② 利令智昏——贪图私利使头脑发昏,忘掉一切。

水灌下。甘婆依然执灯笼,又提了包囊。玉兰拿着凉水,将灯剔亮了,临出门时,还回头望了一望,见相公已然动转。连忙奔到上房,将蒋平也灌了凉水。玉兰欢欢喜喜,回转后面去了。

且说蒋平饮的药酒工夫大了,已然发散,又加满了凉水,登时苏醒,拳手伸腿,揉了揉眼,睁开一看,见自己躺在地下。再看桌上灯光明亮,旁边坐着个店妈妈,嘻嘻的笑。蒋平猛然省悟,爬起来道:“好呀!你这婆子不是好人,竟敢在俺跟前弄玄虚,也就好大胆呢!”婆子噗哧的一声,笑道:“你这人好没良心,饶把你救活了,你反来嗔我。请问你既知玄虚,为何入了圈套呢?你且坐了,待我细细告诉你。老身的丈夫名唤甘豹,去世已三年了,膝下无儿,只生一女。”蒋平道:“且住!你提甘豹,可是金头太岁甘豹么?”甘婆道:“正是。”蒋平连忙站起,深深一揖,道:“原来是嫂嫂,失敬了。”甘婆道:“客官如何如此相称?请道其详。”蒋平道:“小弟翻江鼠蒋平。甘大哥曾在敝庄盘桓过数日。后来又与白面判官柳青劫掠生辰黄金,用的就是蒙汗药酒。他说还有五鼓鸡鸣断魂香,皆是甘大哥的传授。不想大哥竟自仙逝,有失吊唁,望乞恕罪。”说罢,又打一躬。甘婆连忙福了一福,道:“惭愧,惭愧!原来是蒋叔叔到了。恕嫂嫂无知,休要见怪。亡夫在日,曾说过陷空岛的五义,实实令人称羡不尽。方才叔叔提的柳青,他是亡夫的徒弟。自从亡夫去世,多亏他殡殓发送,如今还时常的资助银两。”蒋平道:“方才提膝下无儿,只生一女,侄女有多大了?”甘婆道:“今年十九岁,名唤玉兰。”蒋平道:“可有婆家没有?”甘婆道:“且无婆家。嫂嫂意欲求叔叔作个媒妁,不知可肯否?”蒋平道:“但不知要许何等样人家?”甘婆道:“好叫叔叔得知,远在天涯,近在咫尺。”就将投宿主仆已然迷倒的事说了。“是女儿不依,劝我救醒。看这相公甚是俊美,女儿年纪相仿。嫂嫂不好启齿,求叔叔作个保山如何?”蒋平道:“好呀!若不亏侄女劝阻,大约我等性命休矣。如今看着侄女分上,且去说说看。但只一件,小弟自进门来,蒙嫂嫂赐了一杯闷酒,到了此时也觉饿了,可还有什么吃的没有呢?”甘婆道:“有,有,有。待我给你收拾饭食去。”蒋平道:“且说下,说的事成与不成,事在两可。好歹别因不成了,嫂嫂又把那法子使出来了,那可不是玩的。”甘婆哈哈笑道:“岂有此理!叔叔只管放心罢。”甘婆子上后面收拾饭去了。

不知亲事说成与否,且听下回分解。

第一百九回

骗豪杰贪婪一万两　作媒妁认识二千金

且说甘婆去后，谁知他二人只顾在上房说话，早被厢房内主仆二人听了去了，又是欢喜，又是愁烦：欢喜的是认得蒋平，愁烦的是机关泄露。你道此二人是谁？原来是凤仙、秋葵姊妹两个，女扮男妆，来到此处。

自从沙龙沙员外拿住金面神蓝骁，后来起解了，也就无事了。每日与孟杰、焦赤、史云等游田射猎，甚是清闲。

一日，本县令尹忽然来拜，声言为访贤而来，襄阳王特请沙龙作个领袖，督率乡勇操演军务。沙员外以为也是好事，只得应允。到了县内，令尹待为上宾，优隆至甚，隔三日设一小宴，十日必是一大宴。慢说是沙员外自以为得意，连孟杰、焦赤俱是望之垂涎，真是"君子可欺以其方"，哪知这令尹是个极其奸猾的小人。皆因襄阳王知道沙龙本领高强，情愿破万两黄金，拿获沙龙，与蓝骁报仇。偏偏的遇见了这贪婪的赃官，他道："拿沙龙不难，只要金银凑手，包管事成。"奸王果然如数交割，他便设计将沙龙诓上圈套。这日正是大宴之期，他又暗设牢笼，以殷勤劝酒为题，你来敬三杯，我来敬三杯，不多的工夫，把个沙龙喝的酩酊大醉，步履皆难，便叫伴当回去，说："你家员外多吃了几杯，就在本县堂斋安歇，明早还要操演军务。"又赏了伴当几两银子，伴当欢欢喜喜回去。就是孟、焦二人也习以为常，全不在意。他却暗暗将沙龙交付来人，连夜押解襄阳去了。

后来焦、孟二人见沙龙许多日期不见回来，便着史云前去探望几次，不见信息，好生设疑。一时惹恼了焦赤性儿，便带了史云猎户人等闯到公堂厮闹。谁知人人皆说县宰因亲老告假还乡，已于三日前起身了。又问沙龙时，早已解到襄阳去了。焦赤听了，急得两手扎煞，毫无主意。纵要闹，正头乡主已走，别人全不管事的，只得急急回庄，将此情节告诉孟杰。孟杰也是暴跳如雷。登时传扬，里面皆知。凤仙、秋葵姊妹哭个不了。幸亏凤仙有主意，先将孟杰、焦赤二人安置，恐他二人粗卤生出别的事来，便对二人说道:“二位叔父不要着急。襄阳王既与我父作对,他必暗暗差人到卧虎沟前来图害,此庄却是要紧的。我父亲既不在家,全仗二位叔父支持,说不得二位叔父操劳,昼夜巡察,务要加意地防范,不可疏懈。”孟、焦二人满口应承,只有昼夜保护此庄,再也不生妄想了。

后来凤仙却暗暗使得用之人,到襄阳打听。幸喜襄阳王爱沙龙是一条好汉,有意收伏,不肯加害,惟有囚禁而已。差人回来将此情节说了,凤仙姊妹心内稍觉安慰,复又思忖道:“襄阳王作事这等机密,大约欧阳伯父与智叔父未必尽知其详,莫若我与妹子亲往襄阳走走,倘能见了欧阳伯父与智叔父,那时大家商议,搭救父亲便了。”主意已定,暗暗与秋葵商议。秋葵更是乐从,便说道:“很好。咱们把正事办完了,顺便到太守衙门再看看牡丹姐姐,我还要与干娘请请安呢。”凤仙道:“只要到了那里,那就好说了。但咱如何走法呢?”秋葵道:“这有何难呢!姐姐扮作相公,充作姐夫,就算艾虎;待妹子扮作个仆人跟着你,岂不妥当么?”凤仙道:“好是好,只是妹妹要受些屈了。”秋葵道:“这有什么呢。为救父亲,受些屈也是应当的,何况是逢场作戏呢。”二人商议明白,便请了孟、焦二位,一五一十,俱各说明,托他二人好好保守庄园。又派史云急急赶到茉花村,惟恐欧阳伯父还在那里,尚未起身,约在襄阳会齐。诸事分派停妥,她二人改扮起来,也不乘马,惟恐犯人疑忌,仿佛是闲游一般。亏得她姐妹二人虽是女流,却是在山中行围射猎惯的,不至于鞋弓袜小,寸步难行。在路行程,非止一日。这天恰恰行路迟了,在妈妈店内,虽被甘婆用药酒迷倒,多亏玉兰劝阻搭救。

且说凤仙饮水之后,即刻苏醒,睁眼看时,见灯光明亮,桌上菜蔬犹存,包裹照旧,自己纳闷道:“我喝了两三口酒,难道就喝醉了不成?”正在思索,只见秋葵张牙欠口,翻身起来,道:“姐姐,我如何醉倒了呢?”凤仙摆手道:“你满口说的是什么!”秋葵方才省悟,手把嘴一握,悄悄道:“幸亏没人。”凤仙将头一点。秋葵凑到跟前。凤仙低言道:“我醉得有些奇怪,别是这酒有什么缘故罢?”秋葵道:“不错。如此说来,这不是贼店么?”凤仙道:“你听!上房有人说话。咱们悄地听了,再做道理。”因此姊妹二人来至窗下,将蒋平与甘婆的说话,听了个不亦乐乎。急急回转厢房,又是欢喜,又是愁烦。忽听窗外脚步声响,是蒋爷与马添草料,奔了碾台儿去了。凤仙道:“等蒋叔父回来,便唤住,即速请进。”秋葵即倚门而待。

少时,蒋平添草回来,秋葵便唤道:“蒋叔请进内屋坐。”只这一句,把个蒋平吓了一跳,只得进屋。又见一个后生,迎头拜揖,道:“侄儿艾虎拜见。”蒋爷借灯光一看,虽不是艾虎,却也面善,更觉发起怔来了。秋葵在旁道:“她是凤仙,我是秋葵,在道上冒了艾虎的名儿来的。”蒋爷在卧虎沟住过,俱是认得的,不觉诧异,道:“你二人如何来到此处呢?”说罢,回身往外望一望。凤仙叫秋葵在门前站立,如有人来时咳嗽一声,方对蒋爷将父亲被获情节略说梗概,未免的泪随语下。蒋平道:“且不必啼哭。侄女仍以艾虎为名,同我到上房。”说毕,和凤仙来到明间坐下。秋葵一同来到上房。

忽见甘婆从后面端了小菜杯箸来,见蒋爷已将那厢房主仆让到上屋明间,知道为提亲一事,便嘻嘻笑道:“怎么叔叔在明间坐么?”蒋爷道:“明间宽阔豁亮。嫂嫂且将小菜放下,过来见了。这是我侄儿艾虎,他乃紫髯伯的义儿,黑妖狐的徒弟。”甘婆道:“呀!真是‘大水冲了龙王庙,一家人不认得一家人。’就是欧阳爷、智公子,亡夫俱是好相识。原来是他二位义儿高徒,怪道这样的英俊呢。相公休要见怪,恕我无知,失敬了!”说罢,福了一福。凤仙只得还了一揖,连称:“好说!不敢!”秋葵过来,将桌子帮着往前搭了一搭。甘婆安放了小菜,却是两份杯箸,原来是蒋爷一份,自己陪的一份。如今见这相公过来,转身还要取去。蒋爷道:“嫂嫂不用取了,厢房中还有两份,拿过来岂不省事。不过是嫂嫂将酒杯洗净了,就不妨事了。”甘婆瞅了蒋平一眼,道:“多嘴讨人嫌呀!”蒋平道:“嫂嫂嫌我多嘴,回来我就一句话也不说了。”甘婆笑道:“好叔叔,你说罢,嫂嫂多嘴不是了。”笑着,端菜去了。这里蒋爷悄悄的问了一番。

不多时,甘婆端了菜来,果然带了两份杯箸,俱各安放好了。蒋爷道:“贤侄,你这尊管,何不也就叫他一同坐了呢?”甘婆道:“真个的又没有外人,何妨呢。就在这里打横儿,岂不省了一番事呢!”于是蒋平上座,凤仙次座,甘婆主座相陪,秋葵在下首打横。甘婆先与蒋爷斟了酒,然后挨次斟上,自己也斟上一杯。蒋平道:“这酒喝了,大约没有事了。”甘婆笑道:“你喝罢,不怪人家说你多嘴。你不信,看嫂嫂喝个样儿你看。”说着,端起来,吱的一声就是半杯子。蒋平笑道:“嫂嫂,你不要猴急,小弟情愿奉陪。”又让那主仆二人,端起杯来一饮而尽。凤仙、秋葵俱各喝了一口,甘婆复又斟上。这婆子一壁殷勤,一壁注意在相公面上,把个凤仙倒瞅的不好意思了。蒋平道:“嫂嫂,我与艾虎侄儿相别已久,还有许多言语细谈一番。嫂嫂不必拘泥，有事请自尊便。”甘婆听了，心下明白，顺口说道：“既是叔叔要与令侄攀话，嫂嫂在此反倒搅乱清谈。我那里还吩咐你侄女作的点心羹汤，少时拿来，外再烹上一壶新茶如何？”蒋平道：“很好。”甘婆又向凤仙道：“相公，夜深了，随意用些酒饭，休要作客。老身不陪了。”凤仙道：“妈妈请便，明日再为面谢。”甘婆道：“好说，好说！请坐罢。”秋葵送出屋门。甘婆道：“管家，让你相公多少吃些，不要饿坏了。”

秋葵答应，回身笑道：“这婆子竟有许多唠叨。”蒋爷道：“你二人可知她的意思么？”秋葵道：“不用细言，我二人早已俱听明白了。”凤仙努嘴道：“悄言，不要高声。”蒋平道：“既然听明，我也不必絮说。侄女的意下如何呢？”凤仙道：“侄女是个女子，怎么成呢？”蒋平道：“若论此女，我知道的。当初甘大哥在日，我们时常盘桓，提起此女来，不但品貌出众，而且家传的一口飞刀，甚是了得。原要与卢大哥攀亲，不如替卢珍侄儿定下罢。”正在谈论，果然甘婆端了羹汤点心来，又是现烹的一壶新茶，还问：“要什么不要？”蒋爷道：“已足够了，嫂嫂歇歇罢。”甘婆方转身回到后面去了。凤仙问蒋平因何到此，蒋爷将往事说了一遍，又言：“与侄女在此，遇得很巧。明日同赴陈起望，你欧阳伯父、智叔父、丁二叔父等俱在那里，大家商议搭救你父亲便了。”凤仙、秋葵深深谢了，真是事多话长，整整说了一夜。

天光发晓，甘婆早已出来张罗。蒋平把艾虎已经定了亲，想替卢珍侄儿定下这头婚事，对甘婆说了。“待向卢爷谈过后即来纳聘。”甘婆听了，也自欣喜。又见蒋爷打开包囊，取出了二十两银，道：“大哥仙逝，未能吊唁①，些须薄意，聊以代楮②。”甘婆不能推辞，欣然受了。凤仙叫秋葵拿出白银一封，道：“妈妈将此银收下，作为日用薪水之资，以后千万不要做此暗昧之事了。”一句话说得甘婆满面通红，无言可答，只是说道：“相公放心。如此厚贶，却之不恭，受之有愧，权且存留就是了。”说罢，就福了一福。此时蒋平已将坐骑备妥，连凤仙的包裹俱各扣备停当，拉出柴扉。彼此叮咛一番。甘婆又指引路径，蒋平等谨记在心，执手告别，直奔陈起望的大路而来。

未知后文如何，且听下回分解。

---

① 吊唁（yàn）——到丧家祭奠死者。

② 楮——音 chǔ。

第一百十回

陷御猫削城入水面　救三鼠盗骨上峰头

且说蒋平因他姊妹没有坐骑，只得拉着马一同步行。刚走了数里之遥，究竟凤仙柔弱，已然香汗津津，有些娇喘吁吁。秋葵却好，依然行有余力。蒋平劝着凤仙骑马歇息。凤仙也就不肯推辞，搂过丝缰，上马缓辔而行。蒋爷与秋葵慢慢随后步履。又走了数里之遥，秋葵步下也觉慢了。蒋爷是昨日泻了一天肚，又熬了一夜，未免也就出汗。因此找了个荒村野店，一壁打尖，一壁歇息。问了问陈起望，尚有二十多里。随意吃了些饮食，喂了坐骑，歇息足了，天将挂午，复又起身，仍是凤仙骑马。及至到了陈起望，日已斜西。来到庄门，便有庄丁问了备细，连忙禀报。

只见陆彬、鲁英迎接出来，见了蒋平，彼此见礼。鲁英便问道："此位何人？"蒋爷道："不必问，且到里面自然明白。"于是大家进了庄门，早见北侠等正在大厅的月台之上恭候。丁二爷问道："四哥如何此时才来？"蒋爷道："一言难尽。"北侠道："这后面是谁？"蒋爷道："兄试认来。"只见智化失声道："哎哟！侄女儿为何如此装束？"丁二爷又说道："这后面的也不是仆人，那不是秋葵侄女儿么？"大家诧异。陆、鲁二人更觉愕然。蒋爷道："且到厅上，大家坐了好讲。"进了厅房，且不叙座，凤仙就把父亲被获，现在襄阳王那里囚禁："侄女等特特改装来寻伯父叔父，早早搭救我的爹爹要紧。"说罢，痛哭不止。大家惊骇非常，劝慰了一番。陆彬急急到了后面，告诉鲁氏，叫她预备簪环衣服。又叫仆妇丫鬟将凤仙姊妹请至后面，梳洗更衣。

这里众人方问蒋爷道："如何此时方到？"蒋平笑道："更有可笑事，小弟却上了个大当。"大家问道："又是什么事？"蒋爷便将妈妈店之事，述说一番，众人听了，笑个不了。其中多有认得甘豹的，听说亡故了，未免又叹息一番。蒋爷往左右一看，问道："展大哥与我三哥怎么还没到？"智化道："并未曾来。"

正说之间，只见庄丁进来，禀道："外面有二人说是找众位爷们的。"

大家说道："他二人如何此时方到呢？快请。"庄丁转身去不多时，众人才要迎接，谁知是跟展爷、徐爷的伴当，形色仓皇。蒋爷见了，就知不妥，连忙问道："你家爷为何不来？"伴当道："四爷，不好了！我家爷们被钟雄拿去了。"众人问道："如何会拿了去呢？"展爷的伴当道："只因昨晚徐三爷要到五峰岭去，是我家爷拦之再三，徐三爷不听，要一人单去。无奈何，我家爷跟随去了，却暗暗吩咐叫小人二人暗暗瞧望：'倘能将五爷骨殖盗出，事出万幸；如有失错之时，你二人收拾马匹行李，急急奔陈起望便了。'谁知到了那里，徐三爷不管高低，硬往上闯，我家爷再也拦挡不住。刚然到了五峰岭上，徐三爷往前一跑，不想落在堑坑里面。是我家爷心中一急，原要上前解救，不料脚下一眦，也就落下去了。原来是梅花堑坑。登时出来了多少喽兵，用挠钩套索将二位爷搭将上来，立刻绑缚了。众喽兵声言必有余党，快些搜查，我二人听了，急跑回寓所，将行李马匹收拾收拾，急急来到此处。众位爷们早早设法搭救二位爷方好。"众人听了，俱各没有主意。智化道："你二人且自歇息去罢。"二人退了下来。

此时厅上已然调下桌椅，摆上酒饭，大家入座，一壁饮酒，一壁计议。智化问陆彬道："贤弟，这洞庭水寨广狭可有几里？"陆彬道："这水寨在军山内，方圆有五里之遥。虽称水寨，其中又有旱寨，可以屯积粮草。似这九截松五峰岭，俱是水寨之外的去处。"智化又问道："这水寨周围可有什么防备呢？"陆彬道："防备得甚是坚固。每逢通衢之处，俱有碗口粗细的大竹栅一座竹城。此竹见水永无损坏，纵有枪炮，却也不怕，倒是有纯钢利刃可削的折，余无别法。"蒋平道："如此说来，丁二弟的宝剑却是用着了。"智化点了点头，道："此事须要偷进水寨，探个消息方好。"蒋平道："小弟同丁二弟走走。"陆彬道："弟与鲁二弟情愿奉陪。"智化道："好极。就是二位贤弟不去，劣兄还要劳烦。什么缘故呢？因你二位地势熟识。"陆彬道："当得，当得。"回头吩咐伴当预备小船一只，水手四名，于二鼓起身。伴当领命，传话去了。

蒋平又道："还有一事，沙员外又当怎么样呢？"智化道："据我想来，奸王囚禁沙大哥，无非使他归服之意，绝无杀害之心。我明日写封书信暗暗差人知会沈仲元，叫他暗中照料，待有机缘，得便救出，也就完事了。"大家计议已定。饮酒吃饭已毕，时已初鼓之半。

丁、蒋、陆、鲁四位收拾停当，别了众人，乘上小船。水手摇桨，荡开水面,竟奔竹城而来。此时正在中秋,淡云笼月,影映清波,寂静至甚,越走越觉幽僻,水面更觉宽了。陆彬吩咐水手往前摇,来到了竹城之下。陆彬道:"住桨。"水手四面撑住。陆彬道:"蒋四兄,这外面水势宽阔,竹城以内却甚狭隘。不远即可到岸,登岸便是旱寨的境界了。"鲁英向丁二爷要过剑来,对着竹城抡开就劈,只听咣吱一声。鲁二爷连声称:"好剑,好剑!"蒋爷看时,但见大竹斜岔儿已然开了数根。丁二爷道:"好是好,但这一声真是爆竹相似,难道里面就无人知觉么?"陆彬笑道:"放心,放心。此处极其幽僻的所在,里面之人轻易不得到此的。"蒋平道:"此竹虽然砍开,只是如何拆法呢?"鲁二爷道:"何用拆呢,待小弟来。"过去伸手将大竹拈住,往上一挺。一挺,上面的竹梢儿就比别的竹梢儿高有三尺,底下却露出一个大洞来。鲁英道:"四兄请看,如何?"蒋平道:"虽则开了便门,只是上下斜尖锋芒,有些不好过。又恐要过时,再落下一根来,扎上一下,也就不轻呢。"陆彬道:"不妨事,此竹落不下来。竹梢之上有竹枝,彼此攀绕,是再也不能动的。实对四兄说,我们渔户往往要进内偷鱼,就用此法,万无一失。"

蒋爷听了,急急穿了水靠,又将丁二爷的宝剑掖在背后,说声"失陪",一伏身,嗖的一声,只见那边扑通的一响,就是一个猛子。不用换气,便抬起头来一看,已然离岸不远,果然水面狭窄。急忙奔到岸上,顺堤行去。只见那边隐隐有个灯光,忽忽悠悠而来。蒋爷急急奔到树林,跃身上树,坐在槎丫之上,往下觑视①。

可巧那灯也从此条路经过,却是两个人,一个道:"咱们且商量商量。刚才回了大王,叫咱们把那黑小子带了去。你想想他那个样子,咱们服侍得住么?告诉你说,我先干不了。"那一个道:"你站站,别推干净呀!你要干不了,谁又干得了呢?就是回,不是你要回的么?怎么如今叫带了去,你就不管了呢?这是什么话呢?"这一个道:"我原想着,他要酒要菜闹得不像,回回大王,或者赏下些酒菜,咱们也可以润润喉,抹抹嘴。不想要带了去,要收拾。早知叫带了去,我也就不回了。"那人道:"我不管。你既回了,你就带了去。我全不管。"这一个道:"好兄弟,你别着急,我倒有个主意。你得帮着我说。见了黑小子,咱们就说替他回了,可巧大王正

① 觑(qū)视——把眼睛合成一条细缝,注意地看。

在吃酒。听说他要喝酒,甚是欢喜,立刻请他去,要与他较较酒量。他听见这话,包管欢欢喜喜,跟着咱们走。只要诓到水寨,咱们把差事交代了,管他是怎么着呢。你想好不好?”那人道:“这倒使得,咱们快着去罢。”二人竟奔旱寨去了。

蒋爷见他们去远,方从树上下来,暗暗跟在后面,见路旁有一块顽石颇可藏身,便隐住身体等候。不多时,见灯光闪烁而来。蒋爷从背后抽出剑来,侧身而立。见灯光刚到跟前,只将脚一伸,打灯笼的不防栽倒在地。蒋爷回手一剑,已然斩讫。后面那人还说:“大哥走得好好的,怎么躺下了? ……”话未说完,钢锋已到,也就呜呼哀哉了。此时徐庆却认出是四爷蒋平,连声唤道:“四弟! 四弟!”蒋爷见徐庆锁铐加身,急急用剑砍断。徐庆道:“展大哥现在水寨,我与四弟救他去。”蒋平闻听,心内辗转暗道:“水寨现有钟雄,如何能够救得出来? 若说不去救,知道徐爷的脾气,他是决意不肯一人出去的,何况又是他请来的呢。”只得扯谎,道:“展大哥已然救出,先往陈起望去了。还是听见展大哥说三哥押旱寨,所以小弟特特前来。”徐庆道:“你我从何处出去?”蒋爷道:“三哥随我来。”他仍然绕到河堤。可巧那边有个小小的划子,并且有个招子,是个打鱼小船。蒋爷道:“三哥少待。”他便跳下水去,上了划子摇起招子,来到堤下,叫徐庆坐好。奔到竹洞之下,先叫徐庆窜出,自己随后也就出来,却用脚将划子登开。陆彬且不开船,叫鲁英仍将大竹一根一根按斜岔儿对好。收拾已毕,方才开船回庄,此时已有五鼓之半了。

大家相见。徐庆独独不见展熊飞。便问道:“展大哥在哪里?”蒋爷已悄悄的告诉丁二爷了。丁二爷见问,即接口道:“因听见沙员外之事,急急回转襄阳去了。”真是粗鲁之人好哄,他听了此话,信以为真,也就不往下问了。

到了次日,智爷又嘱陆、鲁二人派精细渔户数名,以打鱼为由,前到湖中探听,这里众人便商量如何收伏钟雄之计。智化道:“怎么能够身临其境,将水寨内探访明白,方好行事。似这等望风捕影,实在难以预料。如今且商量盗五弟的骨殖要紧。”正在议论,只见数名渔户回来,禀道:“探得钟雄那里因不见了徐爷,各处搜查,方知杀死喽兵二名,已知有人暗到湖中。如今各处添兵防守,并且将五峰岭的喽兵俱各调回去了。”智化听了,满心欢喜,道:“如此说来,盗取五弟的骨殖不难了。”便仍嘱丁、蒋、鲁、陆四位道："今晚务将骨殖取回。"四人欣然愿往。智化又与北侠等商议，备下灵幡祭礼，等到取回骨殖，大家共同祭奠一番，以尽朋友之谊。众人见智化处事合宜，无不乐从。

且说蒋、丁、陆、鲁四人到了晚间初鼓之后，便上了船，却不是昨日晚间去的路径。丁二爷道："陆兄为何又往南去呢?"陆彬道："丁二哥却又不知，小弟原说过这九截松五峰岭不在水寨之内，昨日偷进水寨，故从那里去；今晚要上五峰岭，须向这边来。再者他虽然将喽兵撤去，那梅花堑坑必是依然埋伏。咱们与其涉险，莫若绕远。俗语说得好：'宁走十步远，不走一步险。'小弟意欲从五峰岭的山后上去，大约再无妨碍。"丁、蒋二人听了，深为佩服。

一时来到五峰岭山后，四位爷弃舟登岸。陆彬吩咐水手留下两名看守船只，叫那两名水手扛了锹镢，后面跟随。大家攀藤附葛，来到山头。原来此山有五个峰头，左右一边两个俱各矮小，独独这个山头高而大。衬着这月朗星稀，站在峰头往对面一看，恰对着青簇簇、翠森森的九株松树。丁二爷道："怪道唤作九截松五峰岭，真是天然生成的佳景。"蒋平到了此时，也不顾细看景致，且向地基寻找埋玉堂之所。才下了峻岭，走未数步，已然看见一座荒丘，高出地上。蒋平由不得痛彻肺腑，泪如雨下，却又不敢放声，惟有悲泣而已。陆、鲁二人便吩咐水手动手。片刻工夫，已然露出一个磁坛。蒋平却亲身扶出土来。丁二爷即叫水手小心运到船上，才待转身，却见一人在那边啼哭。

不知此人是谁，且听下回分解。

第一百十一回

定日盗簪逢场作戏　先期祝寿改扮乔妆

且说丁、蒋、陆、鲁四位将白玉堂骨殖盗出，又将埋葬之处仍然堆起土丘，收拾已毕，才待回身，只听那边有人啼哭。蒋爷这里也哭道："敢则是五弟含冤，前来显魂么？"说着话，往前一凑，仔细看来，是个樵夫。虽则明月之下，面庞儿却有些个熟识，一时想不起来，心内思忖道："五弟在日并未结交樵夫，何得黉夜来此啼哭呢？"再细看时，只见那人哭道："白五兄为人一世英名，智略过人，惜乎你这一片血心，竟被那忘恩负义之人欺哄了。什么叫结义，什么叫立盟，不过是虚名具文而已。何能似我柳青三日一次乔妆，哭奠于你。哎呀！白五兄呀，你的那阴灵有知，大约妍媸也就自明了。"蒋爷听说柳青，猛然想起果是白面判官，连忙上前，劝道："柳贤弟少要悲痛。一向久违了。"柳青登时住声，将眼一瞪，道："谁是你的贤弟！也不过是陌路罢了。"蒋爷道："是，是！柳员外责备的甚是。但不知我蒋平有什么不到处，倒要说说。"鲁英在旁，见柳青出言无状，蒋平却低声下气，心甚不平。刚要上前，陆彬将他一拉，丁二爷又暗暗送目，鲁英只得忍住。又听柳青道："你还问我！我先问你，你们既结了生死之交，为何白五兄死了许多日期，你们连个仇也不报，是何道理？"蒋平笑道："员外原来为此。这'报仇'二字岂是性急的呢。大丈夫作事，当行则行，当止则止。我五弟既然自作聪明，轻身丧命，他已自误，我等岂肯再误。故此今夜前来，先将五弟骨殖取回，使他魂归原籍，然后再与他慢慢的报仇，何晚之有？若不分事之轻重，不知先后，一味的邀虚名儿，毫无实惠，那又是徒劳无益了。所谓'运筹帷幄①，决胜千里'，员外何得怪我之深呀？"柳青听了此言大怒，而且听说白玉堂自作聪明、枉自轻生，更加不悦，道："俺哭奠白五兄是尽俺朋友之谊，要那虚名何用？俺也不和你巧辩饶舌。想白五兄生平作了多少惊天动地之事，谁人不知，哪个不晓。似

---

① 运筹帷幄（wò）——比喻在后方决定作战策略。

你这畏首畏尾，躲躲藏藏，不过作鼠窃狗盗之事，也算得运筹与决胜，可笑呀，可笑呀！”旁边鲁英听到此，又要上前。陆彬拦道：“贤弟，人家说话，又非拒捕，你上前作甚？”丁二爷也道：“且听四兄说什么。”鲁英只得又忍住了。蒋爷道：“我蒋平原无经济学问，只这鼠窃狗盗，也就令人难测。”柳青冷笑，道：“一技之能，何至难测呢。你不过行险，一时侥幸耳。若遇我柳青，只怕你讨不出公道。”将平暗想道：“若比柳青，原是正直好人，我何不将他制伏，将来以为我用，岂不是个帮手。”想罢，说道：“员外如不相信，你我何不戏赌一番，看是如何。”柳青道：“这倒有趣。”即回手向头上拔下一枝簪来，道：“就是此物，你果能盗了去，俺便服你。”蒋爷接来，对月光细细看了一番，却是玳瑁别簪，光润无比，仍递与柳青，道：“请问员外定于何时？又在何地呢？”柳青道：“我为白五兄设灵遥祭，尚有七日的经忏。诸事完毕，须得十日工夫。过了十日后，我在庄上等你。但止一件，以三日为期。倘你若不能，以后再休要向柳某夸口，你也要甘拜下风了。”蒋平笑道：“好极，好极！过了十日后俺再到庄，问候员外便了。请。”彼此略一执手，柳青转身下岭而去。

这里陆彬、鲁英道：“蒋四兄如何就应了他？知他设下什么埋伏呢？”蒋平道：“无妨，我与他原无仇隙，不过同五弟生死一片热心。他若设了埋伏，岂不怕别人笑话他么？”陆彬又道：“他头上的簪儿，吾兄如何盗得呢？”蒋平道：“事难预料，到他那里还有什么刁难呢，且到临期再作道理。”说罢，四人转身下岭。此时水手已将骨殖坛安放好了，四人上船，摇起桨来。

不多一会，来到庄中，时已四鼓，从北侠为首，挨次祭奠，也有垂泪的，也有叹息的。因在陆彬家中，不便放声举哀。惟有徐庆咧着个大嘴痛哭，蒋平哽咽悲泣不止。众人奠毕，徐庆、蒋平二人深深谢了大家。重新又饮了一番酒，吃夜饭，方才安歇。

到了次日，蒋爷与大众商议，即着徐爷押着坛子先回衙署，并派两名伴当沿途保护而去。这里众人调开桌椅饮酒，丁二爷先说起柳青与蒋爷赌戏。智化问道：“这柳青如何？”蒋爷就将当日劫掠黄金，述说一番。“因他是金头太岁甘豹的徒弟，惯用蒙汗药酒，五鼓鸡鸣断魂香。”智化道：“他既有这样东西，只怕将来倒用得着。”

正说之间，只见庄丁拿着一封字柬，向陆大爷低言说了几句。陆彬即将字柬接过，拆开细看。陆彬道："是了，我知道了。告诉他修书不及，代为问好。这些日如有大鱼，我必好好收存。等到临期，不但我亲身送去，还要拜寿呢。"庄丁答应，刚要转身，智化问道："陆大弟，是何事？我们可以共闻否？"陆彬道："无甚大事，就是钟雄那里差人要鱼。"说着话，将字柬递与智化。智化看毕，笑道："正要到水寨探访，不想来了此柬，真好机会也。请问陆贤弟，此时可有大鱼？"陆彬道："早间渔户报到，昨夜捕了几尾大鱼，尚未开篓。"智化道："妙极。贤弟吩咐管家，叫他告诉来人，就说大王既然用鱼，我们明日先送几尾，看看以为如何。如果使得，我们再照样捕鱼就是了。"陆彬向庄丁道："你听明白了？就照着智老爷的话告诉来人罢。"庄丁领命，回复那人去了。

这里众人便问智化有何妙策。智化道："少时饭毕，陆贤弟先去到船上拣大鱼数尾，另行装篓。待明日我与丁二弟改扮渔户二名，陆贤弟与鲁二弟仍是照常，算是送鱼。额外带水手二名，只用小船一只足矣。咱们直入水寨，由正门而入，劣兄好看他的布置如何。到了那里，二位贤弟只说：'闻得大王不日千秋，要用大鱼。昨接华函，今日捕得几尾，特请大王验看。如果用得，我等回去告诉渔户，照样搜捕。大约有数日工夫，再无有不敷之理。'不过说这冠冕言语，又尽人情，又叫他不怀疑忌，劣兄也就可以知道水寨大概情形了。"众人听了，欢喜无限，饮酒用饭。陆、鲁二人下船拣鱼。这里众人又细细谈论了一番。当日无事。

到了次日，智爷叫陆爷问渔户要了两身衣服，不要好的，却叫陆、鲁二人打扮齐整，定于船上相见。智爷与丁二爷惟恐众人瞧看发笑，他二人带着伴当，携了衣服，出了庄门，找了个幽僻之处改扮起来。脱了华衣，抹了面目，带了斗笠，穿了渔服，拉去鞋袜，将裤腿卷到磕膝之上。然后穿上裤衩儿，系上破裙，登上芒鞋，腿上抹了污泥。丁二爷更别致，发边还插了一枝野花。二人收拾已毕，各人的伴当已将二位爷的衣服鞋袜包好，问明下船所在。到了那里，却见陆、鲁二人远远而来，见他二人如此妆束，不由的哈哈大笑。鲁英道："猛然看来，直仿佛怯王二与俏皮李四。"智化道："很好，我就是王二，丁二弟就是俏皮李四，你们叫着也顺口。"吩咐水手，就以王二、李四相称。陆、鲁二人先到船上。智、丁二人随后上船，却守着渔篓，一边一个，真是卖艺应行，干何事，司何事，是再不错的。陆、鲁二人只得在船头坐了，依然是当家的一般。水手开船，直奔水寨而来。

一叶小舟，悠悠荡荡。一时过了五孔大桥，却离水寨不远，但见旌旗密布，剑戟[1]森严。又到切近看时，全是大竹扎缚，上面敌楼，下面瓮门，也是竹子做成的水栅。小船来到寨门，只听里面隔着竹栅问道："小船上是何人？快快说明。不然，就要放箭了。"智化挺身来到船头，道："你放吗箭呀？俺们陈起望的当家的弟兄都来了，特特给你家大王送鱼来了。官儿还不打送礼的呢，你又放箭做吗呢？"里面的道："原来是陆大爷、鲁二爷么？请少待，待我回禀。"说罢，乘着小船不见了。

这里智化细细观看寨门，见那边挂着个木牌，字有碗口大小，用目力觑视，却是一张招募贤豪的榜文。智化暗暗道："早知有此榜文，我等进水寨多时矣，又何必费此周折。"正在犯想，忽听鼓楼咕噜、咕噜的一阵鼓响，下面接着噹、噹、噹几棒锣鸣，立刻落锁抬闩，吱喽喽门分两扇。从里面冲出一只小船，上面有个头目，躬身道："我家大王请二位爷进寨。"说罢将船一拨，让出正路。只见左右两边却有无数船只一字儿排开，每船上有二人带刀侍立，后面隐隐又有弓箭手埋伏。船行未到数武，只见路北有接官厅一座，摆设无数的兵器利刃，早有两个头目迎接上来，道："请二位爷到厅上坐。"陆、鲁二人只得下船，到厅上逊座献茶。头目道："二位到此何事？"陆彬道："只因昨日大王差人到了敝庄，寄去华函一封，言不日就是大王寿诞之期，要用大鱼。我二人既承钧命，连夜叫渔户照样搜捕。难道头领不知，大王也没传行么？"那头目道："大王业已传行。这是我们规矩，不得不问，再者也好给跟从人的腰牌，二位休要见怪。"

原来此厅是钟雄设立，盘查往来行人的。虽是至亲好友进了水寨，必要到此厅上。虽不能挂号，他们也要暗暗记上门簿，记上年月日时，进寨为着何事，总要写个略节。今日陆、鲁之来，钟雄已然传令知会了。他们非是不知道，却故意盘查盘查，一来好登门簿，二来查看随从来几名，每人给腰牌一个。待事完回来时，路过此处，再将腰牌缴回。一个水贼竟有如此规矩！

且说头目问明了来历，此时水手渔户既然给了腰牌，又有一个头目陪着陆、鲁二人重新上了船，这才一同来到钟雄住居之所。好大一所宅子，甚是煊赫，犹如府第一般，竟敢设立三间宫门，有多少带刀虞侯两旁侍立。

---

① 剑戟(jǐ)——泛指兵器。

头目先跑上台阶，进内回禀，陆、鲁二人在阶下恭候。智爷与丁二爷抬着鱼篓，远远而立，却是暗暗往四下偷看。见周围水绕住宅，惟中间一条直路却甚平坦，正南面一座大山正是军山，正对宫门，其余峰岭不少，高低不同。原来这水寨在军山山环之间，真是山水汇源之地。再往那边看去，但见树木丛杂，隐隐的旗幡招展，想来那就是旱寨了。

此时却听见传梆击点，已将陆、鲁弟兄请进。迟不多会，只见跑出三四人来，站在台阶上点手，道："将鱼抬到这里来。"智爷听见，只得与丁二爷抬过来，就要上台阶儿，早有一人跑过来道："站住！你们是进不去的。"智化道："俺怎么进不去呢？"有一人道："朋友，告诉你，这个地方大王传行得紧，闲杂人等是进不去的了。"智化道："怎么着？难道俺们是闲杂人？你们是干吗的呢？"那人道："我们是跟着头目当散差使，俗名叫作打杂儿的。"智爷道："哦！这就是了。这么说起来，你们是不闲尽杂了。"那人听了，道："好呀！真正会说。"又有一个道："你本来胡闹，张口就说人家闲杂人，怎么怨得人家说呢？快着罢。忙忙接过来，抬着走罢。"说罢，二人接过来，将鱼篓抬进去了。

不知后文如何，且听下回分解。

第一百十二回

招贤纳士准其投诚　合意同心何妨结拜

且说智爷、丁爷见他等将鱼篓抬进去了，得便又望里面望了一望，见楼台殿阁，画栋雕梁，壮丽非常，暗道："这钟雄也就僭越得很呢！"二人在台基之上等候。又见方才抬鱼那人出来，叫："王哥哥，王哥哥，你真会吃个巧儿。我告诉你，这是两包银子，每包二两，大王赏你们俩的。"智爷接过道："回去替俺俩谢赏。"又将包儿颠了一颠。那人道："你颠他做什么？"智爷道："俺颠着，你可别打俺们的脖子拐呀。"那人笑道："岂有此理！你也太知道得多了。你看你们伙计，怎么不言语呢？"智爷道："你还不知道他呢，他叫俏皮李四。他要闹起俏皮来，只怕你更架不住。"

刚说到此，只见陆、鲁二人从内出来，两旁人俱各垂手侍立。仍是那头目跟随，下了台阶。智、丁二人也就一同来到船边，乘舟摇桨，依然由旧路回来。到了接官厅，将船拢住。那头目还让厅上待茶，陆、鲁二人不肯。那人纵身登岸，复又执手。此时早有人将智、丁与水手的腰牌要去。水手摇桨，离寨门不远，只见方才迎接的那只小船，有个头目将旗一展，又是一声锣鼓齐鸣，开了竹栅。小船上的头目送出陆、鲁的船来，即拨转船头，进了竹栅，依然锣鼓齐鸣，寨门已闭。真是法令森严，甚是齐整。智化等深加称赞。

及至过了五孔桥，忽听丁二爷噗嗤的一笑，然后又大笑起来。陆、鲁二人连忙问道："丁二哥，笑什么？"兆蕙道："实实憋得我受不的了。这智大哥装什么像什么，真真呕人。"便将方才的那些言语，述了一遍，招得陆、鲁二人也笑了。丁二爷道："我彼时如何敢答言呢，就只自己忍了又忍。后来智大哥还告诉那人说我俏皮，哪知我俏皮的都不俏皮了。"说罢，复又大笑。智化道："贤弟不知，凡事到了身临其境，就得搜索枯肠，费些心思，稍一疏神，马脚毕露。假如平日原是你为你，我为我，若到今日，你我之外又有王二、李四，他二人原不是你我；既不是你我，必须将你之为你、我之为我俱各撇开，应是他之为他。既是他之为他，他之中绝不可有你,也不可有我。能够如此设身处地的做法,断无不像之理。”丁二爷等听了,点头称是,佩服之至。

说话间,已到庄中。只见北侠等俱在庄门瞭望,见陆、鲁等回来,彼此相见。忽见智化、兆蕙这样形景,大家不觉大笑。智化却不介意,回手从怀中掏出两包儿银子,赏了两个水手,叫他不可对人言讲。众人说说笑笑,来到客厅上。智爷与丁爷先梳洗改装,然后大家就座,方问探的水寨如何。智爷将寨内光景说了,又道:“钟雄是个有用之材,惜乎缺少辅佐,竟是用而不当了。再者他那里已有招贤的榜文,明日我与欧阳兄先去投诚,看是如何。”蒋平失惊,道:“你二位如何去得?现今展大哥尚且不知下落,你二人再若去了,岂不是自投罗网呢?”智化道:“无妨,既有招贤的榜,决无陷害之心。他若怀了歹意,就不怕阻了贤路么?”而且不入虎穴,焉能伏得钟雄。众位弟兄放心,成功直在此一举,料得定的是真知。”计议已定,大家饮酒吃饭。是日无话。

到了次日,北侠扮作个赳赳的武夫,智化扮作个翩翩公子,各自佩了利刃一把,找了个买卖渡船,从上流头慢慢的摇曳,到了五孔桥下。船家道:“二位爷往那里去?”智爷道:“从桥下过去。”船家道:“那里到了水寨了。”智爷道:“我等正要到水寨。”船家慌道:“他那里如何去得?小人不敢去的。”北侠道:“无妨,有我们呢,只管前去。”船家尚在犹疑,智化道:“你放心,那里有我的亲戚朋友,是不妨事的。”船家无奈何,战战哆嗦,撑起篙来。过了桥,更觉的害起怕来。好容易刚到寨门,只听里面吱的一声,船家就堆缩了一块。又听得里面道:“什么人到此?快说!不然,就要放箭了。”智化道:“里面听真,我们因闻得大王招募贤豪,我等特来投诚①。若果有此事,烦劳通禀一声;如若挂榜是个虚文,你也不必通报,我们也就回去了。”里面的答道:“我家大王求贤若渴,岂是虚文。请少待,我们与你通禀去。”不多时,只听敌楼一阵鼓响,又是三棒锣鸣,水寨竹栅已开。从里面冲出一只小船,上面有个头目道:“既来投诚,请过此船,那只船是进去不得的。”这船家听了,犹如放赦一般,连忙催道:“二位快些过去罢。”智化道:“你不要船价么?”船家道:“爷,改日再赏罢,何必忙在一时呢。”智爷笑了一笑,向兜肚中摸出一块银子,道:“赏你吃杯酒罢。”

---

① 投诚——敌人、叛军等诚心归附。

船家喜出望外。二位爷跳在那边船上，这船家不顾性命的连撑几篙，直奔五孔桥去了。

且说北侠、黑妖狐进了水寨，门就闭了。一时来到接官厅，下来两个头目，智化看时却不是昨日那两个头目。而且昨日自己未到厅上，今日见他等迎了上来，连忙弃舟登岸，彼此执手。到了厅上，逊座献茶。这头目谦恭和蔼的问了姓名，以及来历备细，着一人陪坐，一人通报。不多时，那头目出来，笑容满面，道："适才禀过大王。大王闻得二位到来，不胜欢喜，并且问欧阳爷可是碧睛紫髯的紫髯伯么？"智化代答道："正是，我这兄长就是北侠紫髯伯。"头目道："我家大王言欧阳爷乃当今名士，如何肯临贱地，总有些疑似之心。忽然想起欧阳爷有七宝刀一口，堪作实验。意欲借宝刀一观，不知可肯赐教否？"北侠道："这有何难。刀在这里，即请拿去。"说罢，从里衣取下宝刀，递与头目。头目双手捧定，恭恭敬敬的去了。迟不多时，那头目转来道："我家大王奉请二位爷相见。"智化听头目之言，二位下面添了个"爷"字，就知有些意思，便同北侠下船，来到泊岸，到了宫门。北侠袒腹挺胸，气昂昂英风满面；智化却是一步三扭，文绉绉[①]酸态周身。

进了宫门，但见中间一溜花石甬路，两旁嵌着石子直达月台。再往左右一看，俱有配房五间，衬殿七间，俱是画栋雕梁，金碧交辉。而且有一块闹龙金匾，填着洋蓝青字，写着"银安殿"三字。刚到廊下，早有虞候高挑帘栊，只见有一人身高七尺，面如獬豸[②]，头戴一顶闹龙软翅绣盖巾，身穿一件闹龙宽袖团花紫氅，腰系一条香色垂穗如意丝绦，足登一双元青素缎时款官靴。钟雄略一执手，道："请了。"吩咐看座献茶。北侠也就执了一执手，智爷却打一躬，彼此就座。钟雄又将二人看了一番，便对北侠道："此位想是欧阳公了。"北侠道："岂敢。仆欧阳春闻得寨主招贤纳士，特来竭诚奉谒。素昧平生[③]，殊深冒渎。"钟雄道："久仰英名，未能面晤，曷胜怅望。今日幸会，实慰鄙怀。适才瞻仰宝刀，真是稀世之物，可羡呀可羡！"

---

① 文绉(zhōu)绉——形容人谈吐、举止文雅的样子，多含贬义。

② 獬豸(xièzhì)——古代传说中的异兽，能辨曲直，见人争斗就用角去顶坏人。

③ 素昧平生——一向不认识。

智化见他二人说话，却无一语道及自己，未免有些不自在。因钟雄称羡宝刀，便说道："此刀虽然是宝，然非至宝也。"钟雄方对智化道："此位想是智公了。如此说来，智公必有至宝。"智化道："仆孑然①一身之外，并无他物，何至宝之有？"钟雄道："请问至宝安在？"智爷道："至宝在在皆有，处处皆是。为善以为宝，仁亲以为宝，土地、人民、政事又是三宝。寨主何得舍正路而不由，啧啧以刀为宝乎？再者仆等今日之来，原是投诚，并非献刀。寨主只顾称羡此刀，未免重物轻人。惟望寨主贱货而贵德，庶不负招贤的那篇文字。"钟雄听智化咬文嚼字的背书，不由地冷哂，道："智公所论虽是，然而未免过于腐气了。"智化道："何以见得腐气？"钟雄道："智公所说的全是治国为民道理。我钟雄原非三台卿相，又非世胄功勋，要这些道理何用？"智化也就微微冷哂，道："寨主既知非三台卿相，又非世胄功勋，何得穿闹龙服色，坐银安宝殿？此又智化所不解也。"一句话说得钟雄哑口无言，半晌，忽然向智化一揖，道："智兄大开茅塞，钟雄领教多多矣。"重新复又施礼，将北侠、智化让到客位，分宾主坐了。即唤虞侯等看酒宴伺候，又悄悄吩咐了几句。虞侯转身不多时，拿了一个包袱来，连忙打开。钟雄便脱了闹龙紫氅，换了一件大领天蓝花氅，除去闹龙头巾，戴一顶碎花武生头巾。北侠道："寨主何必忙在一时呢？"钟雄道："适才听智兄之言，觉得背生芒刺，还是早些换的好。"

此时酒宴已摆设齐备。钟雄逊让再三，仍是智爷、北侠上座，自己下位相陪。饮酒之间，钟雄又道："既承智兄指教，我这殿上……"刚说至此，自己不由的笑了，道："还敢忝颜称殿。我这厅上匾额应当换个名色方好。"智爷道："若论匾额名色极多，若是晦了不好，不贴切也不好，总要雅俗共赏，使人一见即明，方觉恰当。"仰面想了一想，道："却倒有个名色，正对寨主招募贤豪之意。"钟雄道："是何名色？"智化道："就是'思齐堂'三字，虽则俗些，却倒现在。'见贤思齐焉'，此处原是待贤之所，寨主却又求贤若渴。既曰思齐，是已见了贤了。必思与贤齐，然后不负所见，正是说寨主已得贤豪之意。然而这'贤'字弟等却担不起。"钟雄道："智兄太谦了。今日初会，就教导弟归于正道，非贤而何？我正当思齐，好极，妙极！清而且醒，容易明白。"立刻吩咐虞侯即到船场，取木料改换匾额。

---

① 孑(jié)然——形容孤独。

三人传杯换盏，互应议论，无非是行侠尚义，把个钟雄乐的手舞足蹈，深恨相见之晚，情愿与北侠、智化结为异姓兄弟。智化因见钟雄英爽，而且有意收伏他，只得应允。哪知钟雄是个性急人，登时叫虞侯备了香烛，叙了年庚，就在神前立盟。北侠居长，钟雄次之，智化第三。结拜之后，复又入席，你兄我弟，这一番畅快，乐不可言。钟雄又派人到后面把世子唤出来。原来钟雄有一男一女，女名亚男，年方十四岁；子名钟麟，年方七岁。

不多时，钟麟来到厅上。钟雄道："过来拜了欧阳伯父。"北侠躬身还礼，钟雄断断不依。然后又道："这是你智叔父。"钟麟也拜了。智化拉着钟麟细看，见他方面大耳，目秀眉清，头戴束发金冠，身穿立水蟒袍；问了几句言语，钟麟应答如流。智化暗道："此子相貌非凡，我今既受了此子之拜，将来若负此拜，如何对得过他呢！"便叫虞侯送入后面去了。钟雄道："智贤弟，看此子如何？"智化道："好则好矣。小弟又要直言了。方才侄儿出来，吓了小弟一跳，真不像吾兄的儿郎，竟仿佛守缺的太子，似此如何使得？再者世子之称，也属越礼，总宜改称公子为是。"钟雄拍手大乐，道："贤弟见教，是极，是极！劣兄从命。"回头便吩咐虞侯等人，从此改称公子。

你道钟雄既能言听计从，说什么就改什么，智化何不劝他弃邪归正，岂不省事，又何必后文费许多周折呢？这又有个缘故。钟雄占据军山非止一日，那一派的骄侈倨傲①，同流合污，已然习惯性成，如何一时能够改得来呢？即或悛改②，稍不如意，必至依然照旧，那不成了反覆小人了么？就是智化今日劝他换了闹龙服色，除了银安匾额，改了世子名号，也是试探钟雄服善不服善。他要不服善，情愿以贼寇叛逆终其身，那就另有一番剿灭的谋略。谁知钟雄不但服善，而且勇于改悔。知时务者，呼为俊杰。他既是好人，智化焉有不劝他之理。所以后文智化委曲婉转，务必叫钟雄归于正道，方见为朋友的一番苦心。是日三人饮酒谈心，至更深夜静方散。北侠与智爷同居一处。智爷又与北侠商议如何搭救沙龙、展昭，便定计策，必须如此如此方妥。商议已毕，方才安歇。

不知如何救他二人，且听下回分解。

---

① 骄侈（chǐ）倨（jù）傲——夸大而骄傲。

② 悛（quān）改——悔改。

第一百十三回

钟太保贻书招贤士　蒋泽长冒雨访宾朋

且说北侠、智化二人商议已毕，方才安歇。到了次日，钟雄将军务料理完时，便请北侠、智爷在书房相会。今日比昨日更觉亲热了。闲话之间，又提起当今之世谁是豪杰，哪个是英雄。北侠道："劣兄却知一个人，惜乎他为宦途羁绊，再也不能到此。"钟雄道："是何等人物？姓甚名谁？"北侠道："就是开封府的四品带刀护卫展昭字熊飞，为人行侠尚义，济困扶危，人人都称他为南侠，敕封号为御猫，他乃当世之豪杰也。"钟雄听了，哈哈大笑，道："此人现在小弟寨中，兄长如何说他不能到此？"北侠故意吃惊，道："南侠如何能够到此地呢？劣兄再也不信。"钟雄道："说起来话长。襄阳王送了一个坛子来，说是大闹东京锦毛鼠白玉堂的骨殖，交到小弟处。小弟念他是个英雄，将他葬在五峰岭上，小弟还亲身祭奠一回。惟恐有人盗去此坛，就在那坟冢前刨了个梅花堑坑，派人看守，以防不虞。不料迟不多日，就拿了二人，一个是徐庆，一个是展昭。那徐庆已然脱逃。展昭弟也素所深知，原要叫他作个帮手，不想他执意不肯，因此把他囚在碧云崖下。"北侠暗暗欢喜，道："此人颇与劣兄相得，待明日作个说客，看是如何。"智化接言道："大哥既能说南侠，小弟还有一人，也可叫他投诚。"钟雄道："贤弟所说之人为谁呢？"智化道："说起此人也是有名的豪杰。他就在卧虎沟居住，姓沙名龙。"钟雄道："不是拿蓝骁的沙员外么？"智化道："正是，兄何以知道？"钟雄道："劣兄想此人久矣！也曾差人去请过，谁知他不肯来。后来闻得黑狼山有失，劣兄还写一信与襄阳王，叫他把此人收伏，就叫他把守黑狼山，却是人地相宜。至今未见回音，不知事体如何。"智化道："既是兄长知道此人，小弟明日就往卧虎沟便了。大约小弟去了，他没有不来之理。"钟雄听了大乐。三个人就在书房饮酒用饭，不必细表。

到次日，智化先要上卧虎沟。钟雄立刻传令开了寨门，用小船送出竹栅，过了五孔桥。他却不奔卧虎沟，竟奔陈起望而来。进了庄中，庄丁即刻通报。众人正在厅上,便问投诚事体如何。智爷将始末原由,说了一遍,深赞钟雄是个豪杰,“惜乎错走了路头,必须设法将这朋友提出苦海方好。”又将与欧阳兄定计搭救展大哥与沙大哥之事说了。蒋平道:“事有凑巧,昨晚史云到了。他说因找欧阳兄,到了茉花村,说与丁二爷起身了。他又赶到襄阳,见了张立,方知欧阳兄、丁二弟与智大哥俱在按院那里。他又急急赶到按院衙门,卢大哥才告诉他说,咱们都上陈起望了。他重新又到这里来,所以昨晚才到。”智化听了,即将史云叫来,问他按院衙门可有什么事。史云道:“我也曾问了。卢大爷叫问众位爷们好,说衙门中甚是平安,颜大人也好了,徐三爷也回去了,诸事妥当,请诸位爷们放心。”智化道:“你来得正好。歇息两日,即速回卧虎沟,告诉孟、焦二人,叫他将家务派妥当人管理,所有渔户猎户人等,凡有本领的,齐赴襄阳太守衙门。”丁二爷道:“金老爷那里如何住得许多人呢?”智化笑道:“劣兄早已预料,已在汉皋那里修葺下些房屋。”陆彬道:“汉皋就是方山,在府的正北上。”智化道:“正是此处,张立尽知。到了那里,见了张立,便有居住之处了。”说罢,大家入席饮酒。蒋平问道:“钟雄到底是几时生日?”智化道:“前者结拜时已叙过了,还早呢,尚有半月的工夫。我想要制服他,就在那生日,趁着忙乱之时,必要设法把他请到此处。你我众兄弟以大义开导他,一来使他信服,二来把圣旨相谕说明,他焉有不倾心向善之理。”丁二爷道:“如此说来,不用再设别法,只要四哥到柳员外庄上赢了柳青,就请带了断魂香来。临期如此如此,岂不大妙?”智化点头,道:“此言甚善,不知四弟几时才去?”蒋平道:“原定于十日后,今刚三日。再等四五天,小弟再去不迟。”智化道:“很好,我明日回去,先将沙大哥救出,然后暗暗探他的事件,掌他的权衡,那时就好说了。”这一日,大家聚饮欢呼,至三鼓方散。

第二日智化别了众人,驾一小舟,回至水寨,见了钟雄。钟雄问道:“贤弟为何回来的这等快?”智化道:“事有凑巧,小弟正往卧虎沟进发,恰好途中遇见卧虎沟来人。问沙员外,原来早被襄阳王拿去,囚在王府了。因此急急赶回,与兄长商议。”钟雄道:“似此如之奈何?”智化道:“据小弟想来,襄阳王既囚沙龙,必是他不肯顺从。莫若兄长写书一封,就说咱们这里招募了贤豪,其中颇有与沙龙至厚的;若要将他押到水寨,叫这些人劝他归降,他断无不依的。不知兄长意下如何?”钟雄道:“此言甚善,就求贤弟写封书信罢。”智化立刻写了封恳切书信,派人去了。

智化又问:“欧阳兄说的南侠如何?”钟雄道:“昨日去说,已有些意思。今日又去了。”正说间,虞侯报:“欧阳老爷回来了。”钟雄、智化连忙迎出来,问道:“南侠如何不来?”北侠道:“劣兄说至再三,南侠方才应允,务必叫亲身去请,一来见贤弟诚心,二来他脸上觉得光彩。”智化在旁帮衬道:“兄长既要招募贤豪,理应折节下士,此行断不可少。”钟雄慨然应允,于是大家乘马到了碧云崖。这原是北侠作就活局。重新给他二人见了,彼此谦逊了一番,方一同回转思齐堂。四个人聚饮谈心,欢若平生。

再说那奉命送信之人到了襄阳王那里,将信投递府内。谁知襄阳王看了此书,暗暗合了自己心意,恨不得沙龙立时归降自己,好作帮手,急急派人押了沙龙送到军山。送信人先赶回来,报了回信。智化便对钟雄道:“沙员外既来了,待小弟先去迎接。仗小弟舌上钝锋,先与他陈说利害,再以交谊规劝,然后述说兄长礼贤下士。如此谆谆劝勉,包管投诚无疑矣。”钟雄听了大悦,即刻派人备了船只,开了竹栅。他只知智化迎接沙龙递信,哪知他们将圈套细说明白。一同进了水寨,把沙龙安置在接官厅上。智化却先来,见了钟雄道:“小弟见了沙员外,说到再三。沙员外道,他在卧虎沟虽非簪缨,却乃清白的门楣。只因误遭了赃官骗局,以致被获遭擒,已将生死置于度外。既不肯归降襄阳王,如何肯投诚钟太保呢。”钟雄道:“如此说来,这沙员外是断难收伏的了。”智化道:“亏了小弟百般的苦劝,又述说兄长的大德,他方说道:‘为人要知恩报恩。既承寨主将俺救出囹圄①之中,如何敢忘大德。话要说明了,俺若到了那里,情愿以客自居,所有军务之事概不与闻,止如是相好朋友而已。倘有急难之处用着俺时,必效犬马之劳,以报今日之德。’小弟听他这番言语,他是怕堕了家声,有些留恋故乡之意。然而既肯以朋友相许,这是他不肯归伏之归伏了。若再谆谆,又恐怕他不肯投诚。因此安置他在接官厅上,特来禀兄长得知。”北侠在旁答道:“只要肯来便好说了,什么客不客呢,全是好朋友罢了。”钟雄笑道:“诚哉是言也! 还是大哥说得是。”南侠道:“咱们还迎他不迎呢?”智化道:“可以不必远迎,止于在宫门接接就是了。小弟是先要告辞了。”

---

① 囹圄(língyǔ)——监狱。

不多时，智化同沙龙到来，上了泊岸，望宫门一看，见多少虞侯侍立宫门之下，钟太保与南、北两侠等候。智化导引在前，沙龙在后，登台阶，两下彼此迎凑。智化先与钟雄引见。沙龙道："某一介鲁夫，承寨主错爱，实实叨恩不浅。"钟雄道："久慕英名，未能一见。今日幸会，何乐如之！"智化道："此位是欧阳兄，此位是展大哥。"沙龙一一见了，又道："难得南、北二侠俱各在此，这是寨主威德所致，我沙龙今得附骥，幸甚呀，幸甚！"钟雄听了，甚为得意。彼此来到思齐堂，分宾主坐定。钟雄又问沙龙，如何到了襄阳王那里。沙龙便将县宰的骗局说了。"若不亏寨主救出囹圄，俺沙某不复见天，实实受惠良多，改日自当酬报。"钟雄道："你我作豪杰的，乃是常事，何足挂齿。"沙龙又故意地问了问南、北二侠，彼此攀话。酒宴已摆设下，钟雄让沙龙，沙龙谦让再三，寨主长、寨主短。钟雄是个豪杰，索性叙明年庚，即以兄长呼之，真是英雄的本色。沙龙也就磊磊落落，不闹那些虚文。

饮酒之间，钟雄道："难得今日沙兄长到此，足慰平生。方才智贤弟已将兄长的豪杰大度说明，沙兄长只管在此居住，千万莫要拘束，小弟决不有费清心。惟有欧阳兄、展兄小弟还要奉托，替小弟操劳。从今后水寨之事求欧阳兄代为管理；旱寨之事原有妻弟姜铠料理，恐他一个照应不来，求展兄协同经理；智贤弟作个统辖，所有两寨事务全要贤弟稽查。众位兄弟如此分劳，小弟就可以清闲自在，每日与沙大哥安安静静的盘桓些时，庶不负今日之欢聚，素日之渴想。"智化听了，甚合心意，也不管南、北二侠应与不应，他就满口应承。是日四人尽欢而散。

到了次日，钟雄传谕大小头目：所有水寨事务俱回北侠知道；旱寨事务俱回南侠与姜爷知道；倘有两寨不合宜之事，俱各会同智化参酌。不上五日工夫，把个军山料理得益发整齐严肃，所有大小头目兵丁无不欢呼颂扬。钟雄得意洋洋，以为得了帮手，乐不可言。哪知这些人全是算计他的呢！

且说蒋平在陈起望，到了日期，应当起身，早别了丁二爷与陆、鲁二人，竟奔柳家庄而来。此时正在深秋之际，一路上黄花铺地，落叶飘飘，偏偏阴云密布，淅淅泠泠下起雨来。蒋爷以为深秋没有什么大雨，因此冒雨前行。谁知细雨濛濛，连绵不断，刮来金风瑟瑟，遍体清凉。低头看时，浑身皆湿。再看天光，已然垂暮。又算计柳家庄尚有四十五里之遥，今日断不能到。幸亏今日是十日之期,就是明日到,也不为迟。因此要找个安身之处,且歇息避雨。往前又趱行了几里,好容易看见那边有座庙宇,急急奔到山门,敲打声唤,再无人应。心内甚是踌躇,更兼浑身皆湿,秋风吹来,冷不可当,自己说道:“利害! 真是‘一场秋雨一场寒’。这可怎么好呢?”只见那边柴扉开处,出来一老者,打着一把半零不落的破伞。见蒋平瘦弱身躯,犹如水鸡儿一般唏唏呵呵的,心中不忍,便问道:“客官,想是走路远了,途中遇雨。如不憎嫌,何不到我豆腐房略为避避呢?”蒋平道:“难得老丈大发慈悲。只是小可素不相识,怎好搅扰!”老丈道:“有甚要紧。但得方便地,何处不为人。休要拘泥,请呀。”蒋平见老丈诚实,只得随老丈进了柴扉。

不知老丈是谁,且听下回分解。

第一百十四回

忍饥挨饿进庙杀僧　少水无茶开门揖盗

且说蒋平进了柴扉一看，却是三间茅屋，两明间有磨与屉板罗槅等物，果然是个豆腐房。蒋平将湿衣脱下，拧了一拧，然后抖晾。这老丈先烧了一碗热水，递与蒋平。蒋平喝了几口，方问道："老丈贵姓？"老丈道："小老儿姓尹，以卖豆腐为生，膝下并无儿女，有个老伴儿，就在这里居住。请问客官贵姓？要往何处去呢？"蒋平道："小可姓蒋，要上柳家庄找个相知，不知此处离那里还有多远？"老丈道："算来不足四十里之遥。"说话间，将壁灯点上，见蒋平抖晾衣服，即回身取了一捆柴草来，道："客官就在那边空地上将柴草引着，又向火，又烘衣，只是小心些就是了。"蒋平深深谢了，道："老丈放心，小可是晓得的。"尹老儿道："老汉动转一天也觉乏了，客官烘干衣服也就歇息罢，恕老汉不陪了。"蒋平道："老丈但请尊便。"尹老儿便向里屋去了。

蒋平这里向火烘衣，及至衣服快干，身体暖和，心里却透出饿来了，暗道："自我打尖后只顾走路，途中再加上雨淋，竟把饿忘了，说不得只好忍一夜罢了。"便将破床掸了掸，倒下头，心里想着要睡，哪知肚子不作劲儿，一阵阵咕噜噜的乱响，闹得心里不得主意，突、突、突的乱跳起来，自已暗道："不好！索性不睡的好。"将壁灯剔了一剔，悄悄开了屋门，来到院内，仰面一看，见满天星斗，原来雨住天晴。正在仰望之间，耳内只听乒乒乓乓犹如打铁一般。再细听时，却是兵刃交架的声音，心内不由的一动，思忖道："这样荒僻去处，如何黉夜比武呢？倒要看看。"登时把饿也忘了，纵身跳出土墙，顺着声音一听，恰好就在那边庙内。急急紧行几步，从庙后越墙而过，见那边屋内灯光明亮，有个妇人啼哭，连忙挨身而入。

妇人一见，吓得惊慌失色。蒋爷道："那妇人休要害怕。快些说明，为何事来，俺好救你。"那妇人道："小妇人姚王氏，只因为与兄弟回娘家探望，途中遇雨，在这庙外山门下避雨，被僧人开门看见，将我等让到前面禅堂。刚刚坐下，又有人击户①，也是前来避雨的，僧人道：‘前面禅堂男女不便。’就将我等让在这里。谁知这僧人不怀好意，到了一更之后，提了利刃进来时，先将我兄弟踢倒，捆缚起来，就要逼勒于我。是小妇人着急喊叫，僧人道：‘你别嚷！俺先结果了前面那人，回来再和你算账。’因此提了利刃，他就与前面那人杀起来了，望乞爷爷搭救搭救。”蒋爷道：“你不必害怕，待俺帮那人去。”说罢，回身见那边立着一根门闩，拿在手中，赶到跟前，见一大汉左右躲闪，已不抵敌；再看和尚，上下翻腾，堪称对手。蒋爷不慌不忙将门闩端了个四平，仿佛使枪一般，对准那僧人的胁下，一言不发尽力的一戳。那僧人只顾赶杀那人，哪知他身后有人戳他呢，冷不防觉得左胁痛彻心髓，翻筋斗栽倒尘埃。前面那人见僧人栽倒，赶上一步，抬脚往下一跺，只听的拍的一声，僧人的脸上已然着重。这僧人好苦，临死之前先挨一戳，后挨一跺，嗳哟一声，手一扎煞，刀已落地。蒋爷撇了门闩，赶上前来，抢刀在手，往下一落，这和尚登时了账。叹他身入空门，只因一念之差，枉自送了性命。

且说那人见蒋平杀了和尚，连忙过来施礼，道：“若不亏恩公搭救，某险些儿丧在僧人之手。请问尊姓大名？”蒋平道：“俺姓蒋名平。足下何人？”那人道：“嗳呀！原来是四老爷么。小人龙涛。”说罢，拜将下去。蒋四爷连忙搀起，问道：“龙兄为何到此？”龙涛道：“自从拿了花蝶与兄长报仇，后来回转本县缴了回批，便将捕快告退不当，躲了官的辖制，自己务了农业，甚是清闲。只因小人有个姑母别了三年，今日特来探望，不料途中遇雨，就到此庙投宿。忽听后面声嚷救人，正欲看视，不想这个恶僧反来寻找小人，与他对垒，不料将刀磕飞。可恶僧人好狠，连搠几刀，皆被我躲过，正在危急，若不亏四老爷前来，性命必然难保，实属再生之德。”蒋平道：“原来如此。你我且到后面，救那男女二人要紧。”

蒋平提了那僧人的刀在前，龙涛在后跟随，来到后面，先将那男人释放，姚王氏也就出来叩谢。龙涛问道：“这男女二人是谁？”蒋爷道：“他是姊弟二人，原要回娘家探望，也因避雨，误被恶僧诓进。方才我已问过，乃是姚王氏。”龙涛道：“俺且问你，你丈夫他可叫姚猛么？”妇人道：“正是。”龙涛道：“你婆婆可是龙氏么？”妇人道：“益发是了。不幸婆婆已于去年

---

① 击户——敲门。

亡故了。”龙涛听说他婆婆亡故了，不觉放声大哭，道：“嗳呀！我那姑母呀！何得一别三年，就作了故人了。”姚王氏听如此说，方细看了一番，猛然想起，道：“你敢是表兄龙涛哥哥么？”龙涛此时哭得说不上话来，止于点头而已。姚王氏也就哭了。蒋平见他等认了亲戚，便劝龙涛止住哭声。龙涛便问道：“表弟近来可好？”叙了多少话语。龙涛又对蒋爷谢了，道：“不料四老爷救了小人，并且救了小人的亲眷，如此恩德，何以答报！”蒋爷道：“你我至契好友，何出此言。龙兄，你且同我来。”

龙涛不知何事，跟着蒋爷左寻右找，到了厨房，现成的灯烛，仔细看时，不但菜蔬馒首，而且有一瓶好烧酒。蒋爷道：“妙极，妙极！我实对龙兄说罢，我还没吃饭呢。”龙涛道：“我也觉得饿了。”蒋爷道：“来罢，来罢，咱们搬着走。大约他姐儿两个也未必吃饭呢。”龙涛见那边有个方盘，就拿出那当日卖煎饼的本事来了，端了一方盘。蒋爷提了酒瓶，拿了酒杯碗碟筷子等，一同来到后面。他姐儿两个果然未进饮食，却不喝酒，就拿了菜蔬点心在屋内吃。蒋爷与龙涛在外间，一壁饮酒，一壁叙话。龙涛便问蒋爷何往？蒋爷便叙述已往情由，如今要收伏钟雄，特到柳家庄找柳青要断魂香的话，说了一遍。龙涛道：“如此说来，众位爷们俱在陈起望。不知有用小人处没有？”蒋爷道：“你不必问哪。明日送了令亲去，你就到陈起望去就是了。”龙涛道：“既如此，我还有个主意。我这表弟姚猛，身量魁梧，与我不差上下，他不过年轻些。明日我与他同去如何？”蒋平道：“那更好了。到了那里，丁二爷你是认得的，就说咱们遇着了。还有一宗，你告诉丁二爷，就求陆大爷写一封荐书，你二人直奔水寨，投在水寨之内。现有南、北二侠，再无有不收录的。”龙涛听了，甚是欢喜。

二人饮酒多时，听了听已有鸡鸣，蒋平道：“你们在此等候我，我去去就来。”说罢，出了屋子，仍然越过后墙，到了尹老儿家内。又越了土墙，悄悄来到屋内，见那壁上灯点得半明不灭的，重新剔了一剔，故意的咳嗽。将尹老儿惊醒，伸腰欠口，道：“天是时候了，该磨豆腐了。”说罢，起来，出了里屋，见蒋爷在床上坐着，便问道：“客官起来的恁早？想是夜静有些寒凉。”蒋平道：“此屋还暖和，多承老丈挂心。天已不早了，小可要赶路了。”尹老儿道：“何必忙呢？等着热热的喝碗浆，暖暖寒，再去不迟。”蒋爷道：“多承美意，改日叨扰罢，小可还有要紧事呢。”说着话，披上衣服，从兜中摸出一块银子，足有二两重，道：“老丈，些须薄礼，望乞笑纳。”老丈道:“这如何使得？客官在此屈尊一夜,费了老汉什么,如何破费许多呢？小老儿是不敢受的。”蒋爷道:“老丈休要过谦。难得你一片好心,再要推让,反觉得不诚实了。”说着话,便掖在尹老儿袖内。尹老儿还要说话,蒋爷已走到院内,只得谢了又谢,送出柴扉。彼此执手。那尹老儿还要说话,见蒋爷已走出数步,只得回去,掩上柴扉。

蒋爷仍然越墙进庙。龙涛便问:“上何方去了?”蒋平将尹老儿留住的话,说了一遍。龙涛点头,道:“四老爷作事真个周到。”蒋平道:“咱们也该走了。龙兄送了令亲之后,便与令表弟同赴陈起望便了。”龙涛答应。四人来到山门,蒋爷轻轻开了山门,往外望了一望,悄悄道:“你三人快些去罢。我还要关好山门,仍从后面而去。”龙涛点头,带领着姊弟二人扬长去了。

蒋爷仍将山门闭妥,又到后面检点了一番,就撂下这没头脑的事儿让地面官办去。他仍从后墙跳出,溜之乎也。一路观看清景,走了二十余里,打了早尖。及至到了柳家庄,日将西斜,自己暗暗道:“这么早到那里作什么,且找个僻静的酒肆沽饮几杯。知他那里如何款待呢？别像昨晚饿得抓耳挠腮。若不亏那该死的和尚预备下,我如何能够吃到十二分。”心里想着,早见有个村居酒市,仿佛当初大夫居一般,便进去,拣了座头坐下。酒保儿却是个少年人,暖了酒。蒋爷慢慢消饮,暗听别的座上三三两两,讲论柳员外这七天的经忏费用了不少。也有说他为朋友尽情,真正难得的;也有说他家内充足,耗财买脸儿的;又有那穷小子苦混混儿说:“可惜了儿的！交朋友不过是了就是了。人在人情在,哪里犯的上呢。若把这七天费用帮了苦哈哈,包管够过一辈子的。”蒋爷听了暗笑,酒饮够了,又吃了些饭。

看看天色已晚,会了钱钞,离了村居,来到柳青门首已然掌灯,连忙击户。只见里面出来了个苍头,问道:“什么人?”蒋爷道:“是我,你家员外可在家么?”苍头将蒋爷上下打量一番,道:“俺家员外在家等贼呢。请问尊驾贵姓?”蒋爷听了苍头之言有些语辣,只得答道:“我姓蒋,特来拜望。”苍头道:“原来是贼爷到了,请少待。”转身进去。蒋爷知道这是柳青吩咐过了,毫不介意,只得等候。

不多时,只见柳青便衣便帽出来,执手道:“姓蒋的,你竟来了！也就好大胆呢!”蒋平道:“劣兄既与贤弟定准日期,劣兄若不来,岂不叫贤弟呆等么?”柳青说:“且不要论兄弟。你未免过于不自量了。你既来了,只好叫你进来。”说罢,也不谦让,自己却先进来。蒋爷听了此话,见此光景,只得忍耐。刚要举步,只见柳青转身奉了一揖,道:“我这一揖你可明白?”蒋爷笑道:“你不过是‘开门揖盗’罢了,有甚难解。”柳青道:“你知道就好。”说着,便引到西厢房内。

蒋爷进了西厢房一看,好样儿,三间一通连,除了一盏孤灯,一无所有,止于迎门一张床,别无他物。蒋爷暗道:“这是什么意思?”只听柳青道:“姓蒋的,今日你既来了,我要把话说明了。你就在这屋内居住,我在对面东屋内等你。除了你我,再无第三人,所有我的仆妇人等早已吩咐过了,全叫他们回避。就是前次那枝簪子,你要偷到手内,你便隔窗儿叫一声,说:‘姓柳的,你的簪子我偷了来了。’我在那屋里在头上一摸,果然不见了,这是你的能为。不但偷了来,还要送回去。再迟一回,你能够送去,还是隔窗叫一声:‘姓柳的,你的簪子我还了你了。’我在屋内向头上一摸,果然又有了。若是能够如此,不但你我还是照旧的弟兄,而且甘心佩服,就是叫我赴汤蹈火,我也是情愿的。”蒋爷点头,笑道:“就是如此。贤弟到了那时,别又后悔。”柳青道:“大丈夫说话,焉有改悔?”蒋爷道:“很好,很好!贤弟请了。”

不知果能否,且听下回分解。

第一百十五回

随意戏耍智服柳青　有心提防交结姜铠

且说柳青出了西厢房，高声问道："东厢房炭烛茶水酒食等物，俱预备妥当了没有？"只听仆从应道："俱已齐备了。"柳青道："你们俱各回避了，不准无故的出入。"又听妇人声音说道："婆子丫鬟，你们惊醒些！今晚把贼关在家里，知道他净偷簪子，还偷首饰呢！"早有个快嘴丫鬟接言道："奶奶请放心罢，奴婢将裤腿带子都收拾过了，外头任吗儿也没有了。"妇人嗔道："多嘴的丫头子！进来罢，不要混说了。"这说话的原来是柳娘子。蒋爷听在心内，明知是说自己，置若罔闻。

此时已有二鼓。柳青来到东厢房内，抱怨道："这是从哪里说起！好好的美寝不能安歇，偏偏的这盆炭火也不旺了，茶也冷了，这还要自己动转。也不知是什么时候才偷，真叫人等得不耐烦。"忽听外面他拉、他拉的声响，猛见帘儿一动，蒋爷从外面进来，道："贤弟不要抱怨。你想你这屋内，又有火盆，又有茶水，而且裱糊得严紧，铺设得齐整。你瞧瞧我那屋子，犹如冰窖一般，八下里冒风，连个铺垫也没有，方才躺了一躺，实在的难受。我且在这屋里暖和暖和。"柳青听了此话，再看蒋爷头上只有网巾，并无头巾，脚下趿拉着两只鞋，是躺着来着，便说道："你既嚷冷，为什么连帽子也不戴？"蒋爷道："那屋里什么全没有。是我刚才摘下头巾枕着来，一时寒冷，只顾往这里来，就忘了戴了。"柳青道："你坐坐，也该过去了。你有你的公事，早些完了，我也好歇息。"蒋爷道："贤弟，你真个不讲交情了。你当初到我们陷空岛，我们是何等待你！我如今到了这里，你不款待也罢了，怎么连碗茶也没有呢？"柳青笑道："你这话说得可笑。你今日原是偷我来了。既是来偷我，我如何肯给你预备茶水呢？你见世界上有给贼预备妥当了，再等着他来偷的道理么？"蒋平也笑道："贤弟说得也是。但只一件，世界上有这么明灯蜡烛等贼偷的么？你这不是'开门揖盗'，竟是'对面审贼'了。"柳青将眼一瞪，道："姓蒋的，你不要强辩饶舌。你纵能说，也不能说了我的簪子去。你趁早儿打主意便了。"蒋爷道:"若论盗这簪子原不难,我只怕你不戴在头上那就难了。"

柳青登时生起气来,道:"那岂是大丈夫所为!"便摘下头巾,拔下簪子,往桌上一掷,道:"这不是簪子? 说还哄你不成! 你若有本事,就拿去!"蒋平老着脸,伸手拿起,揣在怀内,道:"多谢贤弟。"站起来就要走。柳青微微冷哂,道:"好个翻江鼠蒋平! 俺只当有什么深韬广略,原来只会撒赖! 可笑呀,可笑!"蒋平听了,将小眼一瞪,瘦脸儿一红,道:"姓柳的,你不要信口胡说! 俺蒋平堂堂男子,要撒赖做什么?"回手将簪子掏出,也往桌上一掷,道:"你提防着,待我来偷你。"说罢,转身往西厢房去了。

柳青自言自语道:"这可要偷了,须当防备。"连忙将簪子别在头上,戴上头巾,两只眼睛睁睁的往屋门瞅着,以为看他如何进来,怎么偷法。忽听蒋爷在西厢房说道:"姓柳的,你的簪子我偷了来了。"柳青吓了一跳,急将头巾摘下,摸了一摸,簪子仍在头上,由不的哈哈大笑,道:"姓蒋的,你是想簪子想疯了心了。我这簪子好好还在头上,如何被你偷去?"蒋平接言道:"那枝簪子是假的,真的在我这里。你不信,请看那枝簪子背后没有暗'寿'字儿。"柳青听了,拔下来仔细一看,宽窄长短分毫不错,就只背后缺少"寿"字儿。柳青看了暗暗吃惊,连说"不好",只得高声嚷道:"姓蒋的,偷算你偷去,看你如何送来?"蒋爷也不答言。

柳青在灯下赏玩那枝假簪,越看越像自己的,心中暗暗罕然道:"此簪自从在五峰岭上,他不过月下看了一看,如何就记得恁般真切? 可见他聪明至甚。而且方才他那安安详详的样儿行所无事,想不到他抵换如此之快。只他这临事好谋,也就令人可羡。"复又一转念,猛然想起:"方才是我不好了! 绝不该和他生气,理应参悟他的机谋,看他如何设法儿才是。只顾暴躁,竟自入了他的术中。总而言之,是我量小之故。且看他将簪子如何送回。千万再不要动气了! 等了些时不见动静,便将火盆拨开,温暖了酒,自斟自饮,怡然自得。

忽听蒋爷在那屋张牙欠口打哈气,道:"好冷! 夜静了,更觉凉了。"说着话,趿拉、趿拉又过来了,恰是刚睡醒了的样子,依然没戴帽子。柳青拿定主意,再也不动气,却也不理蒋爷。蒋爷道:"好呀,贤弟会乐呀! 屋子又暖和,又喝着酒儿,敢则好呀! 劣兄也喝盅儿,使得使不得呢?"柳青道:"这有什么呢? 酒在这里,只管请用,你可别忘了送簪子。"蒋爷道:

"实对贤弟说,我只会偷,不会送。"说罢,端起酒盅一饮而尽,复又斟上,道:"我今日此举不过游戏而已,劣兄却有紧要之事奉请贤弟。"柳青道:"只要送回簪子来,叫我哪里去,我都跟了去。"蒋爷道:"咱们且说正经事。"他将大家如何在陈起望聚义,欧阳春与智化如何进的水寨,怎么假说展昭,智诓沙龙,又怎么定计在钟雄生辰之日收伏他,特着我来请贤弟用断魂香的话,哩哩啰啰,说个不了。柳青听了,唯唯喏喏,毫不答言。蒋爷又道:"此乃国家大事。我等钦奉圣旨,谨遵相谕,捉拿襄阳王,必须收伏了钟雄,奸王便好说了。说不得贤弟随劣兄走走。"柳青听了这一番言语:"这明是提出圣旨相谕押派着,叫我跟了他去",不由的气往上冲。忽然转念道:"不可,不可!这是他故意的惹我生气,他好于中取事,行他的谲诈。我有道理。"便嘻嘻笑道:"这些事都是他们为官做的,与我这草民何干?不要多言,还我的簪子要紧。"蒋爷见说不动,赌气带上桌上头巾,趿拉、趿拉出门去了。

柳青这里又奚落他道:"那帽子当不了被褥,也挡不了寒冷。原来是个抓帽子贼,好体面哪!"蒋爷回身进来,道:"姓柳的,你不要嘲笑刻薄,谁没个无心错呢!这也值得说这些没来由的话?"说罢,将他的帽子劈面摔来。柳青笑嘻嘻,双手接过,戴在头上,道:"我对你说,我再也不生气的。慢说将我的帽子摔来,就是当面唾我,我也是容他自干,决不生气。看你有什么法子?"蒋爷听了此言,无奈何的样儿,转回西厢房内去了。

柳青暗暗欢喜,自以为不动声色,是绝妙的主意了。又将酒温了一温,斟上刚要喝,只听蒋爷在西厢房内说道:"姓柳的,你的簪子我还回去了。"柳青连忙放下酒盅,摘去头巾,摸了一摸,并无簪子。又见那枝假的仍在桌上放着。又听蒋爷在那屋内说道:"你不必犹疑,将帽子里儿看看就明白了。"柳青听了,即将帽子翻过看时,那枝簪子恰好别在上面,不由的倒抽了一口气,道:"好呀!真真令人不测。"再细想时,更省悟了。"敢则他初次光头过来,就为二次还簪地步。这人的智略机变,把我的喜怒全叫他体谅透了,我还和他闹什么?"

正在思索,只见蒋爷进来,头巾也戴上了,鞋也不趿拉着了,早见他一躬到地。柳青连忙站起,还礼不迭。只听蒋爷道:"贤弟,诸事休要挂怀。恳请贤弟跟随劣兄走走,成全朋友要紧。"柳青道:"四兄放心!小弟情愿前往。"于是把蒋爷让到上位,自己对面坐了。蒋爷道:"钟雄为人豪侠,是个男子，因众弟兄计议，务要把他劝化回头，方是正理。”柳青道：“他既是好朋友，原当如此。但不知几时起身？”蒋爷道：“事不宜迟，总要在他生日之前赶到方好。”柳青道：“既如此，明早起身。”蒋平道：“妙极！贤弟就此进内收拾去，劣兄还要歇息歇息。实对贤弟说，劣兄昨日一夜不曾合眼，此时也觉乏得很了。”柳青道：“兄长只管歇着，天还早呢，足可以睡一觉。恕小弟不陪了。”柳青便进内去了。

到了天亮，柳青背了包裹出来，又预备羹汤点心吃了。二人便离了柳家庄，竟奔陈起望而来。

且说智化作了军山的统辖，所有水旱二寨之事俱各料理得清清楚楚。这日，忽见水寨头目来，报道：“今有陈起望陆大爷那里来了二人，投书信一封。”说罢，将书呈上。智爷接来拆阅毕，吩咐道：“将他二人放进来。”头目去不多时，早见两个大汉晃里晃荡而来，见了智爷，参见道：“小人龙涛、姚猛，望乞统辖老爷收录。”智爷见他二人循规蹈矩，颇有礼教，便知是丁二爷教的。不然，他两个卤莽之人，如何懂得“统辖”与“收录”呢？内心甚是欢喜，却又故意问了几句，二人应答得颇好，智爷更觉放心，便将二人带到思齐堂。智爷将书呈上，说明来历，钟雄便要看看来人，智化即唤龙涛、姚猛，二人答应，声若巨雷。及至到了厅上，参见大王，那一番腾腾杀气，凛凛威风，真个是“方相”一般。钟雄看了大乐，道：“难得他二人的身材体态竟能一样，很好。我这厅上正缺两个领班头目，就叫他二人充当此差，妙不可言。”龙涛、姚猛听了，连忙叩谢，甚是恭谨。旁边北侠早已认得龙涛，见他举止端详，言语得当，心内也就明白了。是日沙龙等同钟雄把酒谈心，尽一日之长，到晚方散。

智化、北侠暗暗与龙涛打听，如何能够到此。龙涛将避雨遇见蒋爷一节说了，又道：“蒋爷不日也就要回来了。自从小人送了表弟妹之后，即刻同着姚猛上路，前日赶到陈起望。丁二爷告诉我等备细，教导了言语。陆大爷写了荐书，所以今日就来了。”智爷道：“你二人来的正好，而且又在厅上，更就近了。到了临期，自有用处，千万不要多言，惟有小心谨慎而已。”龙涛道：“我等晓得。倘有用我等之处，自当效力。”智化点头，叫他二人去了；然后又与北侠计议一番，方才安歇。

到了次日，他又不惮[1]勤劳，各处稽查。但有不明不知的，必要细细询问。因此这军山之内，由哪里到何处，至何方，俱已晓得。他见大小头目虽有多人，皆没甚要紧。惟有姜夫人之弟姜铠甚是了得，极其梗直，生得凹面金腮，两道浓眉，一张阔口，微微有些髭须，绰号小二郎。他单会使一般器械，名叫三截棍，中间有五尺长短，两头俱有铁叶打就，铁环包定，两根短棒足有二尺多。每逢对垒，施展起来，远近都可打得，英勇非常。智化把他看在眼里。又因他是钟雄的亲戚，因此待他甚好，极其亲近。这二郎见智化志广才高，料事精详，更加喜悦。除了姜铠之外，还有钟雄两个亲信之人，却是同族兄弟武伯南、武伯北。此二人专管料理家务，智化也时常的与他等亲密。

他又算计钟雄生日，不过三日就到了。他便托言查阅，悄悄的又到陈起望。恰好蒋爷正与柳青刚到，彼此见了，各生羡慕，喜爱非常。蒋爷便问："龙涛、姚猛到了不曾？"丁二爷道："不但到了，谨遵兄命，已然进了水寨门了。"智化道："昨日他二人去了，我甚忧心。后来见他等的光景甚是合宜，我就知是二弟的传授了。"智化又问蒋爷道："四弟，前次所论之事，想柳兄俱已备妥了。今日我就同柳兄进水寨。"柳青道："小弟惟命是从。但不知如何进水寨法？"智化道："我自有道理。"

不知用何计策，且听下回分解。

---

① 不惮（dàn）——不怕。

第一百十六回

计出万全极其容易　算失一着甚是为难

且说智化要将柳青带入水寨，柳青因问如何去法。智化便问柳青可会风鉴①，柳青道："小弟风鉴不甚明白，却会谈命。"智化道："也可以使得。柳兄扮作谈命的先生，到了那里，不过奉承几句，只要混到他的生辰，便完了事了。"柳青依允。

智化又向陆、鲁二人道："二位贤弟，大鱼可捕妥了?"陆彬道："早已齐备，俱各养在那里。"智化道："很好。明日就给他送去，只用大船一只，带了渔户去。到那里二位贤弟自然是住下的，却将船只泊在幽僻之处。到了临期，如此如此。"又对丁二爷、蒋四爷说道："二位贤弟务于后日夜间，要快船二只，每船水手四名，就在前次砍断竹城之处专等，千万莫误!"

计议已定。智化与柳青来到水寨见了钟雄，说柳青是算命先生，笔法甚好。"小弟因一人事繁，难以记载，故此带了他来，帮着小弟作个记室。"钟雄见柳青人物轩昂，意甚欢喜。

到次日，陆彬、鲁英来到水寨送鱼，钟雄迎到思齐堂，深深谢了。陆彬、鲁英又提写信荐龙涛、姚猛二人。钟雄笑道："难得他二人身体一般，雄壮一样，我已把他二人派了领班头目。"陆彬道："多蒙大王收录。"也就谢了。陆、鲁二人又与沙龙、北侠、南侠、智化见了，彼此欢悦。就将他二人款留住下，为的明日好一同庆寿。

到了次日，智爷早已办的妥协，各处结彩悬花，点缀灯烛，又有笙肃鼓乐，杂剧声歌，较比往年生辰不但热闹，而且整齐。所有头目兵丁，俱有赏赐，并传令今日概不禁酒，纵有饮醉者也不犯禁。因此人人踊跃，个个欢欣，无有不称羡统辖之德的。

思齐堂上排开花筵，摆设寿礼，大家衣冠鲜明，独有展爷却是四品服

---

① 风鉴——旧指相术。

色，更觉出众。及至钟雄来到，见众人如此，不觉大乐，道："今日小弟贱辰，敢承诸位兄弟如此的错爱，如此的费心，我钟雄何以克当！"说话间，阶下奏起乐来。就从沙龙让起，不肯受礼，彼此一揖。次及欧阳春，也是如此。再又次就是展熊飞，务要行礼。钟雄道："贤弟乃皇家栋梁，相府的辅弼，劣兄如何敢当？还是从权行个常礼罢了。"说毕，先奉下揖去。展爷依旧从命，连揖而已。只见陆彬、鲁英二人上前相让。钟雄道："二位贤弟是客，劣兄更不敢当。"也是常礼，彼此奉揖不迭。此时智化谆谆要行礼。钟雄托住，道："若论你我兄弟，劣兄原当受礼；但贤弟代劣兄操劳，已然费心，竟把这礼免了罢。"智化只得行个半礼，钟雄连忙搀起。忽见外面进来一人，扑翻身跪下，向上叩头，原来是钟雄的妻弟姜铠。钟雄急急搀起，还揖不迭。姜铠又与众人一一见了。然后是武伯南、武伯北与龙涛、姚猛，率领大小头目，一起一起，拜寿已毕。复又安席入座，乐声顿止。堂上觥筹交错，阶前彩戏俱陈。智爷吩咐放了赏钱。早饭已毕，也有静坐闲谈的，也有料理事务的。独有小二郎姜铠却到后面与姜夫人谈了多时，便回旱寨去了。

到了午酒之时，大家俱要敬起寿星酒来。从沙龙起，每人三杯。钟雄难以推却，只得杯到酒干，真是大将必有大量。除了姜铠不在座，现时座中六人俱各敬毕。然后团团围住，刚要坐下，只见白面判官柳青从外面进来，手持一卷纸札，道："小可不知大王千秋华诞，未能备礼。仓促之间，无物可敬，方才将诸事记载已毕，特特写得条幅对联，望乞大王笑纳。"说罢，高高奉上。钟雄道："先生初到，如何叨扰厚赐？"连忙接过，打开看时，是七言的对联，乃："惟大英雄能本色，是真名士自风流。"写的颇好，满口称赞道："先生真好书法也！"说罢，奉了一揖。柳青还要拜寿，钟雄断断不肯。智化在旁道："先生礼倒不消，莫若敬酒三杯，岂不大妙！"柳青道："统辖吩咐极是。但只一件，小可理应早间拜祝，因事务冗繁①，须要记载，早间是不得闲的。而且条幅对联俱未能写就，及至得暇写出，偏又不干，所以迟到此时，未免太不恭敬。若要敬酒，须要加倍，方见诚心。小可意欲恭敬三斗，未知大王肯垂鉴否？"钟雄道："适才诸位兄弟俱已赐过，饮的不少了，先生赐一斗罢。"柳青道："酒不喝单，小可奉敬两斗如

---

① 冗(rǒng)繁——烦琐，繁杂。

何?”沙龙道:“这却合中,就是如此罢。”欧阳春命取大斗来。柳青斟酒,双手奉上。钟雄匀了三气饮毕。复又斟上,钟雄接过来也就饮了。大家方才入座,彼此传壶告干。七个人算计一个人,钟雄如何敌得住。天未二鼓,钟雄已然酩酊大醉,先前还可支持,次后便坐不住了。

智化见此光景,先与柳青送目,柳青会意去了。此时展爷急将衣服头巾脱下,转眼间出了思齐堂,便不见了。智化命龙涛、姚猛两个人将太保钟雄搀到书房安歇。两个大汉一边一个,将钟雄架起,毫不费力,搀到书房榻上。此时虽有虞侯伴当,也有饮酒过量的,也有故意偷闲的。柳青暗藏了药物来到思齐堂一看,见座中只有沙龙与欧阳春,连陆、鲁二人也不见了。刚要问时,只见智化从后边而来,看了看左右无人,便叫沙龙、欧阳春道:“二位兄长少待,千万不可叫人过去。”即拿起南侠的衣服头巾,便同柳青来到书房,叫龙涛、姚猛把守门口,就说:“统辖吩咐,不准闲人出入。”柳青又给了每人两丸药,塞住鼻孔;然后进了书房,二人也用药塞住鼻孔;柳青便点起香来。

你道此香是何用法?原来是香子面。却有二个小小古铜造就的仙鹤,将这香面装在仙鹤腹内,从背后下面有个火门,上有螺蛳转的活盖,拧开点着,将盖盖好。等腹内香烟装足,无处发泄,只见一缕游丝,从仙鹤口内喷出。人若闻见此烟,香透脑髓,散于四肢,登时体软如绵,不能动转。须到五鼓鸡鸣之时,方能渐渐苏醒,所以叫作“鸡鸣五鼓断魂香”。

彼时柳青点了此香,正对钟雄鼻孔。酒后之人呼吸之气是粗的,呼的一声已然吸进,连打两个喷嚏,钟雄的气息便微弱了。柳青连忙将鹤嘴捏住,带在身边,立刻同智化将展昭衣服与钟雄换了。龙涛背起,姚猛紧紧跟随,来到大厅。智化、柳青也就出来,会同沙龙、北侠,护送到宫门。智化高声说道:“展护卫醉了,你等送到旱寨,不可有误。”沙龙道:“待我随了他们去。”北侠道:“莫若大家走走,也可以散酒。”说罢,下了台阶。这些虞侯人等,一来是黑暗之中不辨真假,二来是大家也有些酒意,三来白日看见展昭的服色,他们如何知道飞叉太保竟被窃负而逃呢。

且说南侠原与智化定了计策,特特地穿了护卫服色,炫人眼目,为的是临期人人皆知,不能细查。自脱了衣巾之后,出了厅房,早已踏看了地方,按方向从房上跃出,竟奔东南犄角。正走之间,猛听得树后悄声道:“展兄这里来,鲁英在此。”展爷问道:“陆贤弟呢?”鲁二爷道:“已在船上等候。”展爷急急下了泊岸。陆彬接住，叫水手摇起船来，却留鲁英在此等候众人。水手摇到砍断竹城之处，击掌为号，外面应了，只听大竹嗤、嗤、嗤全然挺起。丁二爷先问道：“事体如何？”陆爷道：“功已成了。今先送展兄出去，少时众位也就到了。”外面的即将展爷接出。陆彬吩咐将船摇回，刚到泊岸之处，只见姚猛背了钟雄前来。自从书房到此，都是龙涛、姚猛倒换背来。欧阳春、沙龙先跳在船上，接下钟雄，然后柳青、龙涛、姚猛俱各上船。鲁英也要上船，智化拉住，道：“二弟，咱们仍在此等。”鲁英道：“众兄弟俱在此，还等何人？”智化道：“不是等人，是等船回来。你我同陆贤弟，还是出水寨为是。”鲁英只得煞住脚步。不多工夫，船回来了。鲁二爷与智化跳到船上，也不细问，便招动令旗，开了竹栅，出了水寨，竟奔陈起望而来。

及至到了庄门，那两只船早已到了。三个人下船进庄，早见沙龙等迎出来，道：“方才何不一同来呢？务必绕了远儿则甚？”智化道：“小弟若不出水寨，少时如何进水寨呢？岂不自相矛盾么？”丁二爷道：“智大哥还回去作什么？”智化道：“二弟极聪明之人，如何一时忘起神来？我等只顾将钟太保诓来，他们那里如何不找呢？别人罢了，现有钟家嫂嫂、两个侄儿侄女，难道他们不找么？若是知道被咱们诓来，这一惊骇，不定要生出什么事来。咱们原为收伏钟太保，要叫妻子儿女有了差池，只怕他也就难乎为情了。”众人深以为然。智化来到厅上，见把钟雄安放在榻上，却将展爷衣服脱了，又换了一身簇新的渔家服色。智爷点头，见诸事已妥，便对沙龙、北侠道：“如到五更大哥苏醒之后，全仗二位兄长极力的劝谏，以大义开导，保管他倾心佩服。天已不早了，小弟要急急回去。”又对众人嘱咐一番：“务必帮衬着，说降了钟雄要紧。”智爷转身出庄，陆彬送到船上。智爷催着水手赶进水寨，时已三鼓之半。

这一回去不甚紧要，智爷险些儿性命难保。你道为何？只因姜氏夫人带领着儿女在后堂备了酒筵，也是要与钟雄庆寿。及至天已二鼓，不见大王回后，便差武伯南到前厅看视，得便请来。武伯南领命，到到大厅一看，静悄悄寂无人声。好容易找着虞侯等，将他们唤醒，问：“大王哪里去了？”这虞侯酒醉醺醺、睡眼朦胧，道：“不在厅上，就在书房。难道还丢了不成？”武伯南也不答言，急急来到书房，但见大王的衣冠在那里，却不见人。这一惊非同小可，连忙拿了衣冠，来到后堂禀报。姜夫人听了，惊得目瞪痴呆。这亚男、钟麟听说父亲不见了，登时哭了起来。姜夫人定了定神，又叫武伯南到宫门问问：“众位爷们出来不曾？”武伯南到了宫门，方知展护卫醉了，俱各送入旱寨。武伯南立刻派人到旱寨迎接，转身进内回禀。姜夫人心内稍安。迟不多时，只见上旱寨的回来，说道：“不但众位爷们不见，连展爷也未到旱寨。现时姜舅爷也带领兵丁，各处搜查去了。”姜夫人已然明白了八九，暗道：“南侠他乃皇家四品官员，如何肯归服大王？如此看来，不但南侠，大约北侠等都是故意前来，安心设计，要捉拿我夫主的。我丈夫既被拿去，岂不绝了钟门之后？”思忖至此，不由的胆战心惊。正在害怕，忽见姜铠赶来，说道：“不好了！兄弟方才到东南角上，见竹城砍断，大约姐夫被他等拿获，从此逃走的。这便如何是好？”

谁知姜铠是一勇之夫，毫无一点儿主意。姜夫人听了，正合自己心思，想了想再无别策，只好先将儿女打发他们逃走了，然后自己再寻个自尽罢。就叫姜铠把守宫门，立刻将武伯南、武伯北兄弟唤来，道：“你等乃大王亲信之人。如今大王遭此大变，我也无可托付，惟有这双儿女交给你二人，趁早逃生去罢！”亚男、钟麟听了，放声大哭，道：“孩儿舍不得娘呀！莫若死在一处罢。”姜夫人狠着心，道：“你们不要如此，事已紧急，快些去罢！若到天亮，官兵到来围困，想逃生也不能了。”武伯南急叫武伯北备一匹马。姜夫人问道：“你们从何处逃走？”武伯南道：“前面走着，路远费事。莫若从后寨门逃去，不过荒僻些儿。”姜夫人道：“事已如此，说不得了。快去！快去！”武伯南即将亚男搀扶上马，叫武伯北保护，自己背了钟麟。奔到后寨门，开了封锁，主仆四人竟奔山后逃生去了。

未知后文如何，且听下回分解。

第一百十七回

智公子负伤追儿女　武伯南逃难遇豺狼

且说姜铠把守宫门。他派人到接官厅上，打听有何人出去。不多时，回来说道："就只二鼓之半，智统辖送出陆、鲁二人去未回。"姜铠心内思忖道："当初投诚时，原是欧阳春、智化一同来的，为何他们做此勾当，他也在其内呢？事有可疑。"正在思忖，忽有人报道："智统辖回来了。"姜铠听了，不分好歹，手提三截棍迎了上来；智化刚上台阶，不容分说，哗啷的一声，他就是一棍。智爷连忙将身闪开，刚刚躲过，尚未立稳；姜铠的棍梢落地也不抽回，顺势横着一扫。智化腾开右脚，这左脚略慢了些，已被棍上的短棒撩了一下。这一棍错过，若非智爷伶便，几乎丧了性命。智化连声嚷道："姜贤弟，不要动手！我是报紧急军情的。"姜铠听了"军情"二字，方将三截棍收住，道："报何军情？快说！"智化道："此事机密，须要面见夫人，方好说得。"姜铠听说要见夫人，这必是大王有了下落。他这才把棍放下，过来拉着智化，道："可是大王有了信息了么？"智化道："正是，为何贤弟见面就是一棍？幸亏是我，若是别人，岂不登时毙于棍下？"姜铠道："我只道大哥也是他们一党，不料是个好人。恕小弟卤莽，莫怪，莫怪。可打着哪里了？"智化道："无妨，幸喜不重。快见夫人要紧。"二人开了宫门，来至后面。姜铠先进去通报。

姜夫人正在思念儿女落泪，自己横了心，要悬梁自缢。听说智化求见，必是丈夫有了信息，连忙请进，以叔嫂之礼相见。智化到了此时，不肯隐瞒，便将始末原由，据实说出。"原为大哥是个豪杰，惟恐一身淹埋污了美名，因此特特定计救大哥，脱离了苦海，全是一番好意，并无陷害之心。倘有欺负，负了结拜，天地不容！请嫂嫂放心。"姜夫人道："请问叔叔，此时我丈夫是在何处？"智化道："现在陈起望，所有众相好全在那里。务要大哥早早回头，方不负我等一番苦心。"姜夫人听了，如梦方醒，却又后悔起来，不该打发儿女起身，便对智化道："叔叔，是嫂嫂一时不明，已将你侄儿侄女交付武伯南、武伯北带往逃生去了。"智化听了，急得跌足，道:“这可怎么好？这全是我智化失于检点。我若早给嫂嫂送信,如何会有这些事？请问嫂嫂,可知武家兄弟领侄儿侄女往何方去了呢?”姜夫人道:“他们是出后寨门,由后山去的。”智化道:“既如此,待我将他等追赶回来。”便对姜铠道:“贤弟送我出寨。”站起身来,一瘸一点,别了姜氏,一直到了后门。又嘱咐姜铠:“好好照看嫂嫂。”

好智化,真是为朋友尽心,不辞劳苦,出了后寨门,竟奔后山而来。走了五六里之遥,并不见个人影,只急的抓耳挠腮。猛听的有小孩子说话道:“伯南哥,你我往哪里去呢?”又听有人答道:“公子不要着急害怕。这沟是通着水路的,待我歇息歇息再走。”智化听的真切,顺着声音找去,原来是个山沟,音出于下,连忙问道:“下面可是公子钟麟么?”只听有人应道:“正是,上面却是何人?”智化应道:“我是智化,特来寻找你等。为何落在山沟之内?”钟麟道:“上面可是智叔父么？快些救我姐姐去要紧。”智化道:“你姐姐往何处去了?”又听应道:“小人武伯南背着公子,武伯北保护小姐。不想伯北陡起不良之心,欲害公子小姐,我痛加谴责。不料正走之间,他说沟内有人说话,仿佛大王声音。是我探身觑视,他却将我主仆推落沟中,驱着马往西去了。”智化问道:“你主仆可曾跌伤没有?”武伯南道:“幸亏苍天怜念,这沟中腐草败叶极厚,绵软非常,我主仆毫无损伤。”钟麟又说道:“智叔父不必多问了,快些搭救我姐姐去罢。”

智爷此时把脚疼付于度外,急急向西而去。又走三五里,迎头遇见二人采药的,从那边愤恨而来。智化向前执手,问道:“二位因何不平?”采药的人道:“实实可恶！方才见那边有一人将马拴在树上,却用鞭子狠狠的打那女子。是我二人劝阻,他不但不依,反要拔刀杀那女子。天下竟有这样狠毒人,岂有此理!”智化连忙问道:“现在哪里？带我前去。”采药的人听了甚喜,道:“我二人情愿导引。相离不远,快走快走。”智化手无利刃,随路拣了几块石头拿着。只听采药人道:“那边不是么?”智化用目力留神,却见武伯北手内执刀在那里威吓亚男,不由的杀人心陡起。赶行几步,来的切近,将手一扬,喊了一声。武伯北刚要扭头,拍的一声,这块石头不歪不偏,正打在脸上。武伯北嗳哟一声,往后便倒。智化赶上一步,夺过刀来,连搠了几下。采药人在旁看见,是个便宜,二人抽出药锄,就帮着一阵好刨。

智化连忙扶起亚男,叫道:“侄女苏醒,苏醒。”半晌,亚男哭了出来。

智爷这才放心了，便问伯北毒打为何。亚男道："他要叫我认他为父亲，前去进献襄阳王。侄女一闻此言，刚要嗔责，他便打起来了。除了头脸，已无完肤。侄女拼着一死，再也不应，便拔刀要杀。不想叔父赶到，救了性命。侄女好不苦也！"说罢，又哭。智化劝慰多时，便问："侄女还可以乘马不能呢？"亚男说道："请问叔父，往哪里去？"智化道："往陈起望去。"即便将大家为劝谏你父亲，今日此举都是计策的话说了。亚男听见爹爹有了下落，便道："侄女方才将生死付于度外，何况身子疼痛，没甚要紧。而且又得了爹爹信息，此时颇可挣扎骑马。"采药人听了，在旁赞叹称羡不已。

智化将亚男慢慢扶在马上，便问采药二人道："你二人意欲何往？"采药人道："我等虽则采药为生，如今见姑娘受这苦楚，心实不忍，情愿帮着爷上送到陈起望，心里方觉安贴。"智爷点头，暗道："山野之处竟有这样好人。"连忙说道："有劳二位了。但不知从何方而去？"采药人道："这山中僻径，我们却是晓得的。爷上放心，有我二人呢。"智爷牵住马，拉着嚼环，慢慢步履，跟着采药人，弯弯曲曲，下下高高，走了多少路程，方到陈起望。智爷将亚男抱下马来，取出两锭银来，谢了采药人。两个感谢不尽，欢欢喜喜而去。智爷来到庄中，暗暗叫庄丁请出陆彬，嘱将亚男带到后面，与鲁氏、凤仙、秋葵相见，等找着钟麟时，再叫他姊弟与钟太保相会。慢慢再表。

且说武伯南在沟内歇息了歇息，背上公子，顺沟行去。好容易出了山沟，已然力尽筋疲。耐过了小溪桥，见有一只小船上，有二人捕鱼。一轮明月，照彻光华。连忙呼唤，要到神树岗。船家摆过舟来。船家一眼看见钟麟，好生欢喜，也不计较船资，便叫他主仆上船。偏偏钟麟觉得腹中饥饿，要吃点心。船家便拿出个干馒首。钟麟接过，啃了半天，方咬下一块来。不吃是饿，吃罢咬不动，眼泪汪汪，囫囵吞的咽了一口，噎的半晌还不过气来。武伯南在旁观瞧，好生难受，却又没法。只见钟麟将馒首一掷，嘴儿一咧。武伯南只当他要哭，连忙站起。刚要赶过来，冷不防的被船家用篙一拨，武伯南站立不稳，扑通一声，落下水去。船家急急将篙撑开，奔到停泊之处，一个抱起钟麟，一人前去叩门。只见里面出来一个妇人，将他二人接进，仍把双扉紧闭。

你道此家是谁？原来船上二人，一人姓怀名宝，一人姓殷名显。这殷显孤身一口,并无家小,吃喝嫖赌,无所不为,却与怀宝脾气相合。往往二人搭帮赚人,设局诓骗,弄了钱来,也不干些正经事体,不过是胡抡混闹,不二不三地花了。其中怀宝又有个毛病,处处爱打个小算盘,每逢弄了钱来,他总要绕着弯子,多使个三十五十一百八十的;偏偏殷显又是个马马虎虎的人,这些小算盘上全不理会,因此二人甚是相好,他们也就拜了把了了。怀宝是兄,殷显是弟。这怀宝却有个女人陶氏,就在这小西桥西北娃娃谷居住。自从结拜之后,怀宝便将殷显让到家中,拜了嫂嫂,见了叔叔。怀陶氏见殷显为人虽则谲诈,幸银钱上不甚悭吝,她就献出百般殷勤的愚哄,不多几日工夫,就把个殷显刮搭上了。三个人便一心一计地过起日子来了。可巧的这夜捕鱼,遇见倒运的武伯南背了钟麟,坐在他们船上。殷显见了钟麟,眼中冒火,直仿佛见了元宝一般,暗暗与怀宝递了暗号。先用馒头迷了钟麟,顺手将武伯南拨下水去,急急赶到家中。怀陶氏迎接进去,先用凉水灌了钟麟,然后摆上酒肴。怀宝、殷显对坐,怀陶氏打横儿,三人慢慢消饮家中随便现成的酒席。

不多时,钟麟醒来,睁眼看见男女三人在那里饮酒,连忙起来,问道:"我伯南哥在哪里?"殷显道:"给你买点心去了。你姓什么?"钟麟道:"我姓钟名钟麟。"怀宝道:"你在哪里住?"钟麟道:"我在军山居住。"

殷显听了,登时吓得面目焦黄,暗暗与怀宝送目,叫陶氏哄着钟麟吃饮食,两个人来至外间。殷显悄悄地道:"大哥,可不好了。你才听见了他姓钟,在军山居住。不消说了,这必是山大王钟雄儿郎,多半是被那人拐带出来,故此他黑夜逃走。"怀宝道:"贤弟你害怕做什么？这是老虎嘴里落下来,叫狼吃了。咱们得了个狼葬儿,岂不是大便宜呢？明日你我将他好好送入水寨,就说黑夜捕鱼,遇见歹人背出世子,是我二人把世子救下。那人急了,跳在河内,不知去向,因此我二人特特将世子送来。难道不是一件奇功？岂不得一份重赏？"殷显摇头,道:"不好,不好！他那山贼形景,翻脸无情。倘若他合咱们要那拐带之人,咱们往何处去找呢？那时无人,他再说是咱们拐带的,只怕有性命之忧。依我说个主意,与其等着铸钟,莫若打现钟。现成的手到拿银子,何不就把他背到襄阳王那里？这样一个银娃娃的孩子,还怕卖不出一二百银子么？就是他赏,也赏不了这些。"怀宝道:"贤弟的主意,甚是有理。"殷显道:"可有一宗,咱们此处却离军山甚近。若要上襄阳,必须要趁这夜静就起身,省得白日招人眼目。”怀宝道:“既如此,咱们就走。”便将陶氏叫出,一一告诉明白。

陶氏听说卖娃娃,虽则欢喜,无奈他二人都去,却又不乐,便悄悄儿的将殷显拉了一把。殷显会意,立刻攒眉挤眼,道:“了不得!了不得!肚子疼得很,这可怎么好?”怀宝道:“既是贤弟肚腹疼痛,我背了娃娃先走。贤弟且歇息,等明日慢慢再去。咱们在襄阳会齐儿。”殷显故意哼哼,道:“既如此,大哥多辛苦辛苦罢。”怀宝道:“这有什么呢。大家饭大家吃。”说罢,进了屋里,对钟麟道:“走呀,咱们找伯南哥去。怎么他一去就不来了呢?”转身将钟麟背起,陶氏跟随在后,送出门外去了。

不知后来如何,且听下回分解。

第一百十八回

除奸淫错投大木场　救急困赶奔神树岗

且说陶氏送他二人去后，瞅着殷显，笑道："你瞧这好不好？"殷显笑嘻嘻地道："好的，你真是个行家。我也不愿意去，乐得的在家陪着你呢。"陶氏道："你既愿陪着我，你能够常常儿陪着我么？"殷显道："那有何难，我正要与你商量。如今这宗买卖要成了，至少也有一百两。我想有这一百两银子，还不够你我快活的吗？咱们设个法儿，远走高飞如何？"陶氏道："你不用合我含着骨头，露着肉的。你既有心，我也有意。咱们索性把他害了，你我做个长久夫妻，岂不死心塌地么？"两个狗男女正在说的得意之时，只见帘子一掀，进来一人，伸手将殷显一提，摔倒在地，即用裤腰带捆了个结实。殷显还百般哀告："求爷爷饶命。"此时陶氏已然吓得哆嗦在一处。那人也将妇人绑了，却用那衣襟塞了口，方问殷显道："这陈起望却在何处？"殷显道："陈起望离此有三四十里。"那人道："从何处而去？"殷显道："出了此门往东，过了小溪桥，到了神树岗往南，就可以到了陈起望。爷爷若不认得去，待小人领路。"那人道："既有方向，何用你领。俺再问你，此处却叫什么地名？"殷显道："此处名唤娃娃谷。"那人笑道："怨得你等要卖娃娃，原来地名就叫娃娃谷。"说罢，回手扯了一块衣襟，也将殷显口塞了。一手执灯，一手提了殷显，到了外间一看，见那边放着一盘石磨，将灯放下，把殷显安放在地，端起磨来，哪管死活，就压在殷显身上。回手进屋，将妇人提出，也就照样的压好。那人执灯看了一看，见那边桌上放着个酒瓶，提起来复进屋内。拿大碗斟上酒，也不坐下，端起来一饮而尽。见桌上放着菜蔬，拣可口的就大吃起来了。

你道此人是谁？真真令人想拟不到，原来正是小侠艾虎。自从送了施俊回家，探望父亲，幸喜施老爷施安人俱各安康。施老爷问："金伯父那里可许联姻了？"施俊道："姻虽联了，只是好些原委。"便将始末情由，述了一番。又将如何与艾虎结义的话，俱各说了。施老爷立刻将艾虎请进来相见。虽则施老爷失明，看不见艾虎，施安人却见艾虎年幼，英风满面，甚是欢喜。施老爷又告诉施俊道："你若不来，我还叫你回家；只因本县已有考期，我已然给你报过名。你如今来的正好，不日也就要考试了。"施生听了，正合心意，便同艾虎在书房居住。迟不多日，到了考试之日，施生高高中了案首，好生欢喜，连艾虎也觉高兴。本要赴襄阳去，无奈施生总要过了考期，或中或不中，那时再为定夺起身。艾虎没法儿，只得依从。每日无事，如何闲得住呢，施生只好派锦笺跟随艾虎出外游玩。这小爷不吃酒时还好，喝起酒来，总是尽醉方休。锦笺不知跟着受了多少的怕。好容易盼望府考，艾虎不肯独自在家，因此随了主仆到府考试。及至揭晓，施俊却中了第三名的生员，满心欢喜。拜了老师，会了同年；然后急急回来，祭了祖先，拜过父母，又是亲友贺喜，应接不暇。诸事已毕，方商议起身赶赴襄阳，待毕姻之后，再行赴京应试，因此耽误日期。及至到了襄阳，金公已知施生得中，欢喜无限，便张罗施生与牡丹完婚。

艾虎这些事他全不管，已问明了师傅智化在按院衙门，他便别了施俊，急急奔到按院那里，方知白玉堂已死。此时卢方已将玉堂骨殖安置妥协，设了灵位，待平定襄阳后，再将骨殖送回原籍。艾虎到灵前大哭一场，然后参见大人与公孙先生、卢大爷、徐三爷，问起义父和师傅来，始知俱已上了陈起望了。

他是生成的血性，如何耐的，便别了卢方等，不管远近，竟奔陈起望而来。只顾贪赶路程，把个道儿走差了，原是往西南，他却走到正西。越走越远，越走越无人烟，自己也觉乏了，便找了个大树之下歇息。因一时困倦，枕了包裹，放倒头便睡。及至一觉睡醒，恰好皓月当空，亮如白昼。自己定了定神，只觉得满腹咕噜噜乱响，方想起昨日不曾吃饭，一时饥渴难当。又在夜阑人静之时，哪里寻找饮食去呢？无奈何，站起身来，掸了掸土，提了包裹，一步捱一步，慢慢行来。猛见那边灯光一晃，却是陶氏接进怀、殷二人去了。艾虎道："好了！有了人家，就好说了。"趱行几步，来到跟前，却见双扉紧闭，侧耳听时，里面有人说话。艾虎才待击户，又自忖道："不好！半夜三更，我孤身一人，他们如何肯收留呢？且自悄悄进去看来，再做道理。"将包裹斜扎在背在，飞身上墙，轻轻落下，来到窗前，他就听了个不亦乐乎。后来见怀宝走了，又听殷显与陶氏定计要害丈夫，不由的气往上冲，因此将外屋门撬开，他便掀帘硬进屋内，这才把狗男女捆了，用石磨压好，他就吃喝起来了。酒饭已毕，虽不足兴，颇可充饥。执灯转身出来,见那男女已然翻了白眼,他也不管,开门直往正东而来。

走了多时,不见小溪桥,心中纳闷道:“那厮说有桥,如何不见呢?”趁月色往北一望,见那边一堆一堆,不知何物,自己道:“且到那边看看。”哪知他又把路走差了。若往南来便是小溪桥,如今他往北去,却是船场堆木料之所。艾虎暗道:“这是什么所在?如何有这些木料?要他做甚?”正在纳闷,只见那边有个窝棚,灯光明亮。艾虎道:“有窝棚必有人,且自问问。”连忙来到跟前,只听里面有人道:“你这人好没道理,好意叫你向火,你如何磨我要起衣服来?我一个看窝棚的,哪里有敷余衣服呢?”艾虎轻轻掀起席缝一看,见一人犹如水鸡儿一般,战兢兢说道:“不是俺合你要,只因浑身皆湿,纵然向火,也解不过这个冷来。俺打量你有衣服,哪怕破的烂的呢,只要俺将湿衣服换下拧一拧,再向火,俺缓过这口气来,即便还你。那不是行好呢。”看窝棚的道:“谁耐烦这些,你好好的便罢再要多说时,连火也不给你向了。搅的我连觉也不得睡,这是从哪里说起。”艾虎在外面答言道:“你既看窝棚,如何又要睡觉呢?你真睡了,俺就偷你。”说着话,嗯的一声,将席帘掀起。

看窝棚的吓了一跳,抬头看时,见是个年幼之人,胸前斜绊着一个包袱,甚是雄壮,便问道:“你是何人?夤夜到此何事?”艾虎也不答言,一存身将包袱解下打开,拿出几件衣服来,对着那水鸡儿一般的人道:“朋友,你把湿衣脱下来,换上这衣服。俺有话问你。”那人连连称谢,急忙脱去湿衣,换了干衣。又与艾虎执手,道:“多谢恩公一片好心。请略坐坐,待小可稍为暖暖,即将衣服奉还。”艾虎道:“不打紧,不打紧。”说着话,席地而坐,方问道:“朋友,你为何闹得浑身皆湿?”那人叹口气,道:“一言难尽。实对恩公说,小可乃保护小主人逃难的,不想遇见两个狠心的船户,将小可一篙拨在水内。幸喜小可素习水性,好容易奔出清波,来到此处。但不知我那小主落于何方?好不苦也!”艾虎忙问道:“你莫非就是什么‘伯南哥哥’么?”那人失惊,道:“恩公如何知道小可的贱名?”艾虎便将在怀宝家中偷听的话,一五一十地说了一遍。武伯南道:“如此说来,我家小主人有了下落了。倘若被他们卖了,那还了得!须要急急赶上方好。”

他二人只顾说话,不料那看窝棚的浑身乱抖,仿佛他也落在水内一般,战兢兢的就势儿跪下来,道:“我的头领武大爷!实是小人瞎眼,不知是头领老爷,望乞饶恕。”说罢,连连叩首。武伯南道:“你不要如此。咱们原没见过,不知者不做罪,俺也不怪你。”便对艾虎道:“小可意欲与恩公同去追赶小主,不知恩公肯慨允否?”艾虎道:“好,好,好,俺正要同你去。但不知由何处追赶?”武伯南道:“从此斜奔东南,便是神树岗,那是一条总路,再也飞不过去的。”艾虎道:“既如此,快走,快走。”

只见看窝棚的端了一碗热腾腾的水来,“请头领老爷喝了,赶一赶寒气。”武伯南接过来,呷了两口,道:“俺此时不冷了。”放下黄砂碗,对着艾虎道:“恩公,咱们快走罢。”二人立起,躬着腰儿出了窝棚。看窝棚的也就随了出来。武伯南回头,道:“那湿衣服暂且放在你这里,改日再取。”看窝棚的道:“头领老爷放心。小人明日晒晾干了,收拾好好的,即当送去。”他二人迈开大步,往前奔走。

此时武伯南方问艾虎:“贵姓大名?意欲何往?”艾虎也不隐瞒,说了名姓,便将如何要上陈起望寻找义父、师傅,如何贪赶路途迷失路径,方听见怀宝家中一切的言语说了,因问武伯南:“你为何保护小主私逃?”武伯南便将如何与钟太保庆寿,如何大王不见了等话说了。“俺主母惟恐绝了钟门之后,因此叫小可同着族弟武伯北,保护着小姐公子私行逃走。不想武伯北顿起恶念,将我推入山沟。幸喜小可背着公子,并无伤损。从山沟内奔到小溪桥,偏偏的就遇见他娘的怀宝了,所以落在水内。”艾虎问道:“你家小姐呢?”武伯南道:“已有智统辖追赶搭救去了。”艾虎道:“什么智统辖?”武伯南道:“此人姓智名化,号称黑妖狐,与我家大王八拜之交。还有个北侠欧阳春,人皆称他为紫髯伯。他三人结义之后,欧阳爷管了水寨,智爷便作了统辖。”艾虎听了,暗暗思忖道:“这话语之中大有文章。”因又问道:“山寨还有何人?”武伯南道:“还有管理旱寨的展熊飞。又有个贵客,是卧虎沟的沙龙沙员外。这些人俱是我们大王的好朋友。”艾虎听到此,猛然省悟,哈哈大笑,道:“果然是好朋友!这些人俺全认的。俺实对你说了罢,俺寻找义父、师傅,就是北侠欧阳爷与统辖智爷。他们既都在山寨之内,必要搭救你家大王,脱离苦海。这是一番好心,必无歹意。倘有不测之时,有我艾虎一面承管,你只管放心。”武伯南连连称谢。

他二人说着话儿,不知不觉,就到了神树岗。武伯南道:“恩公暂停贵步。小可这里有个熟识之家,一来打听小主的下落,二来略略歇息吃些饮食,再走不迟。”艾虎点头,应道:“很好,很好。”武伯南便奔到柴扉之下，高声叫道："老甘开门来！甘妈妈开门来。"里面应道："什么人叫门？来了，来了！"柴门开处，出来个店妈妈，这是已故甘豹之妻，见了武伯南，满脸陪笑，道："武大爷一向少会，今日为何黉夜到此呢？"武伯南道："妈妈快掌灯去，我还有个同人在此呢。"甘妈妈忙转身掌灯。这里武伯南将艾虎让到上房。甘妈妈执灯将艾虎打量一番，见他年少轩昂，英风满面，便问道："此位贵姓？"武伯南道："这是俺的恩公，名叫艾虎。"甘妈妈一听"艾虎"二字，由不的一愣，不觉的顺口失声道："怎么也叫艾虎呢？"艾虎听了诧异，暗道："这婆子失惊有因，俺倒要问问。"才待开言，只听外面又有人叫道："甘妈妈开门来。"婆子应道："来了，来了！"

不知叫门者谁，且听下回分解。

第一百十九回

神树岗小侠救幼子　陈起望众义服英雄

且说甘妈妈刚要转身，武伯南将他拉住，悄悄道："倘若有人背着个小孩子，你可千万把他留下。"婆子点头会意，连忙出来，开了柴扉一看，谁说不是怀宝呢！

他因背着钟麟甚是吃力，而且钟麟一路哭哭喊喊，合他要定了伯南哥哥咧。这怀宝百般的哄诱，惟恐他啼哭被人听见，背不动时，放下来哄着走。这钟麟自幼儿娇生惯养，如何黪夜之间走过荒郊旷野呢，又是害怕，又是啼哭，总是要他伯南哥哥。把个怀宝磨了个吐天哇地，又不敢高声，又不敢嗔吓，因此耽延了工夫。所以武伯南、艾虎后动身的倒先到了，他先动身的倒后到了。

甘婆道："你又干这营生！"怀宝道："妈妈不要胡说。这是我亲戚的小厮，被人拐去，是我将他救下，送还他家里去。我是连夜走的乏了，在妈妈这里歇息歇息，天明就走。可有地方么？"甘婆道："上房有客，业已歇下。现有厢房闲着，你可要安安顿顿的，休要招的客人犯疑。"怀宝道："妈妈说的是。"说罢，将钟麟背进院来。甘婆闭了柴扉，开了厢房，道："我给你们取灯去。"怀宝来到屋内，将钟麟放下。甘婆掌上了灯。

只听钟麟道："这是哪里？我不在这里，我要我的伯南哥哥呢。"说罢，哇的一声又哭了。急的怀宝连忙悄悄哄道："好相公，好公子，你别哭，你伯南哥哥少时就来。你若困了，只管睡。管保醒了，你伯南哥哥就来了。"真是小孩子好哄，他这句话倒说着了，登时钟麟张牙欠口，打起哈欠来。怀宝道："如何！我说困了不是！"连忙将衣服脱下，铺垫好了。钟麟也是闹了一夜，又搭着哭了几场，此时也真就乏了，歪倒身便呼呼睡去。甘婆道："老儿，你还吃什么不吃？"怀宝道："我不吃什么了。背着他累了个骨软筋酥，我也要歇歇了。求妈妈黎明时就叫我，千万不要过晚了。"甘婆道："是了，我知道了，你挺尸罢。"熄了灯，转身出了厢房，将门倒扣好了。她悄悄的又来到上房。

谁知艾虎与武伯南在上房悄悄静坐,侧耳留神,早已听了个明白。先听见钟麟要伯南哥哥,武伯南一时心如刀绞,不觉得落下泪来。艾虎连忙摆手,悄悄道:"武兄不要如此。他既来到这里,俺们遇见,还怕他飞上天去不成?"后来又听见他们睡了,更觉放心。只见甘婆笑嘻嘻的进来,悄悄道:"武大爷恭喜,果是那话儿。"武伯南问道:"他是谁?"甘婆道:"怎么大爷不认得?他就是怀宝呀。认了一个干兄弟,名叫殷显,更是个混账行子,合他女人不干不净的。三个人搭帮过日子,专干这些营生。大爷怎么上了他的贼船呢?"武伯南道:"俺也是一时粗心,失于检点。"复又笑道:"俺刚脱了他的贼船,谁知却又来到你这贼店。这才是躲一棒槌,挨一榔头呢。"甘婆听了,也笑道:"大爷到此,婆子如何敢使那把戏儿?休要凑趣。请问二位,还歇息不歇息呢?"艾虎道:"我们救公子要紧,不睡了。妈妈这里可有酒么?"甘婆道:"有,有,有。"艾虎道:"如此很好。妈妈取了酒来,安放杯箸,还有话请教呢。"甘婆转身,去了多时,端了酒来。艾虎上座,武伯南与甘婆左右相陪。

艾虎先饮了三杯,方问道:"适才妈妈说什么也叫'艾虎'?这话内有因,倒要说个明白。"甘婆便将有主仆二人投店,主人也叫艾虎,原想托蒋爷为媒,将女儿许配于他的话,说了一遍。艾虎更觉诧异,道:"既有蒋四爷在场,此事再也不能舛错。这个人却是谁呢?真真令人纳闷。"甘婆道:"蒋爷还说艾虎侄儿已经定亲,想替卢珍侄儿定下这头亲,待见了卢爷即来纳聘,至今也无影响。"艾虎道:"妈妈不要着急,俺们明日就到陈起望。蒋四叔现在那里,妈妈何不写一信去问问?"甘婆道:"好,女儿笔下颇能,待我合她商议写信去。"说罢,起身去了。

这里武伯南便问艾虎道:"恩公,厢房之人,咱们是这里下手?还是拦路邀截呢?"艾虎道:"这里不好。她原是村店,若沾污了,以后她的买卖怎么作呢?莫若邀截为是。"武伯南笑道:"恩公还不知道呢,这老婆子也是个杀人不眨眼的母老虎。当初她男人在世,这店内不知杀害了多少人呢。"刚说到此,只见甘婆手持书信,笑嘻嘻进来,说道:"书已有了。就劳动艾爷,见了蒋四爷当面交付。婆子这里等着回信。"说罢,福了一福。艾爷接过书来,揣在怀中,也还了一揖。

甘婆问道:"厢房那人怎么样?"武伯南道:"方才我们业已计议。艾爷惟恐连累了你这里,俺们上途中邀截去。"甘婆道:"也倒罢了,待我将他唤醒。”立时来到厢房，开了门，对上灯，才待要叫，只听钟麟说道：“我要我伯南哥哥呀！”却从梦中哭醒。怀宝是贼人胆虚，也就惊醒了。先唤钟麟，然后穿上衣服，将钟麟背上，给甘婆道了谢，说：“等回来再补报罢。”甘婆道：“你去你的罢，谁望你的补报呢。但愿你这一去永远可别来了。”一壁说，一壁开了柴扉，送到门外，见他由正路而去。

甘婆急转身来到上房，道：“他走的是正路。你二位从小路而去，便迎着了。”武伯南道：“不劳费心，这些路途我都是认得的。恩公随我来。”武伯南在前，艾虎随后，别了甘婆，出了柴扉，竟奔小路而来。二人复又商议，叫武伯南抢钟麟好好保护，艾虎却动手，了结怀宝。说话间，已到要路。武伯南道：“不必迎了上去，就在此处等他罢。”

不多时，只听钟麟哭哭啼啼，远远而来。武伯南先迎了去，也不扬威，也不呐喊，惟恐吓着小主，只叫了一声：“公子，武伯南在此，快跟我来。”怀宝听了，咯噔一声，打了个冷战儿。刚要问是谁，武伯南已到身后，将公子扶住。钟麟哭着，说道：“伯南哥，你想煞我了！”一挺身早已离了怀宝的背上，到了伯南的怀中。这恶贼一见，说声“不好”，往前就跑。刚要迈步，不防脚下一扫，噗哧嘴按地，爬倒尘埃。只听当的一声，脊背上早已着了一脚，怀宝哎哟了一声，已然昏过去了。艾虎对着伯南道：“武兄抱着公子先走，俺好下手收拾这厮。”武伯南也恐小主害怕，便抱着往回路去了。艾虎背后，拔刀在手，口说：“我把你这恶贼……”一刀斩去，怀宝了账。小侠不敢久停，将刀入鞘，佩在身边，赶上武伯南，一同直奔陈起望而来。

且说钟雄到了五鼓鸡鸣时，渐渐有些转动声息，却不醒，因昨日用的酒多了的缘故。此时欧阳春、沙龙、展昭带领着丁兆蕙、蒋平、柳青与本家陆彬、鲁英，以及龙涛、姚猛等，大家环绕左右。惟有黑妖狐智化就在卧榻旁边静候。这厅上点的明灯蜡烛，照如白昼。虽有多人，一个个鸦雀无声。又迟了多会，忽听钟雄嘟囔道：“口燥得紧，快拿茶来。”早已有人答应，伴当将浓浓的温茶捧到。智爷接过来，低声道：“茶来了。”钟雄朦胧二目，伏枕而饮，又道：“再喝些。”伴当急又取来，钟雄照旧饮毕，略定了定神，猛然睁开二目，看见智化在旁边坐着，便笑道：“贤弟为何不安寝？劣兄昨日酒深，不觉得沉沉睡去，想是贤弟不放心。”说着话，复又往左右一看，见许多英雄环绕，心中诧异。一骨碌身爬起来看时，却不是水寨的书房。再一低头，见自己穿着一身渔家服色，不觉失声道："哎哟！这是哪里?"欧阳春道："贤弟不要纳闷，我等众弟兄特请你到此。"沙龙道："此乃陈起望陆贤弟的大厅。"陆彬向前道："草舍不堪驻足，有屈大驾。"钟雄道："俺如何来到这里？此话好不明白。"智化方慢慢的道："大哥，事已如此，小弟不得不说了。我们俱是钦奉圣旨，谨遵相谕，特为平定襄阳，访拿奸王赵爵而来。若论捉拿奸王，易如反掌，因有仁兄在内，惟恐到了临期，玉石俱焚，实实不忍。故此我等设计投诚水寨，费了许多周折，方将仁兄请到此处，皆因仁兄是个英雄豪杰。试问天下至重者莫若君父，大丈夫作事，焉有弃正道，愿归邪党的道理？然而人非圣贤，孰能无过。这也是仁兄雄心过豪，不肯下气，所以我等略施诡计，将仁兄诓到此地，一来为匡扶社稷，二来为成全朋友，三来不愧你我结拜一场。此事都是小弟的主意，望乞仁兄恕宥。"说罢，便屈膝跪于床下。展爷带着众人，谁不抢先，嗯的一声，全都跪了。这就是为朋友的义气。钟雄见此光景，连忙翻身下床，也就跪下，说道："俺钟雄有何德能，敢劳众位弟兄的过爱，费如此的心机，实在担当不起！钟雄乃一鲁夫，皆因闻得众位仁兄贤弟英名贯耳，原有些不服气，以为是恃力欺人。不想是义重如山，俺钟雄渺视贤豪，真真愧死。如今既承众位弟兄的训诲，若不洗心改悔，便非男子。众位仁兄贤弟请起。"大家见钟雄豪爽梗直，倾心向善，无不欢喜之至。彼此一同站起，大家再细细谈心。

未知后文如何，且听下回分解。

第一百二十回

安定军山同归大道　功成湖北别有收缘

且说钟雄听智化之言,恍然大悟。又见众英雄义重如山,欣然向善。所谓“同声相应,同气相求”者也。

世间君子与小人原是冰炭不同炉的。君子可以立小人之队,小人再不能入君子之群。什么缘故呢?是气味不能相投,品行不能同道。即如钟雄他原是豪杰朋友,皆因一时心高气傲,所以差了念头。如今被众人略略规箴,登时清浊立辨,邪正分明,立刻就离了小人之队,入了君子之群,何等畅快,何等大方。他既说出洗心改悔,便是心悦诚服,决不是那等反覆小人,今日说了,明日不算;再不然闹矫强,斗经济,怎么没来由怎么好,那是何等行为。

再说众位英雄立起身来,其中还有二人不认得。及至问明,一个是茉花村的双侠丁兆蕙,一个是那陷空岛四义蒋泽长。钟雄也是素日闻名,彼此各相见了。此时陆彬早已备下酒筵,调开桌椅,安放杯箸,大家团团围住。上首是钟雄,左首是欧阳春,右首是沙龙。以下是展昭、蒋平、丁兆蕙、柳青,连龙涛、姚猛、陆彬、鲁英等共十一筹好汉。陆彬执壶,鲁英把盏,先递与钟雄。钟雄笑道:“怎么又喝酒呢?劣兄再要醉了,又把劣兄弄到哪里去?”众人听了,不觉大笑。陆彬笑道:“仁兄再要醉了,不消说了,一定是送回军山去了。”钟雄一壁笑,一壁接酒,道:“承情,承情。多谢,多谢。”陆彬挨次斟毕,大家就座。

钟雄道:“话虽如此说,俺钟雄到底如何到了这里?务要请教。”智化便说:“起初展兄与徐三弟落在堑坑,被仁兄拿去,是蒋四兄砍断竹城,将徐三弟救出。”说到此,钟雄看了蒋四爷一眼,暗想:“这样瘦弱,竟有如此本领!”智爷又道:“皆因仁兄要鱼,是小弟与丁二弟扮作渔户,混进水寨,才瞧了招贤榜文。”钟雄又瞅了丁二爷一眼,暗暗佩服。智化又道:“次日是小弟与欧阳春兄进寨投诚。那时已知沙大哥被襄阳王拿去。因仁兄爱慕沙大哥,所以小弟假奔卧虎沟,却叫欧阳兄诈说展大哥,以及合襄阳王将沙大哥要来。这全是小弟的计策，哄诱仁兄。”钟雄连连点头，又问道：“只是劣兄如何来到此呢？”智化道：“皆因仁兄的千秋，我等计议，一来庆寿，二来奉请，所以先叫蒋四弟聘请柳贤弟去。因柳贤弟有师傅留下的断魂香。”钟雄听到此，已然明白，暗暗道：“敢则俺着了此道了。”不由的又瞧了一瞧柳青。智化接着道：“不料蒋四弟聘请柳贤弟时，路上又遇见了龙、姚二位。小弟因他二位身高力大，背负仁兄断无失闪，故此把仁兄请到此地。”钟雄道：“原来如此。但只一件，既把劣兄背出来，难道无人盘问么？”智化道：“仁兄忘了么？可记得昨日展大哥穿的服色，人人皆知，个个看见。临时给仁兄更换穿了，口口声声‘展大哥醉了’，谁又问呢？”钟雄听毕，鼓掌大笑，道：“妙呀！想的周到，做的机密。俺钟雄真是醉里梦里，这些事俺全然不觉。亏了众位仁兄贤弟成全了钟雄，不致叫钟雄出丑，钟雄敢不佩服？能不铭感？如今众位仁兄贤弟欢聚一堂，把往日的豪强自雄，侮慢英贤，不觉的可耻又可笑了。”众人见钟雄自怨自艾①，悔过自新，无不称羡：“好汉子！好朋友！”各各快乐非常。惟有智化半点不乐。

钟雄问道：“贤弟，今日大家欢聚，你为何有些闷闷呢？”智化半晌道：“方才仁兄说小弟想的周到，做的机密，发知竟有不周到之处。”钟雄问道：“还有何事不周到呢？”智化叹道：“皆因小弟一时忽略，忘记知会。嫂嫂只当有官兵捕缉，立刻将侄儿侄女着人带领逃走了。”真是英雄气短，儿女情长，钟雄听了此句话，惊骇非常，忙问道：“交与何人领去？”智化道：“就交与武伯南、武伯北了。”钟雄听见交与武氏兄弟，心中觉得安慰，点了点头，道：“还好，他二人可以靠得。”智化道：“好什么！是小弟见了嫂嫂之后，急忙从山后赶去，忽听山沟之内有人言语，问时却是武伯南，背负着侄儿落将下去。又问明了，幸喜他主仆并无损伤。仁兄，你道他主仆如何落在山沟之内？”钟雄道：“想是黄夜逃走，心忙意乱，误落在山沟。”智化摇头，道：“哪里是误落。却是武伯北将他主仆推下去的，他便迫着侄女上马往西去了。”钟雄忽然改变面皮，道：“这厮意欲何为？”众人听了，也为之一惊。智化道：“是小弟急急赶去，又遇见两个采药的将小弟

① 自怨自艾（yì）——本义是悔恨自己的错误，并自己改正，现在只指悔根。艾，治理；惩治。

领去，谁知武伯北正在那里持刀威吓侄女。”钟雄听至此，急的咬牙搓手。鲁英在旁，高声嚷道：“反了！反了！”龙涛、姚猛二人早已立起身来。智化忙拦道：“不要如此，不要如此，听我往下讲。”钟雄道：“贤弟快说，快说。”智化道：“偏偏的小弟手无寸铁，止于拣了几个石子。第一石子就把那厮打倒，赶步抢过刀来，连连搠了几下。两个采药人又用药锄刨了个不亦乐乎。”鲁英、龙涛、姚猛哈哈大笑，道：“好呀！这才爽快呢！”众人也就欢喜非常，钟雄脸上颜色略为转过来。智化道：“彼时侄女已然昏迷过去，小弟上前唤醒。谁知这厮用马鞭，将侄女周身抽的已然体无完肤。亏得侄女勇烈，挣扎乘马，也就来到此处。”钟雄道：“亚男现在此处么？”陆彬道：“现在后面，贱内与沙员外两位姑娘照料着呢。”钟雄便不言语了。智化道：“小弟忧愁者，正为不知侄儿下落如何。”钟雄道：“大约武伯南不至负心。只好等天亮时，再为打听便了。只是为小女，又叫贤弟受了多少奔波，多少惊险，劣兄不胜感激之至。”智化见钟雄说出此话，心内更觉难受，惟有盼望钟麟而已。大家也有喝酒的，也有喝汤的，也有静坐闲谈的。

不多时，天已光亮。忽见庄丁进来禀道：“外面有一位少爷名叫艾虎，同着一个姓武的带着公子回来了。”智化听了，这一乐非同小可，连声说道：“快请，快请！”智化同定陆彬、鲁英连龙涛、姚猛俱各迎了出来。只见外面进来了三人：艾虎在前，武伯南抱着公子在后。艾虎连忙参见智化。智化伸手搀起来，道：“你从何处而来？”艾虎道：“特为寻找你老人家，不想遇见武兄，救了公子。”此时武伯南也过来了，先问道：“统辖老爷，俺家小姐怎么样了？”智化道：“已救回在此。”钟麟听见姐姐也在这里，更喜欢了，便下来与智化作揖见礼。智化连忙扶住，用手拉着钟麟，进了大厅，钟麟一眼就看见爹爹坐在上面，不由的跪倒跟前，哇的一声哭了。钟雄此时也就落下几点英雄泪来了，便忙说道：“不要哭，不要哭，且到后面看姐姐去。”陆彬过来，哄着进内去了。

此时艾虎已然参见了欧阳春与沙龙。北侠指引道：“此是你钟叔父，过来见了。”钟雄连忙问道：“此位何人？”北侠道：“他名艾虎，乃劣兄之义子，沙大哥之爱婿，智贤弟之高徒也。”钟雄道：“莫非常提小侠，就是这位贤侄么？好呀！真是少年英俊，果不虚传。”艾虎又与展爷、丁二爷、蒋四爷一一见了。就只柳青、姚猛不认得，智化也指引了。大家归座。智化便问艾虎：“如何来到这里？”艾虎从保护施俊说起，直说到遇见武伯南救了公子、杀了怀宝，始末原由，说了一遍。钟雄听到后面，连忙立起身来，过来谢了艾虎。

此时武伯南从外面进来，双膝跪倒，匍匐尘埃，口称："小人该死！"钟雄见武伯南如此，反倒伤心起来，长叹一声，道："俺待你弟兄犹如子侄一般，不料武伯北竟如此的忘恩负义！他已处死，俺也不计较了。你为吾儿险些丧了性命，如今保全回来，不绝俺钟门之后。这全是你一片忠心所致，何罪之有？"说罢，伸手将武伯南拉起。众位英雄见钟太保如此，各各夸奖，说他恩怨分明，所行甚是。

钟雄复又叹一口气，道："好叫众位兄弟得知，仔细想来，都是俺钟雄的罪孽，几乎使得儿女遭殃；若非急早回头，将来祸几不测。从此打破迷关，这身衣正合心意，俺钟雄直欲与渔樵过此生了。"众人听钟雄大有退隐之意，才待要劝，只见沙龙将钟雄拉住，道："贤弟，你我同病相怜，不要如此。劣兄若非奸王囚禁，你两个侄女如何也能够来到此处呢？千万不要灰了壮志，妄打迷关，将来是要入魔呢。"众人听了，不觉大笑，钟雄也就笑了。

于是复又入座。智化道："事不宜迟，就叫武头领急回军山，快快报与嫂嫂知道，好叫嫂嫂放心。"钟雄道："莫若将贱内悄悄接来。劣兄既脱离了苦海，还回去做甚？"智化道："仁兄又失于算计了。仁兄若不回军山，难免走漏风声，奸王又生别策。莫若仁兄仍然占住军山，按兵不动，以观襄阳的动静如何。再者小弟等也要同回襄阳去。"便将方山居址说明，"现有卧虎沟的好汉俱在那里。"钟雄听了欢喜，道："既如此，劣兄就派姜铠保护家小，也赴襄阳。劣兄一人在此虚守寨栅，方无挂碍。"智化连连称善，依然叫武伯南先回军山送信。到傍晚，钟雄方才回去。

此时艾虎已将甘妈妈的书信给蒋四爷看了。蒋平便将玉兰情愿联姻的话说了。大家欢喜，俱各说道："莫若通知卢方大哥，说起这段姻缘曲折，看他意思，如若允诺，再替卢珍定下玉兰便了。"这一日，大家欢聚，快乐非常。又计议定了，女眷先行起身。就求姜氏夫人带领着凤仙、秋葵、亚男、钟麟，却派姜铠、龙涛、姚猛跟随护送。其余大家随后起身。到了晚间，用两只大船，除了陆彬、鲁英在家料理，所有众英雄俱到军山。钟雄见了姜氏，悲喜交集，说明了缘故，即刻收拾细软，乘船到陈起望，暗暗起身，这里众英雄欢聚了两日，告别了钟太保，也就赴襄阳去了。

要知群雄战襄阳，众虎遭魔难，小侠到陷空岛、茉花村、柳家庄三处飞报信，柳家五虎奔襄阳，艾虎过山收服三寇，柳龙赶路结拜双雄，卢珍单刀独闯阵，丁蛟、丁凤双探山，小弟兄襄阳大聚会，设计救群雄；直到众虎豪杰脱难，大家共议破襄阳，设圈套捉拿奸王，施妙计扫除众寇，押解奸王，夜赶开封府，肃清襄阳郡；又叙铡斩襄阳王，包公保众虎，小英雄金殿同封官，颜查散奏事封五鼠，众英雄开封大聚首，群侠义公厅同结拜：多少热闹节目，不能一一尽述。也有不足百回，俱在《小五义》书上，便见分明。词曰：

日日深杯酒满，朝朝小圃花开。自歌自舞自开怀，且喜无拘无碍。青史几番春梦？红尘多少奇才？不须计较与安排，领取而今现在。